Ralph Westerhoff, geboren 1964 in Thuine (Kreis Emsland), absolvierte ein Studium der Rechts- und Wirtschaftswissenschaften an den Universitäten Freiburg, München und Hagen. Nachdem er praktisch schon überall in Deutschland gewohnt hat, lebt Ralph Westerhoff seit nunmehr sieben Jahren als Jurist und Dozent mit seiner Familie in Hilden in der Nähe von Düsseldorf.
www.facebook.com/WesterhoffRalph

RALPH WESTERHOFF

Kalte Fluten

KÜSTEN KRIMI

emons:

Bibliografische Information der Deutschen Nationalbibliothek
Die Deutsche Nationalbibliothek verzeichnet diese Publikation in der Deutschen Nationalbibliografie; detaillierte bibliografische Daten sind im Internet über http://dnb.d-nb.de abrufbar.

MIX
Papier aus verantwortungsvollen Quellen
FSC® C083411

Umschlagmotiv: fotolia.com/Rico K.
Umschlaggestaltung: Tobias Doetsch
Druck und Bindung: CPI – Clausen & Bosse, Leck
Printed in Germany 2013
Erstausgabe 2011
ISBN 978-3-89705-850-7
Küsten Krimi
Originalausgabe

Für Susanne

Erster Teil

Prolog

Es war stockfinstere Nacht irgendwo in Mecklenburg-Vorpommern, die Nacht vom 16. auf den 17. März. Doch für ihn war es hell. Nicht taghell, aber doch hell genug, dass er den Text lesen konnte.

Ein Mann hatte ihn überfallen. Er hatte einen Stich wie von einer Wespe oder Hornisse an seinem Hals gespürt, und dann war er ohnmächtig geworden.

Als er wieder erwachte, konnte er seine Beine nicht mehr spüren. Er litt unsägliche Schmerzen im Rücken und fürchtete, dass er nie wieder würde gehen können. Der Mann hatte ihn wahrscheinlich zum Krüppel gemacht. Er war möglicherweise gelähmt. Doch so schrecklich das auch wäre, es waren nicht die Schmerzen und nicht die Angst vor einem Leben im Rollstuhl, was in ihm Panik auslöste.

Dicke Kabelbinder bohrten sich in das Fleisch seiner Fuß- und Handgelenke. Er wagte nicht, an das zu denken, was kommen würde.

Er hatte keine Ahnung, wie es passiert war. Er wusste nur, dass der Mann ihn weggebracht hatte. Weg von der Neptun Werft. Es hatte ihn nach dem Aufwachen halb wahnsinnig gemacht, nicht zu wissen, wo er war, keine Ahnung davon zu haben, was der Mann mit ihm vorhatte.

Doch nun wurde ihm die schreckliche Wahrheit langsam bewusst. Ein Imperativ stand, eingebrannt in die Sperrholzplatte, etwa dreißig Zentimeter über seinem Kopf. Es war eine massive, dicke Platte. Nicht einmal unverletzt und ohne Kabelbinder an Händen und Füßen hätte er eine Chance, sich zu befreien. Er meinte, noch das Quietschen der Schrauben beim Eindringen in das Holz und das hochfrequente Singen des Akku-Schraubers im Ohr zu haben. Aber da war er doch noch bewusstlos gewesen.

Wie ein Brandzeichen im Fell eines Pferdes waren sechs Buchstaben in dem Holz über ihm verewigt.

»BEREUE«, stand da.

Dann hörte er es, das grauenvolle Geräusch über sich. Das Knirschen der Schaufel, die der Mann in die Erde trieb. Es folgte eine ganz kurze Stille. Die wenigen Sekunden, die es dauerte, bis die Ladung einer Schaufel durch die Luft geflogen war und prasselnd auf dem Deckel des massiven Sarges niederging. Und dann wieder das Knirschen der Schaufel, wieder die Stille, wieder das Prasseln. Die Intensität des Prasselns nahm aber mehr und mehr ab. Die schon vorhandene Erdschicht dämpfte zunehmend das Geräusch der übrigen Schaufelladungen.

Seinen Kopf konnte er noch bewegen. Links in die Wand des Sarges war eine Halterung geschraubt. Darin steckte eine Taschenlampe, die den engen Raum beleuchtete. Rechts sah er einen weiteren Gegenstand. Ein Babyfon.

»Gnade«, wollte er in Richtung des Mikrofons winseln. Doch sein Knebel ließ nur unverständliche Presslaute zu. Das rhythmische Prasseln über ihm hörte auf, und ein knarrendes Geräusch kam aus dem Lautsprecher des Gerätes. Dann vernahm er eine eindringliche männliche Stimme.

»Gnade hat nur der verdient, der auch gnädig ist.«

Woher wusste der Mann draußen, dass er um Gnade bitten wollte?

»Kein Erbarmen für Erbarmungslose«, hörte er ihn noch sagen. Kalt, konsequent und unerbittlich. Dann war da wieder nur das knirschende Geräusch der Schaufel und der niederfallenden Erde.

Er bewegte seinen Kopf etwas nach links und blickte in den Schein der Taschenlampe. Er blendete ihn. Sollte es das letzte Licht sein, das er je in seinem Leben sehen würde? Sollten die Worte »Kein Erbarmen für Erbarmungslose« die letzten sein, die er hören würde? Diese sechs Buchstaben, »BEREUE«, das Letzte, was er lesen würde? Sollte sein Leben damit enden, dass er unter unsäglichen Schmerzen lebendig begraben wurde?

Der Mann hatte ihm seine Armbanduhr gelassen. Eine aus Gelbgold gefertigte Rolex Datejust im Wert von über zehntausend Euro. Um Geld ging es dem Mann, der über ihm das Grab zuschaufelte, wohl nicht. Deshalb konnte es der, den er zunächst im Verdacht gehabt hatte, nicht sein. Außerdem brauchte derjenige ihn doch.

Die Uhr glänzte im Schein der Lampe. Seine Hände waren vor

seinem Bauch gefesselt. Er konnte die Uhr lesen. Er *sollte* die Uhr lesen können. Sie zeigte zwei Uhr siebenundfünfzig. Ob es Tag war? Oder war es Nacht? Unsinn. Es war Nacht. Es war jetzt also zwei Stunden her, dass der Mann ihn auf der alten Neptun Werft überwältigt hatte. Außerdem: Wer würde ihn schon am Tage begraben, wo jeder zusehen konnte? Aber … warum denn eigentlich nicht am Tage? Wer so verrückt war, jemanden lebendig zu begraben, der würde es vermutlich auch am Tage tun.

Warum? Die Frage quälte ihn. Warum wollte ihn der Mann auf so bestialische Weise töten? Warum nur? Tränen schossen ihm in die Augen. Warum denn nur?

Er war kein guter Mensch, einverstanden. Und wenn es dieser Verrückte da oben denn unbedingt wollte, würde er auch bereuen.

Er hatte den Irren nicht erkannt, der ihm aufgelauert und ihn betäubt hatte. Ob es doch er war? Er würde ihn fragen. Jetzt. Doch der Knebel in seinem Mund würgte ihn. »Hmm! Hmm!« war das Einzige, was er hervorbrachte.

Das Babyfon schwieg.

Die Luft in dem engen Gefängnis war stickig. Wie lange würde der Sauerstoff reichen? Er korrigierte sich selbst. Das Problem war nicht der Sauerstoff. Es war das vom Körper selbst produzierte Kohlendioxid. Das Gas war zwar an sich nicht giftig, das wusste er. Aber irgendwann wäre in dem Sarg einfach zu viel davon. Er brachte sich gewissermaßen selbst um, weil sein Stoffwechsel aus dem Sauerstoff Kohlendioxid machte. Er würde ersticken. Langsam, quälend, aber sicher.

Der Sarg hatte etwa einen Kubikmeter Volumen. Vielleicht etwas mehr. Die tödliche Konzentration an Kohlendioxid wäre in zwei Stunden erreicht, schätzte er. Spätestens in einer Stunde würde er das Bewusstsein verlieren. Sobald er einschliefe, wäre es vorbei. Er wurde jetzt schon müde. Nein, nicht einschlafen! Er hielt sich krampfhaft wach. Vielleicht würde man ihn noch rechtzeitig finden. Vielleicht.

Bitte, bitte, lass es geschehen, dass man mich findet, dachte er in Panik. Lieber Gott, bitte! Ja, ich habe schon Jahrzehnte nicht mit dir gesprochen. Jetzt flehe ich dich an. Lass mich hier nicht so verrecken. Nicht so jämmerlich ersticken in einem von innen beleuchteten Sarg. Bitte, bitte, bitte!

Die Luft wurde immer schlechter. Es stank. Er roch seinen eigenen Schweiß. Er roch seinen Urin. Er roch seine Fäkalien. Er hatte sich vor Angst in die Hosen gemacht. Er schämte sich. Ja, auch im Angesicht des baldigen Sterbens, vielmehr des Verreckens war es ihm peinlich, dass er gepinkelt und seinen Schließmuskel nicht mehr unter Kontrolle hatte.

Der Mann über im schien mit der Arbeit fertig zu sein. Die immer noch glänzende Datejust zeigte drei Uhr vierzehn. Das Babyfon knarrte wieder.

»Du hattest Gelegenheit, zu bereuen. Nach meinen Berechnungen müssten in den nächsten dreißig Minuten die ersten Bewusstseinsstörungen auftreten. Bereue, du Abschaum! Bereue, solange du es noch kannst! Bereue! Bereue!«

Dann war wieder Stille.

Das Babyfon gab kein Geräusch mehr von sich. Trotz Knebel versuchte er verzweifelt zu flehen, jammern und betteln. Vergebens. Niemand hörte ihn. Um drei Uhr neunundvierzig wurde ihm endgültig schwarz vor Augen. Er sah sich durch einen langen Tunnel gehen. Er ging immer schneller, denn am Ende des Tunnels sah er ein helles, gleißendes Licht. Stimmen riefen ihn. Er folgte dem Licht. Da wollte er hin. Zu den Stimmen, die ihn lockten. Immer dem Licht nach.

Um drei Uhr vierundfünfzig war er erstickt.

Sein Mörder war sich sicher, dass man die Leiche nie finden würde. Und selbst wenn. Ihn würde man nie fassen.

1

Wolfgang Franke verfluchte den Tag, an dem er entschieden hatte, sein geliebtes München zu verlassen. Den Tag, an dem er seine kleine Familie dazu überredet hatte, mit ihm in den hohen Norden zu ziehen. Er verachtete sich dafür, die Warnungen seiner Frau und die Tränen seiner Tochter ignoriert zu haben.

Aber es war alles so vielversprechend und verführerisch gewesen. 1992 hatte die Kriminalpolizeiinspektion Rostock Beamte gesucht. Beamte mit Erfahrung. Beamte, die anpacken konnten. Eben einen wie ihn. Trotz bester Zeugnisse und ausgezeichneter Leistungen im Dienst hatte er sich in München beruflich auf der Stelle bewegt, denn zu viele waren vor ihm dran. Das formale Beamtenrecht, das bei Beförderungen mehr auf die Anzahl der Dienstjahre achtete als auf die Qualifikation und die Leistung, stand seiner Beförderung im Wege.

Hier aber hatte er Hauptkommissar werden können. Leiter der Mordkommission. Hier hatten sie sich, ohne wie in München finanzielles Harakiri zu begehen, den Traum vom eigenen Haus im Grünen verwirklichen können. Hier war die Mark das Doppelte wert gewesen.

Ja, es war die Verführung, der er erlegen war und der er das Glück seiner kleinen Familie untergeordnet hatte. Und jetzt?

Nachdenklich und verzweifelt blickte Wolfgang Franke aus dem Fenster seines Büros in der Blücherstraße mitten in Rostock. Der helle, mit dem üblichen zweckmäßigen Mobiliar eingerichtete Raum, den er sich mit seiner jüngeren Kollegin Wiebke Sollich teilte, lag im dritten Stock des insgesamt sechs Stockwerke umfassenden Backsteinturms, in dem sich die Kriminalpolizeiinspektion befand. Unter ihm fuhren die Autos. Rechts konnte er das Steintor, eines der drei verbliebenen massiven Landtore der ehemaligen Stadtbefestigung, sehen. Er blickte nach links über den Friedrich-Engels-Platz in Richtung Rosa-Luxemburg-Straße. Trotz der sozialistisch anmutenden Namen erstreckte sich dort der Teil der Stadt, wo das gehobene Bürgertum in liebevoll restaurierten Jugendstilvillen wohnte. Doch er nahm das alles nicht wirklich wahr.

Ein Gedanke beherrschte ihn völlig. Gleich würde er seine Tochter abholen.

Lydia. Sein Sonnenschein, wie er sie immer genannt hatte und noch heute gerne nennen würde. Doch die Sonne hatte aufgehört zu strahlen. Und der Sonnenschein bezeichnete ihn als »Scheißbullen«.

Als sie zum Januar 1993 nach Rostock umgezogen waren, war Lydia gerade dreizehn geworden. Ein gesundes bayerisches Madel, würde man im Süden sagen.

Als Bauerntrampel hatte man sie hier verunglimpft. Lydia hatte nun einmal eine bayerische Sprachfärbung. Sie nannten sie deswegen »Heidi«, fragten sie, ob ihr Großvater auch ein »Alm-Öhi« sei und wie man denn Ziegen melken würde.

Bitterste Tränen hatte sie geweint. Angefleht hatte sie ihn und seine Frau Caroline, wieder zurückzugehen. Weg von dem großen reetgedeckten Haus, zurück in die kleine Wohnung in Ottobrunn südlich von München. Weg von der Ostsee, zurück zu den Alpen. Keine öden Segeltörns, sondern Bergwanderungen im Sommer. Keine langweiligen Spaziergänge an den nassen und grauen Tagen hier, sondern Skifahren auf den weißen Pisten unter blauem Himmel im Winter.

Er hatte sie ignoriert. Er war egoistisch.

Sie werden Lydia schon akzeptieren, hatte er gedacht. Es braucht nur Zeit. Doch das war Selbstbetrug. Das wusste er heute. Die Mauer in den Köpfen war Anfang der neunziger Jahre noch mindestens so hoch gewesen wie die Berliner Mauer vor dem 9. November 1989. Seinen Erwartungen zum Trotz wurde sie nicht niedriger. Wessi blieb Wessi und Ossi blieb Ossi. Wer nicht Ossi war, wurde ausgegrenzt. Und wer sich als Wessi dann noch den Luxus eines Dialektes leistete, war per se unten durch. Eine Steigerung wäre nur noch drin gewesen, wenn sie Schlitzaugen gehabt hätte. Die »Fitschis«, wie Asiaten hier genannt wurden, standen auf der sozialen Leiter noch unter Wessis mit bayerischem Akzent.

Sie war deswegen während ihrer Schulzeit viel allein gewesen. Viel zu viel allein. Wer allein ist, gerät in die Fänge falscher Freunde. Sein Sonnenschein rutschte ab. Am Anfang war es nur die äußere Auflehnung durch knallrot gefärbte Haare, schlampige Kleidung und aufsässige Reden, was ihn störte. Aber welches pubertierende Mädchen lehnt sich nicht gegen das Elternhaus auf?

Dann dieser unglaubliche schulische Leistungsabfall. Doch war das nicht auch normal, wenn ein junger Mensch zwischen Kindheit und Erwachsenwerden mal vorübergehend die Lust am Lernen verlor? Völlig normal. Kein Grund, sich Sorgen zu machen.

Als seine Kollegen von der Streife sie zum ersten Mal aufgriffen, war es bereits zu spät. Das war vor zehn Jahren gewesen, damals war sie gerade einundzwanzig geworden. Natürlich wusste er zu dieser Zeit schon, dass sie ab und zu, wie er dachte, einen Joint rauchte. Doch vor der grausamen Realität hatte er die Augen verschlossen. Lydia war heroinsüchtig geworden. Sie war auf der schiefen Bahn, und die Geschwindigkeit des Absturzes sollte von Tag zu Tag zunehmen.

Lydia war irgendwann völlig abhängig von dieser grausamen Substanz gewesen, völlig zugedröhnt durch den wahrscheinlich x-ten Heroinschuss. Apathisch, abgemagert, willenlos. Sein Sonnenschein hatte aufgehört zu strahlen.

Vor gut zwei Wochen hatte Lydia sich in einer üblen Wohnung am Rande Rostocks zusammen mit Freunden – oder besser: Leidensgenossen – einen Schuss gesetzt.

Wolfgang hatte nie geglaubt, dass Lydia diese Menschen wirklich mochte. Sie waren eine Zwangsgemeinschaft, deren einzige, aber grundlegende Gemeinsamkeit die Abhängigkeit von einer zerstörerischen Droge war.

Ein Schuss also, wie so oft, wie eigentlich immer. Es war der Stoff aus einer neuen Lieferung ihres Dealers gewesen. Offensichtlich hatte der das reine Heroin weniger gestreckt als sonst üblich. Die Droge war zu rein gewesen, sodass Lydia ungewollt eine Überdosis erhalten hatte. Der Notarzt hatte sie zurückholen können. Im letzten Augenblick fing Lydia, nachdem er das Gegenmittel injiziert hatte, doch wieder an zu atmen. Sie öffnete die Augen und sah in das Gesicht des jungen Notfallmediziners, der ihren Kopf hielt. Unter Husten sagte sie: »Du Scheißkerl hast mir den Trip versaut.«

Der Notarzt erwartete keine Dankbarkeit, wie er Wolfgang später sagte. Schon gar nicht von einer Drogenabhängigen.

Die Polizeibeamten hatten Lydias Namen erkannt und Wolfgang Franke angerufen. Der ergriff seine Chance. Gegen den lautstark erklärten Willen Lydias organisierte er einen Entzug. Sie war endlich so weit unten, dass seine Kraft ausreichte, ihren Widerstand zu überwinden. Jahrelang hatte er es akzeptieren müssen, wenn sie seine Hilfe zurückwies. Doch nun, den Tod seiner Tochter vor Augen, war er nicht mehr bereit, auf ihre Einsicht zu hoffen. Es gab ihm die Kraft, die nötig war, ihren durch Drogen manipulierten Willen zu brechen.

Es war seinen guten Kontakten zu verdanken, dass sie sofort einen Therapieplatz bekam. Doch Lydia schrie ihn seitdem immer nur an und beleidigte ihn. »Lass mich in Ruhe« war noch das Netteste, was er zu hören bekam. In der Klinik versicherte man ihm, dass diese Reaktion normal sei. Normalität war das, wonach sich Wolfgang Franke am meisten sehnte.

Der Entzug der ersten Tage war schrecklich gewesen. Er war bei ihr geblieben. Hatte jede Minute der entsetzlichen Qualen miterlebt. Er war es ihr schuldig. Er sah es als eine Art Strafe für seinen Egoismus.

Sie wurde von Krämpfen geschüttelt. Manchmal schwitzte sie, als ob sie einen Marathon gelaufen wäre. Dann fror sie von einer Sekunde auf die andere erbärmlich. Anfälle von Schüttelfrost durchzuckten immer wieder ihren Körper. »Besorg mir einen Schuss!«, brüllte sie ihn mehrfach an. Sie musste an ihr Bett in der Klinik gefesselt werden. Es bestand die Gefahr, dass sie sich selbst verletzte.

Mehrmals täglich erbrach sie sich. Meist war es ihr egal, dass sie dabei das Bett vollkotzte. Abhängige auf Totalentzug gehen durch die Hölle. Ihnen ist es völlig gleichgültig, was andere denken könnten. Die Schwestern in der Station P1 der Klinik und Poliklinik für Psychiatrie und Psychotherapie der Universität Rostock kannten das zur Genüge. Es gab keine Vorwürfe. Sie tauschten einfach wortlos regelmäßig die Bettwäsche aus.

»Du Scheißbulle kannst mir doch einen Schuss besorgen!«, flehte sie ihn immer wieder an. »Los, mach. Ich halte das nicht mehr aus.«

Er versuchte, ihre Hand zu halten. Mal schob sie seinen Arm aggressiv weg. Manchmal nahm sie seine Hand, ließ seine Zärtlichkeit zu und weinte leise. So wie früher, wenn etwas Schlimmes passiert war. Eine halbe Stunde später nannte sie ihn wieder einen »Scheißbullen«.

Wolfgang ertrug diese Tortur gleichmütig. Er war schließlich schuld an diesem Zustand.

Nach einer Woche war der körperliche Entzug geschafft. Doch was bedeutete das, »geschafft«? Die Krämpfe waren weg, ja. Der Körper rebellierte nicht mehr dagegen, dass ihm das Gift, das ihn langsam zersetzte, vorenthalten wurde. Aber die Seele? War die Seele auch geheilt?

Wiebke Sollich versetzte der Anblick ihres vor sich hin grübelnden Kollegen einen Stich. Sie kannte Wolfgang Franke so gut wie sonst vermutlich nur seine Frau. Deswegen hatte er ihr oft sein Herz ausgeschüttet. Häufiger, als es sich für einen Vorgesetzten gegenüber einer Mitarbeiterin geziemt. Sie schätzte die joviale Art, mit der er seine Chefrolle ausübte. Seine Gemütlichkeit. Seine Geduld, die er aufgebracht hatte, als er Anfang der neunziger Jahre ihre Abteilung und damit auch sie übernahm. Er hatte sie nie spüren lassen, dass ihre Kenntnisse und Fähigkeiten damals weit hinter dem zurücklagen, was westdeutscher Standard war. Er gab ihr ganz selbstverständlich die Zeit, alles aufzuholen. Schwächen deckte er, bis sie sie abgelegt hatte. Stärken hob er hervor. Sie liebte ihn dafür. Im rein beruflichen Sinn.

Deshalb litt auch sie unter der Krankheit seiner Tochter. Als Polizistin hatte sie gelernt, dass Drogenabhängige krank waren. Kranken musste man helfen. Eine manchmal schwere Einsicht, weil sie von Berufs wegen jeden Tag damit konfrontiert wurde, dass sich Junkies vorsätzlich, konsequent und sehenden Auges zugrunde richteten. Lydia war da keine Ausnahme. Doch Wiebke wollte ihr helfen, indem sie Wolfgang Franke bestärkte. Damit er die Kraft fand, seine Tochter beim Heilungsprozess zu unterstützen, so schlecht die Chancen auch standen.

Sie näherte sich ihm vorsichtig von hinten und legte einen Arm um seine Schulter. Sie flüsterte ihm tröstende Worte ins Ohr. Sie versuchte einfach, ihm Mut zu machen.

Wolfgang wischte sich die Tränen aus den Augen. Er war ein großer, bulliger Mann, und doch wirkte er hilflos. »Danke, dass du das sagst. Wir beide wissen, dass es Wunschdenken ist. Die Rückfallquote bei Heroinabhängigen liegt bei weit über neunzig Prozent. Warum sollte ausgerechnet Lydia die Ausnahme sein? Sag mir einen Grund.«

»Weil sie dich hat«, sagte Wiebke. Sie musste schlucken. Da war ein riesiger Kloß in ihrem Hals.

Wolfgang nickte. Sie sah ihm an, dass er eigentlich nicht zustimmen, sondern einfach nur nicht widersprechen wollte.

»Was macht denn dein Versetzungsantrag nach München?«, fragte sie. Er hatte ihr natürlich erzählt, dass er versuchte, wieder in den Süden zurückversetzt zu werden. Unter Tränen hatte er gebeichtet, dass er Jahre gebraucht hatte, um zu begreifen, dass er und seine Entscheidung der Grund für Lydias Absturz waren. Er hoffte, dass Lydia vielleicht bereit wäre, neu anzufangen, und wollte ihr dafür eine Umgebung bieten, die sie zwar vielleicht längst nicht mehr kannte, die ihr aber in guter Erinnerung war. Doch die Chancen für diesen Neuanfang standen alles andere als gut.

»Du weißt doch, wie die sind. Der Antrag wird so lange nicht bearbeitet, bis ich ihn durch meinen Antrag auf Pensionierung ersetzen kann. Und selbst wenn ihn einer ernsthaft in die Hand nehmen würde, eine Versetzung könnte nur aus dienstlichen Gründen erfolgen. Die habe ich aber nicht vorbringen können. Meine private Situation interessiert hier doch keine alte Sau nicht.«

Er benutzte diese typisch bayerische Form der Verneinung gern, weil die doppelte Negation der Aussage besondere Bedeutung verlieh.

»Ich fahr sie jetzt holen«, sagte er dann, nahm seine Jacke und verließ das Büro. Wiebke sah ihm mit feuchten Augen nach. Ob dieser Mann jemals wieder glücklich werden könnte?

Sie griff zu einer Akte und las darin, legte sie aber bald wieder weg. Es handelte sich um einen selbst für Mordermittler widerlichen Fall. Eltern hatten ihr Kind schwer misshandelt, es schließlich sogar verhungern lassen. Doch es gab keine brauchbaren Zeugen, und die Eltern belasteten sich gegenseitig. Wolfgang und sie hatten sich bei den Vernehmungen alle Mühe gegeben, einen der beiden zu einem Geständnis zu bewegen. Aus vielen Fällen wussten sie: Ein Geständnis erleichtert auch die Seele des Täters. Doch die beiden hatten keine Seele. Wolfgang hatte dieser Fall mehr belastet, als Wiebke das bei ihm je gesehen und vermutet hätte. Er litt unter der Vorstellung, dass ein gewiefter Anwalt die beiden mit einer lächerlichen Freiheitsstrafe, wahrscheinlich sogar zur Bewährung, aus der Verantwortung pauken könnte. Doch genau darauf lief es hinaus. Einen Haftbefehl hatte der Richter angesichts der Ermittlungsergebnisse gar nicht erst ausstellen wollen. Das war ein ganz schlechtes Omen im Hinblick auf das Urteil.

Sie überlegte, was sie jetzt tun könnte, als ihr Blick auf die Vase fiel, die auf dem Sideboard stand. Ihre Gedanken hellten sich auf. Sie hatte heute zweiundzwanzig rote Rosen bekommen. Schon wieder. Wie immer kamen sie von diesem unerhört gut aussehenden, äußerst attraktiven Psychiater Dr. Thomas Schulte. Sie hatten sich kurz vor Weihnachten bei einem Mordfall kennengelernt. Der Hauptverdächtige präsentierte eine Entlastungszeugin, deren Glaubwürdigkeit ihr zweifelhaft erschien. Schulte hatte ein Gutachten erstellt. Deshalb trafen sie sich mehrfach dienstlich und waren auch privat ins Plaudern gekommen. Schulte war so einfühlsam, so gebildet, so zuvorkommend. Wiebke hatte sich Hals über Kopf verliebt. Und seit drei Wochen mit Beginn des neuen Jahres schickte er ihr nun auch noch alle zwei, spätestens alle drei Tage Blumen. Immer nur mit einer Visitenkarte und dem immergleichen Text: »Für eine beeindruckend schöne Frau.«

Siehst du, Wiebke, ein Arzt.

Ja, Mama. Es wird schon.

Aber was war das? In den Blumen steckte ein kleines Kuvert. Das hatte sie doch glatt übersehen. Wiebke stand auf und trat neben das Sideboard. Zitternd nahm sie den Umschlag, öffnete ihn und hielt einen mit Füllfederhalter geschriebenen Brief in der Hand. Mit hochrotem Kopf wie ein Teenager, der den Zettel mit der Frage aller Fragen »Willst du mit mir gehen?« auf dem Pausenhof las, immer in der Angst, die anderen könnten sie dabei ertappen, verschlang sie die Zeilen. Sie las sie so oft, bis sie sie schließlich auswendig konnte.

Meine verehrte Wiebke,
darf ich mir erlauben, Sie beim Vornamen zu nennen? Imaginär sind Sie mit mir schon zu oft ausgegangen, als dass ich es in der Realität noch unversucht lassen könnte. Die gedankliche Vorstellung allein war überwältigend. Machen Sie mir doch die Freude, mit mir heute Abend im Restaurant zu speisen. Ich kann Ihnen versichern,

dass ich diese Einladung ohne jeden Hintergedanken ausspreche. Ich bin ein glühender Vertreter der alten Schule. Und ein ebenso glühender Verehrer Ihrer Person. Wenn ich Sie mit diesem Ansinnen nicht zu sehr überrumple, freue ich mich, wenn Sie die Zeit finden, mich anzurufen.

Mann, so wunderschön altmodisch hatte sie schon lange niemand mehr um ein Rendezvous gebeten. Es war ohnehin schon Jahre her, dass sie mal einer eingeladen hatte. Seit vielen Jahren war sie allein. Der Beruf machte es schwer, eine Beziehung aufzubauen. Er verhinderte, dass die zarte Pflanze der Zuneigung durch kleine Aufmerksamkeiten wachsen und gedeihen konnte. Die Folge war absehbar: keine Beziehung und kaum Sex.

Wenn sie mal Sex hatte, dann meist mit einem, der wie sie wieder einmal das Gefühl brauchte, noch begehrenswert zu sein. Keine großen Gefühle, keine Beziehung, kein Stress.

Sie wollte aber endlich wieder große Gefühle. Sie sehnte sich nach einer Beziehung. Ja, sogar ein bisschen Stress mit einem geliebten Partner wäre ihr im Moment recht. Immer noch besser, als jeden Abend Minka, ihrer weißen Siamkatze, zu erzählen, wie sie sich fühlte.

Sie freute sich wirklich. Wiebke griff zum Telefon, rief ihn an und sagte zu. In ein paar Stunden würde sie mit Thomas Schulte in einem Restaurant sitzen und plaudern. Und sie würde ihn ins Bett kriegen, diesen etwas verklemmten, süßen Seelenklempner. Bereits der Gedanke daran erzeugte bei ihr dieses undefinierbare Verlangen im Bauch. Dieses Kribbeln, das sich auf den ganzen Unterleib ausbreitete. Sie schämte sich nicht einmal.

Er hatte sie schon oft imaginär ausgeführt? Sie war weiter. Sie hatte ihn schon oft in Gedanken verführt. Nach allen Regeln der Kunst. Diese Kunst beherrschte sie. Sie hatte sie jedenfalls mal beherrscht. Ach was, das ist wie Fahrradfahren, dachte sie. Wenn man's einmal kann, verlernt man es nicht.

Sie pfiff gedanklich auf alle Konventionen und zugleich laut ein Lied, während sie nach Hause ging, um sich umzuziehen.

***

Kein Wort hatte sie für ihn übrig. Nur bleischweres, quälendes Schweigen. Wolfgang senkte den Blick. Lydia hatte ihm die Hand gegeben, als er sie im Foyer der Klinik abgeholt hatte. Wie sie vermutlich sogar einem wildfremden Taxifahrer die Hand gegeben hätte. Aber sie hatte nichts gesagt. Sie drückte ihre Verachtung, ihren Hass, einfach durch Ignorieren aus.

»Wie geht es dir, Sonnenschein?«, hatte er gefragt. Sie hatte geschwiegen, auf ihren Koffer gezeigt und war wortlos durch die Kliniktür hinausgegangen.

Wolfgang verstaute das Gepäck im Kofferraum. Lydia hatte sich bereits stumm auf den Beifahrersitz gesetzt. Er stieg ein, schnallte sich an und sagte – mehr aus erlerntem Reflex, als um sie wirklich zu maßregeln: »Schnallst du dich bitte an?«

Der ausgestreckte Mittelfinger und das demonstrative Wegdrehen des Kopfes waren eine nicht verbale, aber nichtsdestotrotz eindeutige Antwort.

Wolfgang atmete tief ein und aus. Er startete den blauen Toyota Corolla und fuhr los. Lydia starrte unbewegt aus dem Seitenfenster.

Nach vielleicht fünf Minuten, die ihm aber wie Stunden vorkamen, versuchte er es erneut. »Wahrscheinlich sind wir bald wieder in München«, log er. Ach was, die konnten ihn mal kreuzweise mit ihrem Beamtenjob. Seine Familie war jetzt wichtiger. Also, wenn es Lydia helfen würde, wären sie bald wieder in München. Ganz sicher!

Lydia zuckte nicht einmal. Sie hob ihre Hand zum Autoradio, suchte einen Sender und drehte den Lautstärkeregler bis zum Anschlag auf. Wolfgang verabscheute die Art von Musik, die sie ausgewählt hatte. Ihm war klar, dass sie sie genau deswegen hörte.

Zwei Wochen lang wurde sie entgiftet. Dass die Klinik und Poliklinik überhaupt ein Bett für sie hatten, war nur der Fürsprache seines Chefs beim Staatssekretär, der wiederum gute Kontakte zur Klinikleitung hatte, zu verdanken. Lydia schien nicht sehr dankbar zu sein. Selbst jetzt, wo es doch vorbei war. Wo sie wieder gesund war. Wo alles wieder gut zu werden schien.

Zu Hause wartete Caroline. Vielleicht würde Lydia wenigstens sie »Mama« nennen. Vielleicht würde sie zumindest ihre Mutter in den Arm nehmen. Vielleicht. Hoffentlich.

Noch etwa zwanzig Kilometer, und sie wären in Graal-Müritz in ihrem mit Reet gedeckten Haus, das sie 1994 günstig gekauft hatten. Nur wenige Minuten zu Fuß zur Ostsee. Dort lag auch ihr kleines Segelboot. Wie lange war es schon her, dass sie damit »auf große Fahrt« gegangen waren? Einmal waren sie, ganz vorsichtig, immer in Ufernähe, zu zweit bis nach Rügen gesegelt. Dort hatten sie ein Zelt aufgebaut. Richtig romantisch wild gezeltet, wie man das in Bayern nannte. Wie lange war das schon her?

Graal-Müritz. Ein Urlaubsparadies an der Ostsee. Sie durften dort leben. Im Paradies. Doch für Lydia war es die Hölle. Sie wollte nicht zurück in die Hölle, das wusste er. Sie wollte wieder in ihr eigenes Paradies. Wieder die bunten Lichter sehen. Sie sehnte sich nach dem Musikerlebnis, das nur sie hatte. Niemand sonst. Nur im Rausch konnte sie die wahre Schönheit der Musik erleben, die Intensität der Klänge sehen. Ja, wirklich. Sie konnte die Musik sehen, wenn sie in ihrem Garten Eden war. Die Klänge gingen ins Ohr, und dann erschienen Bilder. Schöne, bunte, faszinierende Bilder.

Irgendwann wurde sie dann immer müde. Eine bleierne, entspannende Müdigkeit breitete sich in ihr aus, die sie sanft aus der feindseligen Umgebung holte und in ein buntes, schönes Wunderland entführte. Es war perfekt dort im Wunderland. Großartig. Und es war ihr egal, dass die Reise dorthin manchmal auf einer vollgepissten Matratze im Keller einer miesen Absteige begann. Völlig egal.

Lydia sehnte sich nach ihrem Wunderland. Und das Elysium lag ganz sicher nicht in Graal-Müritz. Aber auch nicht mehr in München. Das Dorado ihrer Sehnsüchte war überall, wenn sie es nur wollte. Das Ticket dorthin kostete um die hundert Euro. Im Grunde ein Schnäppchen. Eine Art Last-Minute-Reise in eine andere Welt. Der Jet bestand aus weißem Pulver. Die Maschine stand bereit. Man wartete nur noch auf sie als letzten Passagier. Sie musste nur noch einchecken.

An einer Kreuzung mitten in Rostock stieg sie ohne Vorwarnung aus dem Corolla. Wolfgang versuchte nicht einmal, sie daran zu hindern. Wie hatte Staatsanwalt Günter Menn, der einzige Mensch, der in dieser Sache jemals ehrlich zu ihm gewesen war, doch so richtig gesagt, lange bevor sie wussten, dass Lydia auf

Droge war? »Wolfgang, der einzige Grund, warum ich noch keine Drogen genommen habe, ist der, dass ich genau weiß, dass ich dieses Gefühl dann immer würde haben wollen. Vielleicht rauben wir mit unserer Forderung, ein Junkie müsse clean werden, diesem nur noch den letzten Rest seines bisschen Glücks. Wir wissen alle, dass ein Junkie tot ist. In einem Jahr, in zwei Jahren, in einem Monat oder schon morgen. Den Entzug schaffen auf Dauer doch sowieso nur die, die nicht voll auf Droge waren. Wer richtig drauf ist, will im Grunde nicht mehr runter, oder er kann es nicht. Eigentlich sollten wir ihm dieses bisschen Glück doch gönnen. Etwas anderes hat er nicht. Etwas anderes will und wird er auch nicht mehr erleben.«

Als Lydia das Auto verließ, wurde Wolfgang diese grausame Wahrheit schmerzhaft bewusst. Er wusste nur nicht, wie er es Caroline beibringen sollte. Sie mussten sich wohl damit abfinden, dass Lydia gestorben war. Bald.

***

Günter Menn saß an seinem Schreibtisch und erledigte die letzten Handgriffe für heute. Sein Büro an der Doberaner Straße war zweckmäßig eingerichtet. Es gab einen Bürostuhl, einen ziemlich veralteten Schreibtisch, eine kleine Besprechungsecke mit einem Tisch und drei Stühlen, einen Schrank und ein Sideboard für Akten. Jeder halbwegs erfolgreiche Anwalt hätte das Mobiliar längst in den Sperrmüll gegeben. Selbst der Tresor, in dem er sehr wichtige Akten aufbewahrte, war ein altertümliches Modell.

Auch das Gebäude an sich war nicht sonderlich repräsentativ. Im Gegenteil: ein Betonbau im typischen Stil der siebziger Jahre des vorigen Jahrhunderts. Wenn er die Fenster öffnete, drang der Verkehrslärm ungehindert in sein Arbeitszimmer.

Aber trotzdem war er ein durch und durch zufriedener Mensch. Auch er war im Zuge der Wiedervereinigung und dem damit einhergehenden Aufbau der Behörden aus Westdeutschland in den Osten gespült worden. Auch er hatte die Chance genutzt, die sich ihm bot. Im Gegensatz zu Wolfgang Franke war er jedoch glücklich.

An seinem Studium der Rechtswissenschaften nur mäßig interessiert, hatte er viele Semester verbummelt und das erste Staatsexamen auch prompt in den Sand gesetzt. Danach war er das erste Mal in seinem Studium fleißig gewesen. Ein Jahr und vier Monate hatte er gepaukt. Schrecklich anstrengende sechzehn Monate. Er hatte wie verrückt gelernt und jeden nur denkbaren Kurs besucht, den Alpmann Schmidt, ein auf Examensvorbereitung für Juristen spezialisiertes Nachhilfeunternehmen, in Köln anbot.

Alpmann Schmidt nannten ihr Kursprogramm natürlich nicht »Nachhilfestunden für Jurastudenten«, sondern vornehm »Juristische Lehrgänge«. Am Charakter der Veranstaltung änderte sich durch die schönere Bezeichnung allerdings nichts. Man trichterte den verzweifelten Eleven Justitias den Stoff ein. Doch mit der Wissensvermittlung ist es wie mit dem Säen von Saatgut: Nur auf fruchtbarem Boden ausgebracht besteht die Chance auf reiche Ernte. Günter Menn glich dabei eher einem verkarsteten steinigen Boden.

Es hatte trotzdem etwas genützt, wenn auch nicht viel. Mit dem äußerst durchschnittlichen, man musste leider eher sagen: schlechten Ergebnis von »ausreichend« – und das auch nur am unteren Rand – hatte er das erste Staatsexamen im zweiten Anlauf bestanden und war Rechtsreferendar geworden.

Doch auch das zweite Staatsexamen muss bestanden werden. Sein erster Versuch schlug grandios fehl. Ebenso gründlich misslang der zweite. Eigentlich wäre jetzt Schluss gewesen, doch Günter reichte eine Petition beim Justizminister ein – wie alle, die zweimal beim »Zweiten« durchfallen – und erhielt wie fast jeder dieser Unglücklichen die dritte Chance. Er nutzte sie. Mit allen Mitteln. Dann hatte er sie endlich, die »Befähigung zum Richteramt«, wie es so schön auf dem Zeugnis geschrieben stand. Doch das bedeutete nicht, auch nur die geringste Chance auf einen entsprechenden Job zu haben.

Zu fast jeder Zeit vor und dann wieder einige Jahre nach seinem Abschluss hätte er sich mit seiner Qualifikation in das Heer des juristischen Proletariats einreihen müssen. Er hätte sich für einen Hungerlohn bei irgendwelchen Kanzleien verdingen müssen und, wie nicht wenige, nur durch Zusatztätigkeiten überhaupt ein nennenswertes Einkommen erzielen können. Taxifahren war damals wie heute sehr beliebt.

Zu seinem Glück wurde er aber im Jahr 1991 fertig. In den neuen Bundesländern wurden damals zum Aufbau der Gerichtsbarkeit verzweifelt Juristen gesucht. Sogar er konnte dort Staatsanwalt werden. Man bot ihm eine Verbeamtung an. Ihm, dem doch eher unbegabten Absolventen mit, vorsichtig formuliert, nicht gerade glänzenden Noten. Günter griff zu. Er hatte tatsächlich allen Grund, glücklich zu sein. Fortuna hatte es gut mit ihm gemeint.

Jetzt, viele Jahre später, war er Oberstaatsanwalt, Leiter der Abteilung Wirtschaftskriminalität und der gefürchtete Terrier, der Betrügern, Insolvenzverschleppern, Bauernfängern und anderen Parasiten der freien Marktwirtschaft auf den Zahn fühlte und ihnen nicht selten selbigen zog.

Er hatte seine Berufung gefunden, und sein Engagement und die über die Jahre erworbene Erfahrung glichen den unbestreitbar vorhandenen Mangel an juristischer Begabung mehr als aus. Seine Vorgesetzten schätzten seine Arbeit. Sein Urteil galt etwas. Wer nach Günter Menns Prüfung angeklagt wurde, erhielt fast immer eine Strafe – nicht selten handelte es sich dabei um eine mehrjährige Haft. Wenn er aber zu dem Ergebnis kam, dass die Verdachtsmomente für eine Verurteilung nicht ausreichten, dann war das auch so und wurde allgemein akzeptiert.

Günter blickte auf seine Uhr, verfügte noch schnell in einem Vordruck die Einstellung eines Verfahrens wegen der angeblichen Verschleppung einer GmbH-Insolvenz, heftete das Schreiben auf eine der vielen roten Akten, legte diese auf den Aktenwagen und räumte seinen Schreibtisch auf. Es war Freitag, vierzehn Uhr dreißig, und er freute sich auf seinen Abend. Niemand wusste, was er ein- bis zweimal im Monat in der Nähe von Lübeck machte, nicht einmal seine beiden engsten Freunde, Wiebke Sollich und Wolfgang Franke. Dieses kleine Geheimnis verhinderte auch, dass er Wiebke Avancen machte. Er liebte diese Frau seit der ersten Minute, in der er sie gesehen hatte. Doch er war davon überzeugt, dass es bei Wiebke auf keinerlei Verständnis stoßen würde. Er wollte darauf aber nicht verzichten. Er *konnte* darauf nicht verzichten.

***

Ich habe einen zu dicken Arsch, dachte Wiebke. Sie war frisch geduscht und drehte sich nun, ihren Körper kritisch prüfend, vor dem Spiegel hin und her. Dabei war ihr Blick an ihrem Hintern hängen geblieben.

Das weiße Handtuch hatte sie, einem Turban ähnlich, um ihre nassen brünetten Haare gewickelt, die sie zu einer modischen Kurzhaarfrisur hatte schneiden lassen. Die Frisur gab ihr ein jugendliches Aussehen, ohne dass sie auf peinliche Weise versuchte, so auszusehen wie eine Zwanzigjährige.

Minka hatte sich verzogen. Das Tier spürte, dass es jetzt besser war, sich möglichst weit von ihr entfernt aufzuhalten.

Wiebke drehte sich wieder zurück und griff mit beiden Händen unter ihre Brüste. Sie hob sie etwas an und betrachtete sie von vorn und von den Seiten. Sie hatte einen mittleren, etwa apfelsinengroßen Busen. Mit Anfang vierzig hatte das Newton'sche Gesetz der Schwerkraft auch bei ihr ein wenig seinen Tribut gefordert. Aber mit ihren Brüsten war sie doch im Großen und Ganzen zufrieden. Ihr Blick wanderte tiefer.

Der Bauch. Ganz okay, Baby, dachte sie. Einigermaßen straff. Das regelmäßige Training in der Hockeymannschaft des Polizeisportclubs zahlte sich aus. Gut, kein Brett wie diese bulimieverdächtigen, spindeldürren Models. Aber doch zufriedenstellend.

Die Beine. Lang genug. Vernünftig zum Körper proportioniert und trainiert. Kein, jedenfalls wenig Fett. Keine Cellulitis. Die Beine waren in Ordnung. Vor allem jetzt, nachdem sie jedes Härchen, das es gewagt hatte, aus der leicht solariumgebräunten weichen Haut hervorzusprießen, erfolgreich mit dem Epiliergerät bekämpft hatte.

Der Schritt. Die Behaarung ihres Venushügels hatte sie bis auf einen kleinen Rest entfernt und gestutzt. Auch hier war sie samtweich und ansehnlich.

Eigentlich war doch alles perfekt, so weit das in ihrem Alter überhaupt möglich war.

Doch ihren Arsch konnte sie nicht stutzen. Sie hatte schon immer ein breiteres Becken als der Durchschnitt gehabt und damit einen weiblichen Hintern. Als sie noch bei der uniformierten Polizei war, hatte sie ihren Po immer in die völlig falschen, da für Männer geschneiderten Uniformhosen pressen müssen. Jetzt, als

Kripo-Beamtin, durfte sie ja Zivil tragen. Da konnte man kaschieren. Aber im Bett mit dem süßen Seelenklempner? Was würde er zu ihrem Hintern sagen?

Ihr Hintern war Wiebkes großer Komplex. Oder er war zu ihrem Komplex geworden. Bis vor ein paar Jahren war sie mit sich insgesamt und damit auch mit ihrem Gesäß völlig zufrieden gewesen.

Dann war die Katastrophe über sie hereingebrochen, in Gestalt eines unverschämt gut aussehenden, durchtrainierten Mannes namens Wilfried. Ein Tennislehrer. Warum musste er auch jedes Klischee erfüllen? Äußerlich hätte er auf dem Titel der »Men's Health« abgebildet sein können. Innerlich war er aber leider genauso leer wie meistens sein Konto.

Dennoch hatte sie ihn vergöttert. Oder, um es der Wahrheit zuliebe exakt zu sagen: Sie hatte den Sex mit ihm vergöttert. Die größte Wonne war es für sie gewesen, wenn sie vor ihm kniete, er dahinter und er sie dann »a Tergo« in der Hundestellung nahm. Das konnte er perfekt. Er beherrschte das abwechselnd fordernde Zustoßen und provozierend langsame Rein- und Rausgleiten wie kein anderer. Immer, jedenfalls fast immer, hatte er es geschafft, dass sie einen Orgasmus bekam. Bis zu jenem Tag, als er in Ekstase sagte: »Dein Stutenarsch macht mich wahnsinnig!«

Er meinte das als Kompliment. Sie empfand es als Beleidigung.

Stute? Pferd?

Sie hatte den unsensiblen Macho rausgeworfen. Doch das von ihm durch einen einzigen Satz geschaffene Problem war geblieben. Wiebke war eine Stute mit einem entsprechenden Hintern. Da konnte man nichts machen. Vielleicht würde es der Seelenklempner nicht merken. Vielleicht mochte er Pferdehintern. Wirklich?

Sie verdrängte den Gedanken. Sie hatte noch eine Stunde. Gerade genug, um sich zu föhnen, zu frisieren, Make-up aufzulegen, ein Kleid auszusuchen, sich anzuziehen und dann Schuhe zum Kleid auszuwählen. Allein Letzteres dauerte erfahrungsgemäß zwanzig Minuten. Sie musste sich beeilen.

***

Wolfgang kam niedergeschlagen in Graal-Müritz an. Das reetgedeckte Haus lag malerisch in der untergehenden Sonne. Es wirkte friedlich, doch auf ihn machte es auf einmal einen feindlichen Eindruck. Was hatte er als Oberbayer auch in einem Fischerhaus zu suchen? Das konnte ja nicht gut gehen. Sie gehörten in die Berge. Und wenn schon Wasser, dann das erfrischend kalte Süßwasser der durch die Gletscher entstandenen oberbayerischen Seen. Chiemsee. Starnberger See. Tegernsee. Aber doch nicht das salzige, unruhige, stürmische Wasser der Ostsee.

Er stellte den Corolla ab und ging schweren Schrittes zur Haustür. Caroline schaute ihn erwartungsfroh an. Sie wollte Lydia sehen. Sie wollte sich um sie kümmern. Sie hatte sie doch zur Welt gebracht. Lydias erste Nahrung war ihre eigene Milch gewesen. Sie hatte die vollgeschissenen Windeln gewechselt. Warum sollte sie es nicht auch jetzt schaffen, ihrem Sonnenschein wieder ins Leben zu helfen? Aber es kam niemand außer einem gebeugt laufenden Mann, der alles andere als eine überlegene, siegessichere Männlichkeit ausstrahlte.

»Wo ist sie?«, fragte Caroline. Sie hatte Tränen in den Augen. Schmerzhaft wurde ihr klar, dass Lydia von ihnen nichts mehr wissen wollte.

Wolfgang zog nur kurz die Schultern hoch, sagte: »Abgehauen« und ging an seiner Frau vorbei ins Wohnzimmer. Caroline hatte eine weiß-blaue Girlande aufgehängt. Der Tisch war gedeckt. Weißwürste, Leberkäs mit süßem Senf, dem guten von Händlmaier natürlich, frisch aufgebackene Brezn, Radi, Obatzter. Alles, was zu einer deftigen bayerischen Brotzeit gehört, hatte Caroline in der Diaspora besorgt und aufgetischt. Lydia sollte sich darauf freuen, dass es bald zurückginge. Zurück in das verlassene Paradies.

Heimlich hatte Caroline schon mit Maklern gesprochen. Wenn sie das Haus verkaufen würden, könnten sie sogar richtig Plus machen. Reetgedeckte Häuser waren in den letzten Jahren total interessant geworden. Besonders wenn sie, wie das ihre, in einem aufstrebenden Urlaubsort lagen. Der Kaufpreis wäre wesentlich höher als die Hypothek. Mit etwa hunderttausend Euro Gewinn und den siebzigtausend, die sie gespart hatten, könnten sie auch im Süden etwas kaufen. Sogar in München.

Doch es war zu spät. Lydias Paradies war nicht mehr an einen Ort gebunden.

Caroline schaffte es nicht, ihren Mann in den Arm zu nehmen. Zu sehr machte sie ihn tief in ihrem Inneren für Lydias Drogensucht verantwortlich. Wolfgang wiederum hatte keine Kraft, seiner Frau zu zeigen, wie sehr er sie liebte, wie sehr er sie schätzte und wie sehr er sie jetzt brauchte.

Sie saßen sich gegenüber. Schwiegen sich an.

Wolfgang trank ein Weißbier. Dann ein zweites. Beim dritten stand er auf und holte die Flasche Obstler. »Auch ein Stamperl?«, fragte er.

Caroline schüttelte den Kopf. Sie stand auf und begann, den Tisch abzuräumen. Sie schuf äußere Ordnung als Ersatz für die irreparabel zerstörte innere Ordnung ihres Lebens. Als sie die letzten Krümel vom Tisch fegte, hatte Wolfgang bereits das sechste Stamperl intus und blickte sie aus glasigen Augen an.

»I geh jetzt schlaffa«, sagte sie in breitestem Bayerisch.

Er nickte und schenkte sich einen weiteren Schnaps ein. Langsam erholte sich seine Psyche von den Selbstvorwürfen. Irgendwann übermannte ihn die Müdigkeit, und er schlief angezogen und laut schnarchend auf dem Sofa ein. Das passierte ihm immer häufiger.

Caroline verachtete ihn dafür. Immer mehr.

***

Fritjof Hansen war extrem schlechter Laune, als es klingelte. Er stellte seinen Whisky-Tumbler ab, ging zur Tür und schaute durch den Spion. Was will die denn?, dachte er, öffnete aber dennoch die Tür zu seiner aufwendig renovierten Altbauwohnung in der Innenstadt Rostocks.

»Hallo, Lydia«, sagte Fritjof.

Wie selbstverständlich betrat sie den großen Flurbereich, schlang ihre Arme um ihn und küsste ihn leidenschaftlich. Er ließ es geschehen. Er wehrte sich nicht, aber er erwiderte ihre Leidenschaft auch nicht.

»Da bin ich wieder«, sagte sie und strahlte ihn an.

Das sehe ich, dachte er nur.

»Komm rein«, murmelte er. »Nimm dir was zu trinken, ich muss mal kurz telefonieren.«

Sie nickte, ging ins Wohnzimmer, nahm sich einen Gin und flegelte sich auf das Sofa. Bis Fritjof aus seinem Büro zurückkäme, würde sie sich mit der Fernbedienung und dem großen Fernseher amüsieren.

Fritjofs schlechte Laune war weniger auf Lydias überraschende Rückkehr zurückzuführen. Er hatte vielmehr geschäftliche Probleme. Große Probleme, weil er mit seinem Unternehmen gerade eine Abschreibung von fünfzigtausend Euro verkraften musste. Selbst für ihn eine Summe, die ihn traf.

Fritjof war in Rostock geboren, hier aufgewachsen und außer zu Urlauben nie aus der Stadt gekommen. Eigentlich war er ein sehr guter, ambitionierter Schüler gewesen. Er hatte Abitur gemacht und sogar angefangen zu studieren. BWL wollte er machen. Manager werden. Anzüge tragen, große BMWs fahren und die Geschicke multinationaler Konzerne lenken. Das war sein Ziel gewesen.

Um sein Studium zu finanzieren, hatte er einen kleinen, aber lukrativen Handel aufgezogen. Dieses Geschäft florierte mit den Jahren immer mehr, sodass er BWL eine schöne Wissenschaft und die Welt der Großkonzerne eine Utopie sein ließ. Sein Geschäft ernährte ihn redlich.

Doch nun war einer seiner Spediteure unvorsichtig gewesen. Die letzte Lieferung war unwiederbringlich verloren. Eine Versicherung gab es nicht. Er rief seinen Lieferanten an.

»Guten Abend«, sagte er. »Die letzte Lieferung ist untergegangen.«

»Das ist Ihr Problem«, erwiderte der Mann mit holländischem Akzent.

»Ich weiß«, knurrte Hansen. Wie bei internationalen Geschäften üblich, ging auch bei Fritjof Hansens Handelsware das Risiko mit der Übergabe der Sache an den von ihm beauftragten Spediteur auf ihn über.

Sein Spediteur war weiblich, zweiundzwanzig Jahre alt, Studentin der Germanistik und im ICE von Amsterdam nach Dortmund von den Beamten des Grenzschutzes gestellt worden. Sie hatten das Heroin gefunden, das sie transportierte. Sie wurde verhaftet, die Ware beschlagnahmt. Die fünfzigtausend Euro Einstandspreis waren verloren. Vom entgangenen Gewinn in Höhe von fast vierhunderttausend Euro ganz zu schweigen. Die Polizei konnte die Spur zwar nicht bis zu ihm verfolgen. Aber die Einschläge kamen näher.

»Sie sollten Ihre Logistik überprüfen«, empfahl der Holländer.

Er hat recht, dachte Hansen. Sein System war bisher im Grunde perfekt gewesen. Bisher. Er kümmerte sich um den Vertrieb der Ware hier vor Ort. Seine Spezialität war das aggressive Marketing bei jungen Menschen. In Schulen, Kneipen und Diskotheken mit jungem Publikum ließ er Gratisproben verteilen, bis die Neukunden kaufen mussten. Aber Hansen trat schon lange nicht mehr an vorderster Front auf. Die Organisation des Vertriebsnetzes oblag Christof, einem ehemaligen Kommilitonen, der im Gegensatz zu Hansen selbst an der Nadel hing und deshalb ein willfähriger Mitarbeiter war. Seine Drückerkolonne bestand aus ebenfalls Abhängigen.

Dieses System war Hansens Lebensversicherung. Er gab Christof den Stoff. Der verteilte ihn an die Drücker, die ihn schließlich an die Endkunden auslieferten. Ein Verrat war so gut wie ausgeschlossen. Ein Junkie verkauft eher seine Großmutter, als die Quelle für seine Sucht zu gefährden. Wenn jemand verraten werden würde, dann Christof. Dieser würde aber nie ihn bezichtigen.

Hansen selbst wickelte nur noch den Einkauf in Amsterdam persönlich ab, wo er als Tarnung eine Bar betrieb. Das war wichtig, damit er für den Fall der Fälle eine plausible Erklärung hatte, warum er häufig in die Grachtenstadt fuhr.

Dort traf er sich mit Sven, dem Holländer, und prüfte die Güte der Ware. Er bezahlte und packte die in kleinen Plastikbeuteln befindlichen Drogen in den doppelten Boden einer Reisetasche, die dann von einem ahnungslosen Studenten in ein Bahnhofsschließfach gebracht wurde. Hansen selbst verließ Amsterdam sofort danach und sorgte dafür, dass genügend Zeugen in Rostock bestätigen konnten, wie sich der Chef höchstpersönlich darum kümmerte, dass auch seine diversen Diskotheken, Bars und Amüsierbetriebe hier vor Ort liefen.

Ein Mitarbeiter seiner Amsterdamer Niederlassung schickte ihm den Schließfachschlüssel. Christof beauftragte einen »Spediteur«, die Tasche zu holen und sie in einem Schließfach an immer wechselnden Zielbahnhöfen zu deponieren. Nur mit diesem Schlüssel kam der Bote wieder in Rostock an. Christof sorgte dann dafür, dass die Ware abgeholt und endgültig nach Rostock gebracht wurde. Hansen hatte immer ein Alibi. Auf dieses System war er stolz. Sollte etwas schiefgehen, wäre er nie dabei gewesen.

Jetzt musste er eine Alternative zum Transport mit Boten finden, denn die heutige Verhaftung war schließlich Warnung genug. Er durfte sein Glück nicht strapazieren. Während er telefonierte, hatte er auf einmal den rettenden Gedanken.

»Mir ist da gerade was eingefallen«, sagte er zu dem Holländer. Es war eine perfide Idee, in deren Mittelpunkt Lydia stand. »Wir müssen über die Verpackung Ihrer Ware reden.«

»Okay, wann?«

»Nächste Woche. Ich melde mich.«

»Einverstanden.«

Deutlich besser gelaunt legte Fritjof auf und ging zurück ins Wohnzimmer. In der Hand hielt er einen verführerischen kleinen Plastikbeutel. Er setzte sich zu Lydia, streichelte ihr über das Haar und sagte: »Entschuldigung, dass ich gerade so abweisend war. Ich hatte echte Probleme.« Zärtlich fuhr er mit dem Plastikbeutel über die Konturen ihres Gesichts. Sie lächelte.

»Kein Problem, Schatz«, sagte sie. Ihre Augen gierten den weißen Inhalt des Tütchens an.

»Ich habe einen neuen Job für dich. Du müsstest aber häufiger in Amsterdam arbeiten. Wäre das ein Problem?«, fragte er.

Lydia schüttelte den Kopf. Für den Stoff vor ihrer Nase hätte sie alles gegeben. Warum nicht in Amsterdam arbeiten? Ob sie nun hier in einer seiner Kneipen ihren Arsch hinhielt oder in seinem Laden in Holland. Egal. Hauptsache, er würde sie mit Heroin versorgen.

»Prima«, sagte er. »Hier hast du dein Leckerchen.«

Zitternd öffnete Lydia den Beutel, verteilte den Stoff auf dem Tisch und zog ihn mit einem Strohhalm durch die Nase. Fixerbesteck duldete Fritjof Hansen in seiner Wohnung nicht.

Wenig später hob sie ab. *Welcome on board of Paradise Airways.*

***

Günter fuhr nach Lübeck, genau genommen nach Herrnburg, einem kleinen Ort südöstlich der Marzipanstadt. Süßes wollte und bekam er dort ausreichend, obwohl er kein Freund süßer Lebensmittel war.

Karin begrüßte ihn, kaum dass er das »Ceasar's Palace« betreten hatte. »Hallo, Günter«, flötete die Anfang Dreißigjährige, sehr schlanke Mitinhaberin des Lokals. »Schön, dass du heute auch wieder da bist.«

Es wirkte wie das Begrüßungsritual alter Freunde – der gehauchte Kuss auf die Wange inklusive. In gewisser Weise war er auch ein Freund, denn er gehörte zu den Stammgästen des Clubs.

Ja, schön, wieder hier zu sein, fand auch Günter, als er Karins Catsuit begutachtete. Sie trug praktisch nichts. Das Einzige, was sich dem vollständigen Nichts in den Weg stellte, war ein grobmaschiges, eng am Körper anliegendes Netz. Darunter schimmerte ihre helle weiße Haut.

Er bezahlte den Eintritt, und sie gab ihm einen Schlüssel für die Garderobenschränke in der ersten Etage sowie den ersten Satz Handtücher. Auf der Treppe kamen Günter einige Paare entgegen, die nach den ersten Erlebnissen des Abends auf dem Weg zurück ins Erdgeschoss waren. Sie wollten etwas trinken oder essen. Vielleicht suchten sie auch nur weitere Spielgefährten.

Günter ging in den Umkleidebereich und zog sich um. Das größte Problem für Männer in Swingerclubs ist die Kleidungsfrage. Es gibt kaum wirklich attraktive, erotisierende Wäsche für Männer, es sei denn, man will wirken wie der Lustboy einer Elton-John-Party in den Siebzigern. Doch bei Frauen haben weder getigerte Pants noch Stringtangas und schon gar nicht neckische Unterhosen, bei denen das beste Stück in den Rüssel eines auf den Schritt aufgesetzten Elefanten gesteckt werden kann, einen lustauslösenden Effekt.

Günter trug deshalb aus Erfahrung ein schwarzes Seidenhemd und ebenfalls schwarze Boxershorts. Er brauchte sich seiner Figur nicht zu schämen, trotz seiner inzwischen neunundvierzig Jahre. Bei einem Meter siebenundachtzig Körpergröße und fünfundachtzig Kilogramm Gewicht, einem trainierten Körper und wenigen Fettpolstern konnte man ihn als attraktiv bezeichnen. Seine Haarpracht war nicht von Ausfall beeinträchtigt, und die wenigen grauen Anteile ließ er durch einen verständnisvollen Friseur eliminieren.

Günter öffnete gerade seinen Stahlschrank – einen von der Sorte, wie man sie aus Schwimmbädern, Fitnessstudios und ähnlichen Einrichtungen kennt –, als ihn Christine wie einen alten Freund umarmte und willkommen hieß.

Christine war Lehrerin für Geschichte und Latein an einem Hamburger Gymnasium. Noch war sie die brave Akademikerin in langweiliger Bluse und dreiviertellangem Faltenrock. Ihre unmodische Brille mit den etwas zu breiten Bügeln verlieh ihr einen strengen Gesichtsausdruck.

Günter begrüßte sie freudig. Ihrem Mann Michael, einem Unternehmensberater, klopfte er auf die Schulter. Die beiden waren wie Günter aus einem einzigen Grund im »Ceasar's Palace«: Hier durften sie so sein, wie sie waren.

Versonnen beobachtete Günter Christines Verwandlung von der braven Bürgerin in eine devote Lustsklavin. Sie entledigte sich ihrer Alltagskleidung und legte ein schwarzes Lederband um ihren schlanken Hals. Danach zog sie ihren Lederriemen-Body an. Binnen Minuten war die Metamorphose vollzogen. Sie trug nun nur noch Riemen und Messingketten. Ihre Brüste waren von jeweils drei Streifen schwarzen Leders umgeben. Metallringe hielten die Streifen zusammen. An den beiden unteren Ringen waren zwei Lederriemen befestigt, die zu einem weiteren Metallring knapp über ihrem Schritt führten. Eine daran befestigte Messingkette lief durch den Schritt und die Poritze bis zum Rücken hinauf. Dort traf sie auf die beiden Ketten, die von den Brustriemen nach oben und über die Schultern führten. Sonst trug sie, außer hochhackigen Schuhen, nichts. Sie war exhibitionistisch. Sie war devot. Sie war verboten. Hier durfte sie es sein.

Michael trug eine martialische Lederkluft. Er demonstrierte seine dominante Ader ebenfalls durch sein Äußeres. Sie waren ein perfektes Paar. Wo sonst konnten sie dies zeigen?

Günter ging ins Erdgeschoss in den Speisesaal, wo Karins Vater ein opulentes, selbst unter Anlegung verwöhnter Maßstäbe lukullisches Büfett für die Gäste vorbereitet hatte. Im »Ceasar's Palace« erhielt man für den Eintritt alles inklusive. Karins Vater hatte früher in den Räumen eine Pension mit Restaurant betrieben. Davon lebten sie mehr schlecht als recht. Heute boten sie ein liberales, offenes und gepflegtes Haus. Dafür waren ihre Gäste bereit, gut zu zahlen. Natürlich war es nicht verboten, was sie hier taten. Aber Günter wusste nur zu genau, dass seine Promiskuität oder Christines Hang zu Sadomaso-Spielchen ihre bürgerlichen Karrieren und ihre gesellschaftliche Akzeptanz ganz schnell beenden würden, wenn sie sie außerhalb der beruhigenden Diskretion dieses Clubs auslebten. Keiner würde es aussprechen, aber alle würden ihn ausgrenzen. Wiebke zuallererst.

Günter genoss das Lachsfilet. Er betrachtete die Gäste, die sich jetzt, um etwa zehn Uhr abends, im Bar- und Restaurantbereich aufhielten. Freizügige Menschen. Frei in ihrer Sexualität. Entspannt, weil sie sich nicht schämen mussten. Jeder wurde so akzeptiert, wie er war, solange er das Gleiche beim anderen tat.

Manche schätzten nur, sich zu zeigen. Andere genossen den Kick, mit einem anderen Paar die Partner zu tauschen. Nymphomane Frauen hatten die Gelegenheit, endlich so viele Männer gleichzeitig zu genießen, wie sie es sich sonst nur in ihren feuchten, einsamen Nächten erträumten. Wieder andere kamen, um im Gewühl nackter Körper in Ekstase puren, rein körperorientierten Sex zu erleben. Nur Fleisch. Nur Geilheit.

Bisexuelle Neigungen. Sadomasochistische Orgien. Eigentlich kam es praktisch nicht vor, dass bis drei oder vier Uhr morgens nicht jeder Gast für seine individuellen Gelüste das entsprechende Pendant gefunden hatte, um sich danach in der Wellness-Zone im ersten Stock im Whirlpool, in der Sauna, im Solarium oder einfach auf dem Kissenparadies vor dem Kamin zu entspannen.

Günter wusste schon jetzt, dass sich die lange Fahrt gelohnt hatte, egal, was passieren würde. Hier war er mit Gleichgesinnten zusammen. Hier fühlte er sich wohl.

***

Wiebke hatte es gerade noch pünktlich geschafft. Sie war gestylt, frisiert, fertig angekleidet und hatte sich sogar schon für ein passendes Paar Schuhe zu ihrem schwarzen Cocktailkleid entschieden. Gar nicht so einfach, wenn man wie Wiebke viele davon zur Auswahl hatte.

Thomas Schulte traf erwartungsgemäß pünktlich auf die Minute ein. Um neunzehn Uhr dreißig klingelte er an der Tür, und Wiebke ärgerte sich, dass ihr Puls raste. Sie meinte, dass er sehen würde, wie ihr Herz pochte.

»Guten Abend, Frau Sollich«, sagte er und überreichte ihr einen Strauß langstieliger roter Rosen. »Ich freue mich, dass Sie heute Abend Zeit haben.«

»Ich freue mich auch, Herr Schulte«, erwiderte sie und fragte sich, ob sie nicht »Herr Dr. Schulte« hätte sagen müssen. Aber die Siezerei würde sie ohnehin in einer halben Stunde beseitigt haben.

Sie stellte die Rosen in eine Vase, platzierte diese auf dem Wohnzimmertisch ihrer Zwei-Zimmer-Wohnung und bemerkte dann: »Ich wäre fertig. Wir können.«

»Sie sehen wunderbar aus. Wie ich immer geschrieben habe: eine ausnehmend schöne Frau.«

Wiebke wurde rot. Sie stammelte ein »Danke«.

Jetzt nimm doch endlich meine Hand, dachte sie mehrfach auf dem etwa zehn Minuten dauernden Spaziergang zum Restaurant. Wiederholt berührte ihre wie zufällig die seine. Aber Thomas machte keine Anstalten.

Er ist eben ein Gentleman, Wiebke.

Ja, Mama.

»Erlauben Sie?«, fragte er im Restaurant, bevor er ihre Jacke nahm und sie zusammen mit seiner eigenen dem Empfangskellner zur Aufbewahrung übergab.

»Vielen Dank«, murmelte Wiebke. Gutes Benehmen war selten geworden. So selten, dass sie keine Ahnung hatte, wie man am besten darauf reagieren sollte.

Er hatte das »Carlo615« direkt am Warnowufer ausgesucht. Ganz offensichtlich war Thomas hier schon öfter gewesen, denn die Kellner begrüßten ihn herzlich, und auch der Inhaber Carsten Loll ließ es sich nicht nehmen, ihn und seine charmante Begleitung, wie er sagte, auf das Herzlichste willkommen zu heißen.

Carsten Loll wies mit einer einladenden Geste auf den für sie reservierten Tisch, auf dem die Kerzen bereits brannten und wo in zwei Gläsern der Prosecco perlte. Auf den Platztellern lag jeweils eine rote Rose. Die Menükarte war handgeschrieben. Thomas hatte Carsten Loll vorher eindeutige Anweisungen gegeben. Dieser hatte offensichtlich verstanden.

Beeindruckt ließ sich Wiebke zu ihrem Platz führen. Thomas rückte ihr den Stuhl zurück. Sie nahm wortlos Platz. Nicht nur, dass es ihr erstes romantisches Rendezvous seit Langem war. So viel Mühe hatte sich noch nie ein Mann gegeben. Noch nie.

Von ihrem Platz aus konnte sie auf die Warnow blicken, deren Wasseroberfläche die letzten Strahlen der untergehenden Sonne reflektierte. Die im Hafen vertäuten Segelboote schaukelten sanft im leichten Wind. Gedämpft drang die maritime Geräuschkulisse des Hafens, vor allem der melodische Klang der Wanten und Stagen, in das Lokal. Draußen flanierten die Menschen. Wiebke bemerkte erstaunlich viele verliebte Pärchen. Sie wünschte sich, heute Abend genau das zu erleben.

Thomas setzte sich ihr gegenüber, rückte die geschmackvolle Krawatte zurecht, die farblich perfekt zu seinem dunkelblauen Anzug passte und zudem dezent maritim gemustert war, nahm sein Glas und prostete ihr zu.

Wiebke zitterte, als sie ihr Glas in die Hand nahm. Hoffentlich hält er mich mit dem Tatterich nicht für eine Säuferin, dachte sie.

»Ich wünsche uns beiden einen schönen Abend«, sagte er.

»Danke.« Sie wollte sagen: »Ich dir auch.« Aber offiziell waren sie ja noch beim Sie. Sie nahm also allen Mut zusammen. »Ich möchte, dass wir ... äh«, stammelte sie. »Also, ich bin ja die Frau, und deshalb ... also, ich heiße Wiebke.«

Thomas lächelte und sagte: »Dann bin ich der Thomas.«

Das wäre geschafft, dachte Wiebke und atmete auf. Das Eis taute. Wenn auch langsam.

»Ich hoffe, das Menü gefällt dir«, meinte Thomas, als er Wiebke beim Studieren der Karte beobachtete.

»Ganz ausgezeichnet. Woher wusstest du, dass ich für Lammrücken sterben könnte?«

»Ich könnte jetzt sagen, dass ich das geahnt habe. Aber ich will ehrlich sein. Es war eine kleine Indiskretion deines Kollegen Wolfgang Franke. Übrigens ein ganz sympathischer Mann«, sagte Thomas.

Wiebke liefen Schauer der Rührung über den Rücken.

Während der Vorspeise, ja, bis weit in den Hauptgang hinein, erzählte nur Wiebke. Thomas verstand es geschickt, ihr Fragen zu stellen. Er lenkte das Gespräch so, dass sie gar nicht bemerkte, dass nur sie alles von sich, er jedoch nichts von seiner Person preisgab. Sie gab Anekdoten aus ihrer Kindheit in der DDR zum Besten. Sie berichtete von ihrem Schicksal als Einzelkind, vom frühen Tod ihres Vaters, von ihrer Schulzeit, von der Zeit bei der Volkspolizei und von ihren Schwierigkeiten nach der Wende, als ehemaliges Parteimitglied doch noch Beamtin werden zu können. Sie erzählte, wie ihr Wolfgang Franke dabei geholfen hatte. Sie breitete ihr halbes, fast sogar drei Viertel ihres Lebens vor ihm aus.

Sie plauderten. Sie lachten. Sie verstanden sich blendend. Doch auf einmal hielt Wiebke inne.

»Hör mal, ich erzähle hier die ganze Zeit. Von dir höre ich aber so gut wie nichts.«

»Du weißt doch, wer ich bin«, sagte er phantasielos.

»Ich weiß nur, dass du ein wahnsinnig gut aussehender, sympathischer Mann bist und hier in Rostock als Psychiater an der Uni-Klinik arbeitest. Aber was bist du für ein Mensch? Wo kommst du her? Was ist mit deinen Eltern? Hast du Geschwister?«

Thomas starrte in sein Glas und erwiderte minutenlang nichts.

»Da gibt es nicht viel zu berichten«, sagte er dann tonlos.

»Doch, das gibt es.« Wiebkes Ton war fordernd. »Los, raus damit.«

»Die Geschichte langweilt dich bestimmt«, wich Thomas aus.

»Lassen wir es darauf ankommen.«

»Es ist aber keine schöne Geschichte.«

»Thomas, bitte.«

»Also gut. Wie du willst. Ich habe das erleben müssen, was man eine schreckliche Kindheit nennt. Meine Eltern sind beide gestorben, als ich dreizehn war.«

»Unfall?«, fragte Wiebke mitfühlend.

Thomas schaute sie nachdenklich an. Schließlich straffte er die Schultern und nickte. »Irgendwann müsste ich dir die Geschichte ja sowieso erzählen. Also warum nicht gleich am Anfang?«

»Du machst es aber spannend.«

»Meine Eltern wurden getötet.«

»Oh. Das tut mir leid. Hat man die Täter gefasst?«

Wiebke ärgerte sich augenblicklich, dass die Polizistin in ihr nie zu schlafen schien, nicht einmal bei einem romantischen Dinner mit Kerzenschein.

»Wie man es nimmt. Mein jüngerer Bruder Daniel hat beide im Schlaf erschlagen.«

»Was?«, fragte Wiebke fassungslos und mit offenem Mund. »Was hat er?«

»Versteh mich bitte nicht falsch, wenn ich jetzt sage, dass sie es verdient hatten. Ich bin ein absoluter Gegner der Todesstrafe. Ich selbst kann nicht einmal eine Stubenfliege erschlagen. Ich sage auch ganz klar, dass Daniel zu weit gegangen ist. Aber aus seiner Sicht sind sie nur angemessen für das bestraft worden, was sie ihm und – wenn auch nicht ganz so schlimm – mir angetan haben.«

Wiebke erschauderte. Was konnte ein Kind dazu bringen, seine eigenen Eltern im Schlaf zu erschlagen?

»Was war passiert?«, fragte sie leise.

»Mein Vater war ein brutaler Schläger. Er hat mich, vor allem aber Daniel und meine Mutter regelmäßig vertrimmt. Nur war das noch nicht das Schlimmste.«

Wiebke beschlich eine böse Ahnung.

»Er hat Daniel regelmäßig missbraucht und meine Mutter gezwungen, dabei zuzusehen. Und Daniel musste umgekehrt zusehen, wie er es mit meiner Mutter tat.«

»Und deine Mutter hat nichts dagegen unternommen?«

»Nein, wenn sie ihn gewähren ließ, ersparte sie sich und Daniel für ein paar Tage Prügel. Eines Tages ist Daniel durchgedreht, hat sich einen Baseballschläger besorgt und wie von Sinnen auf meine Eltern eingeschlagen. Das ganze Bett war blutgetränkt«, sagte Thomas mit zittriger Stimme. Er tupfte sich mit der Serviette ein paar Tränen aus den Augenwinkeln.

»Bist du auch …«, flüsterte Wiebke, nachdem sie sich vom Schock des gerade Gehörten ein wenig erholt hatte.

»Nein«, sagte er mit schon wieder festerer Stimme. »Jedenfalls nicht, soweit ich mich erinnern kann. Du weißt vielleicht, dass alles, was bis zum Alter von fünf Jahren passiert, der frühkindlichen Amnesie zum Opfer fällt. Danach jedenfalls hat er mich nur geschlagen. Für das andere war ja Daniel da.«

»Und warum hat dein Bruder auch deine Mutter …?« Sie traute sich nicht, das Ungeheure auszusprechen.

»Daniel hat sie dafür verantwortlich gemacht, dass sie ihn nicht beschützt hat. Irgendwo sogar verständlich, oder?«

Wiebke nickte betroffen. »Und wie ging es weiter?«

»Nun, Daniel war natürlich schuldunfähig. Wir kamen beide in ein Heim. Ich hatte das Glück, dass mich danach eine Pflegefamilie aufnahm. Dort lebte ich, bis ich mit achtzehn nach Hamburg ging und im Hafen jobbte.«

»Du hast im Hafen gejobbt?«

»Ich hatte ja nicht einmal Abitur. Ich habe also gearbeitet, auf dem zweiten Bildungsweg das Abitur nachgeholt und schließlich Medizin studiert. Schon nicht schlecht, was aus einem Kind aus zerrütteten Verhältnissen, das einmal Heimkind war, noch so alles werden kann, oder?«, fragte Thomas nicht ohne Stolz in der Stimme.

Wiebke schämte sich. Gott, was war ihr Leben doch glatt gelaufen. Was bedeuteten schon ein paar blöde Befragungen durch den Verfassungsschutz? Was machte es da schon aus, dass sie früher unter der Stasi und dem ganzen Mist gelitten hatte?

»Was ist mit Daniel passiert?« Diese Frage musste sie stellen. Sie musste sie einfach loswerden.

»Daniel ist mit siebzehn aus dem Heim abgehauen und dann, soweit ich weiß, zur See gefahren. Ich habe seit Jahren, fast sind es schon Jahrzehnte, nichts mehr von ihm gehört. Dabei würde ich mich wirklich freuen, wenn er sich melden würde. Er ist ein guter Junge und – nicht zu vergessen – mein Bruder.«

Wiebke hatte einen trockenen Hals. Mitleid für Thomas überkam sie. Abscheu für die Eltern. Aber auch eine undefinierbare Angst vor dem Bruder, der so furchtbar gequält worden war, dass er Vater und Mutter erschlagen hatte. Sie schwieg, wollte zum Weinglas greifen, besann sich aber und trank stattdessen Wasser. Jetzt bloß einen klaren Kopf behalten, dachte sie.

Sie schwiegen minutenlang.

»Ich wusste, dass du mit mir nichts zu tun haben willst, wenn du die Geschichte kennst«, stellte Thomas dann fest. »Das war bisher bei allen Frauen so. Aber ich kann mit dir nicht eine Beziehung beginnen, die auf einer Lüge basiert. Wenigstens hatten wir einen schönen Abend.«

Wiebke sah in seine traurigen Augen. Wieder erstarb das Gespräch. Die bleierne Stille lastete schwer auf ihr. Dann schüttelte sie unwillkürlich den Kopf. Nein, dachte sie. Ich will ihn. Ich werde doch nicht vor so einer Geschichte kapitulieren. Er ist doch ein toller Mann. Er hat aus beschissenen Verhältnissen das denkbar Beste gemacht. Nein, ich will ihn nicht trotz, sondern sogar wegen seiner Vergangenheit.

»Ich will dich«, sagte sie. »Ich will es mit dir versuchen.« Es war wohlüberlegt. Sie war überzeugt.

»Trotzdem?«

»Trotzdem.«

Als sie aus dem Lokal traten, war es dunkel geworden und empfindlich kalt. Thomas legte seinen Arm um ihre Schultern, und Wiebke genoss seine Nähe und Wärme. Sie schlenderten am Kai entlang. Sie sagten nichts, und trotzdem verband sie eine unausgesprochene Verbundenheit.

Er brachte sie bis zu ihrer Tür. Sie küsste ihn zärtlich. Dann stellte sie die Frage der Fragen.

»Willst du noch auf einen Absacker mit rauf?«

Sie schämte sich augenblicklich für diese Plattitüde. Aber was sollte sie sonst fragen?

»Nein«, antwortete er überraschend schnell. »Es ist schon nach elf. Ich muss morgen in die Klinik, und meine Patienten haben Anspruch auf einen Arzt mit einem klaren, ausgeschlafenen Kopf.«

»Natürlich.« Wiebke schluckte. Hoffentlich denkt er nicht, ich wäre so eine Schlampe, die gleich mit jedem ins Bett geht, durchfuhr es sie. Obwohl sie gerne seinen nackten Körper gespürt hätte.

»Bis morgen«, hauchte er.

»Bis morgen«, erwiderte sie und schloss die Tür auf. Sie drehte sich um, winkte ihm noch einmal zu und ging die zwei Treppen zu ihrer Wohnung hinauf.

Minka begrüßte sie mit einem freudigen Mauzen. Die Katze ließ sich kurz kraulen und verschwand dann wieder. Katzen haben ihren eigenen Willen.

Enttäuscht, allein ins Bett gehen zu müssen, zog sich Wiebke aus. Sie warf ihr Kleid achtlos auf den Boden. Slip und BH folgten auf dem Fuße. Die Schuhe flogen während eines kurzzeitigen Wutanfalls in die Ecke.

Sie warf sich nackt auf ihr Bett. Erst wie beiläufig und dann immer gezielter wanderten ihre Hände über ihren Körper. Sie stellte sich vor, wie Thomas seine gepflegten und manikürten Hände fordernd auf ihren Busen legte. Wie seine Küsse jeden Quadratzentimeter ihres Körpers erkundeten. Wie er ihre Klitoris massierte. Wie er stöhnte, weil ihre Lippen sein prächtiges Glied umschlungen hatten. Wollust ergriff sie.

Ihre Gedanken setzten zum Finale an. Er drang in sie ein und vögelte sie. Ihre Hände lagen auf den Backen seines Knackarsches. Sie spürte ihn. Langsam, sich von ganz unten immer mehr aufbauend, kündigte sich ihr Orgasmus an. Jetzt dürfte er sogar »Stutenarsch« sagen. Er ja.

Mit einem Zucken und unter lautem Stöhnen entlud sich ihre Erregung.

Bald würden es nicht mehr nur ihre eigenen Finger sein, die sich mit ihrem Körper beschäftigten. Mit diesem Gedanken und einem zufriedenen Lächeln schlief sie ein.

2

»Ich danke dir«, sagte Wiebke.

»Wofür?«, fragte Günter. »Ich kenne Wolfgang doch nun auch schon ein paar Jährchen. Wir sind seine Freunde.«

»Ja«, meinte Wiebke gedehnt. »Das sind wir. Und Wolfgang kommt einfach nicht darüber weg. Es ist jetzt fast acht Wochen her, dass Lydia endgültig abgehauen ist. Seither ist er zu nichts mehr zu gebrauchen. Er kommt spät, ist meistens unrasiert und ungepflegt, nicht selten hat er noch dazu eine Fahne. Die Sache geht ihm verdammt nahe. Wir müssen uns um ihn kümmern.«

»Natürlich. Also am Samstag um sechs bei mir. Ich mache eine Kleinigkeit zu essen. Ich bin zwar kein Bocuse, aber der Hunger wird es schon reintreiben. Dann können wir plaudern. Wolfgang, du und ich.«

»Und Thomas«, ergänzte Wiebke.

»Ja, natürlich«, beeilte Günter sich zu sagen. »Ich muss mich erst daran gewöhnen, dass du inzwischen liiert bist. War dir zu gönnen.«

»Höre ich da ein bisschen Eifersucht heraus?«, frotzelte sie.

»Hör mal! Ich kenne dich schon viel länger als der Doc. Wenn ich etwas gewollt hätte, hätte ich ja jede Gelegenheit gehabt, oder?« Günter sprach mit fester, überzeugter Stimme ins Telefon. Wiebke würde seine Leidenschaften nie teilen. Eine Beziehung wäre frustrierend. Für sie. Dann für ihn. Sie wäre von Anfang an auf einer Lüge aufgebaut. Sosehr er sich auch nach dieser Frau verzehrte, so klar war ihm, dass es nicht gut gehen konnte.

Sie erwartete einen monogamen, treuen Mann. Einen, der »normal« war. Wie immer das auch definiert war. Jedenfalls aber keinen, der regelmäßig Swingerclubs besuchte. Also müsste er lügen, um sie zu bekommen. Und ein Doppelleben führen, um seinen Bedürfnissen gerecht zu werden. Früher oder später würde alles herauskommen. Und dann? Dann wäre sie da, die Beziehungskatastrophe.

Die kreischenden Anklagen. Die bohrenden Fragen. »Wie lange geht das schon so?« oder »Genüge ich dir etwa nicht?« und all die anderen sinnlosen Vorwürfe. Sinnlos, weil niemand seine Sexualität leugnen kann, ohne ernsthafte Schäden an der Psyche zu nehmen. Sinnlos, weil er so war. Sinnlos, weil er sich nicht würde ändern können.

Besser, er bliebe allein und genösse die Freundschaft mit Wiebke, ihre Zuneigung, ihre erfrischend offene, ehrliche und direkte Art. Aber eben nur als Freundin. Nicht als Geliebte oder Partnerin. Irgendwie gehörten sie ja außerdem auch zum selben Laden. Sie waren in gewisser Weise Kollegen. *Never put your pen in company's ink.* Sagen die Amerikaner. Recht haben sie.

***

»Herr Doktor, das müssen sie mir glauben. Ich bin nicht verrückt«, sagte die Frau verzweifelt. Sie war Anfang dreißig, schlank, gut gekleidet und gepflegt. Nur ihre Augen strahlten Misstrauen, hektische Nervosität und Angst aus. Ruhelos wanderte ihr Blick durch das Behandlungszimmer der ambulanten Abteilung der Klinik.

Thomas nickte. »Natürlich sind Sie nicht verrückt«, sagte er. Natürlich war sie es. In gewisser Weise und je nachdem, welchen Standpunkt man einnahm. Abnormalität ist die Abweichung vom Normalen. Und »normal« ist das, was von der Gesellschaft in ihrer jeweiligen Zeit als »normal« definiert wird. Wer davon abweicht, ist per Definition krank, muss behandelt und vielleicht sogar eingesperrt werden. So einfach ist das. Nur ist es schwer für den Betroffenen, das zu akzeptieren.

Noch bis in das 17. Jahrhundert galten Menschen, die behaupteten, die Erde sei keine Scheibe, sondern eine Kugel, als verrückt. Als Sonderlinge. Als gefährliche, zu verfolgende, vom Teufel besessene Kreaturen, die zu eliminieren eine göttliche Pflicht war. In diesem Sinne zwang die katholische Kirche den berühmten Gelehrten Galileo Galilei, seine Lehre zu widerrufen. Er tat es, um dem Scheiterhaufen zu entgehen, wurde aber 1992, kaum dreihundertfünfzig Jahre nach seinem Tod, von ebenjener Kirche rehabilitiert. Aus heutiger Sicht war Galileo normal, und seine Verfolger waren verblendete religiöse Fanatiker. Damals aber waren die Inquisitoren normal und gesund.

Heute kokettieren Sänger, Schauspieler, ja sogar manche Politiker damit, schwul zu sein. Bis in die siebziger Jahre hinein galt Homosexualität als behandlungsbedürftige psychische Krankheit.

Der britische Mathematiker Alan Mathison Turing half dem britischen Geheimdienst mit seiner Genialität, den Code der deutschen Dechiffriermaschine Enigma zu entschlüsseln. Eine der am meisten gefürchteten Waffen Nazideutschlands, die U-Boot-Flotte, wurde damit wirkungslos. Im Grunde war Turing ein Kriegsheld. Das hinderte die Briten aber nicht daran, Turing, nach dem inzwischen der als Nobelpreis der Informatik geltende »Turing-Preis« benannt wurde, 1952 wegen »grober Unzucht und sexueller Perversionen« zu verfolgen. Sie stellten ihn vor die Wahl: Gefängnis oder psychiatrische Behandlung. Alan Turing entschied sich für Letzteres. Sein Todesurteil. Er schluckte weibliche Hormone, bekam Brüste, verfiel in tiefe Depressionen und beging in aussichtsloser Lage 1954 Selbstmord, indem er einen mit Zyanid vergifteten Apfel aß.

Heute gilt Homosexualität als eine normale Variante menschlicher Sexualität.

Normal heißt gesund.

Die Frau mit den scheuen, hektischen Augen hatte ein großes Problem. Sie war geschieden. Ihr Mann ertrug es nicht mehr, wenn sie hin und wieder »ihre verrückte Phase hatte«, wie er es nannte. Das Sorgerecht für den Kleinen war ihr geblieben. Bis vor drei Wochen, als besorgte Nachbarn die Polizei gerufen hatten, weil die Frau wie rasend war. Sie warf Möbelstücke aus dem Fenster. Sie brüllte. Sie schrie.

Die Männer der Psychiatrie hatten sie schnell überwältigt. Eine Spritze stellte sie ruhig. Was in der Spritze war? Die Männer mit den weißen Turnschuhen waren nicht zur Rechenschaft verpflichtet. Die Frau war schließlich verrückt. Wer interessierte sich schon dafür, was man einer offensichtlich Bekloppten gab, um sie zu sedieren?

Drei Wochen war sie in der Geschlossenen gewesen. Drei quälende Wochen, in denen sie widerspruchslos viele bunte Pillen schluckte. In denen sie sich kooperativ gab. Sie ertrug das mitleidige, großväterliche »Wie geht es uns denn heute?« des einen Teils der Ärzteschaft genauso wie die kalte, überhebliche Arroganz der anderen, die nie mit ihr, sondern immer nur über sie sprachen. Sie wollte alles tun, um wieder für ihren Sohn da zu sein.

Sie hatte doch nur ihren Nick verteidigt. Ihren Schatz, den böse Mächte vom Jupiter entführen wollten. Deshalb hatte sie die Möbel auf die Straße geworfen, um die Außerirdischen zu vertreiben.

Gott, was war ihr das jetzt peinlich.

Man hatte ihr Tabletten gegeben. Antipsychotika. Sie war wieder klar geworden. Ihre Wahnhandlung schmerzte sie nun in der Erinnerung. Das würde ihr nie wieder passieren. Allein schon wegen Nick.

Doch der Vater von Nick hatte durchgesetzt, dass ihr das Sorgerecht mit einer einstweiligen Verfügung entzogen wurde. Ein Kind in der Obhut einer Verrückten? Unmöglich. So sah es auch der Familienrichter. Er vermied lediglich das Wort »verrückt«.

Natürlich wusste Thomas, dass der Richter gar nicht anders konnte. Er entschied zum Wohle des Kindes. Das war nun mal seine Aufgabe. Nick war derzeit besser bei seinem Vater aufgehoben. Aber diese Entscheidung nahm der Frau jede Lebensperspektive. Ihm oblag es, ihr wieder eine zu geben. Das war seine Aufgabe.

»Nein«, sagte Thomas. »Sie sind nicht verrückt. Sie sind krank. Wissen Sie, wenn eine Mutter einen Herzinfarkt bekommt, tagelang auf der Intensivstation liegt und danach eigentlich ein Pflegefall ist, weil die geringste Anstrengung für sie tödlich sein kann, würde kein Richter dieser Welt dieser Frau das Sorgerecht entziehen.«

Würde er wohl doch. Aber Thomas merkte, wie diese Lüge der Frau half. Sie nickte und blickte wieder hektisch durch den Raum.

»Sie dagegen haben das Pech, dass Ihre Krankheit von der Gesellschaft nicht akzeptiert wird. Man erkrankt nicht am Geist. Höchstens am Körper. Aber nie am Geist.«

»Gibt es viele wie mich?« wollte sie wissen.

»Mehr, als die Menschen im Allgemeinen annehmen. Das Lifetime-Risiko, wie wir das nennen, beträgt bei der Schizophrenie etwa ein Prozent. Das bedeutet, dass einer von hundert in seinem Leben etwas Ähnliches durchmacht wie Sie. Wenn man es so betrachtet, haben Sie eigentlich etwas völlig Normales, sozusagen eine Volksseuche. An Asthma zum Beispiel leiden fünf Prozent der Bevölkerung. Die meisten davon ohne Aussicht auf Heilung …«

»Kann ich denn wieder gesund werden?«, fragte sie ihn mit flehendem Blick.

Thomas lächelte. »Ich wollte es Ihnen gerade sagen. Im Gegensatz zu einem Asthmatiker haben Sie sehr gute Chancen, wieder ganz gesund zu werden.«

»Wirklich?« Sie strahlte ihn an.

»Ja, wirklich«, sagte Thomas. »Ich helfe Ihnen.«

»Wann kriege ich Nick zurück?«

»Wenn ich nach bestem ärztlichen Gewissen ausschließen kann, dass Sie rückfällig werden. Doch das dauert seine Zeit. Wir sind jetzt ganz am Anfang. Die Tabletten helfen. Wir kombinieren die Medikamentengabe mit einer Gruppentherapie und einer tiefenpsychologischen Behandlung. Sind Sie damit einverstanden?«

»Natürlich, Herr Doktor«, sagte sie schnell. Dann fügte sie bittend, fast fordernd hinzu: »Wie lange ungefähr?«

»Rechnen Sie mit einem Jahr.«

Ihr Lächeln gefror. »Ein Jahr? So lange?«

»Es tut mir leid, Sie haben eben keinen Herzinfarkt, wie gesagt. Wir müssen die anderen überzeugen. Je besser Sie mitmachen, desto schneller kann es gehen.«

Die Frau fügte sich. Was blieb ihr auch übrig?

»Meine Assistentin wird Ihnen die Termine für die Gruppentherapie und für unser nächstes Gespräch geben«, sagte er zum Abschied. »Wir schaffen das!«, ergänzte er mit einem herzlichen und offenen Gesichtsausdruck.

»Danke, Herr Doktor.«

Die Frau ging. Thomas griff zum Telefon.

»Manuela, was habe ich heute noch vor?«, fragte er die Vorzimmerdame, die ihn und seine Termine managte.

»In einer halben Stunde kommt Frau Bodelschwing wegen ihrer Kleptomanie. Um siebzehn Uhr müssen Sie los wegen der Fortbildungsveranstaltung. Ach ja, Frau Sollich hat angerufen. Sie sollen sie zurückrufen.«

»Danke, mache ich«, sagte Thomas. Er tippte kurz auf die Telefongabel, um das interne Gespräch zu unterbrechen, und wählte aus der Kurzwahlliste die Nummer von Wiebke, die er auf die Eins programmiert hatte. »Hallo, mein Schatz«, sagte er und lächelte glücklich.

»Hallo, Thomas.«

Sie nannte ihn nicht »Schatz«. Sie nannte ihn Thomas. Kosenamen hatte sie Männern bisher nur im Bett gegeben. Und dann waren es solche, deren öffentliche Verwendung sich von Natur aus verbot. Thomas redete beim Sex aber nicht. Deshalb schwieg auch sie lieber.

Wiebke kam ohne Umschweife auf den Grund ihres Anrufs zu sprechen. »Wir müssen uns um Wolfgang kümmern. Günter lädt ihn und uns morgen Abend zu sich ein. Wir müssen ihm helfen.«

»Klar«, sagte Thomas. »Nur –«

»Ich weiß. Um elf sind wir zu Hause, mein disziplinierter Doktor. Schließlich will ich ja auch noch was von dir haben«, sagte sie.

Sie schliefen nur am Wochenende miteinander. Und auch nur im Bett, im Dunkeln. Und ausschließlich in der Missionarsstellung. Aber sie hatte einen Mann aus Fleisch und Blut. Endlich. Also jetzt nicht undankbar sein. Wenigstens war da einer, der sie wärmte. Einer, mit dem sie Sex haben konnte. Wenn auch langweiligen.

»Ja, ja«, sagte Thomas schnell. Sex war ihm nicht wichtig. Er fand ihn sogar schmutzig. Schmutz war widerwärtig. Deshalb lag am Samstag auch immer ein weißes Badehandtuch auf seiner Matratze. Das konnte er steril kochen.

»Sehen wir uns heute Abend?«, fragte Wiebke ohne große Hoffnung.

»Nein«, sagte Thomas. »Ich habe gleich eine Fortbildung. Die dauert bis neun, vielleicht halb zehn. Dann bin ich um frühestens halb elf zu Hause. Und –«

»Um elf ist Schlafenszeit. Ich weiß.«

Warum gab es entweder nur Männer, die zwar dumm im Kopf und im Grunde frauenverachtende Machos waren, dafür aber eine Granate im Bett, oder solche, mit denen man über alles reden konnte, die zuverlässig und diszipliniert waren, aber im Bett eine Flasche? Warum? Warum nur?

Wiebke!

Ja, ich habe ihn endlich, Mama. Aber ich darf auch mal wütend sein.

Aber nur kurz.

***

Sie hatte Zeit. Ihr Dienst begann erst wieder um neunzehn Uhr. Lydia schlenderte am Voorburgwal entlang durch die wunderschöne Altstadt Amsterdams. Der Voorburgwal war eine der vielen Grachten dieser prächtigen, auf Holzpfählen errichteten, einzigartigen Stadt. Das Wetter meinte es gut mit ihr an diesem Freitag Anfang März. Bereits wärmende Sonnenstrahlen illuminierten sanft und wohlmeinend das Treiben auf den Straßen.

Selbst das kleinste Giebelhaus stand auf Hunderten von Fichtenstämmen, die, in den Morast getrieben, verhinderten, dass diese Siedlung einfach versank. Ähnlich wie Venedig würde Amsterdam aber trotzdem eines Tages schlicht vergehen. Die Frage war nicht, ob. Die Frage war, wann.

Es war unmöglich, zu Amsterdam keine Meinung zu haben. Die Stadt polarisierte. Die strenge Geometrie der Stadtarchitektur stand in einem merkwürdigen Gegensatz zu dem gelebten Chaos.

»Moet kunnen.« – Es muss möglich sein.

Wer stattdessen nach den Maximen »Das tut man« oder »Das tut man nicht« lebte, hatte in Amsterdam nur eine Chance: sofort flüchten aus diesem Pfuhl, der nur eine Regel kannte. Dass es nämlich keine Regeln gibt. Alle übrigen genossen es, dort zu sein, wo es möglich schien, alles tun zu können, was möglich war.

»Moet kunnen.«

Wer hier lebte, war sich seiner eigenen Vergänglichkeit bewusst. Er lebte. Wissend, dass das eigene Leben auf Pfählen im Morast der Zeit aufgebaut war. Dass diese Pfähle langsam versanken und die Bedeutungslosigkeit die darauf aufgebaute Existenz wieder verschlang. Die Frage war nicht, ob. Die Frage war nur, wann.

Wie bei Lydia.

Sie schlenderte zunächst ziellos umher. Schließlich hatte sie dann doch ein Ziel. Sie ging die Rosengracht entlang, lenkte ihre Schritte links in die Nassaukade. Nach ein paar hundert Metern lag rechts die Overtoom.

Wohlgemerkt: Sie ging. Langsam. Den letzten Rest von Hektik, Rennen und Hetzen hatte sie sich in den letzten Wochen, seit sie hier Geschäftsführerin des »Naked Boobies« war, abgewöhnt. Warum rennen, wenn die Pfähle jeden Tag ein bisschen mehr im Morast versanken?

In der Overtoom lag das »Tuintje«, einer der niederländischen Coffeeshops. Ein schöner Name für einen Laden, in den man am allerwenigsten wegen des Kaffees ging.

Lydia orderte die für einen Joint notwendige Menge und ein Bier. Zwar waren nach dem UNO-Einheitsabkommen der Handel und der Besitz von Marihuana und Haschisch nach wie vor illegal. Und eigentlich war der Alkoholausschank in Coffeeshops verboten. Doch das Motto hier war *»Moet kunnen«*.

Sie rauchte einen Joint. Tief inhalierte sie den süßlichen Dunst. Dazu trank sie ein Amstel. Nach einer halben Stunde nahm sie die Stimmen in ihrer Umgebung nur noch wie durch Watte wahr. Sie verstand, was die Leute sprachen. Aber sie sagten es von weit, weit weg. Nur wenn sie es wollte, musste sie darauf reagieren.

Es war schön hier. Heute Abend würde sie ihren Job im »Naked Boobies« machen. Sie würde ein paar geifernden Touristen ihre Titten präsentieren und aufpassen, dass die anderen Mädchen sie und Fritjof nicht betrogen. Das war in Ordnung.

Dieser Job war okay.

Dann aber hatte sie einen anderen Job zu erledigen.

Der Job war widerlich.

Morgen ging es mit dem Zug nach Rostock. Gerade hatte sie noch Angst davor gehabt. Doch das THC, der Wirkstoff des Cannabis, tat seine Pflicht. Sie hatte bereits ein seliges Grinsen im Gesicht. Jede Arbeit hatte so ihre Herausforderungen. Sie war eine Bodypackerin geworden. Warum nicht? In ihrem umnebelten Hirn erschien wie durch einen Weichzeichner Fritjof. Fritjof Hansen, ihr Freund, der in Rostock drei Nachtclubs und zwei Diskotheken betrieb. Und eben das »Naked Boobies« in Amsterdam. Läden, in denen nicht einmal ein ganzes Rudel von Spürhunden auch nur einen Hauch von Drogen erschnüffeln konnte. Seine Läden waren seine Fassade. Ein bürgerlicher Schutzwall, um sein eigentliches Tun zu kaschieren.

Sie hatte ihn durch Christof kennengelernt. Von Christof hatte sie die ersten Tickets in ihr Wunderland geschenkt bekommen. Bis sie sie schließlich kaufen musste. Da war es schwierig geworden. Sie brauchte hundert Euro am Tag. Mindestens. Das waren dreitausend Euro im Monat. Bald waren ihre Ersparnisse aufgebraucht. Auch das Geschenk von Oma aus Tutzing zum achtzehnten Geburtstag, ein Sparbuch mit einem Guthaben von damals immerhin dreißigtausend Mark, also gut fünfzehntausend Euro, war bald verbraucht. Als sie schon überlegte, ob sie auf den Strich gehen sollte, stellte Christof ihr Fritjof vor, und sie wurde seine Geliebte.

Sie hatte nicht gewusst, dass Fritjof hinter dem Drogenhandel in Rostock steckte. Gefragt hatte sie ihn jedenfalls nie danach. Aber da er dafür gesorgt hatte, dass Christof ihr den Stoff umsonst gab, war es ihr auch so klar.

Weil sie das bekam, was sie brauchte, tat sie für ihn, was er wollte. Und er wollte, dass sie als Geschäftsführerin und Animierdame in seiner Rostocker Bar arbeitete. Knapp bekleidet sollte sie Männer zum Trinken verführen.

Er verlangte nicht, dass sie mit ihnen schlief. Er war kein Zuhälter. Aber er hatte nichts dagegen, dass sie es tat. Sie sollte schließlich die Illusion bei den Gästen aufrechterhalten, dass diese frustrierten Gestrandeten die Möglichkeit dazu hätten, wenn sie nur genug Champagner kauften. Wenn sie die Illusion Realität werden ließ, war das ihre Entscheidung, und das Geld durfte sie behalten.

Lydia war gut. Im Grunde waren ihre Kunden doch ihre Seelenverwandten. Auch sie waren auf der Suche nach dem Wunderland. Und Lydia war die Droge, mit deren Hilfe ihre Süchtigen der Realität für einen rauschhaften Augenblick entkommen konnten.

Als sie vor ihrem Vater geflüchtet war und sich auf Fritjofs Sofa das erste Heroin seit Wochen durch die Nase gezogen hatte, war er schließlich selbst damit herausgerückt. Sie hörte wieder seine Stimme. Unwirklich klar. Hämmernd. Fordernd. Brutal.

»Ich vertraue dir«, sagte er. »Und ich rate dir, mein Vertrauen nicht zu missbrauchen.«

»Natürlich nicht«, antwortete Lydia. Die Wirkung des Heroins setzte, über die Nasenschleimhäute aufgenommen, nicht so vehement ein wie sonst. Der Jet hatte Probleme mit dem Steigflug. »Worum geht es denn?«

»Ich brauche Leute, die für mich das Heroin schmuggeln.«

»Für dich?«, fragte Lydia in gespielter Überraschung. »Ich dachte immer, der Christof –«

»Christof ist nur mein Angestellter. Doch jetzt muss ich die Sache selbst in die Hand nehmen. In letzter Zeit ist mir zu viel schiefgegangen.«

»Was denn?«

»Das geht dich nichts an«, sagte Fritjof scharf. »Ich will nur wissen, ob du bereit bist, für mich einmal in der Woche einen schwierigen Job zu übernehmen.«

»Was soll ich denn tun?«

»Offiziell wirst du Geschäftsführerin vom ›Naked Boobies‹, meinem Club in Amsterdam. Da tanzen jeden Abend Mädchen vor staunenden Japanern. Die kleinen Schlitzaugen werden ganz groß. Wenn dann die barbusige Kellnerin fragt, ob sie noch was trinken wollen, antworten die mit einem dämlichen Grinsen ›*Yes, yes, please*‹ und geifern den wackelnden Titten hinterher.«

»Das werde ich wohl hinkriegen«, sagte Lydia gelangweilt. Sie griff mit beiden Händen an ihre Brüste und presste sie zusammen.

»Darum geht es nicht. Das ist nur die Fassade. Du wirst Bodypackerin.«

Lydia hatte keine Ahnung gehabt, was Fritjof damit meinte. Doch noch am selben Abend hatten sie »geübt«. Sie war begabt, wie sich herausstellte. Sie unterdrückte den Brechreiz, als sie versuchsweise fünfzig mit Mehl gefüllte Kondome schluckte. Sie wusste, dass sie es tun musste. Dieser kleine Dienst war doch nur eine kleine Gegenleistung dafür, dass Fritjof ihr so viele Tickets ins Wunderland gab, wie sie wollte. Wie sie brauchte.

Zwei quälende Tage hatte sie keinen Stuhlgang gehabt. Die Dosierung des die Darmtätigkeit lähmenden Medikamentes war zu hoch gewesen. Doch nach einer Woche Training war sie so weit. Lydia schaffte es, innerhalb einer Stunde hundert Kondome zu schlucken. Nach zehn Stunden schied sie die sorgfältig verschlossenen Latex-Behältnisse wieder aus.

Sie inhalierte noch mal tief den Rauch des Joints. Heute Nacht war es wieder so weit. Sie würde ein Kilo reinen Stoff auf etwa hundert Kondome verteilen. Dann würde sie eine Stunde lang schlucken. Den Brechreiz niederkämpfen. Wieder schlucken. Bis ihr Körper die Verpackung für die Ware geworden war.

Jedes einzelne Kondom enthielt genug Gift, um vierzig Menschen umzubringen. Aber auch genug Stoff, um vierhundert Menschen Glück, Zufriedenheit und Zuversicht zu geben. Für eine kurze Zeit.

Fritjof kaufte nur reines Heroin. Mindestens neunzig Prozent des Pulvers waren Wirkstoff. Erst Christof streckte die Ware auf die handelsübliche Konzentration von etwa zehn Prozent. In Rostock wurden somit aus einem Kilo Rohware zehn Kilo Handelsware. Verpackt in Tütchen zu je fünf Gramm. Die brachten zwischen hundertfünfzig und zweihundert Euro.

Sven verlangte um die fünfzigtausend Euro für ein Kilo. Fritjof machte zwischen dreihundert- und fünfhunderttausend daraus. Jede Woche. Ein lukratives Geschäft.

»Mädchen«, hörte sie Fritjof wieder durch die Watte hindurch sagen. »Nimm das reine Zeug bloß nicht selbst. Es würde dich umbringen.«

Das hatte sie auch nicht vorgehabt. Den Fehler hatte sie schließlich schon einmal gemacht. Bei einer an die Droge nicht gewöhnten Person waren bereits etwa fünfzig Milligramm reiner Stoff eine tödliche Menge, also ein halbes Gramm von der Qualität, wie sie Fritjof auf der Straße anbieten ließ. Sie als Abhängige brauchte mehr und nahm mehr. Aber mehr als zweihundert Milligramm würden auch eine Gewohnheitsfixerin wie sie töten. Es sei denn, man verabreichte ihr rechtzeitig Naloxon.

Die gestreckte Ware, deren Dosis sie einschätzen konnte, genügte ihr vollauf.

Lydia drückte die Reste ihres Joints aus und verließ das »Tuintje«. Die Wochenendtouristen waren da, und nicht wenige würden ihren Abend im »Naked Boobies« verbringen. Um sechs Uhr sechzehn ging dann der ICE. Erster Klasse natürlich. Nach einmal umsteigen würde Lydia um fünfzehn Uhr fünfzehn in Rostock sein und über einem Gitter im Klo ihre wertvolle Fracht abladen, sauber waschen und fertig. So schlimm war der Job dann auch wieder nicht.

***

Wolfgang hatte es kommen sehen. Sie lebten nicht mehr mit-, sondern nur noch nebeneinander. Wenn Wolfgang ehrlich war, schon seit Jahren. Seit jener Zeit, als ihre Sonne untergegangen war und ihn und Caroline in der kalten, dunklen Nacht zurückgelassen hatte.

Sie quälten sich nicht mit Worten. Sie quälten sich nicht mit Taten. Sie quälten sich durch Schweigen. Eisiges Schweigen.

Er tröstete sich mit Weißbier und Obstler.

Sie ließ sich durchs Fernsehen betäuben.

Er hielt es nicht mehr aus.

Sie hielt es nicht mehr aus.

Und zog die Konsequenzen.

Bei seiner Heimkehr heute war ihm auf Anhieb alles klar, als er seinen Corolla nicht vor dem Haus parken konnte, weil dort ein Möbelwagen stand. Auf der kleinen Straße parkte außerdem ein Opel Astra mit Starnberger Kennzeichen. Der Wagen ihrer Schwester.

Verschwitzte Männer trugen große Umzugskartons aus dem reetgedeckten Haus in den Vierzehntonner. Sie beachteten Wolfgang nicht, der verloren in der Diele stand und mit Tränen in den Augen das geschäftige Treiben beobachtete.

»Ach, hallo«, hörte er neben sich eine unsichere Stimme sagen.

»Grüß Gott, Brigitte«, begrüßte Wolfgang seine Schwägerin. So weit hatte er sich noch im Griff, dass er Brigitte nicht für den Entschluss seiner Frau verantwortlich machte. Dass Caroline ihn verlassen wollte, schrieb er sich selbst zu und der Tatsache, dass er damals den Irrsinn seiner gottverfluchten Schnapsidee, nach Rostock zu gehen, nicht erkannt hatte. Schnaps? Im Grunde eine gute Idee. Doch er beherrschte sich.

Mit gesenktem Kopf erschien auch Caroline im Flur. Ihr Blick drückte ungeheure Müdigkeit und Verzweiflung, aber auch Wut aus. »Wolfgang, ich …«, stammelte sie.

»Du gehst, ich weiß«, sagte er mit einer ihn selbst erschreckenden Sachlichkeit. Es war so schneidend klar, dass es aus war. Was hatten sie denn schon noch Gemeinsames? Lydia war weg. Sie vegetierte lieber irgendwo dahin, statt mit ihnen zu leben. Vielleicht war sie ja schon tot? Eine der vielen Vermissten, deren Leichen man nie fand. Wer konnte das schon wissen?

Das Haus war die in Stein gemeißelte Dokumentation der größten Fehlentscheidung seines Lebens. Es war, wenn überhaupt, sein Haus. Sein Job hatte sie hierhergeführt. Es war seine Schuld. Nicht Carolines.

Sie hatten sich einfach nichts mehr zu sagen. Sie ging wieder dorthin, wo sie einmal glücklich gewesen war, mit der vagen Hoffnung, es vielleicht irgendwann wieder werden zu können. Immerhin hatte sie Hoffnung. Alles war besser als dieses perspektivlose Nebeneinander, diese quälende Sprachlosigkeit und diese Verachtung dem Mann gegenüber, der ihnen das alles eingebrockt hatte und unfähig war, den Fehler zu korrigieren.

Caroline und Brigitte hatten offensichtlich den ganzen Tag gearbeitet. Die Männer schleppten bereits die letzten Kisten heraus.

»Ich habe nur das mitgenommen, was ich mit in die Ehe gebracht habe«, stellte Caroline ebenso sachlich wie kühl fest. »Das Haus sollten wir verkaufen und den Erlös teilen. Ich will keinen Streit.«

Wolfgang nickte. Er war einverstanden. Was sollte er auch mit diesem Haus? Allein?

»Wann fährst du?«, fragte er mit tränenunterdrückter Stimme.

»Heute Abend noch. Brigitte und ich wechseln uns ab. Ich wohne bei ihr in Tutzing, bis ich was gefunden habe. Ich werde auch arbeiten. Nicht, um dir den Unterhalt zu ersparen, einfach nur, um wieder ich selbst zu werden.«

»Mir san so weit«, beschied sie der niederbayerische Anführer der Möbelpacker.

Caroline blickte unsicher.

Wolfgang schwieg.

Brigitte übernahm die Führung. »Fahren Sie schon einmal los, wir kommen gleich nach«, forderte sie die Männer auf.

»Ist recht«, antwortete der bullige Mann im beigen Overall und pfiff. Seine Leute erschienen und verschwanden im Führerhaus des Umzugswagens. Kurz darauf hörte man das typische Geräusch eines Lkw-Diesels, das warnende Piepen, als der Fahrer zurücksetzte, und dann das erst anschwellende und mit zunehmender Entfernung immer leiser werdende Fahrgeräusch. Carolines Hab und Gut entfernte sich aus Graal-Müritz.

Sie schauten sich in die Augen. Beide suchten krampfhaft nach Worten. Es fiel ihnen keines ein. Dann doch noch eine Floskel. Immerhin.

»Lebe wohl«, sagte Caroline.

»Ja, lebe wohl«, sagte auch Wolfgang. Sie hatten sich wirklich nichts mehr zu sagen.

Wortlos gab er dann seiner Schwägerin die Hand. Sie nickte.

Die Frauen stiegen in den Astra. Er sah dem sich mit hoher Geschwindigkeit entfernenden Auto nicht einmal hinterher. Wozu auch?

Das leer geräumte Wohnzimmer bot keine Sitzgelegenheit mehr. Er holte sich seine Flasche Obstler und setzte sich in die Küche.

Nach dem fünften Schnaps erschien ihm die Welt wieder erträglicher. Langsam kam auch Wolfgang in seinem Wunderland an. In einem Land, in dem es glückliche Familien und gesunde Kinder gab. Und keine Verbrechen, die er aufzuklären hatte, um dann doch wieder an der Rechtsordnung oder den Scheißanwälten zu scheitern.

Er wollte Wiebke anrufen und ihr sagen, dass Caroline ihn verlassen hatte. Doch ihr Handy war aus. Am Festnetzanschluss meldete sich ebenfalls nur der Anrufbeantworter. Irgendwie erschien es ihm pietätlos, eine solche Nachricht auf einen AB zu sprechen.

Er trank noch einen Schnaps. Doch auch danach verspürte er den Drang, es irgendjemandem zu erzählen. Die Angst vor der Einsamkeit kroch wie kalter Nebel in ihm hoch. Schließlich beschloss er, es bei Günter zu probieren. Der bot sofort an, vorbeizukommen.

Wolfgang dankte ihm, lehnte aber ab. Ihm reichte es, davon erzählt zu haben. Was sollte Günter denn auch groß tun? Die Verzweiflung könnte auch er nicht vertreiben. Dann lieber allein sein und saufen.

»Morgen«, sagte er. »Morgen können wir reden. Heute muss ich erst mal mit mir selbst ins Reine kommen.«

»Natürlich«, sagte Günter. »Aber wenn du mich brauchst, komme ich. Ruf einfach an, egal wie spät es ist.«

»Nein«, sagte Wolfgang. »Ich will heute niemanden sehen. Ich wollte dich nur informieren.«

»Gut, dann bis morgen.«

»Bis morgen.«

Wolfgang legte auf und ergab sich widerstandslos dem Alkohol. Binnen einer knappen Stunde war er volltrunken. Mit einer fahrigen Bewegung fegte er eine volle Weißbierflasche vom Küchentisch, die auf dem Fliesenboden zerbarst. Der bittersüßliche

Geruch des sich auf dem Boden schäumend verteilenden Bieres erfüllte den Raum.

In seinem Zustand störte es ihn nicht. Er verzichtete jetzt sogar auf das Auffüllen des Stamperls, setzte die Obstlerflasche direkt an und schluckte den Schnaps in tiefen Zügen. Mit einem seligen Grinsen legte er seinen Kopf auf die kahle Holzplatte des Küchentisches und schlief ein.

***

Wiebke griff wieder in die Tüte. Das knuspernde Geräusch der Chio-Chips beim Zerbeißen beruhigte sie. Die Mischung aus Salz, Paprika, Geschmacksverstärker und wer weiß, was sonst noch Gutes darin verarbeitet wurde, gab dem Kartoffelsnack einen Geschmack, der Wiebke erst aufhören ließ, wenn die Tüte leer war. Es war schon ihre zweite.

Frustessen.

Sie flegelte sich auf ihrem Sofa vor dem Fernseher in ihrer Zwei-Zimmer-Wohnung. Minka hockte neben ihr und ließ sich kraulen. Wenigstens das.

Es lief »Wer wird Millionär?«, und Wiebke freute sich darüber, dass ein Kandidat bei der Vierundsechzigtausend-Euro-Frage große Schwierigkeiten hatte. Sie hatte ganz schlechte Laune.

Die Weinflasche war auch leer. Sie holte eine neue.

Frusttrinken.

Was bildete sich dieser arrogante Seelenklempner eigentlich ein? Sie saß hier und verzehrte sich nach Zärtlichkeit, Nähe und Sex. Und er? Er war wieder weg. Wenn es nicht seine Patienten waren, die ihn in Anspruch nahmen, dann war es eben eine Fortbildung. Erst kam der Beruf und dann lange Zeit nichts. Und dann vielleicht einmal sie.

Mit einem Satz sprang Minka vom Sofa und trollte sich.

Sie dachte an Günter. Warum dachte sie jetzt gerade an Günter? Vielleicht, weil sie glaubte, dass Günter besser bumsen konnte als Thomas. Sie wusste nicht, warum sie das wusste. Aber er würde es bestimmt besser machen als Thomas.

Wiebke!

Ja, Mama?

Du hast einen Arzt. Einen Mann, der diszipliniert und verantwortungsbewusst ist. Und kein Hallodri, wie du sie sonst immer nach Hause gebracht hast. Sei nicht undankbar.

Ja, Mama.

Das volle Weißweinglas leerte sie auf ex.

Günther Jauch verunsicherte gerade einen Kandidaten. »Sie wollen wirklich, dass ich Antwort ›B‹ einlogge?«

Wollte er den Kandidaten vor einer Dummheit bewahren oder ihn zu einer solchen erst verleiten? Eigentlich doch egal. Was kümmert's mich?, dachte Wiebke.

Der Mann überlegte. Mehrfach sagte er, dass der Begriff »Kategorischer Imperativ« wohl auf Immanuel Kant zurückzuführen sei. Und Kant sei nun einmal Antwort »B«.

»Sind Sie ganz sicher? Vierundsechzigtausend Euro könnten bei einer falschen Entscheidung auf einen Schlag weg sein«, sagte Günther Jauch und lächelte sein Jungenlächeln, das ihn berühmt gemacht hatte.

Wiebke fragte sich, was an einem Befehl kategorisch sein könnte. Aber sie saß ja nicht in der Sendung.

Sie nahm wie zufällig das auf dem Tisch liegende Handy. Es war aus. Sie wollte schließlich ihre Ruhe. Ohne groß nachzudenken, schaltete sie es wieder ein, tippte ihre PIN ein und blätterte im Adressbuch. Dort blieb sie immer wieder bei »Günter« hängen.

Drück mich, schien die grüne Taste zu sagen.

Wiebke, sei vernünftig.

Sie legte das Handy wieder auf den Tisch und trank ein weiteres Glas Wein.

Warum will ich ihn anrufen?, fragte sie sich. Wieso trinke ich nicht einfach, esse Chips und lasse mich von der Glotze einlullen?

Sie kannte die Antwort auf die Frage natürlich. Weil ihr mit Thomas etwas fehlte, von dem sie glaubte, dass Günter es ihr geben könnte.

Es war ja toll mit Thomas, sie genoss es, jemanden zu haben. Zum Reden, Spazierengehen, zusammen essen und in manch anderer Hinsicht. Aber reichte es? Gehörte guter Sex nicht genauso zu einer erfüllten Beziehung? Durfte sie das überhaupt denken? Eigentlich müsste sie doch dankbar sein. Verboten sich solche Wünsche in ihrem Alter nicht von selbst?

Das Telefon schien zu lächeln. Mit einem Ruck nahm sie erneut den Apparat in die Hand. Sie drückte die verdammte Taste. Ihre Hände zitterten.

Wiebke!

Still, Mama.

»Der Teilnehmer ist momentan nicht erreichbar. Bitte versuchen Sie es später noch einmal. *The person you have called is temporarily not available. Please try again later.*«

Scheiße.

Der Kandidat blieb bei Antwort »B«. Sie war richtig. Wenigstens einer, der Glück hatte.

Krümel hatten sich auf ihrem Schlabbershirt gesammelt. Sie trug dazu eine weite Hose aus Fleecestoff. Gammellook. Aber für wen sollte sie sich auch herausputzen?

Da läutete es. Viertel vor neun.

Günter, dachte sie. Mist, wie sehe ich aus? Wie sieht es hier aus?

Mit hektischen Griffen verstaute sie die leeren Flaschen im Kühlschrank und raste zur Tür. Sie hoffte, dass sie keine allzu offensichtliche Fahne hatte und man ihr den Alkoholkonsum nicht sofort anmerkte. Sie lugte durch den Spion. Ihr Herz blieb fast stehen, als sie den Mann vor ihrer Wohnung erkannte.

»Du?«, fragte sie atemlos erstaunt, als sie die Tür geöffnet hatte.

»Ja, ich«, sagte Thomas lächelnd. Er hatte einen Strauß Rosen in der rechten und eine Flasche »Moët & Chandon« in der linken Hand.

Danke, lieber Gott, dass du mich vor dieser Dummheit bewahrt hast. Danke, dass sein Handy aus war.

Danke auch dir, Mama.

Du willst aber auch nie hören!

Thomas betrat die Wohnung, während Wiebke versuchte, die restlichen Krümel von ihrer Kleidung abzuklopfen.

»Geh schon mal vor«, sagte sie verschämt. »Ich ziehe mich rasch um.«

»Du bist eine bemerkenswert schöne Frau. Besonders dann, wenn du nicht verkleidet bist. Ich liebe dich so, wie du bist.«

Siehst du, Wiebke?

Ja doch, Mama.

Sie holte zwei Sektgläser, und Thomas schenkte ein.

Sie stießen an.

»Ich denke, du hast heute eine Fortbildung?«, fragte Wiebke.

»Hatte ich auch. Aber ich habe mich in der Pause mit Kopfschmerzen verabschiedet. Ich dachte, ich müsste mich auch mal um dich kümmern.«

Sie plauderten fast zwei Stunden. Thomas erzählte von seinen Patienten. Natürlich ohne Namen zu nennen. Aber er erzählte, wie er mit all seiner ärztlichen Kunst versuchte, Menschen zu helfen. Wie es ihm gelang, »Verrückten« Wege zu zeigen, mit sich selbst wieder klarzukommen. Und dass viele eigentlich gar nicht verrückt waren, sondern nur anders. So anders aber, dass sie damit nicht mehr in die Gesellschaft passten.

Wiebke wiederum tat es gut, einem verständnisvollen, intelligenten Mann und interessierten Zuhörer von ihrem Beruf zu erzählen. Sie hatte weniger Bedenken, die Namen und die Details zu offenbaren. Der Mann war ja schließlich Arzt. Und ein Arzt hatte doch eine Schweigepflicht.

Sie schilderte ihm das Grundproblem aller Polizisten, vor allem solcher der Mordkommission: Seit Kain und Abel brachten sich die Menschen gegenseitig um. Die Motive waren immer die gleichen. Gier, Rache, Eifersucht, manchmal sogar bloße Mordlust. Wiebke und ihre Kollegen mussten dann in dem Abschaum wühlen und versuchen, die Täter dingfest zu machen. Täter, die manchmal nicht einen Hauch menschlicher Regung zu haben schienen. Denen die Tat nicht einmal leidtat. Tiere, die ein anderes Tier gerissen hatten.

Waren wir nicht alle Tiere? Würden wir nicht alle zu Mördern werden, wenn die Situation dies erforderte? Diese Fragen belasteten sie seit Jahren. Endlich konnte sie sie mit jemandem besprechen, der mehr als leere Phrasen dazu zu sagen wusste.

Inmitten ihres tiefgründigen Gesprächs wurde Wiebke immer wieder vom fein geschnittenen Profil des Mannes neben ihr abgelenkt. Sie versuchte mehr und mehr und mit allen Tricks, Thomas zu verführen.

Wie zufällig landete ihre Hand auf seinen Schenkeln. Mit leicht massierenden Bewegungen arbeitete sie sich zielstrebig in Richtung Schritt vor. Ihre andere Hand kraulte seinen Nacken. Sie wollte ihn. Jetzt. Natürlich wusste sie, dass es wieder nur eine Nummer in Missionarsstellung im Dunkeln werden würde. Licht verabscheute er.

Aber egal. Nur heute nicht allein einschlafen.

Sein Blick wanderte zur Uhr.

»Gleich elf«, sagte er und stand mit einem Ruck auf. »Ich muss schlafen gehen.«

»Bleib bitte heute hier«, flehte sie mit zittriger Stimme. »Ich brauche dich.«

»Du kennst meine Prinzipien«, sagte er streng. »Bis freitags bin ich um elf im Bett. Samstags spätestens um zwölf. Woanders kann ich nicht richtig schlafen. Ich habe einen anstrengenden Beruf und muss darauf achten, immer fit zu sein. Das verstehst du doch?«

»Ja, sicher«, log sie. Sie hatte schließlich auch einen Beruf. Morgen zum Beispiel hatte sie Bereitschaft. Zusammen mit Wolfgang. Aber deshalb konnte sie doch heute vögeln. Sie zweifelte an sich selbst. War sie nicht sexy genug? Lag es an ihrem Schlabberlook? Warum hatten dann früher alle anderen derbe Sachen zu ihr gesagt? Thomas würde sich eher die Zunge abbeißen, als die Worte »Fick mich« in den Mund zu nehmen.

Im Flur gab er ihr einen Kuss auf die Stirn.

»Morgen können wir kuscheln, wenn du willst«, sagte er. »Falls wir rechtzeitig von dem Besuch bei Günter zurück sind. Wolfgang braucht unsere Unterstützung wohl sehr.«

»Ja«, sagte Wiebke trocken. Ihr Anfall von Wollust wich für den Augenblick der Sorge um ihren Chef und Freund. »Morgen haben Wolfgang und ich Bereitschaft. Das erhöht die Chance, dass er bis zum Abend einigermaßen nüchtern bleibt. Dann fahren wir zu Günter. Er will was kochen, hat er gesagt.«

»Okay, bis morgen also«, sagte Thomas noch einmal und verschwand.

Vermutlich wird es morgen wieder nichts mit dem Vögeln, dachte Wiebke. Die Abende bei Günter pflegten lange zu dauern, jedenfalls meistens länger als seine Deadline um kurz vor zwölf.

Ihre Selbstzweifel mutierten zur Verzweiflung. Sollte es wirklich so sein, dass er den Sex nur über sich ergehen ließ, weil er wusste, dass sie das hin und wieder brauchte? War es wirklich so eine Strafe, sie bumsen zu müssen?

Wiebke setzte sich auf ihr wieder verwaistes Sofa. Sie leerte den letzten Rest des Champagners. Ihre Hand fuhr wie zufällig über ihren Körper. Sie stellte sich vor, es wären Günters Hände.

Günter?

Ja, Günters Hände waren auch dabei. Aber es waren noch mehr. Drei, vier Männer machten sich an ihr zu schaffen. Sie liebten sie nicht. Sie wollten sie nur. Sie wollten ihren weiblichen, willigen Körper. Und sie wollte, dass sie ihn wollten.

Männer, die wussten, was und wie sie es zu tun hatten. Männer, die sie einfach nahmen. Die ihre Brüste, ihren Hintern und ihre Vagina schätzten. Die mit einer spielerischen Sicherheit ihre Schwänze genau dann und genau dort platzierten, wo sie zum jeweiligen Zeitpunkt hingehörten, damit sie in den siebten Himmel kam.

Mit einem erlösenden Aufschrei bekam sie ihren Orgasmus.

Wiebke! Schäm dich!

Lass mich doch ein bisschen träumen, Mama. Thomas liebt mich. Thomas ist ein toller, zuverlässiger Mann. Ich werde ihn nie verlassen. Ich werde ihn nicht betrügen. Lass mich doch ab und zu träumen. Dann geht es doch wieder.

Aber nur träumen, Wiebke.

Versprochen, Mama.

***

Sie war pünktlich um kurz nach sechs am Bahnhof Amsterdam Centraal. Sie hatte zwar kaum geschlafen, wirkte aber dennoch nicht übernächtigt. In ihrem Abdomen befanden sich sechsundneunzig Kondome mit Heroin. Sie war ein wandelnder Tresor. Sie kämpfte ein wenig mit dem Völlegefühl, einem Schluckauf und einem ganz leichten Brechreiz. Doch es ging von Mal zu Mal besser.

Sie bestieg den ICE und setzte sich auf den für sie reservierten Platz in der ersten Klasse. Sie trug ein ausgesprochenes Business-Outfit. Einen dreiviertellangen dunkelblauen Rock mit einer schlichten, fast schon als langweilig, mindestens aber als unerotisch zu bezeichnenden Bluse. In ihrer Handtasche befanden sich neben ihrem Ticket und ihrem Pass auch Visitenkarten. Auf edlem, handgeschöpftem Papier war dort zu lesen: »Hansen Gastronomieholding GmbH & Co KG, Lydia Franke, Geschäftsführerin«.

Sie war dezent geschminkt und roch nach teurem Parfüm. Hatte sie es mit ihren Anfang dreißig nicht schon weit gebracht? Sie fuhr erster Klasse, lebte erster Klasse. Und das ganz ohne Abitur und Studium. Sie konnte jeden Tag verreisen. Sie war mit sich und der Welt zufrieden. Im Augenblick störte sie allerdings, dass sie die »Vogue« lesen musste. Ein Magazin, dessen Inhalt sie, vorsichtig gesagt, nur äußerst bedingt interessierte.

Doch bei dem Job, den sie zu erledigen hatte, kam es auf die Tarnung an. Auch die deutsche Polizei, die in fast jedem Zug von Holland nach Deutschland Beamte zum Aufspüren von Schmugglern hatte, wusste, wie einfach Drogen in Amsterdam zu beschaffen waren. Wie ein Magnet zog deshalb diese Stadt junge Menschen an. Aber auch die nun Vierzig- bis Fünfzigjährigen, manchmal richtige Omas und Opas, kamen in Scharen und ließen in romantischer Verklärung Woodstock und ihre wilde Zeit wieder aufleben. Menschen, die sich dort ihre Tickets kauften und den Rausch vergangener Jahre aufleben ließen.

Meist erwischten die Polizisten die viel zitierten kleinen Fische. Studenten mit fünfzehn, manchmal fünfzig Gramm Haschisch. Kleindealer mit gestrecktem Heroin in miserabler Qualität. Aber hin und wieder machten sie auch einen großen Fang.

Lydia mimte also die viel beschäftigte, arrogante Geschäftszicke, die erster Klasse reiste. In den vergangenen Wochen hatten die Beamten des Bundesgrenzschutzes nicht einmal ihren Ausweis sehen wollen. Doch heute, kurz vor der nur noch virtuell existierenden deutsch-holländischen Grenze, bauten sich zwei Beamte in Zivil vor ihr auf.

»Guten Morgen, Ihren Ausweis bitte«, sagte einer der Beamten. Sein Ton war fordernd, wenig verbindlich, fast schon unhöflich.

Lydia blickte gelangweilt von der Vogue auf.

»Was gibt es denn?«, fragte sie mit einem Blick, der Blitze auszusenden schien. Sie musterte die beiden Männer. Die etwa fünfzigjährigen Polizisten waren so betont zivil, dass jeder, der ein bisschen Gespür für Menschen hatte, sie auf hundert Meter Entfernung als solche identifizieren konnte.

»Wir machen eine Stichprobenkontrolle. Ihren Ausweis!«, sagte der Beamte mit einer deutlichen Verschärfung seines Tonfalls.

»Erlauben Sie, dass ich mich zunächst einmal von Ihrer Befugnis überzeuge? Da könnte ja jeder kommen.«

Frechheit siegt. Eine der Grundregeln beim Schmuggeln.

Genervt hielten die Männer Lydia ihre Dienstausweise unter die Nase. Sie nahm die Dokumente zur Hand und las sie umständlich und provozierend lange. Dann gab sie die Ausweise zurück, nestelte an ihrer Handtasche und holte ihren Ausweis hervor.

»Bitte, wenn es denn der Verbrechensbekämpfung dient«, sagte sie schnippisch und las wieder in der Vogue.

»Was haben Sie in Amsterdam gemacht?«, wollte der zweite Polizist wissen.

»Geht Sie das was an?«

»Allerdings«, fauchte der erste. »Also: Was tun Sie in Amsterdam?«

Lydia reichte den Männern je eine Visitenkarte.

»Wir betreiben eine ganze Reihe von Gaststätten. Eine davon in Amsterdam. Meine Aufgabe ist die betriebswirtschaftliche Kontrolle. Das führt mich regelmäßig dorthin.«

»Was sind das für Läden?«, fragten beide fast unisono.

»Jedenfalls keine, in denen wir Drogen dulden würden«, antwortete Lydia. »Danach suchen Sie doch wohl. In Amsterdam zum Beispiel verdienen wir unser Geld damit, dass die Touristen gerne acht Euro für ein Bier zahlen, wenn es von einer barbusigen jungen Frau mit dicken Möpsen serviert wird. So wie Sie aussehen, würde Ihnen der Laden gut gefallen.«

»Werden Sie mal nicht unverschämt.«

»Wer hat denn mit den Unverschämtheiten angefangen?«

»Ist das Ihre Reisetasche?«, fragte der zweite Beamte und deutete auf die obere Gepäckablage. Lydia nickte.

»Würden Sie sie bitte herunterholen?«

»Hören Sie«, fauchte Lydia, die immer mehr in Rage geriet. »Davon abgesehen, dass es sich gehört, dass ein Mann der Frau diese Arbeit abnimmt: *Sie* wollen die Tasche doch durchsuchen, und nicht ich. Wenn ich Sie nicht daran hindern kann, mein Gepäck zu durchwühlen, bitteschön. Aber erwarten Sie nicht, dass ich es auch noch für Sie da herunterwuchte.«

Mit versteinertem Gesicht hob der Beamte die Tasche aus der Gepäckablage, stellte sie auf den leeren Sitz neben Lydia und begann, sich durch Hemdchen, Höschen und Blüschen zu arbeiten. Lydia verfolgte die Szene sichtlich amüsiert. Scheiß-Bullen mit einfach einem Scheiß-Job. Wie bei meinem Vater, dachte sie.

»In der Plastiktüte finden Sie meine gebrauchten Slips. Vielleicht interessieren Sie sich dafür besonders.«

Blicke, die töten könnten, trafen sie.

Mit einer hektischen Bewegung zerrte der Mann am Reißverschluss, verschloss die Tasche wieder und wuchtete sie zurück an ihren ursprünglichen Ort. Als er beide Hände oben hatte und auf Zehenspitzen stand, fuhr der Zug mit hoher Geschwindigkeit in eine Kurve. Der Mann kam ins Wanken und schaffte es gerade noch, die Tasche am Herunterfallen zu hindern, verlor dann aber das Gleichgewicht und landete mit seinem Ellenbogen in Lydias Magenbereich. Sie stöhnte auf.

»Jetzt habe ich aber genug«, fauchte sie.

»Entschuldigen Sie bitte«, sagte der Mann peinlich berührt. »Ich konnte ja nichts dafür.«

»Verschwinden Sie endlich.«

Wie zwei Gendarmen zur Zeit Kaiser Wilhelms salutierten die Männer vor ihr.

»Eine angenehme Reise noch, Frau Franke. Nichts für ungut.«

Schnellen Schrittes verließen die Männer den Großraumwagen. Lydia lachte innerlich. Dreistigkeit war der Schlüssel zum Erfolg. Wie Fritjof gesagt hatte. Noch fünfzehn Minuten und sie würde umsteigen. Eine merkwürdige Euphorie überkam sie. Sie war eine Siegerin. Jawohl, sie könnte die Welt erobern, wenn sie es nur wollte.

Als sie in Hamburg den ICE verließ, um in den am selben Bahnsteig gegenüber bereits wartenden Anschlusszug zu wechseln, war sie müde. Es war eine schöne Müdigkeit. Sie wollte schlafen. Aber sie musste auch den Zug erreichen.

Mit Mühe schaffte sie es in den Großraumwagen. Der junge Zugbegleiter bemerkte Lydia. Sie gefiel ihm. »Darf ich Ihnen mit Ihrem Koffer behilflich sein?«, fragte er dienstbeflissen.

»Danke«, brachte Lydia hervor. Ihre Augenlider waren schwer. Zentnerschwere Gewichte schienen daran zu zerren.

»Sie sehen müde aus«, sagte der junge Mann freundlich.

»Ich bin auch schrecklich fertig«, antwortete sie.

»Soll ich Sie wecken?«

»Ja, danke.«

»Wo müssen Sie denn aussteigen?«

»In Rostock.«

Vor lauter Begeisterung für dieses aparte Geschöpf bemerkte der Mann weder das Lallen in Lydias Stimme, noch fragte er nach ihrer Fahrkarte.

Kaum hatte sie Platz genommen, übermannte sie der Schlaf. Sie begann zu träumen. Papa kaufte ihr einen herzförmigen Luftballon auf dem Oktoberfest. »Für dich, mein Sonnenschein«, sagte er. Sie lächelte selig. Ein Lächeln, wie es nur Kinder haben, denen ein Herzenswunsch erfüllt wird. Der Ballon war schön. Sie flog damit fort und winkte ihren Eltern zu, die unten an der Bude standen und ihr freundlich hinterherschauten.

Da oben waren Wolken. Bunte Wolken. Gelbe, grüne, rote. Es waren Wolken aus Zuckerwatte. Die gelben schmeckten nach Zitrone, die roten nach Erdbeeren, nach Walderdbeeren. Die grünen hatten ein wunderbares Apfelaroma. So wie die Äpfel aus Großmutters Garten.

Sie stieg höher. Immer höher. Die Sonne wurde grell, sie blendete sie förmlich. Gleißende Helligkeit. Dann explodierte die Sonne in viele Stücke, die auf sie zurasten. Immer wieder explodierten die Stücke. Kaskaden von Lichtschweifen fielen vom Himmel.

Bei der nächsten Explosion in ihrem Gehirn, um vierzehn Uhr siebenunddreißig, setzte Lydias Atmung aus. Ganz leise und unauffällig. Mit einem kindlichen Lächeln auf dem Gesicht schied sie in der ersten Klasse des ICE aus dem Leben. Diesmal war kein Arzt in der Nähe. Diesmal starb sie. Endgültig.

Der junge Zugbegleiter wartete ungeduldig darauf, die Frau wecken zu dürfen. In zwanzig Minuten würden sie in den Rostocker Bahnhof einfahren. Er fieberte dem Augenblick entgegen. Lydia erkaltete derweil.

3

Bereitschaftsdienste waren eine Erfindung des Teufels. Man hatte nicht richtig Dienst, sondern man war zu Hause und konnte eigentlich tun, was man wollte.

Eigentlich.

Denn in Wahrheit konnte man nichts wirklich richtig tun. Der Gedanke, jederzeit verfügbar sein zu müssen, verhinderte eine spürbare Entspannung. Diese Verfügbarkeit, diese Verpflichtung, auf Anruf disponibel zu sein, war für Wiebke schlimmer als so mancher harte Tag im Kommissariat mit vielen Überstunden. Solche Tage hatten wenigstens einen Anfang und ein Ende.

Sie wachte um sieben Uhr auf ihrem Sofa auf und ärgerte sich augenblicklich über sich selbst. Ihre Knochen schmerzten, weil sie so undiszipliniert war, auf dem Sofa einzuschlafen, statt in ihr Bett zu gehen. Nicht einmal die Zähne hatte sie gestern Abend noch geputzt. Sie hatte einen fahlen Geschmack im Mund, und wie ihr Atem roch, wollte sie sich lieber nicht vorstellen.

Unter der Dusche hatte sie eine geniale Idee. Warum kaufte sie nicht frische Brötchen und fuhr zu Wolfgang? Sie hatten doch beide Bereitschaft. Also konnte sie auch mit ihm frühstücken.

Sollte ein Gewaltverbrecher ausgerechnet heute sein Opfer ins Jenseits befördern, sollten sie heute eine halb vergammelte Wasserleiche in dem schmutzigen Wasser des Rostocker Hafens finden oder sollte sich gerade heute ein Selbstmörder vor den Zug werfen, sie wäre von hier wie von dort aus in zwanzig Minuten da. Caroline würde sich auch freuen. Wiebke mochte die bayerische Gemütlichkeit, die von der drallen Frau mit dem unverwechselbaren Akzent ausging. Irgendwie fühlte sie sich bei den beiden immer wie in den Komödienstadel versetzt. Das würde sie ihnen natürlich nicht erzählen.

Die heiß-kalten Wechselduschen taten ihr gut. Das nicht weichgespülte Frotteehandtuch, mit dem sie sich anschließend abtrocknete, gab ihr das Gefühl, als ob sie ihren ganzen Körper peelen würde. Sorgfältig rieb sie sich mit Bodylotion ein. Die feine Parfümierung der Hautmilch legte sich wie ein sanfter Frühlingsduft in die Raumluft des kleinen innen liegenden Badezimmers ihrer Wohnung.

Sie blickte in den Spiegel.

Leichte dunkle Ränder unter den Augen verrieten, dass sie gestern zu viel getrunken und zu lange ihren erotischen Phantasien nachgehangen hatte. Leider allein. Aber das Ergebnis war das gleiche: Sie sah übernächtigt aus.

Egal.

Ein dezentes Make-up verlieh ihr ein frisches Aussehen und überdeckte leidlich die Spuren der vergangenen Nacht. Ja, sie war über vierzig. Aber immerhin eine Vierzigjährige, die einen Arzt zum Freund hatte. Leider dauerte die tägliche Renovierung mit zunehmendem Alter deutlich länger als mit neunundzwanzig. Auch bei Wiebke sanken die Pfähle in den Morast der Zeit. Langsam. Aber leider, leider doch merklich.

Nach gut einer halben Stunde war sie geföhnt, deodoriert, parfümiert und dekoriert. Wiebke legte wenig Wert auf die Ordnung in ihrer Wohnung. Auch ihr Auto glich innen eher einem Müllabladeplatz. Das Chaos auf dem Schreibtisch in ihrem Büro war der einzige Anlass für Auseinandersetzungen mit Wolfgang. Doch ihr würde nie einfallen, ungeduscht und ungeschminkt das Haus zu verlassen. Sie streichelte Minka, öffnete eine Dose Katzenfutter und füllte den Wassernapf auf. Dann verließ sie ihre Wohnung.

Sie kaufte in der Filiale einer Bäckereikette zehn frische knusprige Brötchen und fuhr dann zu Wolfgang. Es war wenig Verkehr an diesem Samstagmorgen. Bereits um kurz nach acht stand sie vor Wolfgangs Haus.

Sie klingelte.

Niemand öffnete.

Sie drückte erneut auf den Klingelknopf.

Er hatte doch Bereitschaft. Wo sollte er sonst sein?

Wiebke klingelte Sturm. Die Tür blieb zu.

Sie wählte seine Handynummer. Das Handy war zwar eingeschaltet, doch niemand nahm ab. Da vorn stand der Corolla. Er musste also da sein. Langsam begann sie, sich Sorgen zu machen.

Sie ging zum Fenster, reckte sich ein wenig und klopfte.

Endlich ging die Tür auf, und Wolfgang erschien im Rahmen. Es war ohne jede Übertreibung furcht- und angsterregend, wie er aussah. Sie selbst sah heute Morgen ja schon mitgenommen aus. Doch der Anblick, den Wolfgang bot, schockierte sie. Er hatte blutunterlaufene Augen, und sein Atem roch selbst auf die Entfernung so übel, dass er bei empfindsamen Charakteren Brechreize auslösen würde. Sein Haar war zerwühlt, sein Blick stumpf und ausdruckslos.

»Wolfgang«, sagte sie atemlos, obwohl sie sich körperlich überhaupt nicht verausgabt hatte. »Was ist los? Was ist passiert? Ist was mit Lydia?«

»Komm rein«, lallte Wolfgang mehr, als dass er sprach.

Die Wohnungen von Ehepaaren, bei denen eine Seite gerade ausgezogen ist, verbreiten für sich bereits eine deprimierende Stimmung. Der flüchtende Teil nimmt in den meisten Fällen zwar sicherlich nur das mit, was ihm zusteht. Trotzdem. Zurück bleibt der Torso eines einst liebevoll zusammengetragenen gemeinsamen Heims. Helle Flecken an den Wänden, die die dort nicht mehr hängenden Bilder über die Jahre hinterlassen haben. Fehlende Dekorationen, auseinandergerissene Ensembles.

Wiebke schluckte schwer. Wolfgang hatte zwar noch kein Wort darüber gesagt, aber das sich ihr bietende Bild war eindeutig. Caroline war weg.

Sie ging auf Wolfgang zu, nahm ihn in den Arm und drückte ihn. Er begann hemmungslos zu weinen.

Irgendwann löste er sich aus ihrer Umarmung. Wiebke sah einen gebrochenen Mann vor sich und wusste, dass die Zeit gekommen war, die Starke zu sein. Nun brauchte er ihre Hilfe, so wie sie vor vielen Jahren wie selbstverständlich seine in Anspruch genommen hatte. Sie hatte die Gelegenheit, es ihm zurückzuzahlen.

»Wolfgang«, sagte sie brüsk. »Du duschst dich jetzt und ziehst dir was Sauberes an. Ich mache Frühstück. Wir haben nämlich heute Bereitschaft, oder hast du das vergessen?«

Wolfgang nickte schuldbewusst wie ein beim Schummeln ertappter Pennäler und trollte sich in Richtung Badezimmer.

Als Wiebke die Küche betrat, erschlug sie fast der Biergestank, der von den Pfützen am Boden ausging. Unter ihren Schuhen knirschten die Glassplitter. Auf dem Tisch erblickte sie weitere Reste des Alkoholexzesses, dem sich Wolfgang hingegeben hatte. Kopfschüttelnd öffnete sie das Fenster. Dann begann sie, das

Chaos zu beseitigen und mit den Resten an Geschirr und Besteck, die Caroline dagelassen hatte, den Frühstückstisch zu decken.

Wolfgang erholte sich erstaunlich schnell. Erst schien es ihm peinlich zu sein, dann wirkte er gerührt und zum Schluss erleichtert, sein Herz ausschütten zu können. Sie gingen später lange spazieren. Die würzige Luft der Ostsee blies sein Gehirn wieder frei. Er atmete tief durch. »Jetzt bin ich endgültig allein«, sagte er. »Ich habe alles versaut. Lydia ist weg. Caroline ist weg. Und das nur, weil ich Depp Karriere machen musste.«

Wiebke nickte. Sie versuchte erst gar keinen Widerspruch. Es war so widerwärtig klar, dass Wolfgangs Entscheidung vor knapp zwei Jahrzehnten diese Situation herbeigeführt hatte. Sollte sie einem derart verzweifelten Mann sagen, dass er keine moralische Schuld auf sich geladen hatte? Sie ließ es lieber.

»Ich muss Lydia helfen«, schob er zu Wiebkes großem Erstaunen nach. Er sah sie trotzig an. »Ja, ich weiß. Ich hab's jahrelang und tausendmal probiert. Aber i bin's dem Madl schuldig, nicht aufzugeben, oder?«

»Natürlich.« Was sollte sie auch sonst sagen?

»Hilfst du mir?«

Wieder nickte sie, ohne zu wissen, wie sie ihm helfen konnte.

Als sie wieder in der Küche saßen und Wiebke Kaffee kochte, klingelte ihr Handy. Es war zehn vor vier. Sie meldete sich und hörte eine Weile zu. Binnen eines Augenblicks wich trotz ihres Make-ups die Farbe des Lebens aus ihrem Gesicht. »Wir kommen«, sagte sie nur und legte auf.

Die Tränen liefen ihr über das Gesicht. »Lydia«, schluchzte sie. »Ich … sie ist …« Wiebke suchte nach Worten. Doch es fielen ihr keine ein. Dabei war es ein ganz simpler Sachverhalt. Es war eigentlich einfach. Sie musste nur sagen, dass etwas passiert war, mit dem sie ohnehin täglich zu tun hatten. Ein Mensch war gestorben. Na und? Nach all den Jahren der Berufserfahrung durfte sie das nicht mehr schocken. Weltweit wurden jeden Tag Millionen Menschen geboren. In jeder Sekunde Tausende. Und zugleich starben jeden Tag Millionen. In jeder Sekunde Tausende. Der Kreislauf des Lebens. Nichts Besonderes.

Doch, es war etwas Besonderes. Es war Lydia. Wolfgangs kleines Mädchen. Ein Mädchen, das sie, wenn auch nur oberflächlich, doch immerhin kannte. Ein ihr bekannter Mensch, der quicklebendig in Amsterdam in den Zug gestiegen und tot in Rostock angekommen war.

»Man hat sie am Bahnhof in einem Zug gefunden«, sagte Wiebke schließlich wie ferngesteuert. »Sie ist tot.«

Wolfgang zeigte keine Regung, keine Emotion. Er hatte ja schon lange gewusst, dass sie bald sterben würde. Er war nur erstaunt, dass bald schon heute war. Er spürte, wie jedes Gefühl in ihm abstarb.

***

Wiebke hatte versucht, ihn davon abzuhalten, sie zu begleiten. Aber ein wirklich gutes Argument hatte sie nicht gefunden. Erstens war er Polizist. Zweitens hatten sie Bereitschaft. Drittens war er ihr Chef. Und viertens? Viertens war er, verdammt noch mal, der Vater der noch immer im ICE sitzenden weiblichen Leiche.

Als sie keine halbe Stunde nach dem Anruf den angehaltenen Zug betraten, entdeckten sie in dem von den übrigen Passagieren verlassenen Erste-Klasse-Waggon, in dem Lydia gestorben war, den Gerichtsmediziner Dr. Herbert Streicher. Er war augenscheinlich ebenfalls erst vor wenigen Minuten eingetroffen und ließ sich gerade von dem Notarzt, den der geschockte Zugbegleiter alarmiert hatte, einweisen.

»Was war ausschlaggebend für Ihre Einschätzung, Herr Kollege, dass es sich um keinen natürlichen Tod handelt?«, fragte Streicher.

»Nun«, sagte der sicher zwanzig Jahre jüngere Kollege nicht ohne Stolz. »Herzversagen kommt vor. Auch bei jungen Menschen. Nur sind mir die drogentypischen Einstichstellen in den Armbeugen des Opfers aufgefallen. Da ist mir der Verdacht einer Überdosierung gekommen.«

»Möglich«, sagte Streicher und strich sich nachdenklich durch seinen weißgrauen Dreitagebart. »Aber dazu müsste sie sich während der Fahrt einen Schuss gesetzt haben«, sagte er halblaut.

Er wandte sich an die Beamten der Spurensicherung. »Habt ihr am Platz der Toten oder im Zug irgendeinen Hinweis darauf gefunden, dass sie Drogen konsumiert hat?«

Alle schüttelten den Kopf. Einer sagte: »Bis jetzt nicht, Doc.«

»Der Schaffner berichtete, sie sei in Hamburg todmüde aus dem Zug aus Amsterdam in diesen hier umgestiegen, habe sich auf ihren Platz gesetzt und sei sofort eingeschlafen«, erzählte der Notarzt.

»Sagte der Schaffner das?« Streicher rieb sich gedankenverloren das Kinn. »Dann hat sie sich den Schuss vermutlich schon im Zug nach Hamburg gesetzt und ist mit der tödlichen Dosis im Blut umgestiegen. Oder …«

»Was, oder?«

»Oder sie ist, wenn man das bei Junkies überhaupt sagen kann, tatsächlich eines natürlichen Todes gestorben. Sie wissen ja, Herr Kollege, dass Junkies sterben. Eigentlich vergeuden wir unsere Zeit damit, ihnen immer wieder das Leben zu retten. Wer ist die Tote überhaupt?«

»Lydia Franke. Die Tochter von Hauptkommissar Franke, dem Leiter der Mordkommission«, sagte ein neben dem Notarzt stehender uniformierter Beamter. In diesem Augenblick bemerkte Streicher, dass Wolfgang und Wiebke, die er von vielen Mord-, Selbstmord- und angeblichen Mordfällen kannte, den Waggon betreten hatten. Er hoffte inständig, dass sie seine letzte Bemerkung nicht gehört hatten.

Wolfgang schien sich aber nicht die Bohne für Streicher und dessen Bemerkung zu interessieren. Er ging schnurstracks auf die in ihrem Sitz immer noch undefinierbar, ja, fast selig lächelnde Lydia zu. »Was machst du nur für einen Unsinn, mein Sonnenschein?«, murmelte er und strich ihr zärtlich über das Haar.

Natürlich war sie tot. Das wusste er. Aber einen ganz kleinen Augenblick lang wollte er wohl die Wahrheit verdrängen. Mechanisch streichelte er die Leiche weiter. Er wollte nur einen kurzen Moment, um von seinem Sonnenschein Abschied zu nehmen. Nur so lange sollte sie noch lebendig sein. Wenigstens für ihn.

Er drückte sie, nahm sie in den Arm, legte seinen Kopf auf ihre Schulter und flüsterte auf Bayerisch: »I hoab di immer gliebt. Mach's guat, Sonnenschein. Servus! Mia seng uns im Himmi wieda.«

Es sagte es leise und intim. Aber alle hatten es gehört. Bei Wiebke liefen die Tränen ungehemmt. Streicher schluckte schwer.

Dann wandte sich Wolfgang dem Pathologen zu. Es kostete ihn

ungeheure Anstrengung. »Wie lange brauchst du, um mir zu sagen, woran sie gestorben ist?«

Streicher schnaufte. Sein Wochenende war im Eimer. Aber das war er Wolfgang Franke schuldig. Dass er sich sofort um die Umstände kümmerte. Sofort und nicht erst Anfang nächster Woche. »Lass uns in die Gerichtsmedizin fahren. Ich will sehen, was ich heute noch rausfinde«, sagte er also.

Auf seinen Wink luden zwei kräftige Männer Lydias Leiche in den Transportsarg auf dem Bahnsteig, schlossen ihn und trugen ihn vorsichtig die Treppe hinunter. Wiebke sah ihnen nach, bis sie aus ihrem Sichtfeld verschwunden waren. Sie drehte sich um. Im Augenwinkel sah sie, wie Wolfgang zusammensackte.

Die noch anwesenden Sanitäter und der junge Notfallmediziner kümmerten sich sofort um ihn.

»Schock, vermutlich«, sagte der Arzt und prüfte den Puls. »Er sollte zur Beobachtung in ein Krankenhaus.«

Wiebke verstand, nahm ihr Handy und rief Thomas an. Es war nur ein kurzes Gespräch. »Danke«, sagte sie abschließend. »Bis heute Abend.« Sie legte auf. »Bringen Sie ihn in die Uni-Klinik«, forderte sie den Arzt auf.

»Wohin da genau?« fragte einer der Sanitäter.

»Ins Zentrum für Nervenheilkunde in der Gehlsheimer Straße«, antwortete sie, als wäre es das Selbstverständlichste auf der Welt, einen Schockpatienten ausgerechnet in eine Nervenheilanstalt einzuliefern. »Mein Freund ist da Oberarzt. Dr. Thomas Schulte. Er erwartet ihn und wird sich um ihn kümmern.«

Auch wenn sie unter der Last der Eindrücke litt, die über ihr zusammenschlugen wie die Wellen in stürmischer See: Sie spürte einen gewissen Stolz, die Freundin eines »wichtigen« Mannes zu sein. Sie war die Lebensgefährtin des Arztes, der ihrem gefallenen Kollegen helfen würde.

Die Sanitäter sicherten den immer noch bewusstlosen Wolfgang auf der Trage. Vorsichtig hoben sie sie an und trugen auch ihn die Treppe hinunter.

Wiebke atmete tief ein und aus. Jetzt war Polizeiarbeit gefragt. Lydia war tot, die Umstände ihres Todes ungeklärt. Dadurch war Lydia zum Kriminalfall geworden. Vielleicht war sie »nur« an einer Überdosis gestorben. Dann würde Wiebke die Akte bald schließen können. Möglicherweise hatte ihr Dealer ihr aber auch aus Unachtsamkeit eine zu hohe Dosis verkauft. Dann wäre es fahrlässige Tötung. Oder jemand wollte Lydia loswerden und hatte das Scheißzeug gepanscht. Dann wäre es Mord.

Und wenn dem so war, würde sie den Schuldigen jagen und finden.

***

Wiebke wollte die paar Meter vom Hauptbahnhof zu ihrem Büro in der Blücherstraße laufen. Natürlich hätte sie auch mit einem der vielen Einsatzwagen fahren können. Zum Beispiel mit dem Kollegen, der den Zugbegleiter ins Kommissariat gebracht hatte, wo der Mann jetzt im Verhörzimmer schon auf sie wartete. Auch ihr eigener Wagen parkte vor dem Bahnhof.

Ihr tat es aber gut, ein bisschen frische Luft zu schnappen. Während sie auf dem Bürgersteig die Rosa-Luxemburg-Straße hinaufschlenderte, ordnete sie ihre Gedanken. Wer könnte ein Interesse an Lydias Tod haben? Hatte es vielleicht etwas mit dieser ominösen »Hansen Gastronomieholding« zu tun? Die Visitenkarte, die man bei Lydias Sachen gefunden hatte, wies sie als Geschäftsführerin einer GmbH & Co KG aus. Es lag auf der Hand, dass diese Angabe nicht der Wahrheit entsprechen konnte. Nicht mal wenn Lydia nach dem Entzug zunächst clean geblieben sein sollte, wäre sie befähigt, eine solche Position auszufüllen. Wiebke wusste von Wolfgang, dass Lydia keinen Schulabschluss, geschweige denn eine Ausbildung hatte. Möglicherweise gab es die Firma gar nicht. Doch wozu diente dann die Visitenkarte? Und was hatte Lydia in Amsterdam gewollt?

Hatte sie vielleicht sogar tiefer im Drogensumpf gesteckt, als sie alle geglaubt hatten? War sie am Ende eine Mittäterin, die selbst Drogen verkaufte? Wiebke war Lydias Kleidung aufgefallen. Sie hatte – ganz im Gegensatz zu den anderen Drogenjunkies, die Wiebke in ihren vielen Dienstjahren gesehen hatte – geschmackvolle und vor allem teure Markenklamotten getragen. Irgendwo musste das Geld dafür schließlich herkommen.

Als Wiebke auf der Höhe der Thomas-Mann-Straße war, hatte sie eine Idee, nahm ihr Handy und rief einen Kollegen von der

Drogenfahndung an. Sie erzählte ihm, was passiert war, und bat ihn, ihr einige Fragen zu beantworten.

»In etwa einer halben Stunde«, sagte sie. »Bei mir im Büro. Ich muss vorher noch eine Vernehmung machen. Und danke!«

Sie erreichte das Gebäude, ging die drei Stockwerke zu Fuß über das Treppenhaus und hörte sich die Geschichte des Zugbegleiters, der sich als Kai Borchert vorstellte, noch einmal Punkt für Punkt an. Aber mehr, als er den Kollegen am Bahnhof erzählt hatte, konnte er ihr auch nicht sagen. Wiebke bedankte sich und bat den Mann, noch zu warten, bis das Schreibzimmer die Tonbandaufzeichnung seiner Vernehmung getippt hatte, damit er das Protokoll unterzeichnen konnte. Daraufhin verabschiedete sie sich und ging in ihr Büro.

»Hallo, Martin«, begrüßte sie ihren Kollegen, der schon auf sie wartete. »Schön, dass du sofort Zeit hattest.«

»Ist doch selbstverständlich«, antwortete Martin Hennsler, der Leiter der Drogenfahndung. »Schon eine richtige Scheiße, das mit der Tochter vom Wolfgang.«

Wiebke stimmte wortlos zu. Sie überlegte, wie sie am besten beginnen sollte.

»Aber so was musste ja irgendwann passieren …«

»Wieso?«, fragte Wiebke wie elektrisiert. Hennsler hatte jetzt ihre volle Aufmerksamkeit. »Kanntet ihr Lydia etwa? Professionell, meine ich?«

»Sagen wir so.« Martin Hennsler schnaufte und strich sich durch seinen Bart, der den Mittvierziger gut zehn Jahre älter wirken ließ. »Es war uns bekannt, dass sie an der Nadel hing. Aber nicht sie war für uns interessant, sondern ihr Freund, ein gewisser Fritjof Hansen.«

»Hansen?«, fragte Wiebke. »Wie in ›Hansen Gastronomieholding‹?«

»Genau. Das ist seine Firma. Ein legales Gewerbe. Wir glauben aber, dass der Laden nur eine Tarnung ist und Hansen hinter dem Drogenhandel hier in der Gegend steckt.«

So war das also. Die Firma gab es wirklich, und eine Verbindung zum Drogenhandel war … ja, was war sie? Belegt? Oder nur vermutet?

»Was heißt ›glauben‹?«, fragte Wiebke.

»Wir sind sogar sicher. Aber der Typ ist so aalglatt, dass wir ihn bisher nicht dingfest machen konnten.«

»Und Lydia war seine Freundin?«

Hennsler nickte heftig.

Wiebke dachte nach. Lydia war mit einem halbseidenen Geschäftsmann liiert gewesen. Mit einem, der im Verdacht stand, im Drogenhandel ein ganz großes Rad zu drehen. Und obwohl die Kollegen von der Drogenfahndung sie bisher nur als Konsumentin auf dem Schirm gehabt hatten, war Lydia den neuen Hinweisen zufolge womöglich sogar seine Geschäftspartnerin gewesen.

»Und wir haben gar nichts gegen Hansen in der Hand?«

»Viele Verdachtsmomente, jede Menge Ermittlungsakten, aber leider nichts Handfestes. Wie so oft«, antwortete Hennsler resigniert.

»Kann ich die Akten haben?«, fragte Wiebke.

»Natürlich. Wann brauchst du sie?«

»Subito«, erwiderte Wiebke. »Wie immer.«

»Ich lasse sie dir sofort bringen«, antwortete Hennsler, stand auf und reichte ihr die Hand. »Geht dir nahe, was?«, ergänzte er, als er ihren Gesichtsausdruck sah.

»Ich will nur wissen, was genau passiert ist«, wimmelte sie ihn ab. »Und jetzt lass mir die Akten bringen.«

Tatsächlich kam nur ein paar Minuten später ein uniformierter Kollege mit einem voll beladenen Aktenwagen. Sofort begann Wiebke zu lesen. Sie war so in das Studium vertieft, dass das Klingeln des Telefons sie förmlich erschreckte. Im Display sah sie, wer anrief.

»Und, Doc?« fragte sie mit zitternder Stimme. »Woran ist sie gestorben?«

Streichers Antwort gab ihr die Gewissheit, dass Lydia ein Kriminalfall geworden war. Man hatte sie als Bodypackerin benutzt und sie sehenden Auges einer absolut tödlichen Gefahr ausgesetzt. Die Art, wie Lydia ums Leben gekommen war, machte Wiebke unglaublich wütend. Sie informierte Thomas, erkundigte sich bei ihm nach Wolfgang und gab auch Günter Bescheid. Dann vertiefte sie sich wieder in die Akten. Wut allein hatte noch nie einen Fall gelöst.

***

»Wie geht es ihm inzwischen?«, fragte Wiebke besorgt.

»Wie wir Mediziner sagen, den Umständen entsprechend«, antwortete Thomas, während er in seiner eigenen Sitzgruppe aus weißem, makellosem Leder Platz nahm, auf der auch schon Günter saß.

Sie hatten ihre Verabredung auf zweiundzwanzig Uhr verschieben müssen, denn die Ereignisse des Tages hatten Wiebkes Arbeitstag ebenso wie den von Thomas um einige Stunden verlängert. Um Thomas' Schlafgewohnheiten entgegenzukommen, hatten sie außerdem beschlossen, ihre Besprechung hierher, in seine Wohnung in einer perfekt renovierten Jugendstil-Villa am Wilhelm-Külz-Platz zu verlegen.

Der Abend, an dem sie alle drei Wolfgang zur Seite stehen wollten, war ganz anders verlaufen als geplant. Jeder von ihnen wusste, dass Wolfgang heute nach dem Weggang seiner Frau auch noch der letzte Sinn des Lebens abhandengekommen war. Er war, von allen unbemerkt, in einem Zug verstorben.

Wolfgang war schon länger auf dem absteigenden Ast. Mal betrunken, mal depressiv, meist beides zusammen. Wiebke hätte ein Lied davon singen können, wie wenig er im Grunde seit einiger Zeit beruflich leistete. Aber sie war viel zu loyal, um ihren Chef hinzuhängen.

Günter nahm einen Schluck aus seinem Rotweinglas. Er trank etwas zu schnell, sodass einige Tropfen am Rand des Glases hinunterliefen. Niemand bemerkte es. Bis auf Thomas. Wie gebannt verfolgte er den Weg des Rinnsals. Er hoffte inständig, dass der Rotwein nicht auf sein Sofa oder gar auf den darunterliegenden Teppich tropfen würde. Er (oder Günter, wie man es nahm) hatte jedoch Glück. Der Rotwein tropfte erst herunter, als sich das Glas wieder über der Platte des Wohnzimmertisches befand.

Ohne ein Wort zu verlieren, stand Thomas auf, ging über den Flur in seine Küche, kehrte mit einer Sprühflasche Glasreiniger und einer Küchenrolle zurück und beseitigte die Spuren.

Wiebke blickte entschuldigend zu Günter. Sein lächelnder Blick sagte ihr: Macht nichts. Ich verstehe das. Er ist halt so.

Sie atmete auf. Thomas war ihr gerade peinlich. Ein gemeinsamer Freund, der jetzt in irgendeinem sterilen Zimmer in Thomas' Klinik schlief, hatte gestern seine Frau und heute seine Tochter verloren. Sie, die besten Freunde, saßen zusammen und versuchten, mit der Situation fertig zu werden. Wie unpassend, dass Thomas nicht einmal heute seinen Reinlichkeitsdrang unterdrücken konnte.

Als Thomas, seiner Putzutensilien entledigt, aus der Küche zurückkehrte, griff er den Gesprächsfaden wieder auf.

»Als sie mir Wolfgang brachten, war er schon wieder bei Bewusstsein. Er wollte unbedingt einen Schnaps.«

»Den du ihm doch wohl nicht gegeben hast?«

»Bei uns in der Klinik ist sogar das Rauchen draußen im Garten verboten«, sagte Thomas. »Ich habe Wolfgang einen Tranquilizer injiziert. Das ist das Beste in der jetzigen Situation. Morgen werde ich anfangen, alles mit ihm aufzuarbeiten.«

»Du willst ihn therapieren?«, fragte Günter und trank, diesmal sehr vorsichtig, einen weiteren Schluck Rotwein.

»Natürlich«, sagte Thomas. »Der Mann steht vor den Trümmern seiner Existenz. Das ist ein traumatisches Erlebnis mit noch nicht absehbaren, möglicherweise gefährlichen Folgen. Wenn wir ihm nicht helfen, dann tut es keiner. Ich weiß, wie man mit Trauer umgeht. Vielleicht kann ich ihm einen Weg aus der Krise zeigen.«

Jetzt hätte Wiebke ihn wieder knutschen können. Ihren Thomas. Den Mann, der für sie da war. Den Mann, der Verantwortung übernahm und sich nicht so einfach fortstehlen würde wie die meisten Männer, die sie bisher gehabt hatte. Ihr Thomas. Sollte er doch einen Reinlichkeitsfimmel haben.

»Wie ist es eigentlich genau passiert?«, fragte Günter.

»Eines der Kondome war beschädigt. Ein Produktionsfehler vielleicht.« Sie musste angesichts der Absurdität dieser Überlegung bitter lächeln. Produktionsfehler bei Kondomen führten normalerweise dazu, dass Leben entstand. Hier hingegen hatte so ein Produktionsfehler zum Tod eines Menschen geführt. »Oder sie hat einen Schlag in die Magengegend bekommen, ist vor einen Tisch gelaufen oder gestoßen worden. Jedenfalls haben sich um die zehn Gramm fast reinen Stoffes in ihrem Körper breitgemacht«, fügte sie mit trockenem Mund hinzu.

»Hätte sie eine Chance gehabt, wenn es früher bemerkt worden wäre?«, fragte Günter.

Thomas holte tief Luft. »Möglicherweise«, sagte er. »Vorausgesetzt, man weiß zu einem sehr frühen Zeitpunkt, welche Droge sie genommen hat. Bei Heroin würde eine rechtzeitige Injektion von Naloxon die Rezeptoren blockieren …«

»Kein Fachchinesisch, bitte«, unterbrach ihn Günter.

»Okay, Entschuldigung. Also, es gibt ein Gegengift. Das heißt Naloxon. Aber ob das bei der freigesetzten Menge an Heroin gereicht hätte, kann man im Nachhinein nicht mehr mit Sicherheit sagen.«

»Und für wen hat sie die Drogen transportiert?«, fragte Günter.

»Hennsler von der Drogenfahndung hat mir erzählt, dass Lydia die Freundin von einem gewissen Fritjof Hansen war. Der betreibt hier in Rostock und auch in Amsterdam einige Kneipen. Es handelt sich zwar um ziemlich anrüchige Schuppen. Aber trotz diverser Durchsuchungen hat man dort nicht mal auf dem Klo einen Joint gefunden. Die Kollegen gehen davon aus, dass diese Läden Hansens Tarnung für sein eigentliches Business sind. Er steht nämlich im Verdacht, der Kopf des Rostocker Drogenhandels zu sein. Ganz üble Machenschaften unterstellt man ihm.«

»Und?«, fragte Thomas. »Warum nehmt ihr ihn dann nicht fest?«

»Wir konnten ihm bisher nichts nachweisen. Ich habe die Akten gelesen. Die Kollegen haben alles versucht. Aber der Junge ist clever. Die Drecksarbeit wird von einem gewissen Christof Lüerßen erledigt. Der hat mal eine Freiheitsstrafe auf Bewährung wegen Drogenhandels mit kleinen Mengen gekriegt, das war's aber auch schon. Über seine Hintermänner schweigt er wie ein Grab. Ist wohl auch besser für ihn, sonst liegt er schnell selbst in einem. Die fassen sich garantiert nicht mit Glacéhandschuhen an.«

»Also steckte Lydia tiefer drin, als wir ahnten«, meinte Günter.

»Leider ja. Hansens Scheinfirma steht ganz legal im Handelsregister, und Lydia war offiziell seine Geschäftsführerin. Aber in Wirklichkeit geht es um Drogen. Lydia war als Bodypackerin für Hansen unterwegs. Vielleicht hatten sie Streit, und er hat ihr ein beschädigtes Kondom untergejubelt. Eine perfide Art zu töten.«

»Wäre nicht das erste Mal, dass sich im Drogenmilieu Partner gegenseitig umbringen«, räsonierte Günter.

»Ihr werdet diesem Hansen und dem anderen, wie hieß er noch gleich?«

»Lüerßen. Christof Lüerßen.«

»Ihr werdet den beiden doch auf den Zahn fühlen, oder?«, fragte Thomas.

»Worauf du dich verlassen kannst.« Günter nickte. Er hatte sich geschworen, seinen Einfluss als Staatsanwalt in aller Ausführlichkeit zu nutzen. Den Menschen, der Lydia auf dem Gewissen hatte, wollte er um jeden Preis dingfest machen, egal wie tief sie selbst in diesem Sumpf gesteckt haben mochte. Auch Wiebke nickte bestätigend.

Thomas blickte zur Uhr. »Meine Lieben, es ist nach zwölf. Ihr kennt mich, ich gehe jetzt zu Bett. Wenn Ihr noch bleiben wollt: kein Problem.«

»Nein, nein«, beeilte sich Günter zu sagen. »Ich wollte sowieso gerade gehen.« Das war zwar eine glatte Lüge. Aber was sollte er auf einen so unverhohlen formulierten Rausschmiss anderes erwidern?

Wiebke stimmte dem Aufbruch ebenfalls ohne Umschweife zu. Der Gedanke an Sex mit Thomas war heute auch für sie abwegig. Sie freute sich auf ihr Bett. Obwohl: Das Gefühl, wieder allein mit ihren Problemen in ihrem Bett zu liegen, war nicht das, was sie sich unter einer Partnerschaft vorgestellt hatte.

Wiebke! Der Mann kümmert sich um deinen Chef, der große Probleme hat. Was willst du mehr?

Ja, Mama. Du hast ja recht.

»Schlaf gut, Thomas«, sagte sie also und küsste ihn.

»Ja, gute Nacht, mein Schatz. Sehen wir uns morgen?«

»Sicher«, sagte sie. »Ich rufe dich an, wenn ich ausgeschlafen habe.«

Günter ging im Treppenhaus voran.

Wir sind schon ein komisches Paar, Thomas und ich, dachte sie, während sie seinen Hintern fixierte. Er trägt mich auf Händen. Nur das, was angeblich alle Männer immer wollen, will er nicht.

Sie traten auf die Straße. Günter griff in die Innentasche seines Jacketts und holte eine Schachtel Zigaretten hervor. Genüsslich steckte er sich eine an und inhalierte tief den Rauch.

Wiebke war erleichtert. Einen Raucher hatte sie nie haben wollen. Dann lieber den unterkühlten Arzt.

***

Der Buschfunk funktionierte ausgezeichnet. Kaum eine halbe Stunde nachdem Lydia tot aufgefunden worden war, hatte Fritjof davon gewusst. Er brauchte keine gerichtsmedizinische Untersuchung der Leiche, um zu wissen, dass sich bei ihr das Berufsrisiko der Bodypacker realisiert hatte. Sie hatte in gewisser Weise einen Arbeitsunfall erlitten.

Fritjofs Trauer hielt sich in Grenzen. Seine Geschäftspartnerin war sie nur zum Schein gewesen, als Bodypackerin ersetzlich und als Freundin ohnehin nur eine der vielen, die kamen und gingen. Bei seinen Frauen war er ohnehin nicht ganz sicher, was sie mehr liebten: ihn oder seinen schier unerschöpflichen Vorrat an Heroin. Es hatte sich um eine Zweckgemeinschaft gehandelt. Fritjof besorgte das, was Lydia zum Leben brauchte. Dafür lebte sie mit ihm zusammen und schlief mit ihm. Eigentlich eine ganz normale Beziehung.

Für Trauer hatte er auch keine Zeit. Spätestens Montag wären die Bullen bei ihm und würden wieder einmal unangenehme Fragen stellen. Bisher hatte er sich immer aus allen Verdächtigungen herauswinden können. Aber bei Lydia, immerhin die Tochter eines leibhaftigen Hauptkommissars, würden sie sicher sehr unangenehm werden. Er musste vorsichtig sein. Vielleicht war es an der Zeit, zu verschwinden. Endgültig.

Andererseits: Bis dahin brauchte sein Vertrieb Ware. Ware, die gerade im Leichenschauhaus lag und später in der Asservatenkammer der Polizei gut bewacht und deshalb wertlos vor sich hin gammeln würde. Seine Kunden riefen schon, sie schrien geradezu nach Nachschub. Ein paar Tage würde der Vorrat bei Christof noch reichen. Dann musste neuer Stoff her. Er hatte darum Christof, seinen »Vertriebschef«, zu sich bestellt, um die Strategie nach Lydias Tod und dem Ausfall der dringend benötigten Lieferung zu besprechen. Christof war auffallend nervös. Er sah schlecht aus. Auf der aschfahlen Gesichtshaut bildeten sich in regelmäßigen Abständen dicke Schweißtropfen, die er sich ebenso regelmäßig wieder abtupfte.

Fritjof führte Christofs schlechten Zustand auf Entzug zurück, obwohl er sich fragte, warum ausgerechnet er, der an der Quelle saß, sich solchen Qualen aussetzte. Wollte er etwa clean werden? Vielleicht war Christof aber auch einfach nur langsam am Ende.

»Du siehst schlecht aus«, sagte Fritjof. »Wie heißt es in der Gastronomie doch so schön: Wenn der Wirt sein bester Gast ist, ist die Kneipe so gut wie pleite.«

»Mir geht es ausgezeichnet«, log Christof und wischte sich wieder die Schweißperlen aus dem Gesicht.

»Ganz wie du meinst«, erwiderte Fritjof kühl. »Die Situation ist durch Lydias Unfall nicht schön, aber lösbar. Ich habe mit Holland gesprochen. Wir können in einer Woche neue Ware erhalten. Eine neue Spedition habe ich auch schon gefunden. Nach meiner Buchhaltung reichen deine Vorräte noch für vier bis fünf Tage. Ich schlage also vor, dass du die vorhandene Ware von jetzt zehn Prozent Konzentration auf sieben bis acht Prozent streckst. Damit überbrücken wir die zwei Tage. Genial, nicht wahr?«

»Ja sicher«, sagte Christof tonlos. »Es gibt aber keine Ware mehr«, fügte er dann leise hinzu. »Oder nur noch so viel, dass ich unsere Verteiler mit Stoff für morgen und vielleicht übermorgen bestücken kann. Dann ist Feierabend.«

Fritjof schaute Christof verständnislos an.

»Was sagst du da?«, fragte er, während er auf seinen Barschrank im Art-déco-Stil zusteuerte, einen Whisky-Tumbler herausnahm und sich mindestens einen doppelten dreißig Jahre alten Glenfiddich eingoss, um ihn sofort hinunterzustürzen. Der scharfe Alkohol brannte in seiner Kehle und seiner Speiseröhre, verbreitete dann aber dieses wärmende und beruhigende Gefühl im Magen.

»Ich sagte, dass unser Lager so gut wie leer ist.« Christof wischte sich wieder den Schweiß von der Stirn.

»Das verstehe ich nicht.« Fritjof schenkte sich erneut ein, roch an dem zweiten Glas und genoss das Aroma der Spirituose. »Nach meinen Unterlagen ist noch genug für etwa fünf Tage da. Durch Strecken kommen wir doch locker hin.«

»Nein«, sagte Christof. Wieder überkam ihn ein Schweißausbruch. Wieder reagierte er mit hektischem Wischen.

»Wieso nein?«, fragte Fritjof mehr sich selbst als Christof. In ihm keimte ein schrecklicher Verdacht, der binnen weniger Sekunden zur entsetzlichen Gewissheit wurde. »Du hast doch wohl nicht …« Fritjof wollte es nicht aussprechen. Er wollte nicht wahrhaben, dass sein Vertriebschef ihn betrogen hatte. Was heißt schon betrogen? Ganz profan bestohlen hatte er ihn.

Dann beichtete Christof. Er hatte in die eigene Tasche gewirtschaftet. Erst nur ein paar Hunderter, später ein paar Tausender einfach nicht abgerechnet. Über die Jahre war so eine erkleckliche Summe zusammengekommen. Es war doch auch zu einfach. Sie hatten stets einen Sockel Ware, den Bedarf von ein paar Tagen, »auf Lager«. Christof hatte einfach diesen Sockel reduziert und die Ware als seine eigene verkauft. Jetzt aber, wo die Lieferung ausblieb und der Lagersockel dringend zur Überbrückung gebraucht wurde, war er nicht verfügbar.

»Du bist eine ganz miese kleine Ratte«, brüllte Fritjof. Jedes Wort wurde begleitet von einer schallenden Ohrfeige. »Ich werde dich zertreten wie eine Wanze!«

Eine Zeit lang ließ Christof sich die Schläge gefallen, dann begann er sich zu wehren. Mitten in der gepflegten, teuer eingerichteten und für derartige Konfrontationen deshalb auch völlig unpassenden Umgebung entwickelte sich eine handfeste und vor allem lautstarke Auseinandersetzung.

»Ich werde dich in die Gosse schicken, du kleiner Fixer«, echauffierte sich der enttäuschte Fritjof. »Schluss mit der billigen Eigenversorgung. Du wirst am Bahnhof deinen Arsch hinhalten müssen wie all die anderen kleinen Junkies. Einmal Ficken fünfzig Euro. Zweimal gefickt, und du kannst dir deinen Schuss leisten. Dreimal musst du es schon tun, damit du auch noch was zu fressen kriegst. Aber fürs Erste reicht ja wohl die Kohle, die du für die Rolex bekommst. Lächerlich: Du wirst nie so sein wie ich, selbst wenn du tausend Mal die gleiche Uhr trägst, du mieser kleiner Abzocker.«

Diese Aussicht und vor allem die ehrliche Sorge, dass Fritjof seine Drohung ernst meinen könnte, lösten nicht vermutete Kräfte bei Christof aus. Er schlug wie wild um sich. Er brüllte. Er schrie.

»Du mieses Schwein. Das wirst du bereuen«, stieß er mehrfach hervor, vor allem dann, wenn es ihm gelang, Fritjof empfindlich zu treffen. Die Fäuste flogen. Sie beleidigten sich wortreich.

Bis es an der Tür schellte, gefolgt von heftigem Klopfen. Ein lautes »Polizei! Aufmachen!« kühlte die beiden Kampfhähne ab wie ein Eimer kalten Wassers, den man über ihnen auskippte.

»Schnauze«, sagte Fritjof. »Lass mich reden! Wir haben uns wegen, äh, genau: Wir haben uns wegen einer Frau geprügelt, verstanden?« Fritjof überlegte fieberhaft. »Wegen Belinda. Du hast sie gebumst und ich war deswegen sauer. Verstanden?«

Christof nickte.

Die Polizei war von einem besorgten Nachbarn alarmiert worden, der die Kampfgeräusche aus der Wohnung gehört hatte. Die Polizeibeamten erkannten sowohl Christof als auch Fritjof und hatten umgehend den Verdacht, dass die beiden sich wegen Drogen stritten.

»Na, eine kleine Auseinandersetzung unter Dealern?«, mutmaßte einer der Polizisten und traf damit genau ins Schwarze.

»Mir gehen Ihre dauernden Unterstellungen auf den Keks«, tönte Fritjof.

»Und warum haben die Herren sich sonst in der Wolle?«

»Geht Sie das was an?«

»Allerdings.«

»Wenn Sie meinen«, sagte Fritjof gedehnt. »Wir haben Streit wegen einer Frau gehabt.«

»Ihre Freundin ist heute tot aufgefunden worden«, bemerkte der Polizist scharf. Die tragische Geschichte hatte sich wie ein Lauffeuer bei den Kollegen herumgesprochen. »Sie werden sich doch wohl nicht um eine Tote prügeln?«

»Meinen Sie, ich habe nur eine Freundin?«, fragte Fritjof provozierend. »Mann, wenn ich so ein kleiner Beamter wäre wie Sie, klar. Ich aber kann mir mehrere Frauen leisten.« Die Blicke der Beamten trafen ihn mit konzentriertem Hass. Er hielt locker stand und lächelte.

Christof sagte gar nichts. Er stand da mit gesenktem Kopf. Fritjof war wieder einmal klar, wie mächtig er war. Was sollte Christof auch sagen? Dass er für ihn die Drogen verteilte? Blöde Idee. Erstens wären ihm dann ebenfalls ein paar Jahre Knast sicher. Und zweitens wusste Christof zwar, dass Fritjof der Kopf des Heroinhandels in Rostock war, konnte es aber nicht beweisen.

Er würde es einfach abstreiten und als Hirngespinst eines drogenabhängigen Junkies abtun, der nur durch die Offenbarung einer angeblichen Verschwörung punkten und für sich ein mildes Urteil herausschinden wollte. Es würde keine halbe Stunde dauern, bis sein Anwalt ihn da herausgeholt hätte. Und nur er könnte den Anwalt bezahlen, der auch Christof wieder rauspauken würde.

»Wisst ihr was?«, fragte der Polizist süffisant. »Mir ist das zu kompliziert. Wir buchten euch bis Montag ein. Beide. Die Kollegen von der Mordkommission werden sich ohnehin mit euch beschäftigen wollen.«

»Haben Sie einen Haftbefehl?«

»Verdacht auf gewerbsmäßigen Rauschgifthandel.«

»Sehen Sie hier irgendwo Drogen?«, fragte Fritjof scheinheilig.

»Nein«, brummte der Polizist. »Aber wenn die Freundin eines stadtbekannten Gastronomiebetreibers als tote Bodypackerin in Rostock ankommt, reicht mir das als Verdacht aus. Freut euch auf achtundvierzig Stunden Vollpension«, sagte der Polizist.

»Das werden Sie bereuen.«

»Das sagen alle«, antwortete der Beamte gleichmütig.

»Dann wird es wohl stimmen«, sagte Fritjof noch, als die Handschellen klickten.

***

Wiebke wollte eigentlich ausschlafen. Sie hatte sich gestern nach dem Ende des Abends bei Thomas noch vom Nachtprogramm und einer Flasche Martini betäuben lassen und war um halb zwei ins Bett gefallen. Doch nach viel zu wenigen Stunden läutete es Sturm.

Mühsam erwachte sie, wälzte sich durch die Kissen und schielte schlaftrunken zum Wecker. Acht Uhr sechsundzwanzig. Wer um alles in der Welt weckte sie um diese unchristliche Zeit an einem Sonntag? Wieder ertönten Salven der Türglocke. Fluchend erhob sie sich, tapste nackt ins Bad, nahm den Bademantel, erschrak vor sich selbst, als sie ihren verschlafenen, zerwühlten Anblick im Spiegel wahrnahm, und ging zur Tür.

Sie fror. Sie stand barfuß auf den kalten Steinfliesen des kleinen Flures ihrer Wohnung und lugte durch den Spion.

»Thomas?«, entfuhr es ihr in einer Mischung aus Überraschung und Freude. Sie öffnete die Tür. Ihr völlig aufgelöster, fröhlicher, fast euphorischer Freund stürmte herein, drückte sie an sich und strahlte über das ganze Gesicht.

»Mein Gott, Thomas«, sagte sie. »Was ist denn los? Im Moment ist mir gar nicht nach guter Laune zumute.«

»Er hat sich gemeldet«, sagte Thomas immer noch atemlos. »Er lebt und will sich mit mir treffen!«

Seine Fröhlichkeit war ansteckend. Wiebke hatte den disziplinierten und immer sachlichen Thomas noch nie so aufgewühlt gesehen.

»Wer hat sich gemeldet? Mit wem willst du dich treffen?«, fragte sie, als sie im Wohnzimmer waren. Sie setzte sich im Schneidersitz auf das Sofa und erlaubte sehr aufschlussreiche Blicke auf ihren Körper unter dem Bademantel. Thomas bemerkte das gar nicht, was Wiebke allerdings wenig überraschte.

»Daniel«, rief er. »Er hat mich heute Nacht angerufen. Wir haben stundenlang geplaudert.«

»Dein Bruder?«, fragte Wiebke. Sie war enttäuscht, vielleicht sogar ein wenig eifersüchtig. Sie hätte es nie wagen dürfen, die Nachtruhe des viel beschäftigten Thomas zu stören. Aber sein krimineller Bruder durfte das. Der Anruf löste bei ihm sogar Emotionen aus, die sie bei ihm noch nie gesehen hatte. Am allerwenigsten ihretwegen.

Thomas nickte ungestüm. »Ich habe dir doch von ihm erzählt. Er verschwand vor vielen Jahren, kaum dass er erwachsen war. Ich wusste nur, dass er auf irgendeinem Schiff angeheuert hatte, und ging davon aus, dass er Deutschland und alle Bindungen hier endgültig hinter sich lassen wollte. Ich hatte mich damit abgefunden, von ihm nie wieder etwas in diesem Leben zu hören. Ich hatte sogar Angst, dass er gestorben sein könnte. Und jetzt das!«

»Schön, das freut mich für dich.« Wiebke sagte es mechanisch. Irgendwie konnte sie Thomas' Freude nicht teilen. Immerhin hatte Daniel seine Eltern erschlagen. Miserable Eltern zwar, aber immerhin war er ein Mörder, der eiskalt zwei Menschen im Schlaf erschlagen hatte. Auf und über so einen freute man sich nicht. Jedenfalls sie nicht. »Was macht er denn so?«, fragte sie mehr aus Höflichkeit als aus Interesse.

»Wie ich vermutete: Er fährt zur See. Sein Heimathafen ist jetzt Hamburg. Er ist nur alle paar Wochen in Deutschland. Die übrige Zeit verbringt er irgendwo auf der Welt. Aber er will wieder Kontakt mit mir. Ich freue mich ja so!«

Wiebke nickte, erhob sich und brühte Kaffee auf. Wenig später kam sie mit zwei dampfenden Bechern zurück. Sie schlürfte beim Trinken, um die Flüssigkeit ein wenig abzukühlen. Sie schaute Thomas an, sagte aber nichts.

»Du scheinst dich nicht richtig zu freuen«, sagte er enttäuscht.

»Du, ich kenne deinen Bruder überhaupt nicht. Aber ehrlich gesagt macht mir die Tatsache, dass er ein Doppelmörder ist, ein bisschen Angst. Trotzdem oder gerade weil es mein Beruf ist, Mörder zu fangen.«

»Bei Daniel war es aber doch etwas ganz anderes.«

»Sicher«, sagte Wiebke vorsichtig und versuchte nunmehr durch Pusten, eine einigermaßen trinkbare Temperatur des Kaffees zu erzielen. »Wann wird er kommen?«, wollte sie wissen.

»Das weiß er noch nicht. Außerdem erzählte er mir, dass er auf Gesellschaft wenig Wert legen würde. Er sei ein richtiger Eigenbrötler geworden. Aber irgendwann wird er mich besuchen kommen. Das hat er mir versprochen.«

»Hast du ihm auch von mir erzählt?«

»Natürlich. Er hat mir gratuliert.«

»Ich muss mir überlegen, ob ich ihn treffen will«, sagte Wiebke und wappnete sich innerlich. Ihre ehrliche, direkte Art hatte ihr schon viel Ärger eingebracht. Aber auch viele Dinge von vornherein geklärt.

»Das verstehe ich«, sagte Thomas. »Wir werden sehen. Kommt Zeit, kommt Rat.«

Danke, Mama, für diesen Mann.

Wiebkes auf dem Couchtisch liegendes Handy summte, und der Vibrationsalarm ließ das Gerät auf dem Tisch ganz leicht anfangen zu wandern. Sie nahm es und meldete sich. Eine Weile hörte sie interessiert zu.

»Danke«, sagte sie schließlich. »Gute Arbeit. Wir knöpfen ihn uns gleich morgen früh vor.«

»Wer war denn das?«, wollte Thomas wissen.

»Das Revier. Sie haben den Freund von Lydia in Gewahrsam genommen. Der hat sich mit Christof Lüerßen, diesem Drogendealer, ein Handgemenge geliefert. Deshalb haben die Kollegen die beiden erst einmal eingebuchtet. Bis morgen haben sie die zwei Nächte hinter schwedischen Gardinen sicher weichgekocht, sodass ich sie schön auspressen kann. Wolfgang will ich nicht dabeihaben. Er ist zu sehr involviert und viel zu angeschlagen. Apropos Wolfgang: Gibt es Neuigkeiten?«

»Ich habe in der Klinik angerufen«, sagte Thomas. »Er will da raus. Kann ich sogar verstehen, immerhin liegt er in einer Nervenheilanstalt. Was hältst du davon: Ich fahre ihn holen, und in einer Stunde frühstücken wir bei mir?« Wiebkes Wohnung war nur ein paar Gehminuten von seiner entfernt.

Sie schüttelte den Kopf, gähnte ganz undamenhaft und herzhaft. »Ich brauche noch eine Mütze Schlaf und verkrümle mich jetzt wieder in meine Federn. Wir können heute Nachmittag doch zusammen ein wenig spazieren gehen, wenn ihr wollt. Ich glaube, das täte uns allen gut.«

»Gerne«, sagte Thomas. »Wir holen dich um drei ab.«

Er stand auf und verließ die Wohnung. Wiebke ließ ihren Bademantel vor der Schlafzimmertür einfach auf den Boden fallen und genoss es, sich in ihre Kissen einzurollen, die noch nicht alles von ihrer Restwärme abgegeben hatten. Jedenfalls kam es ihr so vor.

Keine zehn Minuten später schlief sie wieder. Tief und fest. Als sie gegen halb eins erwachte, ärgerte sie sich, dass sie nur von Günter geträumt hatte. Wollüstige, feuchte Träume.

Ja, Mama, ich schäme mich, kam Wiebke der mütterlichen Ermahnung zuvor.

Ich meine ja auch nur.

Ist gut, Mama.

4

Wolfgang saß Fritjof Hansen im Verhörzimmer gegenüber. Sein trauriger Blick versprühte trotz des tiefen Schmerzes Hass und Wut. Hansen ertrug ihn mit stoischem Gleichmut. Er blickte gelassen auf seine goldene Rolex.

»In ein paar Minuten, Herr Hauptkommissar, wird mein Anwalt da sein. Dann können wir unmittelbar mit dem Verhör beginnen«, sagte er mit einer Stimme, die der ausgesuchten Höflichkeit genau die Verachtung beimischte, die sein Gegenüber immer mehr in Rage brachte.

Natürlich hatten Dr. Laufmann und er sich bereits unmittelbar nach seiner Verhaftung abgesprochen. Sie hatten eine Strategie ausgearbeitet, die gar nicht schiefgehen konnte. Fritjof hatte zwar vermutet, dass es ein Nachteil sein könnte, wenn der Vater der Toten ihn vernehmen würde. Sein Anwalt war aber ganz anderer Meinung gewesen. Auf seinen Rat hörte Fritjof immer. Er war damit bisher bestens gefahren.

Dann hatte Fritjof seinem Verteidiger den Brief für Belinda gegeben. Sie würde kooperieren. Belinda war käuflich.

Wiebke, Thomas und Günter hatten am Sonntagabend noch mit allen Mitteln zu verhindern versucht, dass Wolfgang selbst die Untersuchung leitete. Doch gegen sein Argument, er sei seiner einzigen Tochter die Aufklärung der Umstände ihres Todes schuldig, konnten sie nichts ausrichten. Wenigstens die Genugtuung, den Mörder seiner Tochter zur Strecke zu bringen, wenigstens das Gefühl, für sie nach ihrem Tode noch etwas getan zu haben, mussten sie ihm doch lassen. Das durften sie ihm nicht nehmen.

Die Vernehmung von Lüerßen vorhin war zudem gut gelaufen. Wolfgang war sachlich geblieben. Das lag aber wohl auch daran, dass Lüerßen eher zu den schüchternen, fast schon unterwürfigen Beschuldigten zählte. Er hatte Angst. Ob vor der Polizei und einer drohenden Strafe oder vor etwas anderem, das blieb sein Geheimnis.

Jedenfalls hatte Wolfgang ihn nach der Vernehmung als Verantwortlichen ausgeschlossen. »Bauchgefühl«, sagte er zu Wiebke. Sie hatte zugestimmt.

Wiebke und Günter beobachteten Hansens Vernehmung durch den venezianischen Spiegel, der nur von innen aussah wie ein Spiegel, von ihrer Position im Nebenraum aber einen genauen Einblick gewährte.

»Meinst du, er knackt ihn?«, fragte Günter.

»Glaube ich nicht«, erwiderte Wiebke. »Obwohl ich es Wolfgang gönnen würde. Aber dieser Hansen ist mit allen Wassern gewaschen. Die Kollegen von der Drogenabteilung vermuten schon seit Langem, dass er der Kopf des Rostocker Heroinhandels ist. Die haben ihn x-mal durch die Mangel gedreht und sich jedes Mal lächerlich gemacht. Die Kollegen fassen ihn inzwischen mit Samthandschuhen an. Sein Anwalt ist, wie sollte es anders sein, der beste und teuerste hier. Ich habe alle Ermittlungsakten gelesen. Es sieht nicht gut aus.«

Günter verstand. Auch er kannte Dr. Richard Laufmann. Der Mann war ein exzellenter und mit allen Wassern gewaschener Strafverteidiger. Er verlangte gesalzene Stundensätze, aber jeder seiner Mandanten war froh, diese Rechnungen begleichen zu dürfen. Günter wusste, dass selbst er Probleme hätte, gegen Laufmann anzukommen. Sowohl in juristischer Hinsicht als auch bezüglich der in Strafprozessen noch viel wichtigeren psychologischen Kompetenz konnten es nur wenige mit ihm aufnehmen. Der Anwalt spielte virtuos auf der Klaviatur der Beeinflussung. Von überzeugend wirkender devoter Akzeptanz gegenüber dem Gericht über die emotionslose Analyse der Fakten bis hin zur arroganten Überlegenheit, mit der er jeden noch so kleinen Fehler der Staatsanwaltschaft schonungslos aufdeckte und die dafür Verantwortlichen der Lächerlichkeit preisgab, reichte sein Repertoire.

Günter wusste aber noch viel sicherer, dass Wolfgang dem Anwalt noch viel weniger gewachsen sein dürfte als er selbst; unmittelbar nach Lydias Tod schon gleich zweimal nicht.

Sie sahen, wie sich die Tür zum Verhörzimmer öffnete und Dr. Laufmann den Raum betrat. Er beanspruchte seine Bühne. Es war sein Stück. Der Vorhang hob sich.

Der gut, aber nicht extravagant gekleidete Jurist begrüßte seinen Mandanten, ging aber dann sofort mit einer betroffenen Miene auf Wolfgang zu.

»Mein aufrichtiges Beileid zum Tode Ihrer Tochter«, sagte er.

Seine Hand war so ostentativ zur Begrüßung vorgestreckt, dass Wolfgang gar nichts anderes übrig blieb, als sie zu ergreifen. »Niemand kann ermessen«, fuhr Laufmann nach einer Anstandssekunde fort, »wie Sie sich in diesem Augenblick fühlen müssen, und ich kann mehr als nur nachvollziehen, dass Sie Ihre ganze Energie, Ihre ganze Kraft einsetzen werden, um die Verbrecher zu fangen, die Ihrer Tochter das angetan haben. Bei allen beruflich bedingten Scharmützeln, die wir in der Vergangenheit hatten, glauben Sie mir: Ich täte genau das Gleiche. Das sage ich hier, das sage ich vor meinem Mandanten. Es ist mir wichtig, das festzustellen, bevor wir uns mit Ihren Anschuldigungen gegen Herrn Hansen näher befassen.«

»Eins zu null für den Winkeladvokaten«, raunte Günter Wiebke zu. »Der hat Wolfgang schon beim ›Guten Morgen‹ einmal eingeatmet und wieder ausgespuckt.«

Wiebke nickte betroffen.

Unaufgefordert nahm Laufmann neben Fritjof Hansen Platz, der seine zwei Nächte in Polizeigewahrsam erstaunlich gut verkraftet hatte. Er holte eine noch schmale Akte aus seiner Tasche, legte einen jungfräulich weißen Block vor sich hin und schraubte die Schutzkappe seines Füllfederhalters ab.

»Nun, Herr Hauptkommissar«, begann ausgerechnet Laufmann das Verhör. »Was werfen Sie meinem Mandanten vor?«

Wolfgang räusperte sich. Es war überdeutlich, dass das Heft ein anderer in der Hand hielt. »Wie Sie wissen, wurde meine Tochter als Drogenkurier missbraucht. Und Ihr Mandant steckt hinter den Drogengeschäften in dieser Stadt.«

Fritjof Hansen wollte aufspringen, doch Laufmann hielt ihn zurück. »Herr Franke«, sagte er lächelnd – der Weisheit folgend, dass Lächeln die effektivste Art ist, seinem Gegenüber die Zähne zu zeigen. »Wir alle verstehen Ihren Schmerz. Wir wissen auch, dass Sie von der Liaison Ihrer Tochter mit meinem Mandanten nicht viel halten können. Das gibt Ihnen aber keinesfalls das Recht, unbewiesene und haltlose Unterstellungen gegen meinen Mandanten zu äußern. Das haben schon andere vor Ihnen versucht. Erfolglos, möchte ich betonen. Oder haben Sie neue Beweise?«

»Meine Tochter war drogensüchtig«, sagte Wolfgang mit kaum verhohlener Unterdrückung der Tränen in seiner Stimme. »Das kann Ihnen doch nicht verborgen geblieben sein«, fauchte er dann Fritjof an.

»Natürlich nicht«, antwortete Fritjof provozierend gelassen. »Ich wusste, dass Lydia an der Nadel hing. Ich habe alles versucht, um sie davon loszubekommen. Aber ich habe es nicht geschafft. Genauso wenig wie Sie. Da haben wir was gemeinsam. Nur dass Sie im Gegensatz zu mir schuld daran waren, dass sie überhaupt drogensüchtig wurde. Wer musste denn unbedingt Karriere machen und hat auf seine Familie geschissen?«

Wolfgang sprang auf und ging Hansen an die Gurgel.

»Du mieses Schwein«, brüllte er. Hass und Rachegedanken hatten es kurzzeitig geschafft, seine tiefe Traurigkeit zu verdrängen. »Das wirst du bereuen!«

»Herr Hauptkommissar«, rief Laufmann dazwischen. »Strapazieren Sie bitte nicht mein Verständnis für Ihre Situation!«

Schnaufend setzte sich Wolfgang wieder hin. Es war inzwischen sonnenklar, wer die tragische Figur des Stücks werden würde.

»Woher kennt Hansen Wolfgangs Lebensgeschichte?«, fragte Günter.

»Lydia wird sie ihm erzählt haben. Ich geh da jetzt rein. Das kann man doch nicht mit ansehen, wie die beiden Wolfgang demontieren.«

»Bleib hier«, zischte Günter. »Da muss Wolfgang allein durch. Glaub mir, diese Szene hat Laufmann mit Hansen besprochen und geprobt. War doch zu erwarten, dass Wolfgang explodiert, wenn man ihn auf Lydias Drogenhistorie anspricht. Aber er wollte die Ermittlungen ja unbedingt selbst führen.«

Widerstrebend setzte sich Wiebke wieder auf den kahlen Holzstuhl und verfolgte mit einem schlechten Gefühl den weiteren Fortgang des Verhörs.

»Ich entschuldige mich für meine Entgleisung«, sagte Wolfgang tonlos.

»Geschenkt«, sagte Laufmann gönnerhaft. »Darüber reden wir ein anderes Mal. Bleiben wir bei den Fakten des Falles. Was außer den, so möchte ich sagen, üblichen Verdächtigungen haben Sie gegen meinen Mandanten vorzubringen?«

»Wir haben ihn zusammen mit einem Dealer festgenommen, nachdem sich beide eine handfeste Schlägerei geliefert hatten.«

»Mit wem haben Sie ihn festgenommen?«

»Zusammen mit Christof Lüerßen, einem Dealer«, wiederholte Wolfgang trotzig.

Laufmann lächelte ironisch. »Was Sie sicher beweisen können! Er hat mal gedealt. Von neuen Straftaten ist mir nichts bekannt. Oder irre ich mich, Herr Hauptkommissar?«

Wolfgang biss sich auf die Lippe. »Wir haben ihn nach einer Prügelei mit einem im Verdacht des Drogenhandels stehenden Mann festgenommen«, beharrte er.

»Das klingt schon besser und wird von meinem Mandanten auch gar nicht bestritten«, bemerkte Laufmann, der sich bei diesen Worten Notizen machte und nicht einmal vom Blatt aufblickte.

»Da liegt doch der Zusammenhang«, schrie Wolfgang. »Sie treffen sich mit einem Drogendealer. Warum denn sonst, wenn es nicht um Drogen geht?«

»Wenn Sie das noch einmal sagen, werde ich laut«, brummte Laufmann.

Wolfgangs professionelles Hirn sagte ihm, dass er keine Chance hatte. Aber er war auf der richtigen Spur. Er hatte den Verantwortlichen für den Tod seiner Tochter gefasst. Hansen saß ihm gegenüber. Er durfte ihn nicht wieder laufen lassen.

»Und warum sollte Lydia sonst in Amsterdam gewesen sein, wenn nicht, um für Sie den Drogennachschub zu organisieren?«

»Mich kotzen Ihre Unterstellungen an«, echauffierte sich Fritjof. »Lydia hat in Amsterdam eines meiner Lokale geführt, das ›Naked Boobies‹.« Plötzlich lächelnd, fügte er hinzu: »Wenn Sie auf dicke, nackte Titten stehen, wäre es vielleicht mal einen Ausflug wert, lieber Herr Kommissar.« Ihm gefiel die Vorstellung, dass sich Lydias Vater gerade ausmalte, wie seine Tochter ihre Brüste geifernden, halb betrunkenen Männern präsentierte. Er labte sich an Wolfgang Frankes ohnmächtiger Wut.

»Und weshalb haben Sie sich dann mit Christof Lüerßen gestritten?«

»*Cherchez la femme*«, sagte Laufmann vieldeutig.

»Was?« Wolfgang schaute konsterniert und ein wenig dümmlich drein.

»Frauen. Sie haben sich um eine Frau geprügelt.«

»Lydia hat auch mit …« Wolfgang konnte es nicht fassen, dass

Lydia eine Dreiecksgeschichte mit diesem aalglatten Kneipenbetreiber und einem drogensüchtigen Kleindealer unterhalten haben sollte.

»Aber nicht doch«, erwiderte Fritjof lächelnd. »Meinen Sie wirklich, ich hätte nur eine Frau? Ehrlich, so toll war Lydia im Bett nun auch wieder nicht.«

»Scheiße«, sagte Günter im Nebenraum. »Wieder so eine Falle, in die Wolfgang reinläuft.«

Er hatte den Satz kaum ausgesprochen, da war Wolfgang bereits wieder aufgesprungen. Diesmal aber hielt ihn sein Verstand zurück. Er hätte so gern die Visage dieses arroganten Ganoven poliert. In das überlegen lächelnde Gesicht geschlagen. Fritjof Hansen war ein Mann, den nur seine Durchtriebenheit und sein Geld, mit dem er Leute wie Laufmann bezahlen konnte, davor schützten, dahin zu wandern, wo er hingehörte. Er würde ihn nicht kriegen. Christof Lüerßen hatte nämlich in seiner Vernehmung ebenfalls ausgesagt, sie hätten sich um eine Frau geprügelt. Sogar den Namen hatte er genannt.

»Und um wen soll es dabei gegangen sein?«, fragte Wolfgang. Er hoffte, dass sich Hansen vielleicht in Widerspruch zu Lüerßens Aussage setzen würde. Vielleicht zeigte er eine Unsicherheit.

»Belinda«, antwortete Hansen wie aus der Pistole geschossen. »Belinda Rietschoten. Wollen Sie die Adresse und ihre Telefonnummer?«

Wolfgang machte eine verächtliche Handbewegung. »Ich verzichte«, zischte er.

»War es das?«, fragte Laufmann. Es war eine rhetorische Frage. Natürlich war es das. Für einen Haftbefehl reichten die Verdachtsmomente nicht aus.

Wolfgang nickte und sagte unter Aufbringung seiner letzten Kräfte: »Sie können gehen, Herr Hansen.«

Dessen Lächeln war noch breiter und noch dreckiger als gewöhnlich. Er hatte gewonnen. Wie immer.

Aus einem gehässigen Impuls heraus hielt Fritjof Wolfgang sogar die Hand hin. Überrascht, dass der Kommissar sie nahm, spürte er auf einmal einen schraubzwingengleichen Schmerz. Mit einem Ruck zog Wolfgang Fritjof zu sich heran und zischte ihm ins Ohr: »Das wirst du büßen. Glaube mir. Das wirst du büßen.«

»Was haben Sie gesagt?«, fragte Laufmann scharf und sog hörbar die Luft ein.

»Ich habe ihm alles Gute für die Zukunft gewünscht«, sagte Wolfgang ruhig.

»Dann ist es ja gut. Auf Wiedersehen, Herr Kommissar.«

»Auf Wiedersehen.«

Der Vorhang senkte sich langsam wieder.

Als die beiden Männer den Verhörraum verlassen hatten, setzte er sich an den verwaisten Tisch, vergrub sein Gesicht in seinen verschränkten Armen und begann bitterlich zu weinen.

Wiebke und Günter kamen zu ihm in den Raum und versuchten, ihm Trost zu spenden.

Nicht einmal diesen letzten Dienst konnte er Lydia erweisen. Er fühlte sich als Egoist. Er fühlte sich als Versager. Er fühlte sich schlecht. Irgendetwas musste er doch tun.

Als er sich wieder einigermaßen gefangen hatte, bat Wolfgang Wiebke und Günter, ihn allein zu lassen, und ging an die frische Luft. Dort sah er, wie dieser widerliche Hansen mit seinem Rechtsanwalt gut gelaunt über den Parkplatz lief.

***

Sie schritten leichtfüßig zu dem dunkelblauen Jaguar des Anwalts. Als beide im Wagen saßen und Fritjof den wohligen Geruch der Ledersitze des wenige Wochen alten Autos genoss, bemerkte er Laufmanns nachdenklichen Gesichtsausdruck.

»Ist was, Doc?«, fragte Fritjof betont lässig. »Lief doch alles prima. Sie haben sich Ihr Honorar verdient.«

»Sicher«, sagte Laufmann und startete den Motor. Der Achtzylinder arbeitete unauffällig im Hintergrund. »Diesen Etappensieg haben wir allerdings nur der Tatsache zu verdanken, dass Franke angeschlagen war. Der Tod seiner Tochter verhinderte ganz offensichtlich, dass bei ihm die Synapsen wie gewöhnlich funktionierten.«

»Wie meinen Sie das?« Ein Anflug von Furcht huschte über Fritjofs Miene. Nervös wollte er sich eine Zigarette anzünden.

»Nicht in diesem Wagen«, sagte Laufmann. Er konnte es sich leisten, sich den Wünschen seiner Mandanten zu widersetzen. Sie waren ihm im Grunde auch gleichgültig. Nur verlieren hasste er.

Fritjof steckte die Zigarette wieder ein. »Sehen Sie, Herr Hansen, wir behaupteten, dass Sie eine Auseinandersetzung mit Christof Lüerßen hatten, weil Sie sich um eine Frau gestritten haben.«

»Und? Zweifeln Sie daran?«

»Ich zweifle nie an meinen Mandanten. Es ist aber mehr als naheliegend, dass Franke oder einer seiner Kollegen auf die Idee kommen, diese Frau zu vernehmen. Das macht die Sache gefährlich. Auch wenn Sie darauf vertrauen, dass sie in Ihrem Sinne aussagt, könnte sich die Sachlage ganz schnell ändern, wenn sie einmal Ärger mit Ihnen hat.«

Fritjof nickte bedächtig. Die Lösung war einfach. Sehr einfach sogar.

»Und Ihr Christof ist ebenfalls ein Wackelkandidat. Ein Junkie. Was ist, wenn er mal clean werden sollte? Oder schlimmer, wenn er keine Drogen mehr bekommt? Dann wäre es doch zumindest denkbar, dass er böse Geschichten über Sie erzählt, die wir nur mit viel Mühe widerlegen können.«

Mit einem Ruck kam das Fahrzeug zum Stehen. Inmitten seiner Ausführungen hätte Laufmann fast eine rote Ampel übersehen. Fritjof schnellte nach vorn. Der Sicherheitsgurt hielt ihn zurück. Als ob dieser Ruck bei ihm einen Geistesblitz ausgelöst hätte, lächelte er.

Die Lösungen für seine Probleme waren einfach. Wirklich einfach sogar.

Er nahm sein Handy, rief Christof an und bestellte ihn zu sich nach Hause. Danach telefonierte er mit Belinda, die für ihn als Animierdame in einer seiner Bars arbeitete. Sie freute sich offensichtlich über seinen Anruf und war gewillt, Fritjof zu empfangen.

Laufmann nickte beifällig und fragte: »Wohin?«

»Nach Ribnitz-Damgarten, Danziger Straße 4.«

Laufmann zog die Augenbrauen hoch. Er kannte diese Gegend gut genug, um zu wissen, dass die Adresse eine weniger gute war. Vornehmlich alte, hässliche Plattenbauten aus der untergegangenen Ära der DDR, errichtet in den frühen Siebzigern, später mühsam den Erfordernissen vernünftigen Wohnens angepasst – teilsaniert, wie es in den Immobilienanzeigen hieß. Nicht gerade ein Ort, an dem er sich gerne aufhielt – und schon gar nicht mit seinem nagelneuen Jaguar.

»Keine Sorge, Belinda wird nicht mehr lange da wohnen«, antwortete Fritjof, als ob er die Gedanken seines Rechtsbeistandes gelesen hätte.

»Was Sie von dieser Dame wollen, ist mir klar. Aber was machen Sie mit Christof?«, fragte Laufmann. Sein Jaguar fiel zunehmend unangenehm auf, je näher sie ihrem Ziel kamen. Die Trabbis und Wartburgs der neunziger Jahre waren inzwischen verschwunden. Aber die alten Westautos machten das Straßenbild auch nicht schöner.

»Ich werde mit ihm ein Gespräch unter Männern führen. Ich denke, es ist das Beste für uns alle, wenn Christof verschwindet. Dabei werde ich ihm helfen. Und dann sollte ich auch von der Bildfläche verschwinden. Jedenfalls für eine gewisse Zeit.«

»Das klingt vernünftig«, sagte Laufmann und vermied es tunlichst, Fritjof zu fragen, was er konkret unter »verschwinden« und speziell unter »dabei helfen« verstand.

Sie waren da.

Wortlos verabschiedeten sich Mandant und Anwalt.

Laufmann war froh, sich und sein Auto bald wieder in besseren Gegenden zu wissen. Außerdem musste er in sein Büro. Frankes Entgleisungen bei der Vernehmung mussten noch in eine saftige Dienstaufsichtsbeschwerde gegossen werden.

***

Sie empfing ihn so, wie sie meinte, dass er es erwartete. Fritjof hatte nichts dagegen. Auch wenn das hauchdünne Negligé, die wasserstoffblondierten Haare, die mit viel Silikon aufgefüllten dicken Brüste, das Knallrot ihres Lippenstiftes und eigentlich ihr ganzes Auftreten etwas zu laut, etwas zu deutlich und überhaupt nicht damenhaft waren.

In der ganzen Wohnung lag ein Duft, wie er sonst nur in Bordellen vorkommt. Eine Mischung aus süßem, schwerem Parfüm, säuerlichem Duft nach Wein oder Sekt, kaltem Zigarettenrauch und Lustschweiß. Ein olfaktorischer Zentralangriff auf das männliche Lustzentrum, dem sich nur Eunuchen, katholische Priester oder Homosexuelle entziehen können. Fritjof war nichts davon.

Sie zog ihn wortlos in ihr Schlafzimmer, dessen dominierender Bestandteil ein in der Mitte stehendes, rundes Bett war.

Sie benahm sich scham- und hemmungslos. Ihre Aufforderungen waren vulgär. Das Stöhnen aus ihrem Mund wurde immer lauter. Es war echt oder zumindest so professionell inszeniert, dass es von echter Ekstase nicht zu unterscheiden war. Sie drehte ihn auf den Rücken und setzte sich auf ihn, sodass ihre großen Brüste direkt vor seinem Gesicht in dem von ihr bestimmten Takt auf und ab wippten.

Fritjofs Großhirn schaltete auf Autopilot. Er sah nur noch die wippenden Brüste, fühlte die Rundungen des von ihm mit beiden Händen umfassten weiblichen Hinterns und genoss jede der zunehmend schneller werdenden Bewegungen ihres Beckens auf ihm. Ihre Vaginalmuskeln umklammerten ihn fest.

Mit einem unkontrollierten Aufbäumen, einem hektischen Drehen seines Kopfes im Kissen und einem lauten, animalischen Schrei entlud er sich.

Lächelnd stieg Belinda von ihm herunter wie von einem Pferd nach einem wilden Galopp, ging in die Küche und kam mit zwei Sektgläsern und einer geöffneten Flasche Rotkäppchen-Sekt zurück.

Fritjof hatte seine Zigaretten aus der wild zerknautscht vor dem Bett liegenden Hose gekramt und saß, die Tagesdecke über seine Scham gezogen, rauchend im Bett. Irgendwie schämte er sich jetzt.

Belinda goss die zwei Gläser voll. Sie stießen an.

»Was willst du außerdem von mir?«, fragte sie.

Fritjof war dankbar für Belindas direkte Art.

»Ich will dir etwas anbieten«, sagte er geheimnisvoll.

»Was denn?«, kam es, begleitet von einem unschuldigen Augenaufschlag, aus ihrem Mund. Ihr nuttiges, von durchzechten Nächten, Alkohol- und Kokainexzessen gezeichnetes Gesicht nahm auf einmal wieder etwas Jungmädchenhaftes an.

»Ich habe einen Job für dich. Es muss sich jemand um mein Lokal in Amsterdam kümmern. Da habe ich an dich gedacht.«

»Ich habe davon gehört«, sagte Belinda, die breitbeinig vor ihm auf dem Bett saß und sich ihrerseits eine Zigarette anzündete. Sie blies den Rauch zur Decke und schaute den Rauchwolken hinterher. »Hast du was mit ihrem Tod zu tun?«, fragte sie.

»Geht dich das was an?«, konterte Fritjof scharf.

»Natürlich nicht«, sagte Belinda. »Was muss ich im ›Naked Boobies‹ tun?«

»Dazu später. Jetzt erst mal das Wichtigste: Ich brauche ein Alibi und einen Sündenbock. Außerdem muss ich verschwinden. Die Sache hier wird mir zu heiß. Deshalb erklärst du den Bullen Folgendes ...«

Fritjof erläuterte ihr detailliert seinen Plan. Belinda stimmte zu. Bis auf einen Punkt. Den Toten wollte sie verhindern. Aber das musste sie Fritjof ja nicht sagen.

»Was ist für mich drin?«, kam sie zum entscheidenden Punkt.

»Fünftausend die Woche plus Erfolgsbeteiligung.«

»Sieben«, sagte sie trocken. »Und Ficken als Skonto für dich.«

»Sechs.«

»Sechs plus zwei Heimflüge.«

»Einverstanden.«

»Wohin willst du verschwinden?«

»Das geht dich gar nichts an.«

»Auch wieder wahr«, sagte sie und setzte ihr verführerisches Lächeln auf. Sie drückte Fritjof in eine liegende Position und leerte ihr halb volles Glas Sekt über seinem Bauchnabel aus. Das Getränk verteilte sich und lief hinunter in Richtung seiner Schenkel. Schlürfend begann sie, die Rinnsale aufzusaugen.

Gott sei Dank ist die bald in Holland und ich weit weg, dachte Fritjof. Sonst komme ich zu gar nichts mehr. Dann gab er sich wieder der erotischen Behandlung hin, die Belinda ihm angedeihen ließ.

Während der knapp zwei Stunden, in denen Fritjof Geschäftliches und Privates gekonnt kombinierte, konnte Wolfgang, der ihn unauffällig bis hierher verfolgt hatte, in Ruhe die Namen von der ungepflegten Klingeltafel abschreiben, sie über Funk an Wiebke weitergeben und sie bitten, sie zu überprüfen.

Nach einer guten Stunde wusste er, wen er gleich vernehmen musste. Belinda Rietschoten, registrierte Prostituierte und zugleich Angestellte in Hansens anrüchigem Gastronomie-Komplex.

Als nach einer weiteren Stunde der sichtlich erhitzt, erschöpft und derangiert wirkende Fritjof Hansen von einem Taxi abgeholt wurde, klingelte er bei »B. Rietschoten«. Sie öffnete ihm, weil sie davon ausging, dass es sich um einen Kunden handelte. Sie war nicht wenig überrascht, als sie realisierte, dass stattdessen ein Polizist und erschütterter Vater vor ihrer Tür stand, der von ihr die Wahrheit wissen wollte. Sie erzählte. Sie brach in Tränen aus. Sie schluchzte.

Am Ende war sich Wolfgang keineswegs sicher, ob er sich nicht verrannt hatte. Vielleicht war dieser Fritjof doch nur ein charakterlich zwar zweifelhafter Zeitgenosse mit einer ebenso zweifelhaften Beschäftigung, aber möglicherweise eben doch nur ein zwielichtiger Barbetreiber und kein Drogenhändler. Vielleicht war es doch dieser Christof, der seine Lydia auf dem Gewissen hatte.

Nagende Ungewissheit.

***

Sie beobachteten sich argwöhnisch, trauten sich nicht mehr über den Weg. Fritjof war enttäuscht, dass sein alter Studienkollege Christof ihn betrogen, ihn schnöde bestohlen und um die Früchte seines Business gebracht hatte. Aber er brauchte ihn und seine Absatzkanäle. Dieses Wissen war Christofs Lebensversicherung. So dachte dieser jedenfalls.

Doch wie lange noch? Für Fritjof wäre es ein Leichtes, ihn irgendwann verschwinden zu lassen. Und es gäbe wenige, die viel Energie darauf verwendeten, ihn zu suchen. Am allerwenigsten die Polizei.

Christof wiederum brauchte Fritjof, damit sein Plan, sich selbstständig zu machen, nicht kläglich scheiterte. Was hatten die Russen, die ihn beliefern wollten, heute zu ihm gesagt? Nächste Woche bekäme er die erste Ware. Aber bis dahin müsse er die Versorgung sicherstellen. Damit der Vertrieb nicht kaputtginge. Er hatte es zugesagt. Und er wusste, dass es ungesund sein könnte, die Russen zu enttäuschen. Er brauchte noch ein Kilo. Ein mickriges Kilo hochreines Heroin würde reichen. Dieses eine Kilo musste Fritjof ihm noch beschaffen. Vor allem, weil er selbst den Stoff brauchte.

»Ich muss sagen, dass ich tief enttäuscht von dir bin«, begann

Fritjof. Er saß in lässiger Freizeitkleidung auf seinem Sofa. »Warum hast du mich beschissen?«

»Es tut mir ja leid«, jammerte Christof devot. »Ich habe der Verführung nicht widerstehen können. Es war ein Fehler. Ein verdammter Fehler.«

»Das kann man wohl sagen.« Fritjof stand auf, ging zu seiner Bar und schenkte sich einen Whisky ein. »Auch einen?«, fragte er.

»Gerne.«

Sie stießen an. Doch ihre Blicke blieben kalt und berechnend. Wer brauchte wen? Christof war sich sicher, dass Fritjof ihn und seine Drücker brauchte. Das aber war eine Fehleinschätzung.

Fritjof hatte beschlossen, sich abzusetzen. Er wollte spurlos verschwinden. Unter anderem Namen, mit falschen Papieren plante er, ganz woanders neu anzufangen. Die Dokumente dafür lagerten längst in einem Safe einer Bank in Luxemburg. Er würde noch mal durchstarten. Wieder selbst dealen. Aber diesmal sauber. Diesmal mit Kokain.

Eine saubere Droge. Für eine saubere Gesellschaft. Keine Junkies mehr, sondern Schauspieler, Models, Ärzte und Anwälte. Keine Spritzen mehr, die sich die Menschen in einen durch unzählige Einstiche quasi schon durchlöcherten Körper jagten und danach unansprechbar, introvertiert, lustlos und weggetreten waren.

Die in teure Kleider gewandeten, gepflegten Menschen waren von nun an sein Ziel. Kunden mit goldenen Kreditkarten, die damit das weiße Pulver auf silbernen Tabletts zu zwei ordentlichen Linien zusammenschoben und durch aufgerollte Hundert-Euro-Scheine in die Nase zogen. Kunden, die danach witzig, unterhaltsam, charmant, erotisch und kreativ waren.

Diese Menschen wollten keinen abgehalfterten, offensichtlich heroinabhängigen Händler. Nein, Menschen mit ordentlicher Kleidung und angenehmen Umgangsformen waren gefragt. Dieser Markt verlangte Dealer, die in die feine Gesellschaft passten. In diesem Geschäftsmodell würde Christof ein Fremdkörper sein. Er war nicht nur ein Dieb, der für seinen Vertrauensbruch bezahlen musste. Er war eine Gefahr. Außerdem war er überflüssig. Ein Dinosaurier, der Vertreter einer vergangenen Epoche.

»Aber ich bin der Meinung, dass jeder eine zweite Chance verdient hat«, sagte Fritjof gönnerhaft.

Christof setzte ein erleichtertes Lächeln auf. »Danke«, sagte er. »Das vergesse ich dir nie.«

Du arrogantes, verlogenes Arschloch, dachte er. Wer wärst du schon, wenn ich nicht für dich die Drecksarbeit erledigt hätte? Wer hat denn die Teenies an die Nadel gebracht, damit sie ihn bald darauf förmlich anflehten, ihm ihr Geld aufdrängen zu dürfen? Hatte er ihm nicht die Taschen gefüllt?

Die Floskel »Das vergesse ich dir nie« war allerdings nicht einmal gelogen. Er würde es nicht vergessen. Du wirst dafür bezahlen, dachte Christof. Aber erst, wenn ich das eine Kilo habe.

»Ein bisschen Strafe muss jedoch sein. Bis der Schaden wiedergutgemacht ist, kriegst du nur die halbe Provision. Bist du einverstanden?«

»Natürlich. Das ist sehr großzügig von dir. Aber wir brauchen dringend neuen Stoff. Die Vorräte sind –«

»Ich weiß«, unterbrach Fritjof ihn unwirsch. »Ich habe deshalb über einen anderen Kontakt Ware organisiert. Die muss ich leider persönlich entgegennehmen, weil der Lieferant nur mir vertraut. Du weißt, wie ungern ich das tue.«

Christof nickte. Schade, dass er Fritjof nicht einfach hochgehen lassen konnte. Aber dann wäre das dringend benötigte Kilo weg. Also musste er jetzt gute Miene zum bösen Spiel machen.

»Und wann kriege ich den Stoff?«

»Freitagnacht. Wir treffen uns um ein Uhr auf dem Gelände der alten Neptun Werft. Am Eingang zum alten Betriebskrankenhaus. Weißt du, wo das ist?«

»Ja, das kenne ich.«

»Sei pünktlich. Deine Rolex geht ja bekanntlich genau«, frotzelte Fritjof.

Auch dafür bezahlst du, dachte Christof. Für deine Arroganz. Deine Überheblichkeit. Dafür, dass du clean geblieben bist und ich nicht.

»Ich werde da sein.«

»Nichts für ungut«, sagte Fritjof und streckte die Hand aus.

Christof schlug ein. »Auf gute Geschäfte!«

Ja, auf gute Geschäfte, aber ohne dich.

***

Auch wenn Thomas die damit verbundene Unordnung hasste. Selbst wenn er es sauber, ordentlich, ja fast steril liebte. Er genoss die Zusammenkünfte mit Günter, Wolfgang und Wiebke, auch wenn sie genau jenen Zustand seiner Wohnung stets zerstörten und er ihn mit viel Mühe wiederherstellen musste.

Sie gaben ihm, dem Jungen aus einer zerrütteten Familie, der später Heimkind wurde und dann von zwar liebevollen, aber nichtsdestoweniger nur Pflegeeltern erzogen wurde, das Gefühl von familiärer Bindung. Für Wolfgang wurde er immer mehr so etwas wie ein großer Bruder, für Günter eine Art Cousin und für Wiebke der Partner.

Für dieses Glück war er bereit, den Preis zu zahlen und schon wieder den Handsauger zu holen, weil Günter mal wieder Kartoffelchips auf seinen Teppich gekrümelt hatte.

Günter ignorierte die Unhöflichkeit, Wiebke nahm sie mit stoischer Gelassenheit hin, und Wolfgang war ohnehin in einem Zustand, den man nur mit Gleichgültigkeit beschreiben konnte. Waren Kartoffelchipskrümel auf Designerteppichen jetzt wirklich wichtig?

»Wenn ich das also richtig verstehe«, fasste Thomas zusammen, »dann ist dieser Hansen verdächtig, der Kopf des Heroinhandels zu sein, aber dafür gibt es keinen Beweis. Christof Lüerßen dagegen ist ein aktenkundiger Dealer, aber selbst abhängig. Ob er für Hansen arbeitet, ist fraglich, weil ebenfalls nicht nachweisbar. Stimmt das so?«

Wolfgang nahm sein Weißbierglas, trank mit großen, gierigen Schlucken und nickte. »Ich fürchte, ich kriege das Schwein nicht. Wer von den beiden es auch sein mag. Einer von ihnen hat Lydia auf dem Gewissen. Aber solange die sich gegenseitig decken, habe ich keine Chance.«

Während er sprach, umklammerte er den langen Hals des Bierglases wie ein Ertrinkender das ihm zugeworfene rettende Seil. Mit einem Ruck setzte er wieder an und leerte das noch halb volle Glas in einem Zug. Thomas verfolgte das mit sorgenvoller Miene.

»Aber ich will ihn kriegen, den Dreckskerl. Ich will ihn büßen sehen. Es ist nicht gerecht, dass Lydia tot ist und er weiter fröhlich lebt. Es ist nicht gerecht.«

»Wolfgang«, sagte Thomas begütigend. »Lydia zu rächen macht sie nicht wieder lebendig. Wir können den Täter nur bestrafen. Das macht der Staat. Und gerade du als Polizist weißt, dass das gut so ist.«

»Klugscheißer«, sagte Wolfgang. Thomas nahm es ihm nicht übel.

Der Abend endete wie immer. Gegen elf Uhr kündigte Thomas an, dass er ins Bett gehen wolle und doch alle noch bleiben mögen. Wie immer lehnten alle ab. Wolfgang verzog sich ins Gästezimmer, das ihm Thomas angeboten hatte. Wiebke gab ihrem Freund den obligatorischen Kuss und Günter die Hand.

Als Wiebke und Günter auf der Straße standen, gab er sich einen Ruck.

»Ich bin noch nicht müde«, sagte er vorsichtig.

»Ich auch nicht«, log Wiebke. Sie musste ein herzhaftes Gähnen unterdrücken.

»Ein paar Straßen weiter gibt es eine alte Eckkneipe. Ich war noch nie drin, ist wahrscheinlich so eine richtige Kaschemme. Aber wie wär's? So auf ein Bier?«

»Gute Idee«, erwiderte Wiebke lächelnd.

Was soll das, Wiebke?

Nur auf ein Bier, Mama. Nur ein bisschen plaudern.

Na gut, aber nur auf ein Bier.

Ja, Mama.

***

»Chef, das musst du mir mal näher erklären«, verlangte Egon. Dimitri sah auf. Der groß gewachsene Mann vor ihm war sein verlängerter Arm. Er dachte und Egon handelte. Meist ohne zu fragen. Doch hin und wieder wollte er es dann doch etwas genauer wissen.

»Was soll ich dir erklären?«, fragte Dimitri. Sie saßen im Whirlpool seiner Villa und genossen das warme Wasser. Am Rand standen Gläser mit Krimsekt.

»Warum wir uns mit diesem Junkie abgeben. Der Typ ist ganz schmieriger Abschaum. Warum hast du sein Angebot angenommen? Es wäre doch viel einfacher, wenn wir uns dieser kleinen Küchenschabe entledigen und unser eigenes Ding aufziehen.«

»Wir werden ihn schon noch loswerden. Aber ein Kilo Stoff ist nicht zu verachten.«

»Woher weißt du, dass da noch ein Kilo Stoff ist?«

»Informationen sind meine Lebensversicherung. Der Hansen will dem Lüerßen am Freitag ein Kilo Stoff bringen. Das lassen wir ihn noch holen. Er streckt es für uns, bevor er verschwindet. Wir haben den Stoff. Und einen Konkurrenten weniger.«

»Und der Hansen?«

»Der muss auch verschwinden.«

»Jetzt habe ich es verstanden, Chef!«

Sie lachten und tranken weiter.

***

In der muffigen Kneipe war nicht viel los. Einige Berufsarbeitslose, die sich lautstark der Lebenslüge hingaben, früher, zu DDR-Zeiten, sei alles besser gewesen, ertränkten ihren Frust in Radeberger.

Sie gehörten zu den Gestrandeten der Wiedervereinigung, zu denjenigen, die zur falschen Zeit am falschen Ort waren und deren einziger Lebensinhalt darin bestand, irgendwie den Tag zu überleben, um sich am Abend durch Stammtischphrasen einzureden, dass das System schuld sei. Sie beschwerten sich lautstark.

Über die Kapitalisten.

Über die Parteien.

Über die Ausländer.

Über die ach so ungerechte Gesellschaft, die sie nicht brauchte und deshalb ausgrenzte. Das war in den Zeiten, die sie jetzt glorifizierten, allerdings auch nicht anders gewesen. Früher hatten sie zwar einen Arbeitsplatz gehabt, waren aber zum Wohle der Partei, des Staates und des Sozialismus ausgebeutet worden. Das, was sie jetzt als staatliche Wohlfahrt erhielten, ermöglichte ihnen heute sogar einen Lebensstil, der »damals« nur einflussreichen Bonzen vorbehalten war. In der DDR wären sie mit ihrem heutigen Einkommen ganz oben gewesen. Heute gab es jedoch andere, die viel mehr hatten. Deshalb war das, was früher »ganz oben« bedeutet hätte, heute eben nur noch ganz unten.

Auch damals hatten sie über die Gesellschaft geschimpft.

Über die Bonzen.

Über die Partei.

Über die Russen.

Sie waren unten. Damals wie heute. Nur die Relation hatte sich verschoben. Und das Ziel ihrer Schimpf- und Frustrationskanonaden.

Wiebke und Günter nahmen die Geräuschkulisse aus lauten Diskussionen und der aus Wandlautsprechern niederrieselnden undefinierbaren Musik hin. Sie bestellten zwei Radeberger und zwei Buletten. Manche nannten sie auch Frikadelle. Die bis zur Wende übliche Bezeichnung Grillette hatte aber ausgedient.

Günter biss herzhaft in die von einer Mikrowelle aufgewärmte, leicht muffig schmeckende Fleischmasse. Er spülte den Bissen mit einem Schluck Bier hinunter.

»Schrecklich, was der Wolfgang durchmachen muss«, sagte er.

»Ja, ich beobachte mit Sorge, wie er mehr und mehr abstürzt. Wenn Thomas ihn nicht bald auffängt, wird er ein richtiger Säufer.«

»Glaubst du, Thomas schafft das?«

»Wenn nicht er, wer dann?«, fragte Wiebke mit einem überraschten Blick. »Ist ja schließlich sein Job.«

Günter nickte und bestellte in einer Übersprungshandlung zwei weitere Bier. Dann überwand er sich und stellte die entscheidende Frage. »Bist du eigentlich glücklich?«

Wiebke spürte den Schmerz, den eine richtige Frage auslösen kann. Diesen Schmerz der Erkenntnis, die beklemmende Angst davor, dem anderen eine ehrliche Antwort geben zu müssen.

Dem anderen? Nein, sich selbst.

»Natürlich«, log sie. »Thomas trägt mich auf Händen. Ich habe in meinem biblischen Alter einen gut aussehenden, tollen, erfolgreichen Mann abbekommen. Er kümmert sich aufopferungsvoll um mich und meine Freunde. Was will man mehr?«

Günter nickte. Was bildete er sich auch ein? Was war er bloß für ein Schwein? Thomas Wiebke ausspannen zu wollen. Ihr das Glück zu nehmen, nach dem sie sich gesehnt hatte. Nein, dazu hatte er kein Recht. Von einer Sekunde auf die andere wurde ihm sonnenklar, dass Wiebke eine gute, vielleicht seine beste Freundin war. Nicht mehr. Niemals mehr.

»Das freut mich«, sagte er. Selten in seinem Leben war ihm ein Satz so schwergefallen. Er trank sein Glas aus und bestellte in der festen Absicht, dass es das letzte Bier des Tages sein würde, noch ein weiteres.

Doch dann stellte Wiebke eine Frage, die bei Günter genau den Schmerz auslöste, der sie einen Augenblick zuvor selbst gequält hatte.

»Warum bist du eigentlich solo? Du siehst gut aus, bist charmant. Du hast einen knackigen Körper.« Sie ärgerte sich. Warum erwähnte sie seinen Körper? Das musste jetzt doch wirklich nicht sein.

»Danke für die Blumen«, sagte er. »Aber ich glaube nicht, dass ich mit einer Frau auf Dauer zusammen sein könnte.«

»Warum nicht?«, fragte sie unschuldig.

In Günter baute sich mit einem Mal ein wahnsinniger Druck auf. Der Druck, endlich mit jemandem sprechen zu wollen, sich zu offenbaren, zu beichten. Und wer wäre dazu geeigneter als eine Freundin? Eine, der er vertrauen konnte. Eine, die eben »nur« eine Freundin war.

Er gab sich einen Ruck.

»Kann ich dir etwas sagen, was du nicht einmal Thomas erzählen darfst?«

»Du machst es aber spannend. Aber: großes Indianerehrenwort. Zu niemandem einen Mucks.«

»Ich denke nicht, dass ich mit meiner Sexualität mit einer normalen Frau klarkäme.«

Wiebke schaute betroffen. »Du bist schwul?«

Günter wurde beinahe ärgerlich. »Unsinn«, sagte er. »Ganz im Gegenteil.«

»Was heißt das? ›Ganz im Gegenteil‹?«

Nun beichtete Günter. Er erzählte von seiner polygamen Veranlagung. Von seinen Orgien im »Ceasar's Palace«.

Wiebke reagierte. Sehr heftig. Aber nicht sichtbar. Günters detaillierte, schonungslose Beichte berührte sie. Sie war froh, einen Büstenhalter zu tragen. Ihre Brustwarzen wurden bretthart, ihr Slip klatschnass.

»Und? Geschockt?«, fragte Günter.

»Nein«, sagte Wiebke. »Nur für mich wäre das nichts.«

Warum sagte sie das? Warum? Sie würde ab jetzt keinen Sex mehr haben, ohne in ihrer Phantasie das ablaufen zu lassen, was er ihr gerade berichtet hatte. Warum log sie Günter an? Wohl deswegen, weil sie ihn ansonsten sofort genommen hätte. Hier und jetzt. In dieser Kneipe. Vor den ganzen Besoffenen.

Das hast du gut gemacht, Wiebke.

Mama, manchmal kotzt du mich an.

Wiebke!

Entschuldigung.

»Siehst du«, sagte Günter. »So wie du denken die meisten. Und jetzt stell dir vor, ich lerne jemanden kennen. Dann kommt diese Nummer raus. Das Chaos ist doch vorhersehbar. Nein danke. Da bleibe ich doch lieber Single.«

»Ich danke dir.«

»Wofür, Wiebke?«

»Für dein Vertrauen. Du kannst sicher sein, dass dein Geheimnis bei mir sicher aufgehoben ist. Das gilt für alles, was dich bedrückt.«

»Und umgekehrt.«

Günter brachte Wiebke gegen zwei Uhr nach Hause. Sie gab ihm zwei Küsse auf die Wangen. Das erste Mal.

»Schlaf gut«, sagte sie.

»Du auch«, antwortete er und ging schweren Schrittes nach Hause. Beide konnten heute Nacht so bald nicht einschlafen.

***

Er hatte gewartet, bis Hansen seine Wohnung verlassen hatte. Wie jede Nacht fuhr dieser der Reihe nach seine Etablissements ab.

Mit einem Dietrich öffnete er die Tür zu der Altbauwohnung und platzierte mit einem Haftklebestreifen einen Minisender mit geringer Reichweite unter einer Schublade des im Wohnzimmer stehenden antiken Sekretärs. Wenn überhaupt, würde man diesen Sender erst nach Monaten finden.

Dann schlich er auf den Dachboden. Dort versteckte er zwischen seit Jahren nicht mehr bewegtem Gerümpel den kofferradiogroßen Verstärker, der die Gespräche aus Hansens Wohnung empfangen, verschlüsseln und abstrahlen würde. In einem Umkreis von zehn Kilometern konnte er mit einem entsprechenden Gegengerät das Signal empfangen und wieder entschlüsseln.

Ein ebensolches Gerät hatte er vor einer Stunde in Christof Lüerßens Wohnung platziert.

Ich werde ihn kriegen, diesen gewissenlosen Parasiten, dachte er zufrieden, als er wieder in die Wohnung schlich, aus der er sich heimlich fortgestohlen hatte. Niemand hatte etwas gemerkt.

5

Lydia war eine knappe Woche tot.

Es war, als ob selbst der Himmel über dem Dorffriedhof der beschaulichen Gemeinde Tegernsee an diesem Freitagmorgen weinen würde. Dicke, bittere Tränen tropften unablässig vom traurig grau verhangenen Himmel.

Die kleine Trauergemeinde stand um das offene Grab, in dem vor ein paar Jahren Lydias Großmutter beerdigt worden war. In dem irgendwann einmal Caroline ihre letzte Ruhe finden sollte. Und auch Lydia. In vielen, vielen Jahrzehnten. Aber doch nicht jetzt schon.

Angestrengt verkrochen sich die Menschen unter ihren Schirmen. Sie hörten die Worte des Pfarrers. Doch selbst den hartgesottenen Katholiken unter ihnen fiel es heute schwer, an Gottes unergründliche Wege zu glauben und daran, dass sie dennoch ihren tieferen Sinn hatten.

Welchen Sinn hatte der Tod einer gerade dreißig Jahre alten Frau? Wohin führte ein solch idiotischer Weg?

Das letzte Vaterunser. Eine Schaufel Erde auf den glänzenden Sarg. Der letzte Gruß. Ein leises Servus und die bange Frage, ob man sich, wie heute wieder einmal versprochen wurde, im Paradies wiedersehen würde.

Und die ständige, bohrende Frage nach dem Warum.

Warum? Warum nur?

Wolfgang hatte dafür gesorgt, dass Lydia nach Tegernsee überführt und hier in Bayern begraben werden konnte. Im Schatten der mächtigen Berge in der Nähe der erfrischenden Seen. Sie sollte dort begraben werden, wo sie einmal glücklich gewesen war. Für dreizehn kurze Jahre. Dort sollte sie auch ihren Frieden finden. Für eine Ewigkeit.

Caroline stand versteinert neben Wolfgang. Sie waren die Eltern. Heute gehörten sie noch einmal zusammen. Zum letzten Mal.

Die unvermeidliche Kondolenz war wie eine nicht enden wollende seelische Folter. Jeder gab ihnen die Hand und murmelte, wenn es gut lief, nur: »Mein Beileid.« Andere fühlten sich verpflichtet, mehr zu sagen.

»Wir können es gar nicht fassen.«

»Sie wird uns fehlen.«

Als würde das für die Eltern nicht hundertmal mehr gelten.

»Sie war ein so fröhliches Madel.«

Ja, das war sie. Der Sonnenschein ihrer Eltern, bis ihr auf seine Karriere versessener Vater meinte, die Familie sollte an die Ostsee umziehen.

Endlich war es vorüber. Etwas abseits standen Wiebke, Günter und Thomas, die beschlossen hatten, Wolfgang bei diesem schweren Gang zur Seite zu stehen. Langsam kroch ihnen die Nässe des Regens in die Kleidung. Sie froren. Sie sahen, wie sich Wolfgang seiner Frau zuwandte.

»Caroline, ich kriege ihn«, sagte er.

»Sei ruhig!«

»Nein, wirklich. Ich jage ihn und werde ihn zur Rechenschaft ziehen.«

»Du bist ein Dampfplauderer. Ein feiger Dampfplauderer«, schrie sie ihn unvermittelt an. All ihre Trauer verwandelte sich augenblicklich in blinde Wut. »Du hast sie auf dem Gewissen. Du und kein anderer! Wer hat denn weggehört, wenn sie abends im Bett leise geweint hat, weil man sie wieder ›Heidi‹ gehänselt hatte? Wer denn? Wem ging der Job über das Glück seiner Familie? Ja, zurück wolltest du wohl. Aber was ist denn aus deiner Versetzung geworden? Nix war's gwesen! Die ahnen wohl, dass bei dir das Maul größer ist als alles andere. Tu mir einen Gefallen, geh mir aus den Augen. Und komm bitte nicht zum Leichenschmaus. I ertrag di nimmer.«

Weinend verließ Caroline ihn das zweite Mal. Diesmal war sie weniger zurückhaltend. Der Schmerz ließ sie die Wahrheit ungefiltert aussprechen. Wolfgang blickte ihr starr hinterher. Dann drehte er sich um, schaute in das offene Grab und fiel unvermittelt in dem feuchten Matsch auf die Knie. Der Dreck spritzte nur so. Weinkrämpfe schüttelten ihn.

Thomas löste sich von der Gruppe, ging zu Wolfgang und legte eine Hand auf seine Schultern. »Komm, Wolfgang, lass uns gehen«, sagte er in ruhigem Ton.

Wiebke und Günter fühlten sich unwohl. Sie waren zu beobachtender Untätigkeit verdammt.

»Lass mich«, brüllte Wolfgang.

Irgendwann ließ er sich dann doch dazu bewegen aufzustehen. Thomas stützte ihn und führte ihn zu seinem Auto, wo er ihm ein Beruhigungsmittel gab.

»Günter, kannst du fahren?«, fragte er.

»Sicher.« Günter setzte sich auf den Fahrersitz des Volvo. Thomas nahm neben Wolfgang im Fond Platz, Wiebke auf dem Beifahrersitz.

»Wir fahren nach Hause«, sagte Thomas.

»Nach Hause«, äffte Wolfgang ihn hysterisch nach. »Davon fahren wir gerade weg!« Dann begann endlich das Sedativum zu wirken, und Wolfgang schlief ein.

Sie sprachen die ganze Fahrt über kaum ein Wort.

***

Er wartete bang in dem verlassenen Industriekomplex.

Solche Gebiete haben eine eigenartige Faszination. Besonders in der Nacht. Es ist nicht so sehr die Architektur der Hallen und Gebäude, die den Betrachter in ihren Bann zieht. Auch nicht die beeindruckende Größe der brachliegenden Areale oder ihre bisweilen bedrohlich wirkende Komplexität. Man hält vielmehr unwillkürlich inne, weil man spürt, dass sie existieren, um etwas Großes und Bedeutendes entstehen zu lassen.

Schon 1846 baute man an dieser Stelle Schiffe. Bis 1945 war die Neptun Werft eine der Waffenschmieden der Nationalsozialisten. Auch zu DDR-Zeiten wurden in den großen Hallen neuzeitliche Varianten eines der ältesten Fortbewegungsmittel des Menschen überhaupt zusammengeschweißt, -geschraubt und -gedengelt. Achtlos noch in den Hallen herumliegende Werkzeuge bezeugten, dass hier einmal richtig gearbeitet worden war. Bis das Ausbleiben der EU-Beihilfen irgendwann endgültig das Aus für die Werft bedeutet hatte.

Wenn man in der Fertigungshalle ganz leise war und sich konzentrierte, konnte man es noch hören. Das Fluchen des Vorarbeiters.

Wenn man sich konzentrierte und ganz genau hinsah, konnte man dazu den hellen Schein der vielen Halogenschweißgeräte wahrnehmen, mit denen Stahl an Stahl gefügt wurde.

Und wenn man dann noch die Augen schloss und tief durch die Nase atmete, konnte man den Männerschweiß riechen, aus dem Heldensagen und Industriekolosse gemacht werden.

Stand man nur lange genug in der verlassenen Halle und ließ das Gehörte, Gesehene und Gerochene auf sich wirken, überkam einen dieses einzigartige Gefühl. Noch heute war der Stolz der Belegschaft zu spüren, wenn nach vielen Wochen aus Stahlplatten und unzähligen Einzelteilen ein Schiff geworden war.

Weit weg, unwirklich, wie durch einen Nebel. Aber man konnte es riechen, hören, sehen und fühlen. Doch bald, schon in wenigen Jahren, würde auch dieses Areal abgerissen und durch moderne Bauten ersetzt sein.

Die eingeschlagenen Fenster waren zugemauert. Genauso wie die Tür. Damit nicht Stadtstreicher aus dem Betriebskrankenhaus des ehemaligen volkseigenen Betriebes eine Art volkseigene Behausung machten. Damit spielende Kinder, die sich, verbotenerweise zwar, aber nichtsdestoweniger unbeaufsichtigt, auf dem Gelände aufhielten, sich nicht verletzten.

Damit es leer blieb, bis eines Tages Dynamit und Abrissbirne auch dieses Relikt einer untergegangenen Epoche zu feinem Staub verarbeiteten. Damit etwas Neues entstehen konnte. Etwas Modernes und Fortschrittliches. Unwillkürlich würden sich auf dem maroden Gelände dann wie in einem Treppenwitz der Geschichte die ersten Worte der DDR-Nationalhymne bewahrheiten: »Auferstanden aus Ruinen«.

Doch noch war es nicht so weit. Noch konnte das Gelände als konspirativer Treffpunkt dienen. Außer Kindern, die ihren Mut unter Beweis stellen wollten, aber jetzt schliefen, und einigen Touristen, die sich jetzt aber eher in Bars und Diskotheken aufhielten, betrat niemand dieses Gelände. Jedenfalls niemand mit lauteren Absichten.

Es regnete. Er suchte Schutz unter dem Betonvordach, an dem immer noch das Schild »Betriebskrankenhaus« prangte. Etwas Neues entstand durch den Untergang von etwas anderem. Oder einem anderen. So war nun einmal der Lauf des Lebens.

Er meinte, eine Silhouette ganz hinten an der Halle ausmachen zu können. Einen huschenden Schatten. Von einer Katze? Oder einem streunenden Hund? Sein Herz schlug schneller. Die Gewissheit, gleich einen Menschen eigenhändig umzubringen, ließ ihn erstaunlicherweise nicht kalt. Er hatte Angst. Aber er musste es tun.

Er blickte wieder in die Richtung, wo er den Schatten vermutete. Eine Fledermaus, die im Tiefflug an ihm vorbeischwirrte, erschreckte ihn bis ins Mark. Das Blut rauschte in seinen Ohren. Er spürte seine Halsschlagader pochen.

Er drehte sich um und suchte mit angestrengten, zusammengekniffenen Augen den Horizont in der anderen Richtung ab. Er meinte, einen Pfiff zu hören, und spürte einen Stich am Hals. Wie von einer Wespe oder einer Hornisse. Dann wurde es Nacht um ihn.

Als er wieder erwachte, konnte er seine Beine nicht mehr spüren.

***

Belinda war bei Wiebke im Büro gewesen, um Fritjof Hansen als vermisst zu melden. Wiebke nahm ihr die Vorstellung von der sich sorgenden Freundin zwar nicht wirklich ab, versprach ihr aber trotzdem, sich um die Sache zu kümmern und ihr die Ergebnisse mitzuteilen. Sie schickte eine Streife zu Hansens Wohnung, und tatsächlich, Belindas Vermutung schien sich zu bestätigen: Die Wohnung wirkte verlassen. Die Milch im Kühlschrank war schlecht geworden, die Luft stand in den Räumen, der Briefkasten quoll fast über. Keine Spur von Hansen. Auch in seinen diversen Clubs hatte man ihn seit einigen Tagen nicht mehr gesehen.

Wiebke überlegte. Es gab keine Anzeichen für eine Gewalttat. Nirgends. Also war Hansen vielleicht untergetaucht, aus welchen Gründen auch immer.

Recherchen zum Verbleib von Hansens Kompagnon Christof Lüerßen verstärkten diesen Eindruck: Auch der Dealer war wie vom Erdboden verschluckt. Niemand hatte ihn mehr gesehen. Seine Wohnung war ebenso unbewohnt wie die von Hansen, nur waren daraus auch alle persönlichen Gegenstände und sämtliche Wertsachen verschwunden. Es sah aus, als habe er in großer Eile die Stadt verlassen.

Für Wiebke war die Sache damit eindeutig. Hansen und Lüerßen waren verschwunden, tot oder abgehauen, weil ihnen durch Lydias Tod der Boden zu heiß geworden war. Sie schrieb beide zur Fahndung aus, gab sich aber keinen allzu großen Illusionen hin. Sie hatte keinen Anhaltspunkt, wohin die beiden verschwunden sein könnten. Wenn sie erst einmal außer Landes waren, wäre die Chance auf einen Sechser im Lotto größer als die Wahrscheinlichkeit, dass irgendwer sie aufspürte und festnahm.

Sie rief Belinda an, die sich aber nicht mit einer telefonischen Information abspeisen lassen wollte. Keine halbe Stunde später war sie bei Wiebke im Präsidium.

»Christof hat ihn umgebracht«, sagte sie unter Tränen.

Die Nummer hast du inzwischen ganz gut drauf, dachte Wiebke. Laut fragte sie: »Wie kommen Sie darauf?« Wolfgang hörte interessiert zu.

»Weil sie sich gestritten haben.«

»Weswegen?«

»Das habe ich doch Ihrem Kollegen da schon gesagt«, maulte Belinda pampig. »Wegen mir.«

»Seien Sie mir nicht böse«, sagte Wiebke und musterte die Prostituierte mit dem unnachahmlichen weiblichen Blick, der ausdrücken sollte, dass ihr Gegenüber unter einem akuten Anfall von Selbstüberschätzung litt. »Aber das glaube ich nicht.«

»Was glauben Sie nicht?«

»Dass sich Fritjof Hansen wegen einer Frau prügelt und dann noch umbringen lässt. Und Ihr Christof wusste doch auch, womit Sie Ihr Geld verdienen und schon verdient haben, als Sie noch mit ihm zusammen waren. Mal ehrlich: Wenn er jeden ins Jenseits befördern würde, der mit Ihnen geschlafen hat, wäre er ziemlich beschäftigt.«

»Zicke!«

»Meinetwegen. Aber nehmen wir die Fakten, wie sie sind. Nachdem Lydia Franke tot und mit einem Kilo reinem Heroin im Gedärm aufgefunden worden war, lag der Verdacht nahe, dass sie für Ihren heiß geliebten Fritjof, dessen Freundin sie zu dem Zeitpunkt war, als Bodypackerin gearbeitet hat. Wir verdächtigen Herrn Hansen schon lange, der Kopf des Rostocker Heroinhandels zu sein. Wir setzten ihn und Christof Lüerßen also unter Druck. Jetzt, eine

Woche später, sind beide verschwunden. Wissen Sie, was mir das sagt?«

»Sie werden es mir sicher gleich auftischen.«

»Wahrscheinlich fanden beide, dass es zu gefährlich ist, hierzubleiben und abzuwarten, bis wir ihnen doch noch etwas nachweisen können. Sie haben ihre Sachen zusammengerafft und sind – vielleicht sogar gemeinsam – Hals über Kopf verschwunden.«

»Wohin denn?«

»Was weiß ich? Über die Ostsee nach Polen zum Beispiel. Dort ist es kein großes Problem, sich mit ein paar Euros in der Tasche eine neue Existenz aufzubauen. Aber seien Sie beruhigt, wir haben nach beiden eine Interpol-Fahndung laufen.«

»Sie glauben also nicht, dass Christof den Fritjof gekillt hat?«

»Das habe ich nicht gesagt, und es wäre durchaus möglich. Es ist aber ebenso gut möglich, dass Fritjof Hansen Christof Lüerßen aus dem Weg geräumt hat und sich jetzt in der Südsee mit noch mehr sonnengebräunten Damen als gewöhnlich vergnügt.«

Wenn Wiebke nicht Polizistin gewesen wäre, hätte Belinda ihr wohl eine Ohrfeige verpasst.

»Er ist tot, das spüre ich.«

Wiebke nahm aus dem Augenwinkel Wolfgangs Gesichtsausdruck wahr. Beim Satz »Er ist tot« lächelte er zufrieden. Das machte sie nervös. »Ihr Gefühl in allen Ehren«, sagte sie, um Sachlichkeit bemüht. »Aber solange wir weder den einen noch den anderen tot auffinden, müssen wir davon ausgehen, dass sie untergetaucht sind.«

»Ich vermisse ihn«, sagte Belinda, und wieder kullerten die Tränen. Das muss ich üben, dachte Wiebke. Das ist sehr eindrucksvoll.

»Da gehören Sie aber zu einer kleinen Minderheit«, sagte Wolfgang kalt. »Auf Wiedersehen.«

»Ich werde mich über Sie beschweren«, fauchte Belinda entrüstet.

»Tun Sie sich keinen Zwang an«, konterte er gelassen.

Wütend verließ Belinda den Raum. Draußen lächelte sie. Sie hatte Christof gewarnt, hatte ihm gesagt, dass Fritjof plante, ihn umzubringen. Sie hatte ihn angefleht, zu verschwinden. Erst hatte Christof sich noch gesträubt. Hatte was von Russen und einer neuen Bezugsquelle erzählt. Doch dann hatte er ihr versprochen, ebenfalls unterzutauchen. Beide waren weg. Sie hatte ein Leben gerettet. Sie war zwar eine Nutte. Aber sie war keine Mörderin.

»Wolfgang?«, fragte Wiebke vorsichtig, als ein lauter Knall anzeigte, dass die Tür geschlossen und sie allein waren.

»Ja?«

»Warum hast du gelächelt, als sie sagte: ›Er ist tot‹?«

»Habe ich das?«

»Ja, das hast du. Komm, ich kenne dich. Willst du mir etwas sagen?«

»Du glaubst doch nicht, dass ich …« Wolfgang wirkte fassungslos.

»Du hast mich gelehrt, nicht zu glauben, sondern aufgrund von Fakten zu urteilen. Ohne jedes Ansehen der Person«, erklärte Wiebke.

»Das habe ich, das stimmt.«

»Also lass mich den Gedanken zu Ende führen: Unterstellen wir mal, dass Fritjof Hansen tot ist. Das naheliegende Motiv, das du – zugegebenermaßen im Affekt – Fritjof Hansen und unvorsichtigerweise auch noch Dr. Laufmann gegenüber eingeräumt hast, ist eines der ältesten der Menschheit. Rache.«

Wolfgang ließ sich auf das Spiel ein. Wiebke war erleichtert.

»Gut, Wiebke. Aber was ist mit Lüerßen?«

»Der wäre in dem Szenario wohl auch tot.«

»Also ein Doppelmord. Wiebke, jetzt mal ehrlich: Traust du mir das zu?«

Feiger Dampfplauderer, hörte Wiebke Caroline sagen. Sie sah Wolfgang wieder im Dreck vor dem Sarg knien und erinnerte sich, wie er ihr, noch völlig benebelt vom Alkohol, die Tür geöffnet hatte, nachdem nach Lydia auch noch Caroline gegangen war. Sie ging auf ihn zu, nahm ihn in den Arm und sagte leise: »Entschuldigung. Aber das hast du aus mir gemacht. Eine Polizistin durch und durch. Es tut mir leid.«

»Schon gut, Wiebke«, sagte er und erwiderte ihre Umarmung.

Die beiden Männer blieben verschwunden. Sie wurden aber auch nicht wirklich vermisst oder richtig gesucht. Nicht einmal von

Wolfgang, worüber sich Wiebke zunächst noch wunderte. Sie fragte sich einige Male, warum er nach den beiden nicht wie verrückt fahndete. Er hatte doch deutlich genug gesagt, dass er die Verantwortlichen für Lydias Tod zur Rechenschaft ziehen wollte. Aber er tat nichts. Manchmal litt sie darunter, dass sie Wolfgang deswegen immer noch ein bisschen verdächtigte. Wobei sie genau wusste, dass sie als Polizistin entweder jemanden verdächtigen konnte oder nicht. Ein *bisschen* Verdacht gibt es nun einmal nicht. Vielleicht war er ja auch einfach nur genauso realistisch wie sie, was die Erfolgschancen anging?

Schließlich erschien ihr der Gedanke, dass Wolfgang Selbstjustiz verübt haben könnte, so abstrus und bizarr, dass sie ihre schlimme Vermutung einfach verdrängte. Nach ein paar Monaten kamen die Vermisstenakten ins Archiv und staubten vor sich hin.

Das Leben nahm wieder einen normalen Gang.

Zweiter Teil

1

Ihre Proteste waren sinnlos. Ihr Kampf war verloren. Doch sie wollten nicht einfach aufgeben. Mit Transparenten, Trillerpfeifen und Menschenketten versuchten sie, die Bagger aufzuhalten. Hunderte aufgebrachte Bürger hatten sich an diesem Montag in aller Herrgottsfrühe versammelt, um das scheinbar Unvermeidliche doch noch zu verhindern.

Das Unglück hatte vor Jahren begonnen. Der Brooksee im Süden von Rostock war eine landschaftliche Schönheit. Der See selbst war ein Phänomen. Es gab ihn zunächst bis ins 18. Jahrhundert hinein. Danach verschwand er aus den Karten, was an den Bemühungen zur Gewinnung von Ackerland lag.

Seit 1950 wurden die Flächen nicht mehr landwirtschaftlich genutzt, und der See eroberte sich die Geländesenke zurück. So erfolgreich sogar, dass die Uferzone bedrohlich nah an den kleinen, beschaulichen Ort Brookhusen herankam. Ein Abfluss verhinderte 1981 die Überflutung.

Um den See zog sich ein zehn bis fünfzehn Meter breiter Röhrichtsaum. Es gab Brutkolonien von Lachmöwen und Flussseeschwalben. Naturkundler und Ornithologen erfreuten sich an Zwergtauchern, Graugänsen, Kiebitzen und anderen Vögeln. Im See selbst lebten, vom Menschen unbehelligt, Gras-, Moor-, Wasser- und Laubfrösche.

Noch. Das Ende dieses Biotops war seit Kurzem beschlossene Sache.

Die malerische Lage war auch geschäftstüchtigen Bauunternehmen nicht entgangen. Sie hatten Geld. Sie hatten einen langen Atem. Sie kauften das ökologische Kleinod zu einem Schnäppchenpreis. Ihre Geduld sollte sich jetzt ökonomisch auszahlen. Aus dem ehemaligen Naturschutzgebiet war Bauland geworden. Grundstücke mit eigenem Seezugang würden bald mit schmucken Villen bebaut. Im Süden sollte eine Mehrfamilienanlage entstehen. Eine große Baumaßnahme, die sich über Jahre hinstrecken würde und heute ihren Anfang nehmen sollte. Ein kleines Wäldchen im Westen des Sees stand der Zubringerstraße, die das Neubaugebiet mit der L 13 mit dem schönen Namen »Am Dorfteich« verbinden sollte, im Wege.

»Beton ist kein Argument!«

»Keine Macht den Baulöwen!«

»Rettet die Natur!«

Alles das stand auf den Transparenten zu lesen. Es war gut gemeint, aber sinn- und aussichtslos. Sämtliche Klagen gegen die Änderung des Flächennutzungsplanes, gegen den Bebauungsplan und schließlich gegen die Baugenehmigungen waren verloren. Das letzte Urteil des Bundesverwaltungsgerichts war vor einigen Tagen rechtskräftig geworden. Es hatte die Klagen abgewiesen.

Das war der formale Startschuss für die Bagger gewesen, die jetzt versuchten, durch die sich verzweifelt an den Händen haltenden, wütenden Bürger hindurchzukommen.

»Hier spricht die Polizei«, hörte man eine Stimme blechern durch das Megafon des Einsatzwagens rufen. »Bitte geben Sie den Weg frei.«

Drohend und unheilvoll standen die Wasserwerfer am Rande der Fläche. Eine Hundertschaft von Einsatzkräften hatte Position bezogen. Bereit für die anstehende Schlacht.

Wütendes Gebrüll und ohrenbetäubendes Schrillen der unzähligen Trillerpfeifen war die Reaktion. Die Baggerfahrer ließen die Dieselmotoren aufheulen. Doch die Menge wich keinen Schritt zurück.

»Dies ist die letzte Warnung«, ließ der Beamte durch das Megafon verlauten. »Geben Sie den Weg frei, sonst wenden wir unmittelbaren Zwang an.«

Unmittelbarer Zwang. Ein schöner Euphemismus für Gewalt.

Die Menge entschied sich zu kämpfen. Ebenfalls mit Gewalt. Sie warfen alles, was sie auflesen konnten, auf die Baufahrzeuge. Steine, Zweige, Holzstücke. Ein wahrer Hagel prasselte auf die Stahlmaschinen ein. Diese Eskalation blieb nun ihrerseits nicht unbeantwortet. Die Hundertschaft packte die Schlagstöcke aus. Mit Schilden gegen die fliegenden Wurfgeschosse geschützt, arbeiteten sie sich Meter um Meter vorwärts. Sie erreichten die vorderste Linie. Wer sich wehrte, erhielt Schläge mit dem Knüppel. Die meisten flüchteten, die Ausweglosigkeit ihrer Situation einsehend, andere übten sich im gewaltfreien Widerstand à la Gandhi und ließen sich wegtragen.

Einige Zaungäste blieben, um Zeugen der Zerstörung des Wäldchens und damit des Naturschutzgebietes zu werden. Mit Motorsägen wurden die ersten Bäume gefällt. Langsam nahm die Schneise Gestalt an.

Caterpillars mit riesigen Schaufeln trugen den Mutterboden ab. Große Muldenkipper fuhren die Erde weg. Plötzlich übertönte ein Warnsignal das ohnehin schon ohrenbetäubende Geräusch der Baufahrzeuge. Der Fahrer eines Schaufelladers stellte den Motor ab. Die Schaufel ragte hoch in die Luft. Der Fahrer war bleich.

Dem Bauleiter stockte der Atem, als er zu dem Bagger lief. Sollten sie auf einen Blindgänger gestoßen sein? Aber ein Blindgänger hier in der Einöde? Welcher Idiot von Bomberpilot hätte denn versucht, ausgerechnet hier zu bomben? Hier, wo seit Menschengedenken nichts gestanden hatte?

Es war keine Bombe. Wie eine Trophäe hatte der unglückliche Arbeiter mit einem Zinken seiner Schaufel einen menschlichen Schädel aufgespießt und nach oben befördert. Die Reste des Skeletts lagen noch im Boden.

Der Baggerfahrer übergab sich. Die Polizisten informierten die Kripo.

***

Sie hatte extrem schlechte Laune. Die Woche begann beschissen. Wütend prügelte Wiebke das Auto durch den Verkehr. Vom Südring bog sie nach links in die Nobelstraße ein. Es war Montagmorgen, noch nicht einmal acht Uhr, und schon musste sie zu einem Einsatz. Viel hatte der Kollege, der sie alarmiert hatte, nicht erzählen können. Nur dass man bei Beginn der Bauarbeiten am Brooksee auf eine Leiche gestoßen war.

Neben ihr saß Wolfgang. Wie meistens, wenn sie unterwegs waren, blickte er teilnahmslos aus dem Fenster. Sein Atem roch noch nach Bier. Natürlich verstanden sie, dass Lydias Tod und die Scheidung von Caroline für Wolfgang harte Schicksalsschläge waren. Und selbstverständlich unterstützten ihn alle, wo sie nur konnten.

Thomas hatte ihm geholfen, das Haus in Graal-Müritz zu verkaufen, und für Wolfgang eine kleine Wohnung in der Thomas-Mann-Straße gefunden, nur einen Katzensprung von seiner Wohnung entfernt. Ja, sogar beim schweren Gang zum Scheidungsrichter war Thomas an Wolfgangs Seite gewesen. Er war mehr als nur sein Therapeut. Er war ein richtiger Freund geworden.

Für Wiebke war es eine Zeit lang gar keine Frage gewesen, mehr zu arbeiten, damit er den Freiraum hatte, sein Leben wieder in den Griff zu bekommen. Früher war Wolfgang, obwohl das für einen Bayern ein Widerspruch in sich war, der Inbegriff preußischer Disziplin und Pflichterfüllung gewesen. Jetzt saß ein menschliches Wrack und Abziehbild eines Polizisten neben ihr. Einer, der sich aufgegeben zu haben schien.

Es wurde Zeit, dass sich etwas änderte. Sie war ständig überarbeitet, weil er nichts machte. Bei aller Freundschaft und Dankbarkeit für seine Hilfe vor vielen Jahren und bei allem Verständnis für seine Situation konnte sie das schließlich nicht bis zu seiner Pensionierung tun.

Außerdem hatte sie es ehrlich satt. Nicht nur, dass keine Fortschritte erkennbar waren, im Gegenteil. Es schien immer schlimmer zu werden.

Selbst in ihrer knappen Freizeit machte sich Wolfgang breit. Noch vor ein paar Stunden war sie mit Thomas auf dessen kürzlich erworbener Jacht über die Ostsee gesegelt. Es hätte so schön sein können. Doch Thomas hatte nur von Wolfgangs jüngster Verfehlung erzählt. Einer, die ihn den Kopf kosten könnte und, wenn es ganz schlimm käme, einen Unschuldigen das Leben:

Wolfgang hatte Thomas gebeichtet, im Suff seine Dienstwaffe verloren oder irgendwo vergessen zu haben. Sie mochte sich gar nicht ausmalen, was alles geschähe, wenn damit ein Mensch getötet würde.

Sie durfte ihn deshalb jetzt nicht einmal anbrüllen. Thomas hatte sie beschworen zu schweigen, weil Wolfgang versuchen wollte, die Waffe wiederzufinden. Nur diese Woche hatte er sich ausbedungen. Wenn er die Waffe dann nicht gefunden hätte, würde er den Verlust melden. Aber so weit würde es nicht kommen. Irgendwo müsse sie ja sein.

Sie verließ die A 20 und folgte der L 13. Alle paar Meter ragten große Werbeschilder in die Luft. »Wohnen am schönen Brooksee«, las sie. Links in der Senke konnte sie den See bereits erahnen. Noch war er durch ein dichtes Wäldchen geschützt.

Der Wagen schlingerte über den Matsch, den die Baufahrzeuge auf der Dorfstraße breit gefahren hatten. Wiebke fuhr rechts ran und stellte den Motor ab. Sie stiegen aus, kämpften sich durch die Menschenmassen und gelangten schließlich zum Fundort. Wiebke starrte minutenlang. Der Anblick war bizarr.

Wie ein gewaltiges Monster stand dort der Bagger. Ein menschlicher Schädel ragte in den Himmel wie von einer riesigen Pranke gehalten.

Sein oder nicht sein.

Das Skelett, teilweise zerstört durch die rohe Gewalt des Aushubes, harrte der Sicherung durch die Polizei.

Sie schaute angewidert zur Seite. Wolfgang dagegen war ruhig. Ein Toter machte ihm schon länger nichts mehr aus. Außerdem dachte er wohl gerade eher daran, wie er seine Waffe wiederfinden könnte.

Der Pathologe der Gerichtsmedizin wirkte etwas ratlos.

»Das wird ein hartes Stück Arbeit«, sagte Streicher. »Und fragt mich jetzt bitte nicht nach der wahrscheinlichen Todeszeit. Ich bin froh, wenn ich das Jahr hinkriege.«

Wolfgang und Wiebke nickten. Die Kollegen der Spurensicherung sammelten jeden Fetzen Stoff, jede Spur, einfach alles, was sie finden konnten, ein. Die Analyse würde Wochen in Anspruch nehmen. Wen hatte man da in der Einsamkeit verscharrt? Ganz sicher wusste sie, dass dieser Tote hier nicht an Altersschwäche gestorben war. Man hatte ihn umgebracht und so die Leiche entsorgt. Aber wer und vor allem: warum?

Unter dem wütenden Protest des Bauleiters wurde die Baustelle gesperrt. Das Wäldchen hatte noch eine Gnadenfrist erhalten. Mit ihm der See, die Vögel und die Frösche.

Wenige Wochen allenfalls.

Aber immerhin.

Die Umweltschützer applaudierten.

***

Schweißgebadet wachte er auf. Es war zwei Uhr siebzehn. Wieder hatte er nur ein paar Stunden geschlafen, wie seit drei Tagen schon. Morgen, am Freitag, war ein wichtiger Termin in einem Großverfahren. Deswegen hatte er aber keinen Grund, schlaflose Nächte zu erleiden. Er war viel zu sehr Profi und verfügte über genug Erfahrung, auch schwierige Prozesse souverän zu meistern. Günters Welt war auf andere Weise massiv bedroht. Ein einfacher Brief schwebte über ihm wie ein scharfes, an einem dünnen Faden aufgehängtes Damoklesschwert, das jederzeit niedersausen und ihn vernichten könnte.

Er schaltete das Licht ein, stand auf, ging in sein Büro, öffnete den kleinen Tresor, in dem er seine wichtigsten privaten Unterlagen aufbewahrte, und holte den an »Oberstaatsanwalt Günter Menn« adressierten C4-Umschlag hervor.

Frierend stand er da und las zum wiederholten Male die Zeilen, obwohl er sie längst auswendig kannte.

Mein lieber alter Freund,
wir haben uns ja völlig aus den Augen verloren seit unseren gemeinsamen Tagen in Köln. Wie ich gehört habe, bist du inzwischen etablierter Staatsanwalt. Daran bin ich, wie du weißt, nicht ganz unschuldig.
Du willst sicher wissen, wie es mir seit unserer letzten Zusammenkunft ergangen ist. Nun, ich habe mich ganz gut geschlagen, bis ich mich mit ein paar Immobilienprojekten etwas verspekuliert habe. Die Insolvenz wird unvermeidlich, und der Skandal wird – wie das Schicksal so spielt – zur weiteren Prüfung bei dir auf dem Schreibtisch landen.
Jetzt ist es an der Zeit, eine alte Rechnung zu begleichen.
Wir treffen uns nächste Woche Montag um zwanzig Uhr in meinem Büro. Dann werde ich dir alles Weitere erklären. In deinem eigenen Interesse solltest du dir die Zeit nehmen.
Bis dahin verleibe ich mit den besten Grüßen
dein alter Freund Johannes

In fast überdeutlicher Klarheit spielten sich die Bilder des Spätherbstes 1990 vor Günters geistigem Auge ab. Bilder, die er erfolgreich verdrängt hatte und die er gern wieder vergessen würde. Aber Johannes Kleinert wollte ihn offensichtlich erpressen.

Ja, er hatte 1990 eine Straftat begangen, die, wenn sie jetzt offenbar würde, seine Existenz zerstören könnte. Kleinert wusste davon. Er war sogar an ihr beteiligt gewesen. Aber konnte er Günters Vergehen jetzt, nach so vielen Jahren, noch beweisen?

Andererseits: Durfte er sich das Risiko leisten, darauf zu vertrauen, dass die Sache nicht mehr beweisbar war? Nein, das konnte er nicht. Dazu stand zu viel auf dem Spiel. Viel? *Alles* stand auf dem Spiel.

Was Kleinert wollte, hatte er ja unverblümt geschrieben. Er erwartete, dass Günter erneut eine Straftat beging. Eine sogenannte Strafvereitelung im Amte, die, wenn sie ihrerseits einmal herauskommen sollte, ebenfalls seine Existenz kaputt machen würde. Er hatte während der vergangenen drei Tage im Büro nichts anderes gemacht, als sich über Kleinert und dessen Aktivitäten zu erkundigen. Sein alter Studienkollege gehörte zu den ganz Großen im Baugeschäft. Der König der Baulöwen sozusagen. Wenn ein solcher Mann nun von Insolvenz und Skandal sprach, so konnte das nur eines bedeuten: Kleinert hatte Straftaten in erheblichem Umfang begangen. Entweder hatte er eine Insolvenz verschleppt oder Betrügereien begangen oder Steuern hinterzogen. Am wahrscheinlichsten waren alle drei Delikte zusammen. Kleinert versuchte also, seinen Hals aus der Schlinge zu ziehen, indem er sie um Günters legte.

Er legte das Schreiben wieder in den Tresor und verschloss ihn sorgfältig. Er schwankte ins Wohnzimmer, schaltete den Fernseher ein und ließ sich von den »Sexy Clips«, die der Sportsender DSF jede Nacht ausstrahlte, berieseln.

Er holte sich eine Flasche Rémy Martin. Wie ein Bahnhofspenner setzte er die Flasche an und schluckte, bis sein rebellierender Magen ihn zwang, sie wieder abzusetzen.

Er fühlte sich allein.

Er hatte Angst.

Er begann, Johannes, den er seit 1990 nicht mehr persönlich getroffen hatte, zu hassen.

Abgrundtief zu hassen.

Dann bekam er Panik. Er erschrak vor dem, was er gerade dachte.

Er dachte tatsächlich an Mord und stellte von Angst gelähmt fest, dass ihn dieser Gedanke befreite. Ja, es wäre schön, wenn er Johannes Kleinert einfach beseitigen könnte. Einfach weg mit ihm und so verbuddeln wie den Typen, den Wiebke und Wolfgang am Montag am Brooksee ausgegraben hatten. Wäre er zu so einer Tat fähig?

Er wusste es nicht. Doch es machte ihm Angst, dass er es immerhin für möglich hielt. Nur noch eine Woche Zeit. Es musste etwas geschehen.

***

Er hatte die Waffe natürlich nicht wiedergefunden. Wiebke und Thomas betrachteten sorgenvoll das Häufchen Elend auf dem Sofa in Thomas' Wohnung.

»Was soll ich dem Chef morgen sagen?«, fragte Wolfgang mit glasigen Augen. Er war wieder einmal betrunken. Thomas hatte erreicht, dass Wolfgang seine Suche aufgab und seinen und Wiebkes Vorgesetzten telefonisch über den Verlust der Waffe informierte. Dieser hatte ihn für Montag in sein Büro bestellt. Die Vorladung eines dringend Verdächtigen hätte er nicht unfreundlicher formulieren können.

»Wie ist sie dir denn genau abhandengekommen?«, wollte Thomas wissen. Wiebke betrachtete Wolfgang mit einer Mischung aus Mitleid und Verachtung.

»Ich weiß es nicht mehr, verdammt noch mal. Das hab ich dir doch schon gesagt. Als ich vom Dienst kam, hatte ich sie noch. Anschließend bin ich durch ein paar Kneipen gezogen. Und dann hatte ich so einen Scheiß-Filmriss. Ich kann mich nicht mehr erinnern. Ich weiß es wirklich nicht. Jedenfalls war das Ding morgens nicht mehr in seinem Halfter.«

»War die Waffe geladen?«, fragte Wiebke.

»Ja natürlich. Wenn jetzt einer einen mit meiner Waffe umlegt, bin ich mitschuldig.«

»Wolfgang«, begann Thomas. »Wir haben in unseren Sitzungen schon häufiger über deinen problematischen Umgang mit Alkohol gesprochen. Gerade bei dem verantwortungsvollen Beruf, den du ausübst.«

»Komm mir jetzt bitte nicht mit Moralpredigten«, erwiderte Wolfgang aufgebracht und trank wie ein trotziges kleines Kind sein Bier leer. »Es saufen doch alle.«

»Es geht aber nicht um die anderen, es geht um dich.«

»Ach, wisst ihr was, ihr könnt mich mal«, sagte Wolfgang, stand unvermittelt auf, verließ den Raum und knallte die Haustür hinter sich zu.

»Was hat er denn?«, fragte Wiebke verständnislos.

»Er beginnt langsam zu verstehen. Das ist der erste Schritt. So gemein das auch klingen mag: Es war gut, dass er seine Waffe verloren hat.«

»Was meinst du damit?«

»Nun: Bisher haben du, Günter und ich ihn in seinen alkoholbedingten Ausfällen gedeckt. Du arbeitest das auf, was er beruflich nicht mehr schafft. Günter ist ebenso zur Stelle, wenn man ihn braucht. Ich therapiere ihn. Jetzt hat ihn seine Krankheit in eine Situation gebracht, die wir nicht mehr ausbügeln können. Er erkennt dadurch, dass der Alkohol ihn langsam, aber sicher kaputtmacht. Ein guter Ansatz für die weitere Therapie.«

»Meinst du, er macht weiter?«

»Warum nicht?«

»Na, nach der Ansage gerade eben.«

»Sei beruhigt. Ganz sicher macht er weiter. Wollen wir wetten, dass er sich morgen zerknirscht bei dir im Büro für sein Benehmen entschuldigt und danach mich anruft, um zu sagen, dass es ihm leidtut?«

Wiebke glaubte nicht recht daran, kam aber nicht mehr dazu, die Wette anzunehmen, da das Telefon läutete. Das heilige Telefon. An Thomas' Apparat durfte nur er gehen. Es könnte ein Patient sein, der in einer Grenzsituation mit ihm reden wolle, hatte er ihr erklärt. Eine fremde Stimme könnte schon ausreichen, dass er einfach auflegte und dann vielleicht etwas Unüberlegtes tat. Auch so eine Macke, an die sich Wiebke gewöhnen musste.

Er ist Arzt, Wiebke.

Ich weiß, Mama.

Es war aber keiner seiner »Bekloppten«, wie Wiebke, wenn sie Thomas ärgern wollte, seine Patienten bezeichnete. Es war bloß wieder Daniel.

Wieder ein Abend, an dem sie entweder bis elf bleiben und fernsehen oder jetzt gleich gehen konnte, um dann bei sich einen altdeutschen Abend zu verbringen. Ebenfalls vor dem Fernseher, aber mit Chips und Cola.

Telefonate mit Daniel dauerten mindestens eine, manchmal zwei Stunden. Thomas benahm sich während des Gesprächs so, als ob sie gar nicht existieren würde. Sie hatte dann sogar das Gefühl, ein Fremdkörper in der Wohnung zu sein, irgendwie zu stören.

Sie zog ihre Jacke an und stand eine Weile verloren im Wohnzimmer, in dem aufgeregt ihr Freund hin und her lief und sich angeregt unterhielt.

Sie winkte ihm zu.

Thomas sagte zu Daniel: »Warte mal eine Sekunde.«

Immerhin. Eine Sekunde hatte er noch Zeit für sie.

Sie mochte Daniel einfach nicht. Sie hatte ihn noch nie gesehen, aber ihr war einfach klar, dass sie ihn niemals mögen, sondern immer für abscheulich halten würde.

»Bis morgen, mein Schatz«, raunte Thomas ihr aus zwei Meter Entfernung zu. Dann küsste er sie. Sozusagen. Sie war die Empfängerin eines ihr leidenschaftlich durch die Luft zugeworfenen Kusses.

Die Wohnungstür knallte an diesem Abend das zweite Mal. Thomas registrierte es nicht einmal.

Wiebke nahm sich fest vor, dass sie sich, würde ein Sittenstrolch sie auf dem Weg zu ihrer Wohnung vergewaltigen wollen, nicht wehren würde.

Aber nicht einmal ein Sittenstrolch interessierte sich für die weinend zu ihrer kleinen Wohnung laufende Frau.

2

Es gibt Situationen, die im Leben immer wiederkehren und in denen man sich immer gleich schlecht fühlt. Das Kleinkind, das verbotenerweise Bonbons genascht hat und dabei erwischt wurde, fühlt sich so. Der Schüler, dessen Spickzettel vom Lehrer entdeckt wurde, empfindet das Gleiche. Dem pubertierenden Jugendlichen, der wegen einer Mutprobe eine CD bei Kaufhof hat mitgehen lassen und jetzt vor dem Detektiv sitzt, ist so zumute.

Kriminalhauptkommissar Wolfgang Franke, der den Verlust seiner Dienstwaffe gegenüber Polizeirat Eberhart Zielkow zu verantworten hatte, erlebte gerade genau das Gleiche.

»Herr Kollege«, sagte Zielkow. »Das ist eine peinliche Sache. Ich möchte hier nicht die alte Floskel ›Die Waffe ist die Braut des Soldaten‹ zitieren oder so was. Aber es ist schon was dran an dem Spruch. Was glauben Sie, was die Presse mit uns macht, wenn Ihre Waffe demnächst bei einem Raubüberfall oder Mord verwandt wird? Zerreißen wird sie uns.«

»Aber das kann doch passieren …«, sagte Wolfgang, wohl wissend, dass es passieren konnte, aber eben nicht durfte.

»Nein, Herr Kollege, da widerspreche ich Ihnen massiv. Waffen gehören zu den sensibelsten Ausrüstungsgegenständen. Da sage ich Ihnen ja wohl nichts Neues! Das wird Konsequenzen haben. Das wissen Sie hoffentlich.«

Wolfgang nickte schuldbewusst. Wie das Kleinkind, wie der Schüler, wie der Jugendliche.

»Herr Franke«, sagte Zielkow dann in überraschend väterlichem Ton. »Sie sind ein hervorragender Polizist. Aber seit einiger Zeit mache ich mir Sorgen. Der schreckliche Tod Ihrer Tochter, die Trennung von Ihrer Frau. Das alles hat Sie wohl sehr mitgenommen, nicht wahr?«

»Es sind Schicksalsschläge, aber ich komme damit zurecht«, log Wolfgang.

»Mir ist auch zu Ohren gekommen«, kam Zielkow zum Kern, »dass Sie dem Alkohol mehr zusprechen, als Ihnen guttut.«

»Wer sagt das?«, fragte Wolfgang. Er fragte es zu laut, zu aufgeregt und zu betroffen, als dass Zielkow nicht die richtigen Schlussfolgerungen ziehen konnte. Angesprochen auf ihr Problem reagieren Alkoholiker abweisend und aggressiv, sie rechtfertigen sich.

Wolfgang ärgerte sich augenblicklich. Er hatte sich verraten. Zielkow war noch nie bekannt dafür gewesen, feinfühlig mit den Schwächen seiner Untergebenen umzugehen. Der Dienst ging ihm über alles. Nun würde Zielkow ihn als Gefahr wahrnehmen.

»Herr Kollege«, sagte Zielkow begütigend. »Darauf kommt es doch gar nicht an. Stimmt es denn?«

»Unsinn«, bellte Wolfgang. »Ich trinke so viel oder so wenig wie alle anderen auch.« Er schwor sich bei diesen Worten, seinen Konsum auf ein erträgliches Maß zu reduzieren. Jetzt, da er wusste, dass Zielkow ihn unter Beobachtung hatte, da ihm dieser peinliche Fehler mit der Waffe unterlaufen war, musste er sich im Dienst am Riemen reißen. Aber wie viel war »erträglich« angesichts eines unerträglichen Lebens?

»Dann ist es ja gut. Es ist ohnehin Ihre Sache, was Sie in Ihrer Freizeit tun. Solange der Dienst nicht darunter leidet«, sagte Zielkow und wiederholte wie zur Betonung: »Solange der Dienst nicht darunter leidet.«

»Natürlich«, kam es militärisch knapp zurück. »Ist sonst noch etwas?«

»Wegen der Waffe muss ich natürlich ein offizielles Disziplinarverfahren einleiten.«

»Natürlich, Chef.«

»Ich hoffe im Übrigen sehr, dass Sie und Frau Sollich möglichst schnell herausbekommen, wer diese verbuddelte Leiche war und was dahintersteckt.«

»Wir haben dem Fall absolute Priorität eingeräumt.«

»Ich weiß«, sagte Zielkow gedehnt. »Aber die Presse macht mir die Hölle heiß. So eine Leiche, irgendwo in der Einöde unter mysteriösen Umständen vergraben, regt nun einmal die Phantasie der Herren der schreibenden Zunft massiv an.«

»Ich halte Sie auf dem Laufenden.«

»Das will ich hoffen. Und nun zurück an die Arbeit.«

»Jawohl.«

***

Wiebke war in die ersten Ergebnisse der Untersuchung der Leiche vom See durch die Rechtsmedizin vertieft. Daneben lag der vorläufige Bericht der Spurensicherung. Der Tote hatte jetzt einen Namen und ein Gesicht. Es war Fritjof Hansen, da war sie sicher, auch wenn der letzte Beweis noch erbracht werden musste. Und Wolfgang kam als Täter in Frage. Wieder einmal. Ihr Verdacht hatte neue Nahrung erhalten. Sie musste geschickt vorgehen, um von Wolfgang die Wahrheit zu erfahren.

Die Tür ging auf, und Wolfgang trat ein. Hektisch klappte sie den Aktendeckel zu, als wenn sie bei irgendetwas Verbotenem ertappt worden wäre. Doch Wolfgang war zu sehr mit sich beschäftigt, als dass er das bemerkte.

»Und? Wie war es?«, fragte sie.

»Ich muss mich erst mal für gestern Abend entschuldigen«, sagte er. »Thomas rufe ich deswegen auch gleich noch an.«

Gut, dass ich nicht mit Thomas gewettet habe, dachte Wiebke. Muss er denn immer recht haben?

»Mit dem Chef ging es so«, fuhr Wolfgang fort. »Mein Kopf ist noch dran, ich kriege ein Disziplinarverfahren, das sich gewaschen hat, und dann ist es gut.«

Wiebke nahm es zur Kenntnis und überlegte gleichzeitig fieberhaft, wie sie zum Thema Leiche am Brooksee wechseln könnte, ohne dass es wie ein Verhör wirken würde. Unerwartet machte Wolfgang es ihr leicht.

»Was macht unsere Leiche?«, fragte er nämlich.

»Also«, sagte Wiebke gedehnt. »Die Leiche ist männlich, Ende zwanzig und seit Monaten tot. Genaueres zum Todeszeitpunkt kommt später. Außerdem wurde das Opfer lebendig begraben.«

»Was?«, fragte Wolfgang bleich. »Ist das sicher? Wie wollen die das denn herausgekriegt haben, an der Leiche ist doch kaum noch was dran?«

»Gut, die Todesursache ließ sich bisher natürlich so ohne Weiteres nicht bestimmen. Aber die Kollegen von der Spurensicherung haben festgestellt, dass der Tote in einem selbst gezimmerten Sarg aus acht Millimeter dicken Sperrholzplatten vergraben war. Teile davon waren noch nicht verrottet, und so konnten sie feststellen, dass jemand das Wort ›BEREUE‹ in die Deckelplatte eingebrannt hatte.«

Wolfgang schaute sie mit offenem Mund an.

»Das ist noch nicht alles. Sie haben außerdem festgestellt, dass es sich um einen echten Luxussarg gehandelt hat.«

»Wie meinst du das?«, fragte er. Sah er verwirrt aus? Oder erzählte sie ihm etwas, was er längst wusste?

»Nun, es gab Beleuchtung und eine Gegensprechanlage.«

»Sag das noch mal.«

»Sie haben eine Taschenlampe, ein Babyfon und entsprechende Halterungen gefunden, mit denen die Geräte im Sarginnern angebracht gewesen sein müssen. Ganz offensichtlich hat unser Opfer jemanden derartig geärgert, dass dieser sich fürchterlich dafür rächte. Er sollte die letzten Minuten seines Lebens das Wort ›BEREUE‹ lesen und vermutlich auch noch hören, was für ein schlechter Mensch er war.«

»Dann hat er tatsächlich noch gelebt, als er vergraben wurde.«

»Aller Wahrscheinlichkeit nach ja. Und wenn da nicht die Baumaßnahme gewesen wäre, hätten wir die Leiche wohl nie gefunden. Dass dort dieses Jahr gebaut wird, konnte noch vor wenigen Monaten keiner ahnen. Die Planungen standen zwar, aber die Klagen dagegen hatten gute Aussicht auf Erfolg. Das Urteil des Bundesverwaltungsgerichts war, wie mir ein Mitarbeiter der Bauverwaltung sagte, eine echte Überraschung.«

Wiebke hielt inne. Sie schaute Wolfgang lange und intensiv an.

»Wolfgang«, sagte sie dann. »Ich kenne dich gut. Ich mag dich. Und ich möchte, dass du mir eine Frage ganz ehrlich beantwortest.« Ihr Blick war fordernd. Sie versuchte deutlich zu machen, dass sie keine Lüge akzeptieren würde.

»Wiebke, was ist mit dir los?«, fragte Wolfgang unsicher.

»Ich weiß, wer der Tote ist.«

»Du weißt es?«

»Ja, ich kann es noch nicht mit letzter Sicherheit beweisen. Streicher arbeitet daran. Aber ich bin zu neunundneunzig Komma neun Prozent sicher, dass unser Mann in der feuchten Erde Fritjof Hansen ist.«

Sie hielt inne, um ihn wieder zu beobachten.

Wie reagierte er? Überrascht? Vielleicht sogar erfreut? Gab es Anzeichen von Genugtuung, irgendeinen brauchbaren Hinweis in seiner Reaktion?

»Das ist ja der Hammer«, sagte Wolfgang nur. »Ein echter Hammer.«

Und nun? Diese Aussage könnte Ausdruck seiner Überraschung sein. Oder er versuchte, damit zu überspielen, dass er genau wusste, wen man da ausgegraben hatte, weil er ihn schließlich eingegraben hatte. Vor allem irritierte Wiebke, dass Wolfgang überhaupt nicht fragte, warum sie glaubte, dass es sich bei der Leiche um Fritjof Hansen handelte. Das müsste ihn doch interessieren, es sei denn, dass diese Tatsache für ihn eben keine Überraschung, kein »Hammer« war.

Plötzlich sprang sie auf und packte ihn am Revers seines Anzuges. »Ich will wissen«, schrie sie ihn mit Tränen in den Augen an, »ob du irgendetwas damit zu tun hast oder nicht?«

Wolfgang sah sie mit verständnislosem Blick an, ergriff ihre Arme, löste den Griff und schob sie von sich.

»Wiebke, ich bitte dich. Beruhige dich.«

Sie wich keinen Zentimeter zurück und schaute ihm weiter direkt in die Augen.

»Wie kommst du bloß darauf?«, fragte er.

»Okay«, schnaufte sie. »Ich versuch's mal mit den Fakten: Du hattest ein Motiv. Er hat, auch wenn wir das nicht beweisen können, deine Tochter auf dem Gewissen.«

»Du sagst es doch selbst: Wir konnten es nicht beweisen.«

»Genau diese Situation ist der ideale Nährboden für Lynchjustiz. Der Polizei sind die Hände gebunden, und der Täter lacht sich ins Fäustchen. Also hast du oder hast du nicht?«

Wolfgang wich ihren Blicken zunehmend aus.

»Ich schwöre dir«, sagte er schließlich mit Enttäuschung in seiner Stimme, »dass ich mit dem Tod von Fritjof Hansen nichts zu tun habe.« Er sah auf. »Aber jetzt verrate mir, warum du so sicher bist, dass das Skelett da unten dieser Hansen ist?«

Schon zweifelte sie wieder an ihrem Verdacht. Die Frage, die sie gerade schmerzlich vermisst hatte, stellte er nun doch. War sie womöglich gerade dabei, eine jahrzehntealte Freundschaft zu zerstören?

Sie hörte auf, Wolfgang zu fixieren, setzte sich an ihren Schreibtisch und sagte mit der größtmöglichen Sachlichkeit: »Die Leiche trug eine Rolex. Eine goldene Datejust. Hansen besaß so eine Uhr.«

»Wie vermutlich Tausende andere auf der Welt«, warf Wolfgang ein.

»Das stimmt«, sagte Wiebke, nun wieder voll in ihrem Ermittlerelement. »Aber von allen vermissten Personen, die innerhalb des letzten Jahres verschwanden, besaßen nur zwei Männer eine solche Uhr. Jedenfalls soweit ich das bis jetzt feststellen konnte. Und das waren ausgerechnet Fritjof Hansen und Christof Lüerßen. Der ist aber nicht unser Toter. Seine DNA liegt uns vor, er war ja aktenkundig. Die Kleidung des Opfers entspricht auch nicht der von Lüerßen, sondern dem, was Hansen trug. Teure Nobelklamotten. Ich bin mir also so gut wie sicher, aber warten wir den Beweis ab.«

»Bis der vorliegt, erzählen wir besser niemandem etwas davon.«

»Ich bin doch nicht wahnsinnig und blamiere mich bis auf die Knochen.«

»Wie lange wird Streicher brauchen?«

»Etwa eine Woche, bis er die Unterlagen des Zahnarztes zur Verfügung und mit der Leiche abgeglichen hat.«

»So lange?«, fragte Wolfgang erstaunt.

»Fritjof Hansen hat sich den Luxus geleistet, einen Zahnarzt aus Hamburg zu konsultieren.«

»Ist aber doch auch keine Weltreise!«

»Das nicht«, sagte Wiebke leicht verärgert. Wieso zweifelte er an ihrem ermittlerischen Können? »Aber unser Herr Doktor befindet sich gerade auf einem Kongress in Miami. Seine Mitarbeiter verweigern die Herausgabe, und der Arzt erklärte mir telefonisch, dass er Patientenakten, wenn überhaupt, nur persönlich herausgibt.«

»Das wird Zielkow aber gar nicht gefallen«, bemerkte Wolfgang.

Ihm wird es vor allem nicht gefallen, wenn ich recht behalten sollte, dachte Wiebke. Zielkow würde genauso denken wie sie. Auch er würde sofort Wolfgang verdächtigen. Es lag einfach so nahe. Aber es bestand ja noch eine Chance, dass sie unrecht hatte. Null Komma ein Prozent.

»Damit muss er leben«, sagte sie.

Ihr Blick fiel auf den großen Strauß langstieliger roter Rosen, den ihr Thomas heute Morgen hatte liefern lassen. Verbunden mit einer langen brieflichen Entschuldigung wegen seines Verhaltens gestern und der Mitteilung, dass er sie gerne heute Abend wieder einmal zum Essen ausführen würde.

Was für ein Mann. Er war in der Lage, sich zu entschuldigen.

Und du denkst immer nur an das eine.

Du hast ja recht, Mama.

***

Sein Büro war riesig. Die gediegenen Möbel aus Mahagoni, die schweren Teppiche und die schwülstigen Ölgemälde vermittelten genau den Eindruck, den Johannes Kleinert erwecken wollte. So sah das Arbeitszimmer eines schwerreichen Mannes aus.

Doch der Schein trog. Kleinert war pleite. So pleite, dass er bald die Insolvenz seiner verschachtelten Immobiliengruppe würde anmelden müssen. Um das zu vermeiden, hatte er über Jahre getrickst, geschummelt und getäuscht. Mehrere Jahre Gefängnis wären ihm sicher, wenn das herauskäme.

Er hatte schon über Flucht nachgedacht. In irgendein Land, das mit Deutschland kein Auslieferungsabkommen hatte. Doch da gab es nicht mehr viele, und die, die noch in Frage kämen, waren klimatisch oder gesellschaftlich nicht so entwickelt, dass sich Kleinert dort sein weiteres Leben vorstellen konnte.

Die Insolvenz war unvermeidlich, Gefängnis die logische Folge, eine Flucht jedoch unmöglich. Das waren die feststehenden Größen einer auf den ersten Blick unlösbaren Gleichung. Doch eine Variable gab es noch. Die Lösung des Problems stand ihm in Gestalt von Günter Menn gegenüber.

Mit aufgesetzter Jovialität schlug Kleinert seinem ehemaligen Kommilitonen auf die Schulter. »Na, Junge, hast es ja weit gebracht in den letzten Jahren«, sagte er. »Was willst du trinken?«

»Gar nichts«, kam es wortkarg zurück. »Und ich würde es sehr begrüßen, wenn du sofort zur Sache kämst.«

»Was bist du denn einem alten Freund gegenüber so abweisend?«, fragte Kleinert lächelnd. »Wir hatten doch viel Spaß in Köln. Damals.«

»Der Spaß war wohl eher auf deiner Seite. Was willst du von mir?«

Kleinert bedeutete Günter mit einer Handbewegung, auf dem Besucherstuhl Platz zu nehmen, und ließ sich selbst in den Chefsessel hinter dem Schreibtisch sinken.

»Nun«, druckste Kleinert geheimnisvoll herum. »Die Sache ist die: Die letzten Jahre waren nicht so dolle. Die Sache mit der Genehmigung des Wohnprojektes am Brooksee sollte mich wieder rausreißen, hat dann aber doch zu lange gedauert. Jetzt noch die Sperre wegen der dämlichen Leiche. Der langen Rede kurzer Sinn: Ich werde pleitegehen.«

»Das ist bedauerlich«, sagte Günter. »Nur: Was habe ich damit zu tun? Es ist zwar nicht schön, aber doch recht häufig. Als Unternehmenssanierer tauge ich nicht.«

»Stell dich mal nicht blöder an, als du bist«, blaffte Kleinert auf einmal. »Ich habe die Pleite, sagen wir mal, etwas herausgezögert. Deswegen brauche ich deine Hilfe. Du kennst das ja: Die Hoffnung, dass es nächstes Jahr besser wird, macht kleine Bilanztricksereien erforderlich. Ein kleiner Betrug hier, eine falsche Steuererklärung da. Das alles poppt bei einer Insolvenz hoch wie die Kohlensäure aus einem Champagnerglas. Apropos: Willst du wirklich nichts trinken?«

»Nein. Du nervst. Was willst du?«

»Ich bin immer ein Glückskind gewesen. Ich dachte schon, das Glück hätte mich verlassen. Aber irgendwann in diesen dunklen Stunden erinnerte ich mich an meinen alten Freund Günter. Und daran, dass er mir noch einen Gefallen schuldet.«

»Ich bin nicht dein Freund. Und ich schulde dir gar nichts.«

»Sei doch nicht so empfindlich. Dann biete ich dir eben ein Geschäft an, wenn dir das lieber ist.«

Kleinert ging zum altmodisch wirkenden Tresor, öffnete die schwere Tür und holte einen grauen Leitz-Ordner hervor, auf dessen Rücken Günters Name stand. Sonst nichts. Er schlug den Deckel auf und hielt Günter den Ordner hin.

»Wenn du das Verfahren gegen mich niederbügelst«, sagte er mit einem breiten Grinsen, »gehören diese Unterlagen dir. Für immer und ewig.«

Günter schaute auf die vergilbten Blätter und wusste, dass Kleinert den Sprengsatz für seine Vernichtung in der Hand hielt. Er wollte zugreifen, doch Kleinert zog den Ordner zurück.

»Na, na«, sagte er. »Nicht so gierig.« Die gesammelten Unterlagen verschwanden wieder im Tresor. »Jetzt weißt du, was ich weiß. Kommen wir ins Geschäft?«

»Woher hast du die Sachen? Die dürftest du gar nicht haben.«

»Ich habe sie gekauft. Ein guter Engel hat mir das eingeflüstert. Und du siehst, dass es eine gute Investition war.«

»Es ist doch gar nicht sicher, dass dein Fall auf meinem Schreibtisch landet.«

»Wenn ich etwas mache, dann mache ich es richtig. Meine Insolvenz wird hier in der Gegend so einen Rumms verursachen, dass du den Fall als Chef der Schwerpunktstaatsanwaltschaft zur Bearbeitung von Wirtschaftsstrafsachen – Gratulation übrigens, klingt beeindruckend – mit Sicherheit auf den Schreibtisch kriegst oder jedenfalls dafür sorgen kannst, dass du ihn kriegst. Es wäre auch besser für dich, denn ansonsten wird man dir nie wieder einen Fall übertragen.«

»Du steckst in der Sache von damals genauso drin wie ich«, sagte Günter in der Annahme, etwas Kluges einzuwenden.

»Sei nicht naiv«, konterte Kleinert. »Unsere Kölner Vergangenheit vernichtet nur dich. Ich bin dann nämlich schon ruiniert. Dich und deine Karriere wird man deswegen ausradieren. Meine Beteiligung in dieser Sache ist dann nur noch Beiwerk, schmückendes Kolorit sozusagen. Also, was ist?«

»Du bist ein Arschloch.«

»Damit kann ich leben.«

»Du verlangst von mir, dass ich Gesetze breche?«

»In Köln hattest du weniger Skrupel.«

»Das war etwas völlig anderes.«

»Natürlich. Bei einem selbst ist das immer was anderes. Aber weißt du was? Das ist mir egal. Ich bin in der Lage, dich wie eine kleine Wanze zu zertreten. Es macht ›knack‹, und du bist nur noch ein kleiner, unbedeutender ehemaliger, weil krimineller Staatsanwalt. Oder du tust, was ich will, und du lebst den Rest deines Lebens als spießiger Beamter weiter. Also: Was ist?«

»Wer garantiert mir, dass ich die Unterlagen kriege, wenn ich tue, was du willst?«

»Ah, ich merke, bei dir setzt der Verstand ein. Erstaunlich, bei deinen miesen Examensnoten. Um deine Frage zu beantworten:

Du musst mir vertrauen. Ich versichere dir, dass ich mein Wort halte. Das muss dir genügen.«

»Ich brauche Bedenkzeit.«

»Wie lange?«

»Ein paar Tage.«

»Gut, eine Woche. So lange halte ich noch durch. Genau in einer Woche versprichst du mir hier in die Hand, dass ich allenfalls ein blaues Auge habe, wenn die Sache über deinen Schreibtisch gewandert ist. Sobald alles erledigt ist – in ein paar Jahren –, bist du glücklicher Besitzer dieser Unterlagen.«

»Einverstanden.« Günter wurde schlecht. Ein Brechreiz quälte ihn. Über viele Jahre würde er, sollte er das tun, was von ihm verlangt wurde, von Johannes Kleinert abhängig sein. Wer garantierte ihm denn, dass Kleinert ihn, nachdem er ihn gerettet hatte, nicht doch hinhängte? Dann hätten sie sogar zwei Gründe, ihn aus dem Amt zu jagen.

Er wusste nicht, was er tun sollte. Zeit gewinnen war jedenfalls nicht das Schlechteste.

»Siehst du, hat doch gar nicht so wehgetan.« Kleinert lächelte. »Was meinst du, sollen wir nicht gemeinsam etwas essen gehen? Ich lade dich selbstverständlich ein.«

»Du kannst mich am Arsch lecken.«

»Das werde ich nicht tun«, sagte Kleinert gut gelaunt. Er feierte still einen entscheidenden Sieg. »Aber ich finde schon eine andere Begleitung.«

Wortlos stand Günter auf. Er würdigte Kleinert keines weiteren Blickes, verließ das Gebäude und setzte sich in seinen Ford Mondeo. Verzweifelt fuhr er sich mit seiner rechten Hand über das Gesicht.

Dann nahm er sein Handy und schrieb eine SMS. »Bin in großen Schwierigkeiten. Muss mit dir reden. Kein Wort zu niemandem. Günter.«

Reglos saß er in seinem Auto und wartete auf die Antwort.

***

Carsten Loll, der Chef des Restaurants »Carlo615«, in dem sie schon ihr erstes Rendezvous gehabt hatten, war auch dieses Mal wieder über sich hinausgewachsen. Die Qualität des Menüs übertraf ebenso wie das Niveau des Services alle Erwartungen.

Wiebke lehnte solche Sympathiebekundungen grundsätzlich nicht ab, wunderte sich aber schon, dass Thomas erstens mitten in der Woche und zweitens nach der Abfuhr, die er ihr gestern verpasst hatte, so einen Aufwand betrieb. Für eine bloße Entschuldigung war es eindeutig zu üppig, was er ihr bot.

Auf die feine Erbsensuppe mit Martini und Minze folgten als Pasta-Gang Linguine mit Vongole veraci. Der Hauptgang nannte sich Agnello alla pugliese, ein Lammbraten mit Kartoffeln.

Edle Weine. Köstliche Gespräche. Ein aufgeschlossener Thomas. Sie hatte ihm unrecht getan. Er war ein Mann wie aus dem Bilderbuch, mit all den Eigenschaften, die heute selten geworden waren. Gebildet, höflich und unaufdringlich. Er trug sie auf Händen. Er übte seinen Beruf mit der gebotenen Sorgfalt und Disziplin aus. Was machte es da schon, dass er …

Wiebke!

Ja, Mama, ich sehe es ja ein.

Als der Nachtisch serviert wurde, Ravioli dolci, eine ligurische Spezialität, setzte Thomas ein feierliches Gesicht auf. Die süßen Teigtaschen dampften vor sich hin.

»Ich habe lange über uns nachgedacht«, sagte er.

Wiebke setzte sich mit einem Ruck auf. War das jetzt das Intro für das typische Gerede, das sie nur zu gut kannte: »Ich schätze dich als Mensch. Aber leider passen wir und unsere Berufe nicht zusammen. Wir können nichts erzwingen. Wir sollten aber auf jeden Fall Freunde bleiben.« Sie erwartete den Nackenschlag.

»Ich denke, es ist an der Zeit, dass wir einen Schritt weitergehen.«

Wiebke bekam einen trockenen Mund. Fahrig hob sie das Weinglas an den Mund und genehmigte sich einen undamenhaft großen Schluck.

»Ich möchte, dass du bei mir einziehst, und ich möchte, dass du meine Frau wirst. Aber bevor du antwortest, möchte ich, dass du die köstlichen Teigtaschen probierst.«

Zusammenziehen? Heiraten? Teigtaschen?

Wiebke nahm mechanisch die kleine Gabel und zerdrückte einen der drei Ravioli. Thomas beobachtete sie gebannt. Sie probierte und ließ die Ricotta-Füllung im Mund langsam zergehen. Sie schmeckte gar nichts.

»Ausgezeichnet«, sagte sie. »Was hast du gerade gesagt?«

»Später«, insistierte Thomas. »Iss bitte weiter.«

Bei der zweiten Tasche wurde sie fündig. In der Füllung befand sich ein Weißgoldring mit einem Brillanten. Ein lupenreiner Diamant. Du musst jetzt glücklich sein, dachte sie. Los, lächle. Das war es doch, was du immer wolltest. Ein Mann, der ihr einen romantischen Heiratsantrag macht. Wo bleibt ihr nur, ihr Glücksgefühle? Warum bin ich nicht überwältigt?

»Ich bin überwältigt«, sagte sie. »Aber ...«

»Was, aber? Willst du etwa nicht?«

»Doch, doch«, beeilte sie sich zu sagen. »Nur: Wir sind doch sehr verschiedene Menschen. Meinst du, dass mein Hang zum Chaos mit deiner Ordnungsliebe, mein Lebenshunger mit deiner Disziplin, meine Ablehnung deines Bruders mit deiner verständlichen Zuneigung zu ihm auf Dauer zusammenpassen?«

Mein Gott, ich rede so wie die Typen, die mich abgeschossen haben. Warum nur?

»Ja, da sprichst du ein wichtiges Thema an. Wir sind beide keine zwanzig mehr. Aber ich habe mir dazu etwas überlegt. Meine Wohnung ist groß genug. Ich löse mein Arbeitszimmer auf und verlege den Schreibtisch in mein Schlafzimmer. Du erhältst das Arbeitszimmer als deinen Schlaf- und Aufenthaltsraum. Den Rest der Wohnung teilen wir uns. Sollte Daniel mich besuchen wollen, wohnt er im Bootshaus, das ich inzwischen ganz heimelig eingerichtet habe.«

»Du hast über alles nachgedacht«, sagte Wiebke beeindruckt. »Natürlich sage ich Ja. Ich freue mich.«

Natürlich? Warum natürlich? Sie hatte schwere Bedenken. Aber mit über vierzig noch jemanden zu finden war reines Glück. Es gab sogar eine amerikanische Studie, nach der es wahrscheinlicher war, dass man Opfer eines terroristischen Anschlages wurde, als mit über vierzig noch einen Mann abzubekommen. Noch dazu so eine Partie. Sie wäre verrückt, Thomas ziehen zu lassen. Der Spatz in der Hand war noch immer besser als die Taube auf dem Dach. Zumal eine solche Taube auch überhaupt nicht in Sicht war.

Sie stand auf und küsste Thomas. Er erwiderte den Kuss.

»Wir sind jetzt verlobt, oder?«

»Ja«, sagte er, nahm den Ring, den Wiebke auf ihrem Platzteller abgelegt hatte, wischte ihn mit seiner Serviette sauber und steckte ihn ihr an. »Das sind wir.«

Carsten Loll brachte eine Flasche Veuve Clicquot. Sie stießen auf ihre gemeinsame Zukunft an.

Ich werde Frau Doktor, dachte Wiebke versonnen.

Ich bin so stolz auf dich, mein Kind.

Siehst du Mama, ich habe ihn doch noch gefunden.

Ich habe es nicht mehr zu hoffen gewagt. Alles Gute, Kind.

»Wann ziehst du bei mir ein?«, fragte Thomas.

»Bald. Ich nehme mir zum Monatsbeginn ein paar Tage frei. Jetzt habe ich zu viel mit dieser Leiche vom Brooksee am Hals. Und Wolfgang ist im Moment alles, nur keine wirkliche Hilfe.«

»Das kann ich mir vorstellen, und es tut mir auch leid, dass es mit dem Therapieerfolg so lange dauert. Ich habe aber das Gefühl, langsam an ihn heranzukommen. Noch ein paar Sitzungen, und ich denke, ich werde sein Innerstes aus ihm herausgelockt haben.«

»Glaubst du, dass das gut für ihn ist?«

»Ja, denn erst dann, wenn man sich erkannt hat, besteht die Chance auf einen Neubeginn. Erst dann.«

Wiebke nickte, stand dann auf und entschuldigte sich. Es war halb elf, und – Heiratsantrag hin, Heiratsantrag her – in ein paar Minuten würde Thomas zum Aufbruch drängen. Sie wollte vorher schlicht noch einmal aufs Klo.

Als sie vor dem Spiegel stand und ihre Handtasche öffnete, sah sie, dass sie eine SMS von Günter erhalten hatte.

Sie antwortete: »Um kurz nach elf bei mir. Bis dann, Wiebke«.

***

»Sag das noch mal!«, verlangte Günter, kaum dass er Wiebkes Wohnung betreten hatte. Sie war natürlich sofort mit der Neuigkeit herausgeplatzt, dass sie nunmehr verlobt war.

Sie hielt ihm ihre Hand mit dem Diamantring hin.

»Und dann bist du hier?«, fragte er. »Nicht mit deinem Verlobten im Bett?«

»Du kennst ihn doch, er muss morgen raus. Und noch wohne ich ja nicht bei ihm.«

»Ich wünsche dir alles Gute, das kannst du mir glauben«, sagte Günter, auch wenn er einen Kloß im Hals hatte. »Ich werde immer für dich da sein. Als Freund natürlich.«

»Natürlich«, sagte Wiebke versonnen. »Aber nun zu dir. Warum bist du in Schwierigkeiten?«

Günter atmete tief ein und aus. Sollte er sie wirklich einweihen und um Hilfe bitten? Aber warum nicht? Sie war sein letzter Halt, der Strohhalm, der Rettungsring.

»Wiebke, ich vertraue dir mein Leben an«, begann er.

»Ach«, sagte sie. »Es geht gar nicht um eine Beziehungskiste? Nicht um Sex oder so etwas?«

Günter schüttelte den Kopf. »Wenn es nur das wäre …« Er sah unendlich traurig aus.

Wiebke stand auf und holte Gläser. Und eine Flasche Aromatique. Sie schenkte großzügig ein, und Günter nahm sofort einen Schluck. Wiebke sah einen verängstigten, nervösen Mann vor sich. Sie ließ den einem Jägermeister nicht unähnlichen, aber doch einzigartig schmeckenden Kräuterlikör ihre Kehle hinunterrinnen.

»Was ist los, Günter?«, fragte sie endlich.

»Ich werde erpresst.«

»Was wirst du? Womit denn?«

»Ein ehemaliger Studienkollege von mir wird demnächst eine große Pleite hinlegen. Eine Pleite, die mit allen guten Zutaten gewürzt ist. Mit anderen Worten: eine Pleite, die auf meinem Schreibtisch landet, damit ich gegen den Bankrotteur vorgehe. Mein Studienkollege will, dass ich die Sache vertusche.«

»Könntest du das denn?«

»Wenn ich mir viel Mühe gebe, die Sache eng an mich binde, die eine oder andere Unterlage einfach ignoriere beziehungsweise vernichte, alle Augen zudrücke und niemand ein großes Interesse an einer Verurteilung des Täters hat, dann sicher. Zumindest kann ich aber aus dem Elefanten eine Mücke machen.«

»Um wen handelt es sich denn?«

»Ich glaube nicht, dass du ihn kennst. Es ist ein gewisser Kleinert. Johannes Kleinert. Ein Bauunternehmer.«

»Du meinst doch wohl nicht *den* Kleinert? Den Baumogul? Den Liebling aller Parteibonzen und Bürgermeister?«

»Doch, genau den. Und weil er der Liebling aller, wie du so schön sagst, Bonzen ist, wird man eine etwaige Vertuschung auch mit viel Wohlwollen verfolgen. Man wird es mir leicht machen.«

Wiebke war natürlich nicht entgangen, dass Günter ihr nicht erzählt hatte, womit Kleinert ihn unter Druck setzte.

»Warum machst du es dann nicht einfach?«

»Weil es mich ankotzen würde, meine Ideale, meinen Beruf, alles, wofür ich stehe, zu verraten, weil …« Günter stockte.

»Weil was?«, fragte Wiebke.

»Weil mein Leben hier auf einer Lüge beruht.«

»Dann fang mal mit deiner Beichte an«, sagte sie, lehnte sich zurück und war gespannt auf das, was kommen würde.

1991, als Günter seinen Abschluss machte, war er mit seinen damals schon achtundzwanzig Jahren so etwas wie das Inventar der Vierer-WG, die er in Köln-Niehl bewohnte. Seit gut acht Jahren lebte er in einem der vier Zimmer der Altbauwohnung und teilte sich mit jeweils drei anderen Studenten Küche und Bad.

1982 war er als Zwanzigjähriger hier eingezogen. Mit einem Abitur und dem Oberfähnrich der Reserve in der Tasche. Mit hochfliegenden Plänen für die Zukunft und einer Immatrikulationsbescheinigung für die juristische Fakultät als Schlüssel für eine angesehene Position in einer Kanzlei, in der Wirtschaft oder als Richter, Staatsanwalt oder Verwaltungsbeamter.

1982. Wie lange war das her? Helmut Schmidt war als Bundeskanzler gerade von Helmut Kohl abgelöst worden, die DDR Ausland, und in den Radios spielte man »Neue Deutsche Welle«. Und er? Er hatte wie seine gleich alten Kommilitonen in einem Zimmer in einer WG gelebt.

1990. Die DDR war Geschichte, Helmut Kohl auf dem Zenit seiner Macht, und ein gewisser Michael Jackson wurde zum Entertainer des Jahrzehnts gekürt. Und er? Er war immer noch in der WG mit den billigen Sperrholzmöbeln und den verblichenen Che-Guevara-, Anti-Atomkraft- und Make-Love-not-War-Postern.

Günter hatte aufgehört zu zählen, wie viele Studenten in den Jahren in die übrigen drei Zimmer ein- und dann wieder ausgezogen waren. Es gab ein ständiges Kommen und Gehen in dieser per Definition vorübergehenden Zweckgemeinschaft. Dutzende tränenreiche Abschiede mit dem abschließenden Versprechen, bestimmt in Kontakt zu bleiben. Man hatte doch gemeinsam eine so tolle Zeit gehabt. Gerede.

Aber jetzt drohte er endgültig zu scheitern. Beim ersten Staatsexamen hatte er im zweiten Anlauf Glück gehabt. Die Hausarbeit war ihm leidlich gelungen. In der Strafrechtsklausur hatte er sogar neun Punkte erreicht. Die Klausur im öffentlichen Recht war mit gerade »ausreichend« bewertet worden, sodass ihn die mit nur einem Punkt völlig verhauene Zivilrechtsklausur nicht den Hals kostete.

Glück, das ihm beim entscheidenden zweiten Examen nicht beschieden schien. Er hatte zwar wieder wie verrückt gelernt. Doch die Nervosität schwebte über ihm wie eine drückende Last, die sich gnadenlos immer weiter senkte und während der Klausuren jegliches Wissen in Luft auflöste.

Er fiel durch. Mit Pauken und Trompeten.

Ein weiterer Versuch. Ein weiteres Jahr.

Doch die Nervosität und die Angst nahmen in demselben Maße zu, in dem er seine Lernbemühungen steigerte. Die Versagensangst drohte ihm zum Verhängnis zu werden. Sie drohte nicht nur, sie wurde es. Der zweite Versuch war sogar noch schlechter als der erste.

Dann musste er beim Minister einen Antrag stellen, ein devotes Betteln um die letzte Chance, dass acht Jahre des Lebens doch nicht völlig umsonst gewesen sein mochten. Acht Jahre, in denen andere schon eine Familie gegründet, eine Wohnung oder ein Haus gekauft und in Lebensversicherungen für die Altersvorsorge eingezahlt hatten.

Er bekam die dritte Chance.

Doch die Angst potenzierte sich weiter. Er hatte Panik, dass sein Scheitern nun endgültig dokumentiert werden könnte. Es wäre aktenkundig, dass er sich 1982 falsch entschieden, die Zeichen nicht rechtzeitig erkannt und trotz allem weitergemacht hatte. Die Panik, in den falschen Zug eingestiegen zu sein und nun mit hoher Geschwindigkeit ins Verderben zu rasen, nahm ihm regelrecht die Luft zum Atmen.

Mit Grauen malte er sich aus, als Taxifahrer einem gut gekleideten Anwalt, der sich kommunikativ nach dem Lebensweg des Fahrers erkundigte, erklären zu müssen, dass man auch mal Jura studiert hätte, aber leider …

… leider war man zu doof gewesen?

… leider hatte man dem Druck nicht standgehalten?

Nein: Leider war man ein Versager!

Er hatte verzweifelt in der Küche der WG gesessen und die nächste Flasche billigen Weins geöffnet. Mit Schraubverschluss.

Der Geschmack billiger Weine verhält sich umgekehrt proportional zum aktuellen Finanzstatus. Hat man kein Geld, hat selbst der billigste Fusel ein fruchtiges Aroma, eine erfrischende Restsüße und einen langen Abgang. Unmittelbar nach Verbesserung der finanziellen Lage wird derselbe Wein zum ungenießbaren Verschnitt mit einem klebrigen Geschmack nach billiger Limonade und einem an Rapsöl erinnernden Rülpser nach dem unweigerlich durch diesen Rachenputzer hervorgerufenen Aufstoßen.

Doch die zweifelhafte Qualität des Weins war Günters geringstes Problem. Er war allein in der WG. Es war Wochenende. Michael, der angehende BWLer, war zu seiner Freundin nach Bamberg gefahren. Sebastian war bei seinen Eltern. Wo Johannes war, wusste er nicht. Es war ihm auch egal.

Johannes war seit einem Jahr in der WG. Er hatte dringend eine Bleibe für das eine Jahr gesucht, in dem er noch Referendar war. Leider hatte ihn seine Verlobte Sibille aus der ihr gehörenden Wohnung geworfen, nachdem Johannes in geschmackloser Weise ihre beste Freundin auf dem gemeinsamen Sofa verführt hatte und von Sibille in flagranti dabei ertappt worden war.

Johannes Kleinert war ein charakterlich eher zweifelhafter Mensch, aber ein juristisches Genie. Er hatte das, wofür es kein Indiz im Abiturzeugnis gibt: das Talent für Jura, das Gespür für das richtige Ergebnis, das »Judiz«, wie man so sagte.

Die Tür zur Küche öffnete sich, und auf einmal war er da.

»Guten Abend, Günter«, sagte er, während er ein Glas aus dem Küchenschrank holte, sich ungefragt von Günters Wein einschenkte und diesem zuprostete. Aus dumpfen Augen blickte ihn Günter an.

»Was ist los, ist dir eine Laus über die Leber gelaufen?«, fragte

Johannes. »Komm, lass uns eine Tour durch die Altstadt machen. Das bringt dich auf andere Gedanken.«

Günter schüttelte nur den Kopf.

Ganz gegen seine Gewohnheit fragte Johannes nach dem Grund der schlechten Stimmung. Und ganz gegen das Gefühl, diesem vorlauten Menschen nicht vertrauen zu können, antwortete Günter. Er schüttete ihm förmlich sein Herz aus.

»Wenn es weiter nichts ist«, erwiderte Johannes schließlich lächelnd. »Das lässt sich regeln.«

Günter merkte auf. »Wie meinst du das? Das lässt sich regeln? Ich zittere beim Gedanken an Klausuren. Ich habe Angst. Ich kriege Schweißausbrüche. Wenn ich in einer Prüfung sitze, bin ich noch nicht einmal mehr in der Lage, ›Strafgesetzbuch‹ unfallfrei zu schreiben.«

»Du«, sagte Johannes mit einer überdeutlichen Betonung, »schreibst aber nie wieder eine Klausur.«

»Den Eindruck habe ich auch«, bemerkte Günter bissig.

»Nun stell dich mal nicht blöder an, als du bist.«

Günter sah Johannes prüfend an. Es war kein Zynismus in seiner Miene zu erkennen, nur Selbstvertrauen und Verschlagenheit. »Du meinst, du willst ...« Er traute sich kaum, das Undenkbare auszusprechen. »Du willst an meiner Stelle hingehen?«

Johannes schenkte sich Wein nach. Er grinste.

»Vergiss es«, sagte Günter. »Bei den Klausuren werden Personalausweiskontrollen gemacht.«

»Na und?«, fragte Johannes.

»Wie, na und?«

»Überleg doch mal. Die prüfen, ob der Name des Ausweises mit dem Namen in ihrer Liste übereinstimmt, und vergleichen das Konterfei des Kandidaten mit dem Bild auf dem Ausweis. Dann kommt das Häkchen. Wir brauchen also nur einen Ausweis mit deinen Daten und meinem Bild.«

»Nein, das mache ich nicht«, wehrte sich Günter schwach. »Das ist Urkundenfälschung und was weiß ich noch alles.«

»Zehntausend für mich, zweitausend für den falschen Pass. Wenig angesichts der Alternative, dass du ansonsten dein Leben lang in dieser WG leben musst.«

»Ich habe keine zwölftausend Mark.«

»Besorg sie dir irgendwie. Das ist die sinnvollste Investition deines Lebens. Überleg mal, wie viel Geld du bis jetzt schon verpulvert hast. Acht Jahre lang jeden Monat sechshundert, siebenhundert, achthundert Mark. Das sind rund zehntausend im Jahr. Achtzigtausend bis jetzt. Da sind die zwölftausend doch wirklich ein Klacks.«

»Ich denke darüber nach.«

»Einverstanden.«

Günter hatte nicht lange nachdenken müssen. Ein sicheres Examen gegen die vage Chance, es selbst zu versuchen und doch wieder zu scheitern. Zwölftausend Mark für eine Zukunft.

Er vertraute sich seinem Großvater an. Der gab ihm die zwölftausend und nahm sein Geheimnis fünf Jahre später mit in das sprichwörtliche Grab. Johannes schrieb die Klausuren. Natürlich so mittelmäßig, dass er sie hätte schreiben können, aber doch so gut, dass ein Durchfallen ausgeschlossen war.

Günter war froh, dass sich ihre Wege sofort danach trennten.

»Jetzt kennst du mein Geheimnis«, sagte er mit der Erleichterung des Täters nach dem Geständnis. »Mein Leben, meine ganze Karriere hier beruht auf einer Lüge. Ich habe mir das zweite Examen durch eine Straftat erschlichen.«

Wiebke lachte laut auf. Sie konnte sich gar nicht mehr einkriegen. Normalerweise erfreute sie ihn mit ihrem Lachen, doch heute war das anders.

»Was lachst du so hysterisch?«, fragte er sichtlich verärgert. »Ich stehe vor den Trümmern meiner Existenz, und du lachst.«

»Willkommen im Club«, sagte sie. »Was glaubst du, wie viele zur Wende ihre Akten aufpolierten, damit sie auch nach der Wiedervereinigung eine Chance hatten? Das alles ist doch längst verjährt. Wovor hast du Angst?«

»Es ist nicht wegen der dämlichen Urkundenfälschung. Es ist der Paragraf 48 des Verwaltungsverfahrensgesetzes.«

»Der was besagt?«

»Wenn staatliches Handeln wie zum Beispiel meine Ernennung zum Staatsanwalt und zum Beamten des Landes Mecklenburg-Vorpommern erschlichen wurde, kann dieser sogenannte Verwaltungsakt widerrufen werden. Dafür ist ein Jahr Zeit. Die Frist läuft aber erst an, wenn meine vorgesetzte Stelle den ganzen Sachverhalt kennt.«

»Du sagtest, sie *können* widerrufen. Sie *müssen* also nicht.«

»In meinem Fall müssen sie wohl schon. Das nennt man Ermessensreduzierung auf null. Wenn eine Verbeamtung durch falsche Zeugnisse erschlichen wurde, bleibt meinem Chef gar nichts anderes übrig.«

»Scheiße«, sagte Wiebke. »Wieso kann dir dieses Arschloch die Sache nach zwanzig Jahren eigentlich noch beweisen? Hat er den gefälschten Ausweis noch?«

»Nein, den habe ich gegen die letzte Rate der zwölftausend Mark einkassiert. Aber er hat die Originalklausuren, die längst vernichtet sein müssten, und die Zuordnungsliste, aus der hervorgeht, dass Prüfling Nummer 121 ein gewisser Günter Menn war. Weiß der Teufel, wie er an die Papiere gekommen ist. Jetzt lagern Sie jedenfalls in seinem Safe. Man braucht keinen besonders begabten Grafologen, um nachzuweisen, dass derjenige, der diese Klausuren geschrieben hat, nicht der ruhmreiche Oberstaatsanwalt Menn, der Schrecken aller Betrüger und Falschmünzer nördlich von Braunschweig, war.« Günter flüchtete sich in Sarkasmus.

Wiebke aber hörte nur mit einem Ohr zu. Irgendwie schien sie abwesend zu sein, ihre Gesichtszüge wirkten versteinert. Dann jedoch entspannte sie sich sichtlich und lächelte ihn an. »Hör zu, Günter. Wir biegen die Sache hin. Ich weiß auch schon, wie. Erste Frage: Kannst du deinen sauberen Freund überzeugen, dir hunderttausend Euro in gebrauchten kleinen Scheinen zu geben?«

»Wofür?«, fragte Günter irritiert.

»Du könntest ihm sagen, die Summe bräuchtest du, um ein paar Kollegen zu schmieren.«

»Das glaubt er mir aufs Wort. Und was willst du mit der Kohle?«

»Später. Noch was: Du hast erzählt, die Klausuren lagern in seinem Büro in einem Safe. Weißt du zufällig, was das für einer ist?«

»Zufällig ja. Es ist ein Burg-Wächter. Der gleiche Typ wie in meinem Büro.«

»Ausgezeichnet«, jubelte Wiebke.

»Ich finde das alles wenig ausgezeichnet.«

»Aber ich. Lass die Sache meine Sorge sein.«

Günter betrachtete sie. Er sah förmlich, wie ihr Hirn schnell und systematisch arbeitete. »Was soll deine Sorge sein?«

»Wie wir das Problem lösen.«

»Wiebke, bitte!«

»Lass uns erst einmal alle Dinge erörtern, die notwendig für meinen Plan sind. Also: Kannst du kurzfristig einen Termin bei deinem Chef kriegen?«

»Beim Generalstaatsanwalt? Sicher.«

»Und bei den Juristenprüfungen wird doch beschissen, wie bei allen anderen Prüfungen auch, oder?«

»Entgegen anderslautenden Unterstellungen handelt es sich bei Juristen auch um die Gattung Mensch.«

»Das kann man manchmal kaum glauben«, sagte Wiebke augenzwinkernd.

»Was willst du von mir?«, fragte Günter genervt.

»Die offizielle Version ist wie folgt: Du gehst zum General und erzählst ihm, dass dich der Kleinert unter Druck setzt. Weil er pleitegeht, nicht in den Knast will und so weiter.«

»Gut, und dann?«

»Dann wird dich der General genauso wie ich fragen, womit er dich unter Druck setzen will. Daraufhin erzählst du ihm eine Geschichte von irgendwelchen Spickzetteln, die Kleinert mal für dich produziert hat, weil er ja so ein juristisches Genie war.«

»Aber die Beweise …«, widersprach Günter.

»Schließlich setzt du noch einen drauf und eröffnest dem General, dass dich der Kleinert nur unter Druck setzt, weil er dich bestechen will, und dass du ihn deswegen drankriegen willst. Du überlegst, so sagst du ihm, zum Schein auf die Bestechung einzugehen.«

»Selbst wenn ich dem General ein minder schweres Vergehen meinerseits verkaufen kann. Es waren keine Spickzettel. In Kleinerts Safe liegen immer noch die Klausuren.«

»Die werden zu dem Zeitpunkt, wenn die Falle zuschnappt, aber nicht mehr dort sein.«

Günter schwieg einen Moment. Wie wollte sie das anstellen? Aber angenommen, es gelänge. Er könnte ohne Schaden aus der Sache rauskommen. »Der General wird wissen wollen, warum wir ihm die Falle stellen.«

»Das ist doch klar: Bis dato steht Aussage gegen Aussage. Ein Beweis vor Gericht wird schwer zu führen sein. Aber wenn Kleinert in die Falle tappt, hast du alles, was du brauchst.«

Ich liebe dich, wollte Günter sagen. Es kamen aber nur die Worte »Eine geniale Idee« über seine Lippen. Dann fragte er: »Wie willst du die Klausuren aus dem Safe verschwinden lassen?«

»Es ist besser, wenn du die Details nicht genau kennst.«

Günter fragte tatsächlich nicht weiter nach. Es war sonnenklar, dass das, was Wiebke plante, mit dem geltenden Recht nicht in Einklang zu bringen war. Vorsichtig formuliert. Die Geschichte wiederholte sich. Es war wie damals in Köln. Sein Leben hing davon ab, ob er bereit war, eine Straftat zu begehen. Das war er. Was blieb ihm auch anderes übrig? Aber warum tat Wiebke das? Sie setzte für ihn ihren Beruf aufs Spiel. Jetzt, wo sie kurz davor stand, durch die Eheschließung mit einem renommierten Arzt endgültig die soziale Leiter hinaufzufallen. Sollte er sie fragen? Oder sollte er einfach das schöne Gefühl genießen, das ihn zu übermannen drohte?

»Warum tust du das für mich?«, fragte er dann doch.

Sie stand auf, kam auf ihn zu und spitzte ihre Lippen. Sanft berührten sie die seinen. Ein unerklärliches Gefühl der Sicherheit und des Glücks durchzog seinen Körper.

»Ich heirate Thomas. Weil es richtig ist. Und weil ich ihn liebe. Aber ich mag dich wie sonst kaum einen Menschen.«

Wortlos stand Günter auf, ließ sie sitzen und verließ die Wohnung.

Er weinte. Er weinte gleichzeitig wegen des unbeschreiblichen Glücksgefühls, der beste Freund dieser Frau zu sein, und der ihn zur Verzweiflung treibenden Enttäuschung, sie niemals haben zu können.

***

Am nächsten Morgen war es ausnahmsweise Wiebke, die übernächtigt und mit roten Augen im Büro saß, und nicht Wolfgang. Gestern war schließlich auch viel passiert. Sie würde bald heiraten. Günters Schicksal lag in ihrer Hand, und vor ihr saß Wolfgang, auf den unausgesprochen ein schrecklicher Verdacht fiel.

Sollte er Lydia gerächt haben, indem er den Mann, der für den

Tod seines Sonnenscheins verantwortlich war, lebendig begraben hatte? Sollte er es gewesen sein, der ihm sogar noch Licht für die letzten Stunden des Lebens spendiert und ihm über ein Babyfon vermutlich eindringliche Vorwürfe gemacht und über Schuld und Sühne philosophiert hatte?

Ausgerechnet Wolfgang, der Mann, von dem seine eigene Frau am Grab gesagt hatte, er sei ein »feiger Dampfplauderer«?

Aber wenn Menschen den Sinn des Lebens verlieren, werden sie oft zum Tier. Wiebke erlebte das in ihrem Beruf immer wieder.

Als das Telefon klingelte, nahm sie den Hörer. »Mordkommission eins, Kriminalkommissarin Sollich? Ah, hallo, Doc. – Es ist Streicher«, zischte sie Wolfgang zu.

Dann wurde sie einsilbig. »Danke«, hörte Wolfgang sie sagen, gefolgt von »Wer weiß noch davon?« und schließlich: »Ich rufe dich an.«

Wiebke legte auf und faltete ihre Hände. Sie sah Wolfgang an, der mit fragendem Blick in seinem Sessel saß. Sie schluckte.

»Es ist, wie ich vermutet habe. Der Tote im Grab am Brooksee war Fritjof Hansen. Irrtum ausgeschlossen.«

»Und jetzt denkst du wieder, ich hätte ... Ich sehe es dir ja förmlich an.«

»Ich denke gar nichts. Viel schlimmer ist ohnehin die Frage, was Zielkow denkt. Unser verehrter Chef ist nämlich bereits informiert. Ich befürchte –«

Weiter kam sie nicht. Das Telefon klingelte erneut, und Zielkow beorderte sie beide in sein Büro.

Einem Richter nicht unähnlich thronte Eberhard Zielkow auf seinem Chefsessel. Seine beiden Untergebenen standen vor dem Schreibtisch. Er hatte ihnen nicht einmal einen Platz angeboten.

»Ich nehme an, Sie kennen das Ergebnis von Dr. Streichers Untersuchungen?«, kam er sichtlich nervös, aber ohne Umschweife zur Sache.

Beide nickten.

»Und Sie haben bisher keine Ahnung, wer der Täter sein könnte?«

»Nun«, wandte Wiebke vorsichtig ein. »Wir haben den Verdacht, dass Christof Lüerßen –«

»Verdacht, Verdacht«, bellte Zielkow. »Einen Beweis brauche ich! Dieser Lüerßen ist etwa zur selben Zeit verschwunden wie Fritjof Hansen. Mehr als die vage These, dass er ihn umgebracht haben könnte, weil die beiden Streit hatten, haben wir nicht. Wissen Sie, was die Presse gleich mit mir macht?«

»Nein, Chef, das wissen wir nicht«, erwiderte Wiebke trotzig. Sie hatte es noch nie gemocht, vorgeführt zu werden.

»Sie werden die Geschichte des Hauptkommissars, der dem Toten in einer Vernehmung lautstark Rache geschworen hat, genüsslich vor mir ausbreiten. Mit allen Details. Wir können keinen genauen Todeszeitpunkt feststellen, also haben Sie, Herr Franke, ein Motiv, aber kein Alibi. Und wer war noch mal Hansens Verteidiger?«

»Dr. Laufmann«, sagte Wiebke tonlos. Zielkows Frage war rhetorisch, aber sie traf den Kern.

»Dann sollten Sie wissen, wie gern dieser Winkeladvokat den Presseschmierfinken Interviews gibt. Ich seh schon die Schlagzeile: ›Kommissar ein Mörder?‹ *Kleines Fragezeichen.* ›Der Anwalt des Opfers packt aus!‹ *Großes Ausrufezeichen.*«

Wolfgang verspürte einen unbezwingbaren Drang nach einem Schluck Alkohol. Egal was, Hauptsache Alkohol.

»Es steht wohl außer Frage, dass Sie, Kollege Franke, bis zur endgültigen Klärung des Falles im Dienst nicht mehr tragbar sind.«

»Chef«, sagte Wiebke. »Das kommt einer Vorverurteilung gleich. Sie vernichten –«

»Sie wollen mir doch wohl nicht in meine Personalentscheidungen reinreden? Die Sache ist außerdem viel zu brisant. Mir bleibt gar nichts anderes übrig.«

Wiebke schwieg. Sie lief vor Wut rot an. Aber sie schwieg. Wolfgang schien seine Suspendierung gelassen hinzunehmen. Er legte wortlos seinen Dienstausweis und seine neue Waffe auf den Schreibtisch. Dann verließ er das Büro. Ihr war klar, dass er sich jetzt wieder einmal bis zur Besinnungslosigkeit besaufen würde. Und wieder hatte er einen guten Grund.

»Frau Sollich«, sagte Zielkow, als sie sich ebenfalls zum Gehen wandte. »Einen Augenblick noch, bitte.«

»Ja, Chef?«

»Finden Sie den wahren Täter. Finden Sie ihn schnell. Herr Franke geht sonst noch zugrunde.«

»Sie hätten einen nicht unerheblichen Anteil daran«, sagte sie schnippisch. »*Ich* tue, was ich kann, darauf können Sie sich verlassen.« Dann drehte sie sich um und verließ, ohne sich noch einmal umzudrehen oder gar etwas zu sagen, das Büro.

Zielkow verzieh ihr die Beleidigung.

Nachdenklich ging Wiebke zurück in ihr Amtszimmer. Die Existenz zweier Menschen lastete auf ihren Schultern. Auf sie kam es an, ob Wolfgang wieder Polizist sein würde. Und es hing von ihr ab, ob Günter weiter ein geachteter Staatsanwalt bliebe oder mit Schimpf und Schande aus der Behörde gejagt würde.

Sie meinte, die Last wie einen Felsen auf ihren Schultern zu spüren. Sie hatte zu viele Probleme zu lösen und zu wenig Zeit. Eigentlich müsste sie jetzt im Mordfall Hansen recherchieren. Zeugen vernehmen, Akten lesen, Spuren suchen.

Andererseits hatte sie Günter versprochen, sein Leben zu retten. Sie musste sich entscheiden, wer jetzt Vorrang hatte. Wolfgang oder Günter. Der Dienst oder die Liebe. Hatte sie wirklich gerade an Liebe gedacht?

Wenig später waren Wiebke und Günter in gleicher Sache unterwegs. Beide hatten das Ziel, Existenz und Ruf des amtierenden Rostocker Oberstaatsanwalts Günter Menn zu retten.

Günter selbst fuhr zu seinem Peiniger, um diesen um hunderttausend Euro zu erleichtern.

»Glaub mir, er bezahlt seine Eintrittskarte in den Knast selbst«, hatte Wiebke versprochen.

Der Plan war genial. Und vor allem so nah bei der Wahrheit, dass er ihn ohne Gefahr seinem Chef, dem General, hatte erzählen können. Und Wiebke hatte mit ihrer Einschätzung, der General würde den Köder mit dem Schummeln fressen, auch völlig richtiggelegen. Er fuhr daher mit höchster Rückendeckung nach Güstrow.

Wiebke war währenddessen auf dem Weg zu ihrem Onkel. Er schuldete ihr noch einen Gefallen. Seine Fähigkeiten waren unabdingbare Voraussetzung für das Gelingen dieser Operation. Ein bisschen stolz war sie schon, dass ihr der Plan zu Günters Rettung eingefallen war. Leider konnte sie außer ihrem Onkel niemandem davon erzählen.

***

»Hallo, Günter«, begrüßte Johannes Kleinert seinen Gast. »Das ging ja schneller als erwartet. Darf ich dir heute was zu trinken anbieten?« Er war erkennbar erleichtert. Günters Erscheinen ließ auf seine Rettung in einer mehr als kritischen Situation hoffen.

»Gerne«, sagte Günter mit gespielter Freundlichkeit und unter der unmenschlichen Anstrengung, locker zu wirken. »Ein Bier, wenn du so etwas Profanes in deiner Sammlung hast.«

Kleinert schob die Holzvertäfelung in seinem Büro zur Seite. Dahinter befanden sich eine offensichtlich gut sortierte Bar und ein überdimensionierter Kühlschrank. Wahrscheinlich hatte Kleinert nur deshalb immer darauf gedrängt, dass Günter etwas trinken sollte, damit er ihm dieses Detail seiner Einrichtung präsentieren konnte.

»Warsteiner, Beck's oder aus lokalpatriotischen Gründen doch lieber ein Radeberger?«

»Ein Radeberger wäre fein.«

Kleinert warf ihm die Dose zu. Günter fing sie auf.

»Glas?«

»Danke, ist prima so.«

Kleinert nahm sich eine grüne Dose Beck's. Beide Männer drückten die Metallschlaufen in die Dose und deuteten ein Zuprosten an.

»Deinem Benehmen nach zu schließen, hast du dich in unser beider Sinne entschieden, Günter.«

»Ja, was sollte ich auch sonst machen? Du drohst, mich zu vernichten, um deiner eigenen Vernichtung zu entgehen. In gewisser Weise kann ich das nachvollziehen.«

Es war glatt gelogen, was Günter sagte. Die Lüge schmerzte ihn. Aber sie war notwendig. Und sie war wirkungsvoll. Kleinert genoss sichtlich seinen Triumph.

»Da hast du verdammt ins Schwarze getroffen«, sagte er gönnerhaft. »Weise, weise, kann ich nur sagen.«

»Es gibt da aber ein kleines Problem.«

Kleinert stutzte. »Dafür, Probleme zu beseitigen, bist du doch zuständig, oder?«

»Schon, nur kostet die Problembeseitigung, wie du das so schön nennst, Geld. Viel Geld. Gerade du müsstest doch wissen, dass sowohl die Beschleunigung als auch die Verlangsamung des Amtsschimmels teuer ist.«

»Du willst dir doch wohl nicht die Taschen vollmachen?«, argwöhnte Kleinert.

»Unsinn, um mich geht es dabei gar nicht. Ich muss ein paar Kollegen, vor allem meinen Chef, den General, davon überzeugen, dass es … Wie sage ich es am besten? Genau, dass es lohnender ist, nicht so genau hinzuschauen. Staatsanwaltskollegen, ermittelnde Polizeibeamte, Haftrichter. Die Liste ist lang.«

Kleinert nickte. Das kannte er. Wie viele Baugenehmigungen hatte er sich schon erkauft? Unzählige. Allein das Projekt »Wohnen am schönen Brooksee« hatte Hunderttausende an Schmiergeldern verschlungen.

»Wie viel?«, fragte er sachlich.

»Hunderttausend. Mindestens.«

Es war wohl der Druck, der auf Kleinert lastete, der ihn erleichtert aufatmen ließ. Hunderttausend. Peanuts. Dann merkte er, dass er den grundlegenden Fehler in einem Pokerspiel gemacht hatte. Seine Körpersprache hatte seine Karten verraten.

»Eine ganze Stange Geld«, sagte er pro forma. »Aber wenn es der Gerechtigkeit dient. Die Kohle habe ich natürlich nicht in bar zur Verfügung. Die müsste ich morgen von der Bank holen.«

»Kriegst du bei deiner Finanzlage denn noch so viel?«

»Meine eigene Finanzlage ist zwar angespannt, aber noch akzeptabel. Nur die meiner Firmen ist gelinde gesagt beschissen. Also gebongt. Morgen hast du die hunderttausend. Wann willst du sie abholen?«

»Ich?«, sagte Günter entrüstet. »Ich hole gar nichts ab. Du deponierst das Geld in dem Mülleimer an der Plauer Straße gegenüber der Hausnummer eins, kennst du das?«

»Mir gehört halb Güstrow«, sagte Kleinert überheblich.

Aber nicht mehr lange, dachte Günter feixend.

»Und dann?«, wollte Kleinert wissen.

»Dann lasse ich das Paket abholen.«

»Du *lässt* abholen, soso. Du bist aber verdammt vorsichtig.«

»Denk daran, wenn ich auffliege, sind wir beide dran.«

»Okay, okay! Die Kohle wandert im braunen Päckchen um Punkt fünfzehn Uhr in diesen dusseligen Mülleimer. Irgendwelche Wünsche zur Stückelung?«

»Möglichst kleine Scheine. Zehner, Zwanziger, maximal Fünfziger. Ist zwar unhandlich, kann aber nicht zurückverfolgt werden. Du verstehst, dass meine Kollegen diesbezüglich etwas mimosenhaft reagieren würden.«

»Das kenne ich.« Kleinert lächelte. »Vor zwei Jahren haben wir die Beamten der Stadtverwaltung zu einer Weihnachtsfeier eingeladen. Alle Frauen kriegten einen Blumenstrauß, in den wir kunstvoll Geldscheine eingearbeitet hatten. War eine Höllenarbeit, die Party aber ein voller Erfolg.«

»Dann weißt du ja, worauf es ankommt. Wir beide treffen uns nicht mehr. Frühestens in zehn Tagen meldest du Konkurs an.«

Kleinert überlegte nur kurz. »Auf ein paar Tage mehr oder weniger kommt es nun auch nicht mehr an. Also: einverstanden. Weißt du, ich habe immer gewusst, dass ich mich auf dich verlassen kann.«

Günter deutete ein Nicken an. »Ich bin in Eile, Johannes. Wir haben uns verstanden: keine Anrufe, keine Faxe, keine Mails. Gar nichts. Und ab sofort sind wir beide per Sie.«

»Natürlich.«

Günter gab ihm die Hand, was ihn erneut eine unglaubliche Überwindung kostete. »Einen schönen Abend, Johannes.«

»Danke, dir auch.«

Er verließ das Gebäude. Er hatte einen Parkplatz direkt gegenüber der Kirche gefunden. Es waren nur wenige Meter. Trotzdem rannte er. Ein panischer Fluchtreflex hatte ihn ergriffen.

Wiebke, hoffentlich geht das gut.

Johannes Kleinert warf die Bierdosen verächtlich in den Mülleimer, schob die Holzverkleidung zur Seite und nahm sich eine Flasche Krimsekt aus dem Kühlschrank. Er entkorkte sie und ging mit ihr hinter die spanische Wand, die das Waschbecken und einen Wandspiegel vom Rest des Raumes abschirmte.

Er betrachtete sich selbstverliebt, prostete sich zu und sagte:

»Nastrovje, du Teufelskerl.« Dann trank er den süßen Sekt in großen, gierigen Schlucken.

***

Wiebke hatte von unterwegs ihren Onkel Randolf angerufen und ihn gefragt, ob sie vorbeikommen könne. Erwartungsgemäß hatte er sich sehr gefreut. Er war der knapp ein Jahr jüngere Bruder ihres verstorbenen Vaters. Nachdem dieser 1974 bei einem Betriebsunfall ums Leben gekommen war, hatte sich Randolf um Mama und sie gekümmert. Wiebke hatte außer ihm keine weiteren Verwandten.

Während der ganzen Fahrt überlegte sie, wie sie ihn dazu überreden könnte, einem Wessi zu helfen. Er hasste den ehemaligen Klassenfeind bis heute. Je älter er wurde, desto sturer schien er in dieser Hinsicht zu werden.

Randolf Sollich war zu DDR-Zeiten nämlich Direktor eines VEB, eines Volkseigenen Betriebes, gewesen. Eine Position, die der eines Geschäftsführers im kapitalistischen Westen entsprach. Er hatte Privilegien, die er mit ihr und ihrer Mutter redlich teilte. Schließlich war er unverheiratet. Wegen der Leitung des Betriebes hatte Randolf sogar die Möglichkeit, regelmäßig in den Westen zu reisen. Immerhin nahm der Klassenfeind ihm fast die gesamte Produktion des Betriebes ab. Das war besser, als mit den anderen Comecon-Staaten Geschäfte zu machen. Die waren nämlich mindestens genauso pleite wie die DDR, und selbst ein überzeugter Sozialist wie Randolf Sollich nahm deshalb lieber die harte Westwährung, die Karstadt, Neckermann und andere für die Fahrradersatzteile, die sein Betrieb herstellte, bezahlten, als über einen unglaublich bürokratischen Weg den Wein, den die Ungarn für Fahrraddynamos lieferten, irgendwie gegen dringend benötigte Kupferdrähte zu tauschen.

Zunächst liebte und bewunderte sie ihn bedingungslos, aber mit zunehmendem Alter hatte Wiebke die Risse in der glänzenden Fassade des treu sorgenden Onkels wahrgenommen.

Wieso ging es ihm und damit ihnen so viel besser als fast allen anderen, die unter dem DDR-Regime litten? Wiebke ahnte, dass Randolf dafür einen hohen Preis zahlen musste. Warum ließen sie ihn in den Westen reisen? Alle anderen, die sie kannte und die das durften, waren ziemliche Arschlöcher. Gehörte er auch zu den Bonzen, die keinen Grund hatten, »rüberzumachen«, wie man damals so schön sagte?

Und warum er unverheiratet geblieben war, war und blieb ein streng gehütetes Familiengeheimnis. Er hatte über Jahre immer wieder diese Christine dabeigehabt. Doch warum hatte er sie nie geheiratet?

Nach alldem hatte Wiebke ihn nie gefragt. Sich nie zu fragen getraut.

In den stürmischen Tagen im November 1989, als in einem historischen Orkan ein ganzer Staat vom eigenen Volke dem Untergang geweiht wurde, in ebenjenen Tagen hatte Wiebke ihrem Onkel das Leben gerettet. Sie hatte ihm nie die Begleitumstände geschildert. Das, fand sie, war nicht nötig.

»Das vergesse ich dir nie«, hatte er damals gesagt. »Ich hoffe, ich kann es wiedergutmachen. Irgendwann.«

Heute konnte er. Aber er würde nicht wollen. Das wusste sie. Es würde ein hartes Stück Arbeit werden, ihn zu überzeugen.

Randolf schnitt gerade die Rosen in seiner inzwischen zu einem stattlichen Wohnhaus umgebauten ehemaligen Datsche. Sein Altersruhesitz. Seit acht Jahren genoss er die großzügige Altersrente, die ihm der früher so verhasste kapitalistische Westen gewährte.

»Schön, dass du so mitten in der Woche vorbeischaust«, sagte Randolf und umarmte Wiebke zur Begrüßung. »Komm doch rein.«

Wiebke folgte ihm in das Haus, dessen Wohnfläche etwa einer durchschnittlich großen Drei-Zimmer-Wohnung entsprach, jedoch auf einem riesigen, fast tausendfünfhundert Quadratmeter umfassenden Grundstück lag und deswegen irgendwie herrschaftlich wirkte. Oder kam es Wiebke nur so vor?

»Was gibt es denn Dringendes?«, fragte Randolf teilnahmsvoll, nachdem sie sich gesetzt hatten, und öffnete einen Wein aus der Dresdner Gegend.

»Ich muss den Gefallen von 1989, den du mir versprochen hast, einlösen«, sagte sie ohne Umschweife, als sie im Haus waren.

»So dramatisch?«

»Ja, so dramatisch. Ich weiß nicht, an wen ich mich sonst wenden soll.«

»Worum geht es denn?« Randolf lehnte sich zurück und spitzte die Ohren.

Geradeheraus erzählte ihm Wiebke von Günter, seinem Problem und ihrem Plan. Er ließ sie zu Ende reden. Doch ihre Bitte lehnte er am Ende kategorisch ab.

»Ausgeschlossen«, sagte er. »Ich helfe keinem Wessi. Du kennst doch den Unterschied zwischen einem Kuhschwanz und dem Schlips eines Wessis?«

»Ach, lass doch diese dämlichen Witze, die sind doch längst passé.«

»Der Kuhschwanz bedeckt das Arschloch ganz«, beendete Randolf ungerührt seinen Scherz.

»Onkelchen, bitte«, sagte Wiebke zärtlich. Sie blickte ihn mit großen, flehenden Augen an. Doch was sonst immer geholfen hatte, verpuffte hier wirkungslos.

»Nein, nein und nochmals nein!«

So würde es nicht funktionieren.

Wiebke änderte ihre Strategie. »Was wäre wohl aus dir geworden, wenn ich am 10. November 1989 nicht so blitzschnell geschaltet hätte?«, fragte sie und schaute ihren Onkel aus nun gefährlich blitzenden Augen an.

Randolf wurde nachdenklich. Er hatte damals die Situation wie viele der Mächtigen falsch eingeschätzt. Er war in den Urlaub gefahren. Nach Bulgarien, wie so oft. Die Wucht der Ereignisse hatte ihn genauso überrascht wie so manchen seiner Weggenossen. Und sie hätte ihn mit ihnen hinweggefegt.

»Gevierteilt hätten sie dich. Deine Rente wäre beim Teufel. Du wärst die Zielscheibe des Hasses geworden. Und dein Scheiß-Staat hätte nichts mehr für dich tun können.«

»Das war kein Scheiß-Staat. Das war unser Arbeiter- und Bauernstaat. Alle Produktionsmittel waren in der Hand des Volkes. Nicht in der Hand einiger weniger Privilegierter.«

»Das Volk scheißt aber darauf, dass es stolzer Besitzer der Produktionsmittel ist, wenn es nicht genug zu fressen gibt und in den Wohnungen der Schimmel grassiert.«

»Wiebke!«, rief er sie zur Räson. Doch sie raste vor Wut über seine Engstirnigkeit.

»Nicht Wiebke!«, brüllte sie. »Du trauerst der DDR doch nur

hinterher, weil du einer der wenigen Bonzen warst, die vom System profitierten. Du hast als einer von wenigen was verloren. Und bist deswegen verbittert. Das kann ich vielleicht sogar verstehen. Aber mir haben diese von dir so verhassten Wessis geholfen. Als ich wie ein Neandertaler mit unserer Urwaldtechnik auf einmal Verbrecher jagen musste, die schon in der Neuzeit angekommen waren. Mir hat ein Wessi geholfen, der nicht die Fehler nach oben gemeldet hat. Der nicht Verräter war.«

Der letzte Satz ließ ihn erblassen. »Woher weißt du, dass ich Verräter war?«, fragte er.

»Wenigstens gibst du es jetzt zu. Ich hab alles gelesen. Über alle, die du damals verraten hast. Alle diese armen Schweine, die dank deiner Denunziation für Jahre nach Bautzen oder wer weiß wohin mussten, nur weil sie mal einen blöden Witz über den Scheiß-Staat gerissen hatten, in dem sie lebten. Ich habe deine Akte nicht, wie ich dir erzählt habe, im Archiv der Stasi einfach verbrannt. Ich habe sie aus dem Stasi-Bunker geschmuggelt, gelesen und schließlich bei mir zu Hause zusammen mit der schwefelhaltigen Braunkohle in den Rostocker Himmel geblasen.«

»Wie hast du sie aus dem Archiv herausgeschmuggelt?«, fragte Randolf unsicher. Solche Archive waren bekanntlich keine öffentlichen Bibliotheken, aus denen man mal ein Buch mitgehen lassen konnte.

»Ich habe mich vom Wachleutnant ficken lassen«, schrie sie unter Tränen. »Ich habe meinen nackten Arsch auf die billigen Leimholzplatten unserer volkseigenen Schreibtische gesetzt und mich von diesem widerlichen Bonzen durchvögeln lassen. Dabei hatte ich Glück, dass ich mir keine Holzsplinte in den Hintern gezogen habe. So, jetzt weißt du es!«

Randolf war in sich zusammengesunken. Jetzt stand er auf und nahm Wiebke in den Arm. »Das hast du getan?«, fragte er.

»Ja«, schluchzte sie.

»Für mich?«

»Ja, für dich.«

»Und du weißt alles über mich?«

»Alles. Seit zwanzig Jahren.«

»Jede Schweinerei?«

»Jedenfalls alle, die deine netten Kollegen zusammengetragen hatten. Es waren mehr als genug. Und jetzt hör bloß auf mit deiner verklärten Ostalgie und hilf mir!«

»Was ist denn an diesem W…, also an diesem Günter dran, dass du Kopf und Kragen riskierst, um ihm seinen Hintern zu retten?«

»Er würde das auch für mich tun.«

»Du liebst ihn also.«

»Nein, ich liebe Thomas Schulte und werde ihn heiraten. Aber man kann doch auch einen Freund haben, ohne mit ihm zu schlafen, oder?«

»Sicher kann man das«, sagte Randolf. Der Ton, in dem er es aussprach, nährte bei ihr den Verdacht, dass das letzte Wort in dieser Angelegenheit noch nicht gesprochen war. Dann endlich sprach er den erlösenden Satz: »Ich mache das, was du von mir verlangst.«

»Danke, Onkel.«

»Nein, sag nicht Danke. Du hast was für mich getan, was du nicht tun wolltest. Also ist es nur fair, dass ich etwas für dich tue, was ich nicht tun will. Das ist alles.« Randolfs Miene hellte sich auf. »Weißt du, was das Witzige dabei ist?«

»Was?«, fragte Wiebke, die sich mühsam wieder beruhigte.

»Dass ausgerechnet ein Apparatschik einem Wessi den Arsch retten soll. Das verschafft mir eine gewisse Befriedigung.«

»Onkel!«

»Ist ja gut!«

Nachdenklich nahm Randolf einen Schluck Wein. Er fixierte Wiebke und fragte: »Sag mal. Wenn du alles weißt, wie du sagst – und ich glaube dir das –, warum verachtest du mich nicht?«

»Das habe ich in der Tat eine Zeit lang getan«, sagte sie.

»Und warum jetzt nicht mehr?«

»Weil nicht jeder die Kraft hat, sich aufzulehnen. Und selbst die großen Widerstandskämpfer haben lange mitgespielt, um in die Position zu gelangen, Widerstand effektiv leisten zu können.«

»Hmmm«, brummte Randolf.

»Nehmen wir mal einen anderen Unrechtsstaat auf deutschem Boden.«

»Jetzt sag nicht Nazi-Deutschland! Das war etwas ganz anderes.«

»Hör doch erst mal zu! Jedes Jahr am 20. Juli feiern wir, dass ein gewisser von Stauffenberg ein Attentat auf Hitler versucht hat.«

»Und was hat das mit mir zu tun?«

»Wenn der nicht lange genug, ob aus Überzeugung oder nicht, ›Heil Hitler‹ gebrüllt hätte, hätte Hitler ihn wohl kaum so nahe an sich herangelassen. Aber irgendwann hat er gewusst, dass das System scheiße war und man etwas dagegen tun muss.«

»Ich habe diese Erkenntnis nie gehabt.«

»Nicht jeder ist zum Helden geboren, Onkelchen.«

Er nahm sie in den Arm. Er drückte sie. Dann flüsterte er ihr ins Ohr: »Danke. Auch für dein Verständnis. Vielleicht war ich einfach nur schwach.«

»Ich liebe schwache Menschen. Und ich liebe dich. Aber jetzt ist Zahltag!«

»Wenn ich gewusst hätte, was heute auf mich zukommt, wäre ich wohl besser wieder einmal nach Bulgarien gefahren.«

»Nein, es ist gut, dass es jetzt raus ist.«

»Auch wieder wahr.«

Sie saßen eine ganze Weile schweigend beisammen.

»Sag mal, Onkel, warum hast du nie geheiratet?« Wiebke fand, dass nun auch dieses Familiengeheimnis gelüftet werden konnte.

»Stand das nicht in meiner Akte?«

»Nein.«

Randolf trank sein Glas leer. Sie bemerkte seine Unsicherheit.

»Ich habe nie die Richtige gefunden«, sagte er ausweichend.

»Was ist mit Christine, die über Jahre immer dabei war, wenn wir was unternahmen?«

Randolf schluckte schwer. »Ich bin schwul, Wiebke«, sagte er dann.

»Wie, schwul? Du stehst auf Männer? Du? Du bist doch gar nicht der Typ dafür.«

»Wiebke. Nicht alle Schwulen sind Tunten mit piepsiger Stimme. Ich bin ein harter Junge. Im Job und im Privatleben. Aber ich bin auch so warm, dass man auf meinem Hintern Toastbrot rösten könnte. Ich wundere mich, dass die Jungs von der Stasi das nie bemerkt haben. Waren wohl doch nicht so perfekt, wie sie sich immer gaben.« Nach einer kurzen Pause fügte er mit einem fast verklärten Gesichtsausdruck hinzu: »Oder ich war besser als die!«

»Und was war mit Christine?«

»Wir haben uns gegenseitig gedeckt. Sie war lesbisch, ich schwul. Wir konnten das nicht offiziell zugeben. Also haben wir uns gegenseitig als Partner vorgestellt, wenn es nötig war.«

»Onkel, jetzt bist du doch noch ein Held geworden«, sagte Wiebke und fiel ihm um den Hals.

»Warum?«

»Weil du ehrlich zu mir warst, obwohl du hättest lügen können. Ich liebe nicht nur schwache, sondern vor allem ehrliche und aufrichtige Menschen, auch wenn es Jahrzehnte dauert.«

»Dann packe ich also die Rosenschere beiseite und tue endlich mal wieder was Vernünftiges.«

»Dich scheint die Sache zu reizen.«

»Ganz ehrlich, Wiebke«, sagte Randolf. »Das Leben eines Rentners ist unglaublich öde und langweilig.«

Sie verabschiedeten sich voneinander, und Wiebke fuhr wieder ins Kommissariat. Viel Zeit hatte er nicht, ihr Onkel. Der Jüngste war er mit seinen vierundsiebzig Jahren ganz gewiss nicht mehr, und das letzte Mal, dass seine Fähigkeiten gebraucht worden waren, war auch schon zwei Jahrzehnte her. Wiebke machte sich Sorgen, aber der Plan war ohne jede Alternative.

3

Das Wochenende dient doch der Entspannung, dachte sie muffig, während sie eine Vase in Zeitungspapier wickelte und zu anderem Krimskrams in einen Umzugskarton packte. Entspannt fühlte sie sich aber gerade nicht.

Sie konnte es drehen und wenden, wie sie wollte. Der Tag rückte unerbittlich näher. Der Tag, an dem sie zu ihrem Verlobten ziehen sollte.

Nach einer arbeitsintensiven Woche hatte Wiebke gestern gemeinsam mit Thomas auf dessen Boot gefaulenzt, aber der Sonntag war für die Umzugsvorbereitungen reserviert.

Ihre Wohnung hatte schon alles Gemütliche verloren. Überall standen Kartons herum, auf denen »Küche«, »Wohnzimmer«, »Bad« oder »Büro« stand, damit sie hinterher auch alles wiederfinden würde. Hoffentlich.

Der Umzug machte ihr deutlich, dass ein ganzer Lebensabschnitt endete. Mit jedem Handgriff beendete sie ihr altes und bereitete ihr neues Leben vor.

»Wo ist denn Thomas?«, fragte Günter, der ihr selbstverständlich half. Es war so selbstverständlich, dass sie sogar vergessen hatte, sein Angebot zunächst höflicherweise abzulehnen.

»Der ist mit seinem Bruder segeln. Jedenfalls tun sie das, was er unter Segeln versteht.«

»Was versteht er denn darunter?«, fragte Günter.

»Ach«, meinte Wiebke lächelnd. »Da hat er eine Macke. Er fährt immer unter Motor drei Meilen nach Norden, dann drei nach Osten, drei nach Süden und wieder drei nach Westen. Wenn er dann den Hafen sieht, freut er sich wie ein Kind.«

»Jedem Tierchen sein Pläsierchen«, bemerkte Günter. Wiebke spürte förmlich den Sarkasmus. Dann sagte er: »Ich helfe dir gerne, das weißt du. Nur ihn verstehe ich nicht. Seine Verlobte packt ihre Sachen, um bei ihm einzuziehen, und er zieht es vor, mit seinem Bruder segeln zu gehen.«

»Ehrlich gesagt, wollte ich ihn nicht dabeihaben«, sagte sie leise.

»Warum nicht?«

Sie druckste etwas herum. Dann sagte sie: »Das hat zwei Gründe. Erstens ist Thomas so ordentlich, dass wir uns dabei garantiert in die Wolle kriegen würden. Und zweitens …«

»Was, zweitens?«

»Zweitens wollte ich in Ruhe Abschied nehmen.«

»Abschied? Wovon?«

»Günter«, sagte sie mit feuchten Augen. »Ich habe noch nie mit einem Mann zusammengelebt. Ich hatte immer meine eigene Wohnung. Mein Refugium, in dem es aussehen konnte, wie ich es wollte. Wem es passte, der kam vorbei und war willkommen. Alle anderen konnten mit ihren Hintern auch gerne zu Hause bleiben. Ich musste auf niemanden Rücksicht nehmen. Ich konnte mit Chips krümeln, wie ich wollte. Ich konnte meine Spülmaschine erst dann anstellen, wenn ich der Meinung war, dass der Geruch unerträglich geworden war. Ich konnte meine Wäsche in der Badewanne zwischenlagern, bis ich alle paar Wochen einmal Lust auf eine Bügel-Session hatte. Ich konnte …« Ihr fehlten auf einmal die richtigen Worte.

»… tun, was du willst«, half ihr Günter.

»Genau«, sagte Wiebke.

»Das kann ich nachvollziehen. Mir würde es genauso gehen«, erwiderte er, während er begann, das weiße Billy-Regal von Ikea um Wiebkes Taschenbücher zu erleichtern und sie in eine mit »Literatur« gekennzeichnete Kiste zu packen.

»Günter?«, fragte Wiebke drucksend, die gerade Minka streichelte und kraulte. »Ich habe eine große Bitte.«

»Ich weiß«, sagte Günter. »Ich soll Minka in Pflege nehmen. Ich habe mich schon gefragt, wie dieser Sauberkeitsfanatiker Thomas mit einem Haustier zurechtkommen würde. Natürlich nehme ich sie. Ich passe gut auf sie auf.«

Als ob die Katze alles genau verstanden hätte, wandte sie sich von ihr ab, ging zu Günter und schnurrte ihn an. Dann ließ sie sich auch von ihm liebkosen.

»Danke«, sagte Wiebke, die einen Stich in ihrem Herzen fühlte und glänzende, feuchte Augen bekam. »Danke.«

***

»Und du bist dir sicher, dass du das willst?«, fragte Daniel, als Thomas gerade am Steuer drehte, um den Kurs von bisher dreihundertsechzig Grad magnetisch Nord auf neunzig Grad magnetisch Ost zu verändern. Mit anderen Worten: Thomas versuchte gerade, möglichst rechtwinklig zu wenden. Schließlich sollte das Garmin GPS auch heute wieder ein perfektes Quadrat auswerfen.

Das war Thomas' Art, mit dem Boot zu fahren. Andere mochten das für verrückt halten. Ihn beruhigte es.

»Natürlich, Daniel«, erwiderte Thomas. Als der Kurs anlag, überließ er dem Autopiloten die weitere Steuerung der Jacht. »Zweifelst du daran?«

»Ich zweifle nicht. Ich frage mich, ob du zweifelst.«

»Hör mal, sie ist eine tolle Frau.«

»Ich habe sie nie kennengelernt. Bislang.«

»Sie hat ein Problem mit dir«, sagte Thomas vorsichtig.

»So? Was hat sie denn?«

»Du weißt schon. Die Sache mit unseren Eltern.«

»Das hast du ihr erzählt? Warum?«

»Was sollte ich machen? Ehrlichkeit gehört zu einer Beziehung dazu.«

»Mag sein. Bist du denn auch wirklich überzeugt, dass sie immer ehrlich zu dir ist?«

»Natürlich«, sagte Thomas wie aus der Pistole geschossen.

»Das kam zu schnell«, warf Daniel ein.

»Na ja«, gab Thomas zu. »Da ist die Sache mit dem Körperlichen. Du weißt, dass Sex für mich eher unwichtig ist. Eigentlich stößt er mich sogar ab. Diese nassen Unterleiber. Dieses Gestöhne und Gequieke. Aber sie scheint es zu mögen. Weißt du, was sie vor zwei Wochen versucht hat?«

»Nein, erzähl!«

»Wir lagen bei mir im Bett. Sie fing an, mich … Also, sie fasste mein Geschlechtsteil an. Und dabei wanderte ihr Mund über meine Brust immer tiefer.«

»Immer tiefer?«

»Ja. Sie hat doch tatsächlich versucht, meinen Penis in ihren Mund zu nehmen.«

»Was du hoffentlich verhindern konntest!«

»Natürlich, ich bin doch nicht pervers.«

»Hat sie was dazu gesagt?«

»Nein. Aber ich hatte den Eindruck, dass sie traurig war.«

»Denk an unsere Eltern. Papa war ein perverser Widerling, der mich missbraucht hat. Mama hat dazu nie etwas gesagt.«

»Das stimmt.«

»Siehst du? Frauen tun immer das, was ihre Männer von ihnen verlangen. Wahrscheinlich dachte deine Freundin –«

»Verlobte, Daniel, sie ist meine Verlobte.«

»Meinetwegen, deine Verlobte. Wahrscheinlich dachte sie, sie müsste das bei dir tun, weil sie es immer bei den anderen Männern tun musste. Wahrscheinlich ist sie sogar heilfroh, dass du das nicht willst.«

»Das glaube ich auch, Daniel.«

Es wurde Zeit, den Kurs von neunzig Grad Ost auf hundertachtzig Grad Süd zu korrigieren. Für eine Weile war Thomas vollauf mit der Navigation beschäftigt.

Nachdem die Wende vollzogen war, fragte Daniel: »Sag mal, wie geht es eigentlich diesem Hauptkommissar? Wie hieß er noch gleich?«

»Wolfgang. Wolfgang Franke.«

»Genau der. Wie geht es ihm?«

»Daniel. Darüber kann ich dir wirklich nichts sagen. Er ist mein Freund und er ist mein Patient. Da muss ich diskret sein.«

»Komm schon, ich bin dein Bruder.«

Thomas überlegte kurz. Es täte ihm schon gut, Wolfgangs Geschichte zu erzählen. Auch wenn er es nie offen zugeben würde: Hin und wieder belastete ihn sein Beruf. Aber die ärztliche Schweigepflicht war für ihn doch eine absolute Grenze. Dann fiel es ihm wie Schuppen von den Augen. Er brauchte einen Vertrauten. Selbst er brauchte einen Menschen, dem er alles erzählen konnte. Alles, und sei es noch so geheim, noch so persönlich und noch so verschworen. Der Partner konnte es nicht allein sein. Denn wem erzählte man sonst von Problemen mit dem Partner? Außerdem würde Daniel bald wieder auf großer Fahrt über die Weltmeere reisen.

»Wolfgang ist in ganz großen Schwierigkeiten«, sagte Thomas. »Der Typ, der seine Tochter auf dem Gewissen hat, ist damals nicht untergetaucht, wie wir vermuteten, sondern wurde lebendig begraben.«

»Wirklich?«

»Ja, und daran ist er gestorben.«

»Er hat es verdient«, sagte Daniel mit einer unüberhörbaren Genugtuung in der Stimme.

»Daniel. Kein Mensch hat den Tod verdient.«

»Doch. Denk an Mama und Papa. Die hatten den Tod ganz sicher verdient.«

Thomas sah ein, dass eine Diskussion über diese Frage angesichts ihrer gemeinsamen Erfahrungen sinnlos war.

»Jedenfalls ist die Leiche vor Kurzem gefunden worden, und da Wolfgang wegen Lydia ein Motiv hat, ist er verdächtig und deshalb vom Dienst suspendiert.«

»Wie lange?«

»Vermutlich bis zu dem Tag, an dem man den wahren Täter gefunden hat.«

»Du glaubst also nicht, dass er seine Tochter gerächt hat?«

»Daniel, jetzt verlangst du wirklich viel von mir. So weit bin ich noch nicht.«

»Wie lange willst du denn noch warten?«

»Wie meinst du das?«

»Nun, du als Psychiater hast doch Mittel und Wege ...«

»Sicher hätte ich die. Aber die sind illegal.«

»Das kann ich als einfacher Seemann nicht beurteilen. Aber wenn er es war, muss es ans Tageslicht.«

»Da hast du recht.«

»Ich weiß. Und nur deine Skrupel verhindern, dass er endlich Fortschritte macht.«

»Lass mich darüber nachdenken, Daniel.«

»In Ordnung.«

Nun war es Zeit, den Südkurs durch eine scharfe Kurve Richtung Westen zu korrigieren. Die Bavaria-Jacht gehorchte perfekt. Der Schiffsdieselmotor trieb das Boot exakt neunzig Grad magnetisch West.

Als die Arbeit am Steuerrad erledigt war, traute sich Daniel wieder zu reden. »Liegt sonst noch was an, Bruderherz? Du weißt, wir lichten demnächst wieder Anker. Dann kannst du – außer übers Telefon – wieder lange Zeit nicht mit mir reden.

»Ja«, gab Thomas zu. »Da ist noch was.«

»Was denn?«

»Wiebke und Wolfgang sind bekanntlich Polizisten. Die Fälle, die sie in der Mordkommission zu bearbeiten haben, gehen mir manchmal ziemlich an die Nieren.«

»Nun erleichtere doch endlich deine Seele. Worum geht es?«

»Wolfgang hat es mir erzählt. Wie üblich im totalen Suff. Beide, also Wiebke und Wolfgang, hatten vor der ganzen Geschichte mit Lydia einen schlimmen Fall. Sie mussten zu einem toten Kind. Keine elf Jahre alt. Die Eltern haben das arme Gör über Jahre eingepfercht, geschlagen und gequält. Es musste angekettet in seinen Exkrementen sitzen wie ein Stück Vieh. Selbst eine Henne in einer Legebatterie wäre sich des Zuspruchs aller Weltverbesserer sicher gewesen. Nicht jedoch dieses Mädchen. Niemand hat sich für sie interessiert. Und es kommt noch schlimmer. Der Vater hat – so die Vermutung der Polizei – den Lichtschalter im Kinderzimmer manipuliert. Wenn die Kleine ihn angefasst hätte, hätte sie einen tödlichen Stromschlag erlitten.«

»Wieso hätte? Ich denke, das Kind ist tot.«

»Ja, aber sie ist ganz profan verhungert.«

»Niemand hat geholfen?«, fragte Daniel sichtlich betroffen.

»Natürlich hat es Hinweise gegeben«, sagte Thomas. »Aber weder das Jugendamt noch das Vormundschaftsgericht und weiß der Geier wer sonst noch davon gehört hatte, haben die Warnsignale der Nachbarn ernst genug genommen. Schließlich ist das arme Kind jämmerlich verreckt. Weißt du, was sie in ihrem Magen fanden, als sie die Kleine obduzierten?«

»Nein, woher denn?«

»Ihre eigenen Haare«, sagte Thomas voller Abscheu. »Sie hat ihre eigenen Haare gegessen. So sehr hat sie gehungert.«

»Und was passiert jetzt mit den Erzeugern?« Daniel vermied bewusst den Begriff »Eltern«. Solche Menschen hatten ihre Kinder nur gezeugt. Eltern waren sie damit noch lange nicht.

»Das ist es ja, was Wolfgang bis heute so aufregt. Die Mutter gab dem Vater die Schuld. Der Vater sagte, dass die Mutter völlig desinteressiert an ihrem Kind war. Schwere Beweislage. Nicht einmal Haftbefehle sind erlassen worden. Wolfgang wurde fast wahnsinnig, als er mir das erzählte. Er und Wiebke haben den Fall dem Staatsanwalt übergeben, der hat Anklage erhoben, und der Prozess begann. So ein schmieriger Anwalt hat es dann so hingebogen, dass die beiden mit zwei Jahren auf Bewährung davonkamen. Du glaubst es nicht. Da laufen jetzt zwei Menschen frei herum, die ihr eigenes Kind inmitten des Überflusses an Lebensmitteln haben verhungern lassen.«

»Den Vater würde ich an vier Pferde binden«, sagte Daniel versonnen. »Je eins an die Arme und die Beine. Dann würde ich laut ›Hü‹ rufen und mich daran ergötzen, wie sein Körper in Einzelteile zerrissen wird. Und die Mutter –«

»Daniel«, rief Thomas angewidert. »Hör auf! Manchmal verstehe ich Wiebke, dass sie sich standhaft weigert, mit dir zusammenzutreffen. Deine Phantasie ist ja furchterregend!« Thomas beschlichen leise Zweifel, ob es wirklich richtig war, Daniel solche Dinge zu erzählen.

»Es ist doch nur Phantasie, Bruderherz.«

»Gott sei Dank!«

»Und das verleitet deinen Wolfgang zum Saufen?«

»Unter anderem«, sagte Thomas gedehnt.

»Ich verstehe ihn. Ich weiß schon, warum ich mich auf die christliche Seefahrt konzentriert habe. Keine Menschen. Kein Unglück.«

»Manchmal beneide ich dich, Daniel.«

»Ich weiß, Thomas. Ich weiß.«

Sie lagen wieder quer zum Rostocker Hafen. Thomas leitete das Anlegemanöver ein.

»Thomas?«

»Ja, Daniel?«

»Kann ich ein paar Tage im Bootshaus bleiben?«

»Was für eine Frage, natürlich!«

»Seit du Wiebke hast, die mich ablehnt, wie du sagst, ist das alles andere als selbstverständlich.«

»Blut ist dicker als Wasser. Denk immer daran, Brüderchen.«

Sie legten an. Daniel ging mit der Gewissheit von Bord, dass sein Bruder zu ihm stand. Thomas tat es gut, jemanden zu haben, dem er jederzeit sein Herz ausschütten durfte.

***

Seit Tagen ärgerte er sich. Er, Johannes Kleinert, hatte hunderttausend Euro in bar in einen Mülleimer an der Plauer Straße gesteckt und war einfach gegangen. Weil ein kleiner Staatsanwalt das so wollte. Hatte er den Verstand verloren?

Wer wusste denn, ob sich Günter das Geld nicht einfach unter den Nagel reißen würde? Quittungen oder Zeugen hatte er nicht. Doch dann beruhigte er sich: Die Summe war zwar beträchtlich, aber dann doch wieder zu wenig, um sich damit irgendwo auf der Welt eine neue Existenz aufbauen zu können.

Außerdem müsste man dazu, wie er selbst, über ein paar schwarze Konten verfügen. Die hatte Günter sicher nicht. Womit hätte er sie denn auch füllen sollen?

Es war Mittwoch, sieben Uhr dreißig. Wie jeden Morgen um diese Zeit fuhr Kleinert zu seinem Güstrower Büro. Auch wenn in wenigen Tagen sein Immobilienimperium implodieren würde, musste er bis dahin die Show aufrechterhalten. Schon allein, um keinen Verdacht aufkommen zu lassen.

Er fuhr die Hageböcker Straße hinauf in Richtung Markt und öffnete per Funk bereits das Tor, hinter dem sein Privatparkplatz war. Ihm fielen die verdächtig vielen Fahrzeuge auf, die trotz des Parkverbots am Straßenrand standen. Die typischen Mittelklassefahrzeuge in unauffälliger Lackierung, die von der Zivilpolizei gefahren wurden. Außerdem ein paar Einsatzwagen. Und ein Transporter, der da eigentlich nicht hingehörte.

Gut, dachte er, jetzt nur nicht nervös werden.

Er ging die Treppe zu den Büros hinauf. Früher hatte er im Erdgeschoss ein Maklerbüro betrieben. Aber als Bauträger war er auf Publikumsverkehr nicht mehr angewiesen, und deswegen hatte er das Ladenlokal an ein Reisebüro vermietet.

Völlig aufgelöst versuchte Carmen Kohl, Kleinerts persönliche Assistentin, die wegen der zufälligen Namensgleichheit mit dem ehemaligen Regierungschef bis heute in der Firma »Kanzlerin« genannt wurde, den Trupp der offensichtlich tatendurstigen Beamten aufzuhalten.

»Dazu haben Sie kein Recht«, fauchte sie die verantwortliche Polizistin an.

»Doch, das habe ich«, sagte diese ruhig. »Hier sehen Sie den Durchsuchungsbeschluss des Amtsgerichts Rostock vom gestrigen Tage. Wegen des Verdachts der Insolvenzverschleppung, des Betruges und weiterer Straftaten wird die Durchsuchung der Geschäftsräume der ›JKM Immobilienholding GmbH & Co KG‹, deren Tochtergesellschaften, namentlich die ›JKM Investment GmbH‹, ›JKM Immobilienplanung GmbH‹, ›JKM Immobilien-Consult GmbH‹ und so weiter, sowie der Privaträume des Johannes Kleinert, wohnhaft … wissen Sie was, gute Frau: Lesen Sie's doch selbst!«

Zitternd nahm Carmen Kohl den grauen Recyclingpapierbescheid in die Hand. Sie war sichtlich erleichtert, als sie ihren Chef bemerkte.

»Jo«, sagte sie atemlos. »Die wollen hier alles auf den Kopf stellen. Was ist denn eigentlich los?«

»Das wird sich alles klären, Carmen.« Mit jahrelang trainierter Leutseligkeit klopfte er ihr auf die Schulter. Dann wandte er sich mit einem charmanten Lächeln dem unerwarteten Besuch zu. »Mit wem habe ich das Vergnügen?«

Wiebke zückte ihren Ausweis. »Kommissarin Wiebke Sollich von der Kripo Rostock«, sagte sie und hielt ihn hoch.

»Nicht doch«, wehrte er ab. »Sie werden sich doch wohl kaum diese Mühe machen, wenn Sie nicht autorisiert sind.«

Autorisiert war Wiebke schon. Aber eigentlich nicht zuständig. Zielkow hatte diesen Einsatz außerhalb ihres eigentlichen Zuständigkeitsbereiches auf Bitten des Generals genehmigt. »Ausnahmsweise«, wie er betonte. »Ausnahmsweise.« Eine Bitte des Generalstaatsanwalts wagte nicht einmal Zielkow auszuschlagen.

»Lassen Sie uns in mein Büro gehen und allein miteinander sprechen.«

Wiebke folgte ihm. Sie ahnte, was kommen würde. Schließlich hatte sie sich das hier alles ausgedacht. Sie verspürte eine diebische Vorfreude.

In Kleinerts Büro nahm sie Platz, lehnte, wie in solchen Situationen üblich, die angebotenen Erfrischungen ab und kam zur Sache.

»Die Polizei und die Staatsanwaltschaft ermitteln gegen Sie und Ihre Firmengruppe aufgrund eines anonymen Hinweises. Dieser Hinweis hat in den letzten Tagen derart viele Indizien für eine verschleppte Insolvenz, Hinterziehung von Steuern und Sozialversicherungsbeiträgen, Betrügereien und all den anderen unschönen Konsequenzen eines niedergehenden Geschäftes ergeben, dass der Richter diesen Durchsuchungsbeschluss unterzeichnete.«

»Und welcher Staatsanwalt führt die Ermittlungen?«, fragte Kleinert scheinheilig.

»Oberstaatsanwalt Günter Menn«, sagte Wiebke mit einem unschuldigen Augenaufschlag. »Sie werden ihn gleich kennenlernen, er ist auf dem Weg hierher. Oder kennen Sie ihn bereits?«

»Natürlich. Wir haben zusammen studiert.«

»Tatsächlich? Interessant. Ehrlichkeit ist in Ihrer Situation das Beste, was Sie tun können. Herr Menn hat nämlich von Ihrem Beeinflussungsversuch erzählt.«

»Er hat was?« Panik stand in Kleinerts Augen. Er hatte plötzlich Schweiß auf der Stirn, und sein Puls raste. »Das glaube ich nicht«, sagte er atemlos.

»Doch«, erwiderte Wiebke äußerlich ruhig und innerlich feixend. »Er hat mir erzählt, dass Sie ihm eine hübsche Stange Geld angeboten haben, damit er die Ermittlungen so gestaltet, dass Sie allenfalls mit dem berühmten blauen Auge davonkommen. Hunderttausend Euro, um genau zu sein.«

»Wissen Sie, dass Ihr Oberstaatsanwalt ein Arschloch und eine miese kleine Ratte ist?«

»Werden Sie mal nicht unverschämt«, regte sich Wiebke künstlich auf. »Oberstaatsanwalt Menn ist ein untadeliger Beamter.«

»Das werden wir ja sehen«, giftete Kleinert. Er stand auf und wollte seinen Tresor öffnen.

»Stopp!«, befahl Wiebke. »Sie fassen hier gar nichts mehr an.«

»Dann öffnen Sie doch den Tresor. Sie werden erstaunt sein, was Sie darin finden werden.«

»Ich werde jetzt erst einmal den Einsatzbefehl geben.«

»Tun Sie, was Sie nicht lassen können.«

Wiebke stand auf, ging zur Tür und brüllte laut auf den Gang hinaus: »Kollegen, es geht los.« Dann schloss sie die Tür wieder, blickte Kleinert tief in die Augen und sagte: »Sie dürfen jetzt die Kombination eingeben. Unter meiner Aufsicht.«

»Sehr wohl.« Er öffnete den Stahlschrank.

Wiebke blickte auf säuberlich nebeneinanderstehende Leitz-Ordner. »Und was soll ich hier finden?«

»Nehmen Sie den Ordner, der mit ›Günter‹ beschriftet ist.«

»Diesen Ordner hier?«, fragte sie unschuldig.

»Ja, genau den.«

Wiebke nahm den besagten Ordner heraus, setzte sich auf den Chefsessel und blätterte die Unterlagen durch.

»Na, da staunen Sie, oder, Frau Kommissarin?«, fragte Kleinert befriedigt. Zwar stand er ganz entgegen seiner Planung am Abgrund, aber er würde Günter mit sich hinabreißen und wenigstens nicht allein scheitern. Es gibt nichts Schlimmeres, als allein zu scheitern.

»Ich bin ja kein Jurist«, sagte Wiebke. »Aber der Inhalt dieses Ordners berührt mich jetzt nicht sonderlich.«

»Na, hören Sie mal«, sagte Kleinert aufgeregt. »Wissen Sie eigentlich, was das bedeutet, was da steht?«

»Was ich hier sehe, ist ein Vertrag aus dem Jahr 1990, mit dem Sie sich für den Gegenwert von dreitausendfünfhundert Mark verpflichten, für unseren heutigen Oberstaatsanwalt Günter Menn Hilfsmittel für die bevorstehenden Klausuren zum zweiten Staatsexamen zu erarbeiten. Außerdem gibt es vergilbte Kopien von mit einer alten Schreibmaschine geschriebenen Zetteln. Ich würde diese als Spickzettel bezeichnen. Das war's. Was ist daran, nach über zwanzig Jahren, so bedeutungsvoll?«

Kleinert wurde blass. Sein Mund war trocken. Er schwankte mehr zu der beweglichen Holzvertäfelung, als dass er ging, schob sie zur Seite und schenkte sich einen großen Cognac ein. Er stürzte ihn hinunter.

»Ich bin betrogen worden«, brachte er schließlich hervor.

»Wie darf ich das verstehen?«

»Der wahre Ordner ist vertauscht worden!«

»Das verstehe ich jetzt nicht wirklich«, sagte Wiebke. »Sie haben doch auf genau diesen Ordner gezeigt, als ich Sie fragte. Was soll denn vertauscht worden sein?«

»Der Ordner ist vielleicht echt. Aber der Inhalt nicht«, sagte er aufgeregt. »Es war ein ganz anderer Inhalt in dem Ordner.«

»Sie reden ziemlichen Stuss, Herr Kleinert, wenn ich das einmal so sagen darf. In diesem Ordner findet sich der Beweis, dass Sie für Oberstaatsanwalt Günter Menn Spickzettel vorbereitet haben. Das ist sicher nicht im Sinne der Prüfungsordnung. Aber ein

Verbrechen? Es findet sich keinerlei Beweis dafür, dass Herr Menn diese von Ihnen vermutlich zu seiner Zufriedenheit erstellten Spickzettel auch benutzt hat. Wenn Herr Menn clever ist, und davon ist auszugehen, wird er bestreiten, sie verwendet zu haben. Er wird vermutlich sagen, dass er Ihnen dreitausendfünfhundert Mark für Lernunterlagen gezahlt hat. Das haben Sie schließlich auch quittiert.«

Kleinert wollte sich gerade den bereits dritten doppelten Cognac genehmigen, hielt jedoch irritiert inne.

»Was für eine Quittung?«

»Kommen Sie mal her.«

Er ging um den Schreibtisch und sah seine Handschrift. Er musste das geschrieben haben. Ohne Frage. Doch er hatte es nicht getan, da war er sicher. Es war gespenstisch.

»Außerdem frage ich Sie«, fuhr Wiebke fort, »wie denn der Inhalt des Ordners ausgetauscht worden sein soll? Ich kann keinerlei Einbruchsspuren am Safe feststellen.«

»Aber ...«, stotterte Kleinert. »Äh, immerhin kann ich beweisen, dass der saubere Oberstaatsanwalt unlautere Mittel bei seinem zweiten Staatsexamen benutzt hat.«

Er hatte sein Jackett ausgezogen. Schweißflecken zeichneten sich auf seinem Hemd ab. Er wusste nur zu genau, dass dieser Vorwurf dünn war. Viel zu dünn, um eine ernsthafte Gefahr für Günter darzustellen. Aber es war der letzte Honig, den er aus der verdorrenden Blüte ziehen konnte.

»Jetzt hören Sie mal. Ich schlage vor, dass Sie mit den Kindereien aus längst vergangenen Tagen aufhören und wir uns mit Ihren wesentlich schwerwiegenderen Verfehlungen der Gegenwart beschäftigten, meinen Sie nicht auch?«

Schlagartig wurde ihm klar, dass Günter ihn ausgetrickst hatte. Nicht nur, dass er – der Teufel wusste, wie – an die Klausuren gekommen war. Er hatte ihm auch noch diese für ihn, Johannes, eher peinlichen Unterlagen untergeschummelt. Er hatte keine Ahnung, wie Günter das gemacht hatte. Nur eines war klar: Er hatte verloren.

Just in diesem Moment erschien Günter.

Das Lächeln eines Siegers hat eine ungeheure Faszination auf dessen Umgebung. Sie macht den Menschen, der es auf dem Gesicht trägt, attraktiv, sympathisch und überlegen.

Fand jedenfalls Wiebke.

Kleinert dagegen wurde rasend. Er ging auf Günter los, sprang ihm an die Gurgel und würgte ihn.

»Ich bringe dich um, du Ratte. Ich kille dich, du Arschloch.«

Günter rang nach Luft. Schließlich gelang es ihm, sich aus dem Griff zu lösen. Er rieb seinen Hals.

»Frau Sollich, ich bitte Sie, dieses Verhalten zu ignorieren«, sagte er völlig gelassen. »Das bin ich meinem alten Studienkollegen schuldig, einfach zu vergessen, dass er in nachvollziehbarer Erregung auf mich losgegangen ist. Ich will ihm nicht noch mehr Schwierigkeiten machen. Denn davon hat er wahrlich genug.«

»Womit willst du mir denn Schwierigkeiten machen, du unfähiger Dummkopf, der sich an das, was Jura bedeutet, wenn überhaupt, nur dunkel erinnern kann?«

Günter nahm die Beleidigung stoisch hin. »Ich bitte Sie, Frau Sollich, Herrn Kleinert festzunehmen.«

»Du willst was? Du willst mich festnehmen lassen? Warum denn das? Wo ist der Haftgrund?«

»Akute Verdunkelungs- und Fluchtgefahr. Paragraf 139 Absatz 1 Strafprozessordnung, wenn Sie sich jetzt bitte Ihrerseits dunkel erinnern wollen.«

»Was?« Mehr als dieses Wort brachte Kleinert nicht hervor. Er war baff.

»Als Sie versuchten, mich zu bestechen«, erläuterte Günter, »bin ich zum Schein darauf eingegangen. Während Sie das Geld besorgten und dann deponierten, wurden Sie auf Schritt und Tritt verfolgt. Die Fotos sind recht gut gelungen. Wenn Sie einmal einen Blick darauf werfen wollen?« Er öffnete seine Aktentasche und holte die in Serie geschossenen Fotos heraus. »Hier sieht man Sie, wie Sie in der Filiale der Volks- und Raiffeisenbank in der Sandstraße Ecke Pferdemarkt hunderttausend Euro von Ihrem Festgeldkonto abheben. Exakt einhunderttausend übrigens, wie uns Ihre Bank bestätigt hat. Danach haben Sie das Geld in Ihrem Auto in braunes Packpapier gewickelt und in den von mir genannten Papierkorb gesteckt. Alles wunderschön dokumentiert.«

Als ob er die Fotos des letzten Jahresurlaubes zeigen würde, reichte er dem sprachlosen Kleinert die Bilder eins nach dem anderen.

»Zwei Beamte der Rostocker Kriminalpolizei haben das Päckchen gesichert und dessen Inhalt gezählt. Es bleibt natürlich Ihr Geld, Herr Kleinert. Es ist nur beschlagnahmt, genauso wie wir Ihre sämtlichen Privat- und Geschäftskonten eingefroren haben.«

»Wieso?«, presste Kleinert heraus.

»Nun, Ihr Ansinnen, ich solle Sie aus der Sache herauspauken, war eine schwere Beleidigung meiner Berufsehre. Kein Angebot könnte mich jemals dazu bringen, dass ich meinen Job als Beamter aufs Spiel setze. Ich bin nämlich nicht bestechlich.«

Kleinert schaute Günter wie versteinert an. Ein schlechter, ein geradezu miserabler Jurist führte ihn gerade nach allen Regeln der Kunst vor. Er verlor auf der ganzen Linie.

»Ich wollte dich nicht kaufen, ich wollte dich erpressen, du Mistkerl.«

»Womit denn?«, fragte Günter scheinheilig.

»Du hast dir mit meiner Hilfe das zweite Examen erschlichen.«

»Das ist doch Quatsch. Zugegeben, Sie hatten versucht, mich mit dieser Spickzettelgeschichte einzuschüchtern. Aber ich habe mir nichts vorzuwerfen. Und der Generalstaatsanwalt hat sich köstlich darüber amüsiert. Wissen Sie, was er gesagt hat?«

»Nein«, sagte Kleinert leise.

»Er sagte, das sei der typische Fall eines untauglichen Versuchs mit untauglichen Mitteln am untauglichen Objekt. Außerdem, mein lieber Herr Kleinert – Sie werden verstehen, dass ich nunmehr beim Sie bleibe: Wenn Sie irgendetwas in der Hand gehabt hätten, wozu haben Sie mir dann noch hunderttausend Euro angeboten und nachweislich gezahlt? Das ist doch widersinnig.«

»Du brauchtest das Geld, um deinen Chef zu bestechen.«

»Ich warne Sie, Herr Kleinert. Wenn Sie mich beleidigen, dann kann ich das aus alter Freundschaft ignorieren. Aber den General für bestechlich zu halten und ferner zu behaupten, ich würde Geld annehmen, um ihn zu bestechen, macht die Sache für Sie nur noch schlimmer.«

»Du weißt, dass es stimmt. Du hast den Inhalt deiner Akte ausgetauscht.«

»Von welcher Akte redet er da eigentlich, Frau Sollich?« Er behandelte Kleinert wie einen kleinen, unmündigen Schuljungen.

»Der Beschuldigte ließ sich dahingehend ein«, begann sie im

wunderschön gestelzten Bürokratendeutsch, »dass er Unterlagen hätte, die beweisen würden, dass Sie beim zweiten Staatsexamen geschummelt haben. Herr Kleinert hat in meiner Anwesenheit den Safe geöffnet, den fraglichen Ordner herausgenommen und mir den Beweis dafür vorgelegt, dass er für dreitausendfünfhundert Mark Spickzettel für Sie geschrieben hat.«

»Haben Sie im Büro Einbruchsspuren gefunden?«

»Nein.«

»Sind am Safe irgendwelche Spuren unsachgemäßer Öffnung?«

»Nein.«

»Herr Kleinert, ich glaube, Sie sind nervlich etwas angespannt. Ich kenne da einen hervorragenden Psychiater. Ich gebe Ihnen gern seine Telefonnummer, wenn Sie wollen. Nur nützt die Ihnen die nächsten fünf bis sechs Jahre nichts. Er macht nämlich keine Hausbesuche im Knast. Und fünf bis sechs Jahre sind das Mindeste, was ich erreichen werde. Darauf können Sie, verzeihen Sie die Wortwahl, gepflegt einen lassen.«

»Herr Oberstaatsanwalt«, sagte Kleinert devot. »Kann ich ein paar Minuten allein mit Ihnen reden?«

Günter nickte Wiebke zu.

»Ich bleibe in der Nähe«, sagte sie und fügte an Kleinert gewandt hinzu: »Und Sie versuchen es gar nicht erst durchs Fenster. Ihr Grundstück ist hermetisch abgeriegelt.«

»Warum, Günter? Warum?«, fragte Kleinert, als sie allein waren.

»Ich weiß nicht, wovon du redest.«

»Warum vernichtest du mich?«

»Ich hätte dir möglicherweise im Rahmen des rechtlich Zulässigen geholfen, wenn du mich darum gebeten hättest. Das hätte dir das eine oder andere Jährchen erspart. Aber als du mich erpressen wolltest, da war für mich der Ofen aus. Wie du mir, so ich dir. Jetzt trifft dich die volle Härte des Gesetzes, verstärkt durch die Wucht, die ich dieser Waffe durch meine Erfahrung verleihen kann.«

Kleinert stand auf und starrte aus dem Fenster. Schräg gegenüber sah er die Kirche St. Marien, aber auch göttlicher Beistand würde ihm jetzt nicht mehr helfen. Sein Blick wanderte zur Skulptur des Archimedes. Doch es war nicht er, der erleichtert »Heureka« rufen konnte. Es war Günter. Langsam drehte Kleinert sich um und ließ seinen Blick durch sein Büro schweifen. Er nahm Abschied. Dann ging er wieder zur holzvertäfelten Wand und schob das Element beiseite, das die Bar verdeckte. »Du erlaubst?«, fragte er.

»Natürlich.«

Kleinert genoss den Weinbrand. Er sah Günter tief in die Augen. »Gratulation«, meinte er schließlich. »Ich habe dich unterschätzt. Ich habe mich überschätzt. Dein Sieg.« Er schenkte sich noch einmal nach, prostete Günter zu und trank.

Günter drehte sich wortlos um, öffnete die Tür und rief Wiebke herein.

»Frau Sollich«, sagte er mit einem unendlich zärtlichen Blick, der dem konsternierten Kleinert allerdings entging. »Bitte sorgen Sie für die Festnahme von Herrn Kleinert. Die hier sichergestellten Unterlagen bitte ich Sie in mein Büro bringen zu lassen.«

»Selbstverständlich, Herr Oberstaatsanwalt. Das mache ich doch gern.«

»Das Beste für Sie, Herr Kleinert, wäre ein Geständnis«, fügte er abschließend hinzu. »Aber ich empfehle Ihnen zunächst ein ausführliches Gespräch mit Ihrem Rechtsanwalt.« Er wandte sich zum Gehen.

»Sie denken an den Termin heute Abend?«, fragte Wiebke ihn, bevor er das Büro verließ.

»Selbstverständlich.«

***

Wiebke war schon bei Randolf in der Datsche, saß im Sessel der Sitzgruppe und umklammerte ihr Glas. Sie warteten auf Günter, dessen Berufsleben heute zum zweiten Mal begonnen hatte. Sie wollten diesen Sieg feiern. Einen Sieg, der ohne Randolf nicht möglich gewesen wäre.

Es klingelte. Randolf öffnete die Tür, Günter trat ein und nahm sichtlich erleichtert im zweiten Sessel Platz. Er stellte seine Tasche daneben und löste die Krawatte in einem befreienden Akt.

»Das waren die schlimmsten Tage meines Lebens. Und ich weiß, wovon ich spreche, immerhin habe ich fünfmal ein juristisches Staatsexamen gemacht.«

»Viermal, um genau zu sein«, warf Randolf ein. »Das fünfte Mal hätte Sie fast den Hals gekostet. Nach zwanzig Jahren und ein paar Monaten.«

»Eben. Und weil ich Ihnen, Herr Sollich, so unendlich viel verdanke, möchte ich Ihnen etwas schenken.«

Günter holte einen etwa zigarrenkistengroßen Würfel aus seinem Koffer und gab ihn Wiebkes Onkel.

Der schüttelte den Kopf. »Ich stand in Wiebkes Schuld, also habe ich Ihnen geholfen. Sie schulden mir nichts.«

»Nehmen Sie es«, sagte Günter fordernd. Wiebke nickte.

Randolf nahm den Kasten, entfernte vorsichtig das silberne Geschenkpapier und öffnete das Behältnis.

»Nein, unmöglich. Das nehme ich nicht an«, sagte er, konnte aber den Blick vom Inhalt kaum abwenden.

»Zeig mal«, verlangte Wiebke. Sie sah hinein und lächelte. Günter wusste, was Randolf wert war.

»Das ist eine Uhr von A. Lange, die Lange 31«, sagte Günter nicht ohne Stolz. »Nach allem, was Wiebke mir über Sie und Ihre Einstellungen erzählt hatte, ging ich davon aus, dass Sie eine Uhr aus deutscher, vornehmlich ostdeutscher Produktion bevorzugen würden. Ich hoffe, sie gefällt Ihnen.«

»Die ... die kostet doch mindestens ...«, stammelte Randolf.

»Sie haben mir das Leben gerettet. Ich will, dass Sie jeden Tag, wenn Sie die Uhrzeit ablesen, daran denken, dass es Wessis gibt, die wissen, wie man sich bedankt, selbst wenn ihnen ein dummer, rückständiger und reaktionärer Ossi helfen musste.«

Randolf lächelte. »Du bist ein Arschloch. Genau so ein Arschloch, wie ich sie mag. Ich heiße übrigens Randolf.«

»Ich bin Günter.«

Randolf stand auf und holte aus einer Schublade in der Küche die Unterlagen, die fast Günters Karriere vernichtet hätten. Oder seinen Charakter, wenn er das getan hätte, was Johannes Kleinert von ihm verlangt hatte.

Günter blickte auf die verblasste Tinte der alten Klausuren.

Er nahm den Papierstapel und warf ihn in den Kamin. Dann nahm er sein Feuerzeug und zündete sie an. Erst langsam, dann aber immer schneller fraßen sich die Flammen durch die Blätter. Mehr und mehr wurden die Seiten zur bloßen Asche, die durch den Kamin nach oben gezogen wurde. Günter war wieder frei. Er atmete tief durch.

»Ich danke euch beiden«, sagte er noch einmal. »Leider kann ich Wiebke nur versprechen, dass ich es irgendwann wiedergutmachen werde. Wie sollte ich dir auch etwas schenken? Thomas würde es nicht verstehen und vor Eifersucht rasen.«

»Mach dir darüber keine Gedanken. Irgendwann wird es schon dazu kommen. Ich musste die Gegenleistung nach zwanzig Jahren erbringen«, frotzelte Randolf. »Und ich will ehrlich sein. Ich habe dir auch geholfen, weil ich dich verstehen kann.«

»Du mich?«

»Ja. Du hast versucht zu überleben. Glaube mir, wir Ossis wissen, was das manchmal heißt. Und dann kommt da einer, der sich Notizen gemacht hat. Der Fotos oder sonstige Beweismittel hat und dich vernichten will. Oh ja, ich kenne das. Es ist ein großes Scheißgefühl. Und deswegen weiß ich auch, wie befreiend es sich für dich anfühlt, nachdem die Unterlagen den Weg alles Irdischen gegangen sind. So wie ich mich 1989 gefühlt habe, als Wiebke das Gleiche mit meiner Akte getan hat.«

»Was wäre denn so schlimm gewesen, wenn sie die Akte gekriegt hätten? Ich denke, du warst Direktor eines VEB. Das ist doch nichts Verwerfliches.«

»Wiebke hat es dir also nicht erzählt?«

Günter schüttelte den Kopf.

Braves Mädchen, dachte Randolf. Brav? Nein. Loyales Mädchen.

»Ich erzähle es dir. Warum sollten wir Geheimnisse voreinander haben? Ja, ich war Direktor dieses Kombinats. Aber das war nur Fassade. Hauptberuflich war ich Agent. Industriespionage. Meine Westreisen im Auftrag meines Betriebes waren dafür die perfekte Tarnung.«

»Und? Hattest du Erfolg?«

»Und wie! Unser größter Coup war es, VW die kompletten streng geheimen Entwicklungsunterlagen für den damals neuen VW Golf II zu stibitzen. Wir hatten alles. Baupläne, technische Zeichnungen, Stücklisten. Alles, was normalerweise Hunderte Millionen kostet, um es zu entwickeln.«

»Aber«, wandte Günter ein, »ihr habt doch nie einen Golf oder etwas Ähnliches gebaut. Die Automobilproduktion in der DDR bestand doch bis zum Schluss aus dem sagenumwobenen Trabant mit Zweitaktmotor und dem Wartburg, der, wenn ich richtig informiert bin, auf einer BMW-Konstruktion aus dem Jahr 1939 basierte.«

»Leider mussten wir lernen, dass der Weg zum Sozialismus steinig ist. Es genügt nicht, alles zu wissen. Man muss es auch herstellen können. Wir hatten weder die Stanzwerke, die nötig waren, um die Blechteile zu pressen. Schon gar nicht mit der erforderlichen Toleranz. Noch waren unsere Arbeiter dazu ausgebildet, einen für damalige Verhältnisse und vor allem im Vergleich zum Trabant ausgesprochen komplizierten Wagen zusammenzubauen. Unsere Werke wären an der Produktion eines modernen Motors zugrunde gegangen. Von den Problemen, dass zum Beispiel eine Firma Bosch vermutlich harte Westwährung für die Lieferung von Zündanlagen und Einspritzsystemen verlangt hätte, mal ganz abgesehen. Wir waren wie die Eunuchen: Wir wussten zwar ganz genau, wie es geht. Aber wir konnten es einfach nicht.«

»Und deshalb habt ihr ein paar tausend Golfs aus westdeutscher Produktion gegen die Lieferung von Blechen getauscht.«

»Bleche konnten wir«, sagte Randolf tonlos.

»Gut«, bemerkte Günter nach einer Höflichkeitspause. »Aber so schlimm war das doch nun auch wieder nicht. Die meisten Taten dürften verjährt gewesen sein.«

»Du hast hier nicht gelebt«, sagte Randolf.

Wiebke spitzte die Ohren. Sollte ihr linientreuer Onkel doch einsichtig geworden sein? Sollte sich Altersstarrsinn in Altersmilde verwandelt haben?

»Wie meinst du das?«

»Nun. Als Agent stand ich natürlich unter besonderer Beobachtung unserer allseits geliebten Stasi. Vor allem, weil ich Reisen ins kapitalistische Ausland unternehmen durfte. Die hatten eine Heidenangst, ich könnte die Seiten wechseln. Irgendwann verlangen die also von dir Beweise deiner Linientreue ...« Randolf hielt inne. »Ich brauche jetzt was zu trinken«, sagte er.

»Ich auch«, sekundierte Wiebke.

»Aber was Anständiges«, bemerkte Günter.

Randolf stand auf, ging in die Speisekammer und kam mit einer Literflasche glasklarer Flüssigkeit und drei Wassergläsern zurück.

»Das einzig Vernünftige, was die Russen uns dagelassen haben«, sagte er und stellte die Flasche Wodka und die Gläser auf den Tisch.

»Onkel«, sagte Wiebke lächelnd. »Unser Brudervolk hat uns nur gesundheitsschädlichen Schnaps gebracht? Nicht mehr? Von den Sowjets lernen heißt siegen lernen! Hast du das vergessen?«

»Scheißdreck«, sagte Randolf. »Von den Sowjets lernen heißt saufen lernen.« Er füllte die Wassergläser mit Wodka. Sie prosteten sich zu.

Der Schnaps löste seine Zunge weiter. »Was soll's. Wiebke wird es dir sowieso eines Tages erzählen. Die Wahrheit ist also, dass ich andere verraten habe. Kollegen, die sich abfällig über den Staat geäußert hatten. Nachbarn, von denen ich wusste, dass sie sich in den Westen absetzen wollten. Die wurden dann kurz drauf wegen strafbarer Republikflucht verhaftet. Ich habe alle diese Schweinereien gemacht, die ein Wessi nie verstehen kann. Weswegen ich heute ein auf Sozialhilfe, Hartz IV heißt das, glaube ich, angewiesener, von allen verachteter und gebeutelter Mensch wäre, wenn Wiebke das nicht für mich geregelt hätte.«

Wiebke liebte ihren Onkel mit jedem Satz mehr. Sie war stolz auf ihn. Nicht nur, weil er Günter gerettet hatte. Vielmehr, weil er so ehrlich war. Er war einem Dritten gegenüber ehrlich. Und dann noch einem Wessi.

»Und das stand alles in deiner Akte?«

Randolf nickte. »Ich hatte 1989 keine Ahnung, dass wir kurz vor dem Aufkauf durch die BRD standen. Ich habe ganz gemütlich in Bulgarien Urlaub gemacht, als hier die Bombe hochging. Wiebke hat wohl geahnt, dass es über mich eine Akte bei der Stasi gab. Sie hat sie herausgeschmuggelt und vernichtet. Dafür war ich ihr den kleinen Gefallen schuldig, dir zu helfen.«

Sie tranken Wodka. Viel Wodka.

»Sag mal, wie hast du das eigentlich hingekriegt?«

»Was?«, lallte Randolf.

»Na ja. Die Sache mit dem Tresor und den Unterlagen.«

»Wenn ich sagen würde, das wäre einfach gewesen, wäre es gelogen. Wiebkes Plan basierte auf der Erkenntnis, dass man bei der Lüge am besten so nahe wie möglich bei der Wahrheit bleibt. Sie wäre eine gute Agentin geworden ...«

»Onkel!«

»Ja, ist ja gut. Nachdem du diese Spickzettel zusammengestellt hattest ...«

»Hör mir auf. Drei Tage und Nächte musste ich alle möglichen Aufbauschemata und sonstigen Mist aus den alten Alpmann-Skripten zusammenschreiben. Gut, dass ich die nie weggeworfen habe. Aber wie kamen die Dinger in Kleinerts Tresor?«

»Ich war ausgebildeter Industriespion. Dafür musste ich in der Lage sein, Panzerschränke zu öffnen und zu schließen, ohne dass ich Spuren hinterlasse. Ich dachte schon, ich wäre eingerostet. Aber man verlernt so etwas wohl nicht. Ich wartete also ab, bis dieser Kleinert nach Hause fuhr, schlich mich in sein Büro, öffnete den Safe und tauschte den Inhalt des Ordners aus.«

»Und die Durchschrift der Quittung mit seiner Handschrift?«

»Genial, nicht wahr?«, sagte Randolf stolz. »Ich habe da noch so ein paar Kollegen aus alten Tagen ... Wenn die dein Testament schreiben würden, würde jeder Grafologe Stein und Bein schwören, dass du es warst. An Schriftproben zu kommen war einfach. Dann mussten wir nur noch einen alten Quittungsblock auftreiben, und fertig war die Laube.«

»Während ich meinem Chef die rührselige Geschichte vom unter Druck gesetzten Beamten unterjubelte, hast du also nach alter Ostmanier Dokumente gefälscht und einen Einbruch verübt.«

»Genau«, sagte Randolf. »Was hat er eigentlich dazu gesagt?«

Günter lächelte. »Er sagte, dass, wenn jeder Jurist, der mal einen Spickzettel im Examen benutzt hat, aus dem Dienst entfernt werden müsste, wir den Laden zusperren könnten. Dann hat er mir mit romantisch verklärtem Blick erzählt, dass er für seine Prüfungen alle wichtigen Aufbauschemata in den Schönfelder eingeheftet hatte.«

»Schönfelder?«

»Das ist die wichtigste der großen roten Gesetzessammlungen. Eine Loseblattsammlung. Die Gesetze sind auf extrem dünnes, einzeln herausnehmbares Papier gedruckt. Der General hat sich also dieses Dünndruckpapier besorgt, die Schemata darauf notiert und sie im Schönfelder an verschiedenen Stellen abgeheftet. Er sagte, er hätte sich fast in die Hose gemacht, als die Aufsicht seinen Schönfelder zur Prüfung in die Hand nahm, aber aus welchen

Gründen auch immer die Sache nach ein paarmal Durchblättern abbrach.«

»Ihr habt euch sozusagen Kriegserlebnisse erzählt.«

»Kann man so sagen. Jedenfalls schockte ihn die Sache mit den Spickzetteln überhaupt nicht. Den Bestechungsversuch nahm er aber sehr ernst. Dann habe ich ihm berichtet, dass ich gute Kontakte zu Wiebke habe, die der Meinung war, dass man Kleinert nicht ungestraft davonkommen lassen dürfte und man ihm deswegen eine Falle stellen müsste. Das sah er ganz genauso. Das alles hat sich Wiebke ausgedacht. Und ich finde, wir sollten auf sie anstoßen.«

Günter und Randolf standen auf. Sie erhoben ihre Gläser und ließen Wiebke mehrfach hochleben. Dann gab Günter Wiebke einen Kuss auf die Wange. Sie wurde rot. Randolf atmete tief ein und aus.

»Entschuldigt mich bitte, ich muss mal austreten«, sagte Günter.

Randolf sah ihm prüfend hinterher, erhaschte zufällig Wiebkes sehnsuchtsvollen Blick und fragte sie: »Warum nimmst du ihn nicht, wenn du ihn schon liebst?«

»Onkel«, zischte sie leise. »Erstens liebe ich ihn nicht. Er ist nur ein guter Freund, vielleicht ein sehr guter, aber eben nur ein Freund. So etwas braucht man auch. Zweitens wollte ich nie einen, der auch nur entfernt mit der Polizei oder der Verfolgung von Verbrechern zu tun hat, drittens nie einen Raucher und viertens immer einen Arzt. Eine Menge Gründe, meinst du nicht auch?«

Die alle von deiner Mutter stammen könnten, dachte Randolf.

»Der Typ hat aber einen geilen Arsch«, bemerkte er. »Und glaube mir, dass ich das beurteilen kann.«

»Sex ist nicht alles, Onkel«, sagte Wiebke.

»Mag sein. Klappt denn der Sex mit deinem Seelenklempner?«

»Ja«, log sie. »Im Großen und Ganzen.«

Sie wird einen Fehler machen, dachte Randolf. Einen großen Fehler. Sie wird diesen aufgeräumten Arzt heiraten, weil meine dämliche Schwägerin ihr Flausen in den Kopf gesetzt hat. Und ich kann es nicht verhindern. Dabei ist dieser Günter doch so ein netter Typ. Zwar Wessi. Aber nett und mit dem vielleicht knackigsten Hintern diesseits der Elbe.

Günter spürte, dass sie über ihn gesprochen hatten, als er den

Raum wieder betrat. Dieses beredte Schweigen, dieses in den Gesichtern abzulesende krampfhafte Suchen nach einem anderen Gesprächsthema.

Er betrachtete versonnen seine Retterin. Nein, sie war sogar ein Engel. Jetzt wusste Günter, wie Engel aussahen: Sie waren nicht blond, sondern brünett. Ihr Haar war nicht lang, sondern modisch kurz geschnitten. Sie hatten keine Pausbacken, sondern ein ebenmäßig schlankes Gesicht mit vollen, sinnlichen Lippen und einer süßen Stupsnase. Sie waren keine Mädchen, sondern Frauen mit einem etwa apfelsinengroßen Busen und einem runden, weiblichen, verführerischen Hintern.

Engel sahen aus wie Wiebke.

***

Endlich hatte sie wieder Zeit für ihren eigentlichen Beruf. Günter war gerettet. Eine Last fiel von ihr ab. Jetzt musste sie beweisen, dass ihr Chef kein Mörder war. Doch je mehr Wiebke sich den Kopf zermarterte, desto verzweifelter wurde sie. Ihr Schreibtisch quoll über vor Akten, und ihre Fingernägel hatte sie auch schon bis auf das Nagelbett abgekaut. Sie ärgerte sich darüber. Das letzte Mal, dass sie in diese Verhaltensweise zurückgefallen war, war 1992 gewesen, als sie den Begriff »Rasterfahndung« nicht gekannt hatte und ihr damaliger Chef, so ein arroganter, aalglatter Typ, sie fragte, ob sie denn wirklich überzeugt sei, den richtigen Beruf ergriffen zu haben.

Bald darauf war dann aber Wolfgang gekommen, und alles wurde gut. Sie war es ihm schuldig, sie musste den wahren Mörder finden. Natürlich hoffte sie, so auch die Reste des Verdachts, den sie gegen ihn hegte, beseitigen zu können. Aber sie fand einfach keinen Ansatzpunkt.

Vielleicht, überlegte sie, lag es daran, dass ihr Beruf darauf ausgelegt war, die Beweise für die Schuld des Täters hieb- und stichfest ermitteln zu müssen. Denn Zweifel an der Schuld führten immer zum Freispruch. Das, was gegen Wolfgang sprach, reichte zwar nie und nimmer für eine Anklage. Es war aber ausreichend für seine Suspendierung. Es war zum Haareraufen.

Wiebke litt aber nicht nur unter dieser vertrackten Situation.

Sie musste den Verfall des bulligen Mannes zum menschlichen Wrack beobachten. Nur seine Unschuld, nur der Dienst wäre die Chance, diesen Prozess aufzuhalten und vielleicht sogar umzukehren. Das war auch die Meinung von Thomas. Sie war froh, dass er ihr das gesagt hatte, denn über seine Patienten ließ er sich sonst nicht ein Sterbenswort entlocken. Auch nicht unter Alkoholeinfluss, was aber wohl mehr daran lag, dass Thomas außer dem Höflichkeitsschluck so gut wie nichts trank.

Es klopfte.

»Herein«, sagte Wiebke mürrisch.

Sie wusste nicht, was sie zuerst bemerkte. Das aufdringlich süße Parfüm, das schrille Outfit oder das billig geschminkte Gesicht. Zumindest ließ Belinda Rietschoten in ihrem roten Lackkleid keinerlei Zweifel an ihrer Profession aufkommen. Das gesamte Bild war in sich stimmig.

»Sie wünschen?«, fragte Wiebke, noch immer wenig begeistert über den unangekündigten Besuch.

»Ich möchte eine Aussage machen, Schätzchen.«

»Ich bin nicht Ihr Schätzchen«, konterte Wiebke. »In welcher Sache denn?«

»Im Mordfall Hansen. Ich glaube, ich weiß, wer der Täter ist.«

Wie elektrisiert sprang Wiebke auf. »Nehmen Sie doch Platz. Darf ich Ihnen einen Kaffee anbieten? Wenn Sie rauchen wollen, lasse ich Ihnen gerne auch einen Aschenbecher bringen …« Wiebke wusste gar nicht, welche Höflichkeit sie Belinda zuerst angedeihen lassen sollte.

»Dir geht der Arsch ziemlich auf Grundeis, Schätzchen, wie?«

Wiebke nickte. Von einer Sekunde auf die andere war ihr völlig egal, dass diese alternde Bordsteinschwalbe sie schon wieder »Schätzchen« nannte und sie auch noch flegelhaft duzte.

»Das kann man wohl sagen«, gab sie unumwunden zu. »Aber woher weißt du das?«

»Liest du keine Zeitung?«

»Na, jetzt werd mal nicht unverschämt.«

»Sie verdächtigen deinen Chef, dass er den Hansen eingebuddelt hat. Das glaube ich nicht.«

»Ich auch nicht. Aber wenn ich keinen Täter finde, sieht es für ihn schlecht aus«, sagte Wiebke.

»Deshalb bin ich hier. Wenn du mir versprichst, dass ich aus der Sache heil rauskomme, sage ich dir, was ich weiß.«

Wiebke wurde vorsichtig. War diese Belinda vielleicht am Mord beteiligt und wollte sich nun billig aus der Verantwortung flüchten?

»Aus welcher Sache willst du heil herauskommen?«

»Ich habe damals eine falsche Aussage gemacht. Ich habe euch erzählt, dass ich mit Fritjof Hansen ein Verhältnis hatte, weswegen Christof sich mit ihm geprügelt hat.«

»Und das stimmt nicht?«, fragte Wiebke erleichtert.

»Ich kannte ihn natürlich, war aber nicht mit ihm zusammen. Nicht an dem Abend und auch sonst nicht.«

»Warum hast du dann seine Schweinereien durch eine Falschaussage gedeckt?«

»Erstens schuldete ich ihm noch einen Gefallen, und zweitens ...« Belinda hielt inne. Sie hatte offensichtlich Angst, sich selbst zu belasten.

»Was, zweitens?«, bohrte Wiebke nach. »Jetzt raus mit der Sprache!«

»Na ja. Ich dachte mir, wenn ich ihm ein Alibi gebe, habe ich ihn in der Hand, was mir geschäftlich nützen könnte.«

»Du wolltest ihn damit also später mal erpressen?«

»Ach, ihr Bullen habt immer so schlimme Wörter. Da er weiß, was mir bekannt ist, wird er von sich aus nett und großzügig sein.«

»Oder dich irgendwann beseitigen. Aber beides hat sich mit seinem Tod ja nun erledigt. Fassen wir also zusammen: Du hast dem Hansen, aus welchen Gründen auch immer, eine plausible Erklärung für seine Auseinandersetzung mit seinem Dealer geliefert.«

»Ja, habe ich. Und wenn es nicht um Mord gehen würde und um einen Unschuldigen, würde ich auch nichts sagen.«

»Was ist denn nun die Wahrheit?«

»Der Hansen war eine ganz große Nummer im Heroinhandel hier in der Gegend. Er war aber ein vorsichtiger Junge. Die gefährliche Drecksarbeit an der Front erledigte Christof Lüerßen. Dieser Wichser hat sogar an Schulen Gratisproben verteilt, bis die Teenies an der Nadel hingen und nachkaufen mussten.«

Wiebke konnte Belindas Verachtung für Lüerßens Praktiken an deren Gesicht ablesen.

»Nachdem das mit Lydia passiert war, seid ihr ihm zu sehr auf die Pelle gerückt, also sollte ich euch weismachen, dass Christof ihn umgebracht hat. Sein Plan war einfach: Er verschwindet aus Rostock, nachdem er Christof beseitigt hat, und fängt woanders neu an. Ich verdächtige Christof, ihn gekillt zu haben, und ihr sucht vergeblich einen mutmaßlichen Mörder, der längst tot und begraben ist.«

»Nicht blöd, der Plan«, sagte Wiebke. »Wenn er funktioniert hätte.«

»Mich hat Hansens Plan angekotzt, ich konnte ihm das aber nicht ausreden. Zum Schein bin ich darauf eingegangen. Dann bin ich zu Christof und habe ihn gewarnt.«

»Warum? Er ist doch nicht gerade ein sympathischer Zeitgenosse.«

»Nein. Aber man killt nicht so einfach einen Menschen. Das ist nicht mein Ding. Ich bin eine Nutte, keine Mörderin.«

»Das glaube ich dir sogar. Und dann?«

»Nachdem ich Christof also von Hansens Plan erzählt hatte, war der natürlich sauer. Er sagte, er würde *ihn* umbringen. Das wollte ich natürlich auch nicht. Ich habe auf ihn eingeredet wie auf ein krankes Pferd, bis er mir versprochen hat, Hansen in Ruhe zu lassen. Christof hatte ziemlich große Pläne. Er wollte Hansen ausbooten und mit den Russen den Heroinhandel hier betreiben. So ein naiver Junge.«

»Dann waren beide verschwunden. Was hast du gedacht?«

Belinda wurde die Sache sichtlich unangenehm. Sie schwieg zunächst und sagte dann pampig: »Ich bin freiwillig hierhergekommen, Schätzchen. Hör auf, so zu bohren!«

Wiebke haute verärgert mit der Faust auf den Schreibtisch. »Und ich habe dich bis jetzt noch nicht festgenommen, Schätzchen. Unentschieden, würde ich also sagen.«

»Okay, okay. Ist ja gut. Als beide verschwunden waren, habe ich wirklich geglaubt, dass alles glattgegangen war. Ich bin in Christofs Wohnung und habe es aussehen lassen, als wäre er in Eile abgehauen. Dann habe ich wie verabredet ein paar Tage gewartet und Hansen als vermisst gemeldet. Ende der Geschichte.«

»Du hast nichts mehr von ihm oder von Lüerßen gehört?«

»Nein. Nie wieder. Vor ein paar Tagen stand dann in der Zeitung, dass ihr ihn gefunden habt.«

Wiebke nickte. »Ich weiß also jetzt, was damals Hansens Pläne waren. Dass er im Gelände am Brooksee verscharrt wird, gehörte aber offenbar nicht dazu. Warum bist du so sicher, dass mein Chef nichts damit zu tun gehabt hat?«

»Wer ist denn hier der Bulle? Denk doch mal nach! Nachdem ihr die Leiche gefunden habt und wisst, dass es der Hansen war, der dort vergraben wurde, liegt es doch nun mehr als nahe, dass meine falsche Meldung in Wirklichkeit korrekt war und Christof schneller gezogen hat als Hansen. Immerhin hatte er das angekündigt, auch wenn ich glaubte, es ihm ausgeredet zu haben.«

Da war sicherlich was dran. Belindas Aussage lenkte den Verdacht tatsächlich ganz konkret auf Lüerßen. Das machte ihn ebenso verdächtig wie Wolfgang.

»Und was ist mit Christof passiert?«

»Vielleicht ist er danach wirklich abgehauen. Ehrlich gesagt glaube ich aber, dass die Russen ihn erwischt haben. Die lassen sich doch nicht von so einem abgehalfterten Typen in die Suppe spucken.«

»Klingt plausibel, zumal wir in beiden Wohnungen Wanzen gefunden haben. Wir haben uns bisher keinen Reim darauf machen können. Derartiges Equipment spricht tatsächlich für Russenmafia. Aber ohne Leiche können wir nichts machen.«

»Vielleicht solltet ihr mal das Hafenbecken nach einer Leiche mit schweren Schuhen absuchen.«

»Warum?«

»Weil sich die Russen in der Szene damit brüsten, unbequeme Menschen nach guter alter Tradition mit Beton an den Füßen zu ersäufen.«

Es klang nachvollziehbar. Sie brauchte nur noch ein paar Beweise. Nur. Dennoch war sie erleichtert. Die Aussage war zwar noch kein endgültiger Unschuldsbeweis, aber ein ganz wichtiger Baustein.

»Wärst du bereit, deine Aussage protokollieren zu lassen?«

»Was machen wir mit der Falschaussage?«, fragte Belinda.

»Ich bin mir ziemlich sicher, dass Hansen dir mit erheblichen Konsequenzen gedroht hat, wenn du nicht kooperierst. War es nicht so?«

Belinda drehte ihr Kaugummi im Mund, blies die Masse zu einer Blase und ließ diese platzen. »Du bist ganz schön gerissen, Schätzchen. Wenn du hier mal keinen Bock mehr hast, weiß ich, wo du viel Geld verdienen kannst.«

Wiebke nahm es lächelnd als Kompliment und setzte ein Protokoll auf. Sie beeilte sich. Belindas Auftauchen hatte ihr neuen Antrieb gegeben. Es wäre doch gelacht, wenn sie keinen Beweis finden würde, der Christof Lüerßens Schuld und Wolfgangs Unschuld belegen würde.

Ja, Wolfgang, jetzt wird sich auszahlen, was du mir alles beigebracht hast.

Sie arbeitete die Nacht und das ganze Wochenende durch. Sie wertete noch einmal alle Spuren aus, bis sie zwei Details entdeckt hatte, die bei eingehender Untersuchung vielleicht etwas zutage bringen könnten. Währenddessen suchte ein eilig organisierter Trupp Taucher das Hafenbecken ab. Sie fanden nichts.

Schließlich sprach sie mit dem Pathologen Dr. Streicher über die beiden Spuren, die sie entdeckt hatte. Nur seine Kompetenz würde ihre Vermutung untermauern können.

»Ich werde es versuchen, Wiebke«, sagte er. »Versprechen kann ich dir aber nichts.«

»Versuch es bitte«, flehte sie ihn an.

Natürlich machte sich Streicher sofort an die Arbeit. Auch ihn belastete der Verdacht, der auf seinem langjährigen Kollegen lag.

***

Als sie erwachten, befanden sie sich in einem gekachelten Raum. Weder wussten sie, was es für ein Raum war, noch, wohin sie überhaupt verschleppt worden waren. Ein Mann war in ihre Wohnung eingedrungen und hatte sie betäubt.

Es roch nach Müll und Fäkalien. Was sollten sie hier, beide nackt, auf zwei kahlen Holzstühlen mit Lehnen sitzend? Dicke Kabelbinder fesselten ihre Gliedmaßen an den Stuhl. Sie bohrten sich in das Fleisch ihrer Gelenke.

Überall an ihren Körpern waren mit Tape Kupferkontakte befestigt. Die Kabel führten zu einem grauen Kasten. Der Kasten, etwa so groß wie ein Schuhkarton, war an ein Notstromaggregat angeschlossen, das bereits lief. Die Auspuffgase des kleinen Benzinmotors wurden durch einen Schlauch ins Freie geführt. Der Mann hatte sich alle Mühe gegeben.

Um die Hand- und Fußgelenkte sowie um den Brustkorb hatte er mit Isolierband Dynamitstangen geklebt. Um ihre Brustkörbe waren es mindestens zehn. Die Zünder waren mit dem zweiten grauen Kasten auf dem Tisch vor ihnen verbunden.

»Hilfe!«, brüllten sie. »So helft uns doch!«

»Ihr seid wach. Das freut mich«, erschreckte sie eine männliche Stimme in ihrem Rücken.

Er trat mit einem Holzstuhl in der Hand in ihr Blickfeld, stellte ihn vor sie hin und nahm darauf Platz. »Seht ihr diesen Wecker?«, fragte er und deutete auf den Tisch, auf dem sich auch die beiden grauen Kästen befanden.

Der Mann und die Frau sagten nichts. Auf einmal durchzuckte es sie. Stromstöße liefen durch die an ihrem Körper befestigten Elektroden. Der Mann schrie am lautesten. Eine Elektrode war an seinen Genitalien befestigt.

Sie saßen einem Menschen gegenüber, der sichtlich vergnügt mit einem Druckschalter spielte. Er lachte laut, als er die beiden sich vor Schmerzen windenden Körper sah.

»Seht ihr nun den Wecker?«

Sie nickten.

»Es ist jetzt fast zweiundzwanzig Uhr. Ich bin gnädig zu euch. Ich gebe euch noch zwei Stunden zu leben. In diesen zwei Stunden sollt ihr jedoch das tun, was jeder Mensch, der schwere Schuld auf sich geladen hat, tun muss: Ihr sollt *bereuen*! Damit ihr es nicht vergesst, habe ich euch ein Schild gemalt.«

Er stellte ein etwa DIN-A3-großes Sperrholzschild neben den Wecker. Die linke Apparatur wurde durch das Schild verdeckt.

»Was steht auf dem Schild?«, fragte er.

Schweigen.

Wieder begann er das Spiel mit dem Druckschalter. Wieder durchzuckten und quälten sie unzählige Stromschläge. Bei der Frau setzten in den Waden Muskelkrämpfe ein.

Endlich hörte er auf.

»Was steht nun auf dem Schild?«

»Bereue«, flüsterte die Frau.

Der Mann sagte nichts. Wieder Stromstöße.

»Bereue«, stöhnte dann auch er leise.

»Genau. Das werdet ihr jetzt gleich zwei Stunden lang tun. Ihr werdet bereuen, was ihr eurer Tochter angetan habt. Dass ihr sie wie ein Stück Vieh über Jahre eingepfercht habt. Dass ihr sie verhungern lassen habt. Dass der Lichtschalter in ihrem Zimmer so manipuliert war, dass sie sich einen tödlichen Stromschlag hätte holen können. Dieser barbarische Gedanke hat mich im Übrigen zu dieser Apparatur inspiriert. Genial, nicht wahr?«

Dann begann er wieder, diesmal rhythmisch, den Druckschalter zu betätigen.

Die Frau bekam einen hysterischen Anfall. Sie schrie und brüllte. Sie versuchte mit aller Gewalt, sich zu befreien.

Mit stoischem Gleichmut wartete er ab, bis sie sich wieder gefangen hatte.

»Reue ohne Strafe ist aber nichts wert. Wenn ich euch gleich verlasse, werde ich dieses Gerät hier auf Automatik schalten. Darin befindet sich das simple Blinkerrelais eines Autos. Ihr werdet Stromstöße erhalten. Eine Stunde lang. Aber seid unbesorgt. Sie werden euch nicht töten. Sie werden euch nur quälen. Das habt ihr doch verdient, oder?«

Schweigen.

Wieder erlitten sie unsägliche Qualen. Es war nur für Sekunden. Sie erlebten die Zeit als Stunden.

»Habt ihr diese Strafe verdient?«

»Ja, wir haben sie verdient«, stöhnten die beiden.

Er grinste zufrieden. »Die Einsicht kommt, wenn auch spät, aber sie kommt. Das ganze dauert eine Stunde«, fuhr er fort. »Nach dieser Stunde habt ihr immer noch eine weitere Stunde zu leben. Bin ich nicht großzügig?«

Die beiden nickten schnell. Nur keine Stromstöße mehr.

»Während dieser weiteren Stunde werdet ihr dann langsam und qualvoll sterben. Es geht leider bei euch viel schneller als bei eurem Kind. Aber doch langsam genug, dass es euch wie eine Ewigkeit vorkommen wird. Zuerst wird eure rechte Hand zerfetzt. Keine Angst. Das ist nicht tödlich. Ihr werdet nur Schmerzen haben. Ihr werdet brüllen vor Schmerz.«

Er genoss die bleichen, angsterfüllten Gesichter, die ihn anflehten. Er genoss, dass sie bereits jetzt litten. Sie sollten leiden. So wie sie ihre kleine Tochter hatten leiden lassen. Ungerührt und mit einem fiesen Lächeln redete er weiter.

»Nach einer weiteren Viertelstunde ist die linke Hand dran. Dann der rechte Fuß. Schließlich der linke Fuß. Aber ihr werdet immer noch leben. Glaubt mir, ihr werdet noch leben. Noch eine grausame weitere Viertelstunde schenke ich euch. Dann zerfetzen die Dynamitstangen um eure Brust eure erbärmliche, minderwertige Existenz. Ihr werdet diesen Augenblick herbeisehnen.«

»Bitte nicht«, flehten sie. »Bitte Gnade.«

»Gnade kann nur erwarten, wer auch gnädig war«, sagte er und fuhr in sachlichem Ton fort: »Es ist fast ausgeschlossen, dass hier jemand vorbeikommt und euch schreien hört. Aber selbst wenn. Ich habe auch dafür vorgesorgt. Sollte jemand die Türklinke herunterdrücken, nachdem ich euch eurem Schicksal überlassen habe, wird der Mastereffekt ausgelöst. Eure Körper werden dann sofort gesprengt. Da ihr vermutlich so lange wie irgend möglich leben wollt, könnt ihr eigentlich nur hoffen, dass euch niemand hört. Und jetzt: Bereut, ihr Barbaren!«

Er schaltete das Gerät ein, das ihre Leiber tatsächlich, wie angedroht, mit regelmäßigen Stromstößen quälte. Sie zuckten synchron zum Takt des Blinkgebers.

Dann aktivierte er die Zeitzünder für die Dynamitstangen im zweiten Kasten und ging ohne weitere Worte. Sie hörten ein Auto wegfahren. Ihr Mörder verließ den Ort.

Eine Stunde lang brüllten sie vor Schmerz und Angst.

Sie riefen und flehten um Hilfe. Dann beteten sie. Danach schrien sie markerschütternd.

Aber in dieser Einöde hörte sie niemand. Auch die vier Detonationen, die pünktlich jede Viertelstunde zwischen dreiundzwanzig und vierundzwanzig Uhr erfolgten, zerrissen zwar die unheimliche Stille auf dem Gelände, blieben aber von anderen Menschen ungehört.

Nach der ersten Explosion stießen sie an tierische Laute erinnernde, durchdringende Jammerlaute aus. Theoretisch hätten sie ohnmächtig werden können. Nicht nur ihr Peiniger, auch ihre Körper waren gnadenlos. Sie erlebten auch diese letzte Stunde ihres Lebens bei vollem Bewusstsein.

Erst der fünfte Knall löschte schließlich das Leben zweier Menschen aus, die zwei Stunden lang bitter ihre Untaten bereut hatten. Er hatte sein Ziel erreicht.

***

Der Anruf kam am Donnerstagmorgen um sieben Uhr dreißig. Wiebke stand noch unter der Dusche, als Thomas wie wild an der Badezimmertür klopfte. Sie stellte das Wasser ab, stieg aus der Dusche, öffnete die Tür und fragte triefend nass und ein wenig verärgert: »Ja, was gibt es denn?«

»Es ist Streicher von der Rechtsmedizin, er sagt, es sei dringend«, antwortete Thomas und hielt ihr das Handy hin.

Sie schüttelte den Kopf und deutete auf den Schaum in ihrem Haar. »Sag ihm, ich beeile mich und rufe in zehn Minuten zurück.«

Obwohl sie sich sputete, dehnten sich die unvorsichtigerweise zugesagten zehn Minuten auf fünfundzwanzig aus. Alles in allem zwar eine Rekordzeit, aber eben doch zu lang. Streicher war bereits zu einem Termin gegangen, als sie schließlich zurückrief. Sie meldete sich für elf Uhr bei seiner Sekretärin an. Was er ihr so Dringendes hatte sagen wollen, wussten aber weder Thomas, dem Streicher trotz Nachfrage keine Auskunft gegeben hatte, noch die Sekretärin.

An konzentrierte Arbeit war nun nicht mehr zu denken. Sie schickte Stoßgebete zum Himmel. Ausgerechnet sie, die 1969 in der DDR geborene und deshalb wie die meisten Ossis nicht getaufte Atheistin. Aber Gebete sollen ja auch helfen, wenn man nicht daran glaubt.

Viel zu früh machte sie sich auf den Weg ins rechtsmedizinische Institut. Natürlich musste sie dann dort warten. Um acht nach elf kam Streicher endlich hereingerauscht.

»Guten Morgen, schöne Kommissarin«, sagte er gut gelaunt.

»Danke für die Blumen. Aber ich platze vor Neugier. Hast du etwas herausgefunden?«

»Du hattest, meine Liebe, die richtige Spürnase«, lobte er sie.

»Jetzt spann mich nicht auf die Folter. Sag, was du herausgefunden hast.«

»Also«, begann Streicher künstlich gedehnt. »Wie du richtig

vermutet hast, handelt es sich bei dem winzigen Fleck auf dem Hemd des Toten um Blut. Und wie du ebenfalls angenommen hast, stammt es nicht vom Toten.«

»Von wem dann?«, fragte Wiebke ungeduldig.

Streicher genoss seinen Auftritt. Er beschloss, diesen Augenblick noch ein wenig zu genießen.

»Gemach, Wiebke. Ferner hast du mich gebeten, ein Haar zu untersuchen, von dem du ebenfalls annahmst, dass es nicht zum Toten gehört. Auch diese Annahme kann ich bestätigen.«

»Von wem ist es?«, bohrte Wiebke.

»Wir haben also die DNA des Blutes und die des Haares analysiert. Und siehe da, beide stimmen überein, und beide stammen nicht von Hansen.«

»Wenn du jetzt nicht sofort sagst, von wem diese Spuren sind, würge ich dich.«

»Ich hätte Lust, das einmal auszuprobieren.«

»Herbert, bitte!«

»Also gut. Ich erlöse dich. Beide lassen sich eindeutig Christof Lüerßen zuordnen. Da ihr seine Leiche nicht neben der von Hansen im Grab gefunden habt, lässt das nur einen Schluss zu, den ich aber dir überlasse, meine charmante Ermittlerin.«

»Dass der letzte Mensch, mit dem Hansen zusammen war, Christof Lüerßen war. Von Belinda Rietschoten weiß ich, dass Hansen ihn loswerden wollte. Das hat sie ihm gesteckt. Vermutlich hat er sich für den Arschtritt nach jahrelanger Drecksarbeit gerächt und ist mit dem Restbestand an Drogen auf und davon. Diese Belinda meinte zwar, die Russen hätten ihn versenkt. Aber wir haben das Hafenbecken systematisch abgesucht. Keine Leiche.« Erst jetzt wurde Wiebke bewusst, dass sie zwar den Mörder nicht geschnappt, aber den Beweis für etwas viel Wesentlicheres gefunden hatte. »Mein Gott, Wolfgang ist entlastet. Mein Gott, ich habe es geschafft!«, jubelte sie.

Streicher empfand seinerseits ein tiefes Glücksgefühl, als er Wiebkes vor kindlicher Freude strahlendes und erleichtertes Gesicht sah. Niemand, auch Streicher nicht, hatte es Wolfgang wirklich zugetraut, Fritjof Hansen bestialisch bei lebendigem Leib begraben und ihn so einem qualvollen Tod ausgesetzt zu haben. Aber andererseits waren Menschen, denen das Liebste genommen, denen der Halt und der Sinn des Lebens abhandengekommen waren, manchmal zu den unglaublichsten Taten fähig. Dann konnten die vernünftigsten und sanftmütigsten Menschen zu blutrünstigen Monstern werden. Wiebke war glücklich, dass sie nun beweisen konnte, dass dies auf Wolfgang nicht zutraf.

Sie stürzte auf Streicher zu, umklammerte ihn und gab ihm einen dicken Kuss auf die rechte Wange. Er lief rot an.

»Du bist ein Schatz«, hauchte sie ihm ins Ohr.

Dann gab sie ihm noch einen Kuss auf die linke Wange.

Streicher ließ sie gewähren. Er hätte gelogen, wenn er diesen Ausbruch der Emotion als unangenehm bezeichnet hätte. Aber er war verheiratet. Also nahm er es hin, ohne ihre Umarmung zu erwidern.

»Das ist mein Job, und das war ich Wolfgang schließlich schuldig«, sagte er unsicher.

»Herbert, ich muss zum Chef. Noch mal danke!«, sagte Wiebke, während sie im Laufschritt das Labor verließ.

***

»Frau Kollegin, ganz ausgezeichnete Arbeit. Wirklich vorzüglich. Mein Gott, was bin ich erleichtert, dass dieser schreckliche Verdacht vom Kollegen Franke genommen ist. Sie haben ihm, ach was sage ich, der ganzen Polizei einen nicht zu unterschätzenden Dienst erwiesen.«

Polizeirat Zielkow überschlug sich förmlich in seinen Lobeshymnen. Wiebke waren sie nicht unangenehm. Er hatte ja recht. Also durfte er es sagen. Und sie durfte es genießen.

»Was haben Sie jetzt vor?«, fragte sie ihn.

»Ich werde sofort eine Pressekonferenz einberufen und Ihre Ermittlungsergebnisse präsentieren. Da haben die Damen und Herren der schreibenden Zunft ja wieder ordentlich Futter für die morgige Schlagzeile. Ich kann sie schon förmlich vor mir sehen.«

»Herr Polizeirat, brauchen Sie mich noch?«, fragte Wiebke.

»Nein, warum fragen Sie?«

»Ich würde gerne eine kleine Feier für Wolfgang organisieren. Mit ein paar engen Freunden.«

»Natürlich. Da hätte ich selbst drauf kommen können. Und den

Rest der Woche haben Sie und Wolfgang Franke, den Sie bitte ganz herzlich von mir grüßen, natürlich Sonderurlaub. Geht auf meine Kappe. Und jetzt raus hier! Viel Spaß bei der Party.«

»Danke, Chef.«

Der konnte ja richtig nett sein, wenn er wollte. Leider wollte er meistens nicht. Wiebke verließ sein Büro.

Zielkow organisierte erleichtert seine Pressekonferenz, während Wiebke von ihrem Büro aus erst Wolfgang, dann Thomas und schließlich Günter informierte. Heute Abend war Party im Hause Sollich/Schulte angesagt.

Es würde wieder so werden wie früher. Mit Wolfgang, einem guten, fürsorglichen und vollkommen rehabilitierten Chef. Mit Günter, einem verständnisvollen und vertrauenswürdigen Freund. Und natürlich mit Thomas, ihrem Verlobten, mit dem sie zusammenlebte. Das Leben verlief wieder in geordneten Bahnen. Das Leben war schön.

Dritter Teil

1

Zwanzig verängstigte Nigerianer waren der Verlockung erlegen und ins gelobte Land aufgebrochen. Sie hatten schon eine wahre Odyssee hinter sich. Für fünftausend Dollar pro Person hatte man ihnen das Paradies versprochen. Ein Leben in einem Land, in dem Milch und Honig flössen. Dafür hatten sie alles aufgegeben. Alles für das vage Versprechen, bald im Überfluss und Wohlstand leben zu dürfen. Nun hockten sie eingepfercht in einem Lieferwagen. Die Luft war stickig.

Die Tür öffnete sich und ein Mann blaffte sie in schlechtem Englisch an: *»You climb now another truck. Get off. But quick!«*

Obwohl es an der Ausfallstraße auf einem einsamen Parkplatz nördlich von Bologna mitten in der Nacht über zwanzig Grad warm war, zitterten die Menschen. Sie schlotterten vor Angst. Niemand hatte ihnen gesagt, wie genau sie nach Deutschland kommen würden. Sie hatten schon die Überfahrt im Frachtraum eines Seelenverkäufers überstanden. Auch die Fahrt bis hierher in dem alten Ford Transit hatten sie gleichmütig ertragen. Was kam jetzt?

Der bullige, untersetzte Fahrer des Tiefkühltransporters begrüßte den Schleuser. »Ist das meine Fracht?«, fragte er.

»Ja, frisch aus Nigeria. Hältst du sie bis zur Ostsee auch schön kühl?«

»Ich habe Schweinehälften geladen. Müssen eigentlich bei minus achtzehn Grad transportiert werden. Aber damit meine Passagiere es schön gemütlich haben, sind es nur minus fünf Grad. Das hält selbst ein Neger zehn Stunden lang aus.« Er lachte dreckig und öffnete den Laderaum.

Der Schleuser trieb die Nigerianer zur Eile an: *»Get on! Quick!«*

Sie befolgten den Befehl. Sie hatten keine Alternative.

Jeder erhielt eine Decke.

Nachdem der letzte Flüchtling irgendwie zwischen den Schweinehälften Platz gefunden hatte, wurde die Ladetür verschlossen. Es wurde stockdunkel. Einige Menschen weinten.

Der Schleuser gab dem Fahrer des Tiefkühltransporters zwanzigtausend US-Dollar. Tausend pro Person. Fünftausend davon behielt er selbst, sein Chef bekam fünfzehntausend. Ein nettes Zubrot.

Der Fahrer setzte den Lkw in Bewegung. In gut zehn Stunden würde er die menschliche Ware in einem einsamen Waldstück irgendwo zwischen Wismar und Rostock ausladen. Er biss herzhaft in sein Mayonnaise-Sandwich mit Thunfisch und Ei. Es lag schon seit heute Mittag im Führerhaus und war warm geworden. Doch er hatte Hunger.

Als er den Brenner erreichte, lief ihm der kalte Schweiß in Bächen über seinen ganzen Körper. Ihm war schlecht. Er hatte Schmerzen in seiner linken Brust. Es fiel ihm schwer, sich auf den Verkehr zu konzentrieren. Eine undefinierbare Panik breitete sich in ihm aus. Er hatte Angst zu sterben. Mit letzter Kraft lenkte er den Vierzehntonner auf den Parkplatz und stellte ihn irgendwie ab. Schwankend schleppte er sich in die Café-Bar. Er presste seine Hand auf seine linke Brust.

»So kannst du deine Kiste aber nicht abstellen«, sagte der Kellner hinter der Bar und deutete auf den draußen im Fahrweg abgestellten Lkw.

Der Mann reagierte auf diesen Satz überhaupt nicht, sondern lallte mehr, als dass er sprach: »Arzt, bitte, schnell.« Dann sackte er zusammen und wurde ohnmächtig.

»Helft dem Mann!«, brüllte einer der anwesenden Fahrerkollegen.

Man holte Decken, prüfte Puls und Atmung und brachte den Mann in eine stabile Seitenlage.

»Wo bleibt der Scheiß-Arzt?«, donnerte einer der Umstehenden.

Nach etwa einer halben Stunde, die den wartenden Fahrern aber wie eine halbe Ewigkeit vorkam, erschienen die Sanitäter und der Notarzt. Er prüfte die Vitalfunktionen. Der Puls des Mannes war kaum spürbar. Seine Atmung flach. Er wies einen Sanitäter an, den Mann zu überwachen.

»Was ist passiert?«, fragte er die Umstehenden.

»Er kam rein«, antwortete der Kellner, »mehr wankend als gehend. Er sah unglaublich schlecht aus. Er wollte einen Arzt.«

Der Mediziner nickte. »Sonst noch was?«

»Ach ja, seine Hand presste er auf seine Brust. Als wenn er was niederdrücken wollte.«

Die Informationen reichten zur Diagnose völlig aus. Der Mann hatte einen schweren Herzinfarkt erlitten. Er öffnete seine Tasche, um ein schmerzstillendes und blutverdünnendes Medikament auf eine Spritze zu ziehen, als der Sanitäter aufgeregt rief: »Herzstillstand.«

Schnell, routiniert, aber ohne jede Hektik machte der Sanitäter den Defibrillator einsatzbereit. Der Arzt klebte die Paddles auf den Brustkorb des Mannes. Pfeifend lud sich der Kondensator auf. Er jagte siebenhundertfünfzig Volt durch den Mann. Der Körper zuckte. Die anderen Fahrer und das Personal der Café-Bar gafften.

»Noch mal!«, kommandierte der Arzt. Wieder pfiff das Gerät in hohem Ton. Erneut zuckte der klinisch tote Körper. Wieder vergebens.

Erst der vierte Versuch war erfolgreich.

»Ich habe ihn wieder«, sagte der Arzt erleichtert. Er verabreichte das Medikament, während die Sanitäter die Trage aus dem Rettungswagen holten.

»Entschuldigung«, sagte der Kellner. »Das passt jetzt überhaupt nicht, ich weiß. Aber wir brauchen den Schlüssel für den Laster. Der versperrt hier doch alles.«

Der Arzt nickte, durchsuchte die Hosentaschen des zwar wieder lebenden, aber immer noch ohnmächtigen Mannes. Er warf dem Kellner den Schlüsselbund zu.

Der fing ihn auf und wartete, bis der Mann auf der Trage festgeschnallt und im Krankenwagen sicher verstaut war.

»Wer kann seinen Brummi mal anständig parken?«, fragte er dann in die Runde.

»Gib her«, sagte ein untersetzter Mann und nahm die Schlüssel. »Womit war er denn unterwegs?«, fragte er.

»Mit dem Kühllaster da«, sagte der Kellner.

Der Mann ging nach draußen, bestieg das Fahrzeug, ließ es geräuschvoll an und parkte den Lastwagen ordnungsgemäß. Dann kam er kopfschüttelnd zurück. »Dem ging's wohl schon länger nicht gut«, meinte er zum Kellner, als er ihm den Schlüssel zurückgab.

»Wie kommst du darauf?«

»Den Papieren nach hat er Schweinehälften geladen. Die müssen bei minus achtzehn Grad transportiert werden. Die Kühlung stand aber auf minus fünf.«

»Haste das geändert?«, fragte der Kellner.

»Natürlich. Wird ja schließlich dauern, bis der Ersatzfahrer hier ist. Die Ware verdirbt doch sonst. Rufst du den Chef von dem Laden an? Ich muss mich jetzt nämlich wirklich vom Acker machen, sonst ist meine ganze Einsatzplanung im Eimer.«

Der Kellner wählte die Nummer, die in großen Buchstaben auf dem Lkw prangte. Sie begann mit »0381«, der Vorwahl Rostocks. Noch während er mit der Firma sprach, verstarb der Fahrer auf dem Weg ins Krankenhaus an einem Folgeinfarkt.

Es wurde immer kälter. Sie froren. Sie weinten. Aber da geschah das Wunder: Auf einmal wurde ihnen warm, richtig gemütlich. Endlich. Sie schliefen ein. Das letzte Mal in ihrem Leben.

***

»Ich finde es nun wirklich nicht sehr partnerschaftlich, dass du dich immer noch weigerst, Daniel kennenzulernen«, sagte Thomas unwirsch. Er packte einige Sachen zusammen, die er für den bevorstehenden Ausflug mit seinem Segelboot brauchte.

Wiebke saß, in einen Unterhaltungsroman vertieft, auf dem Sofa. Sie wollte den Samstag auf ihre Weise genießen. Vom »Quadratsegeln« hatte sie die Nase gestrichen voll. Sie trug ihre Gammelklamotten. Ein T-Shirt, das etwas zu eng war und ihre Brüste betonte, und eine Fleecehose. Ihre nackten Füße hatte sie bequem auf dem weißen Glattleder platziert. Thomas würde sich nie so undiszipliniert auf sein Sofa setzen. Er würde auch nie so schlampige Kleidung tragen. Anfangs hatte Thomas noch versucht, sie zu erziehen. Doch er hatte diese Art der Entspannung zwischenzeitlich wohl als eine ihrer Eigenarten akzeptiert.

Sie blickte unwillig von ihrem Buch auf, schaute Thomas lange an und holte tief Luft. »Thomas«, sagte sie. »Wir beide mussten uns aneinander gewöhnen. Ich akzeptiere viel. Ich akzeptiere, dass du springst, wenn einer deiner Verrückten wieder einmal einen Anfall hat und du ihn in die Wirklichkeit zurückholen musst. Egal, was wir gerade tun. Egal, wo wir gerade sind. Ich akzeptiere, dass wir in einer klinisch sterilen Wohnung leben. Für dich ist Sauberkeit wichtig, für mich nur Mittel zum Zweck. Aber sei es drum. Ich räume meine gebrauchten Tassen sofort weg. Sollte ich mal krümeln, habe ich mich mit der Funktion des Handstaubsaugers angefreundet. Ich desinfiziere regelmäßig das Bad. Alles das habe ich verinnerlicht. Ich weiß, dass eine Partnerschaft viele Kompromisse erfordert. Und glaube mir: Wenn man, wie ich, erst mit über vierzig das erste Mal mit einem Menschen zusammenzieht, ist die Anzahl der Kompromisse besonders hoch.«

»Meinst du denn, bei mir ist das anders?«, fragte Thomas.

»Nein, sicher nicht. Deshalb sage ich normalerweise ja auch nichts. Nur Daniel geht gar nicht. Ich verstehe, dass er dein Bruder ist. Ich habe mich daran gewöhnt, dass du mit ihm alle paar Tage stundenlang telefonierst und ich in dieser Zeit Luft für dich bin. Wenn du ein- bis zweimal im Monat mit ihm deine Quadrate auf der Ostsee segeln willst, meinetwegen. Aber ohne mich.«

»Warum, Wiebke? Warum?«

»Thomas«, sagte sie zärtlich, legte das Buch aufgeklappt auf den Glastisch, stand auf und nahm ihn in den Arm. »Ich liebe dich. Ich weiß, wie schwer deine und Daniels Kindheit war. Ich kann deine Vergangenheit nachfühlen. Ich bin sogar stolz auf dich, auf das, was du aus dieser Situation gemacht hast. Aber Daniel ist und bleibt ein Killer. Es tut mir leid. Ich bin Polizistin. Ich kann da nicht aus meiner Haut.« Sie drückte ihn und gab ihm einen flüchtigen Kuss auf die Schulter.

»Gut«, sagte Thomas nach einer Pause. »Ich muss jetzt los. Daniel wird gleich am Bootshaus sein. Ich denke, ich bin um halb sieben zurück.«

Er ging zum Schlüsselbrett, an dem säuberlich sämtliche Schlüssel unter ihrer Bezeichnung hingen. »Keller«, »Wohnung«, »Auto«, »Dachboden«, »Bootshaus« sowie »Jacht« war dort eingraviert. Er nahm die Schlüssel für seine Bavaria und das Bootshaus und winkte noch einmal ins Wohnzimmer.

»Mast- und Schotbruch«, wünschte Wiebke, winkte zurück und vertiefte sich wieder in ihren Roman.

Sie war ganz froh, hin und wieder allein zu sein.

Kurze Zeit später stand sie auf und holte sich eine Tüte Chips. Sie war glücklich, die Knabberei ohne die ständig kontrollierenden Blicke von Thomas genießen zu können, der immer argwöhnisch beobachtete, ob und wohin sie denn krümeln würde. Um sechs würde sie staubsaugen. Wenn Thomas sagte, er wäre um halb sieben zu Hause, dann war er es nämlich auch. Nicht um sechs Uhr fünfzehn, nicht um sechs Uhr fünfundvierzig. Es sei denn, er rief vorher an. Zuverlässigkeit war einer der großen Aktivposten in Thomas' Charakter.

Sie saß gerade wieder, hatte einige Seiten gelesen und die Hälfte der Chio-Chips vertilgt, als ihr Handy klingelte. Das Display verriet, dass es Thomas war.

»Hallo. Was gibt's? Hast du was vergessen?«

»Nein«, antwortete er. »Es ist was dazwischengekommen. Die Klinik hat angerufen. Einem meiner Patienten geht es wahnsinnig schlecht. Ich muss dahin.«

»Und Daniel?«

»Nun, wenn ich nicht komme, wird er anrufen. Ausnahmsweise erlaube ich dir, dass du ans Telefon gehst. Sag Daniel, dass er bitte am Bootshaus auf mich warten soll. Ich komme etwa zwei Stunden später.«

»Mach ich«, sagte sie. Sie wunderte sich schon nicht mehr darüber, dass sie einer besonderen Erlaubnis bedurfte, um an das Festnetztelefon gehen zu dürfen. Das Telefon war heilig. Nur er durfte rangehen. Es könnten Patienten in einer Notsituation sein, die, eine fremde Stimme hörend, in Panik geraten und unvorhergesehene Dinge machen könnten. Die Partnerin eines Arztes muss mit vielfältigen Besonderheiten leben. Das war eine davon.

»Dann bin ich auch erst gegen halb neun wieder bei dir.«

»Natürlich, Thomas.«

Das hätte sie sich auch selbst ausrechnen können. Aber gut. So war er nun einmal.

Sie las weiter. Nach etwa einer halben Stunde klingelte es an der Haustür. Sie blickte durch den Spion und sah draußen einen Mann stehen, den sie noch nie zuvor in ihrem Leben gesehen hatte.

Wiebke zog die Sicherheitskette vor und öffnete die Tür einen kleinen Spalt.

»Ja bitte?«, fragte sie.

»Ist Thomas zu Hause?«

Wiebke versuchte, die Stimme einzuordnen. Durch den Türspalt sah sie in ein Gesicht, das einige Narben auf der Wange hatte. Der Mann hatte eine Halbglatze und stechend grüne Augen. Er war unordentlich, fast schon schlampig gekleidet.

»Nein«, bekam er zur Antwort. »Der ist mit seinem Bruder segeln. Kann ich etwas ausrichten?«

»Ich bin sein Bruder.«

Dieser Satz traf Wiebke wie ein Donnerschlag. Sie spürte ihr Herz bis zum Hals schlagen. Ein Doppelmörder, schlimmer, der Mörder seiner eigenen Eltern stand vor der Tür.

»Wollen Sie mich nicht hereinlassen, Frau Sollich?«, fragte er.

»Woher wissen Sie, wie ich heiße?«

»Einmal steht es an der Tür. Und zum Zweiten vergeht kein Telefonat mit Thomas, kein Treffen, bei dem Sie nicht Thema sind.«

Scheiße, dachte Wiebke. So eine verdammte Scheiße. Ich kann ihn ja schlecht wieder wegschicken. Dieses dämliche Krankenhaus. Jetzt muss ich mit ihm reden. So ein Mist.

Sie öffnete die Tür. Daniel, der in etwa die Statur von Thomas hatte, jedoch mit einem deutlich gebeugten Gang lief, trat ein. Seine Kleidung würde Thomas nicht einmal zur Reinigung seiner Jacht anziehen.

»Darf ich Ihnen etwas anbieten?«, fragte sie.

»Danke, einen Whisky, aber einen großen.«

»Ich weiß nicht, ob Thomas Whisky im Haus hat«, wich Wiebke vorsichtig aus. Thomas würde auf die Frage, ob er etwas trinken wolle, nie einen Whisky verlangen. Schon gar nicht einen großen. Mit wem war er denn da verwandt?

Doch sie wusste, dass es eine Flasche Dimple gab. Eine noch jungfräuliche, die Thomas von irgendeinem Pharmareferenten als Kundengeschenk erhalten hatte. Sie holte die Flasche, goss einen Whisky, von dem sie annahm, dass die Menge als »groß« durchgehen würde, in ein Glas und gab sie dem sich bereits ungefragt auf dem Sofa flegelnden Mann.

Mein Gott, wie unterschiedlich können Brüder sein!

Gut, dass du den anderen abgekriegt hast.

Ja, Mama, da kann ich dir nur zustimmen.

Daniel setzte das Glas an und leerte es in einem Zug. »Du bist also die sagenumwobene Wiebke. Ich schlage vor, dass wir uns duzen. Ich werde ja immerhin dein Schwager.«

»Ja«, stotterte sie. »Ich bin Wiebke.«

»Ich heiße Daniel. Wo ist also Thomas?«

»Er musste zu einem Notfall. Ich sollte Ihnen, äh, dir sagen, dass es zwei Stunden später wird. Du solltest warten. Hast du denn kein Handy?«

»Wozu?«, fragte er. »Ich bin die meiste Zeit auf See, wo die Dinger sowieso nie funktionieren. Außerdem gibt es wenige Menschen, mit denen ich reden will oder die mit mir reden wollen.«

Das kann ich mir vorstellen, dachte Wiebke.

»Du magst mich nicht«, kam Daniel unmittelbar zur Sache.

»Das kann man so nicht sagen«, wich sie aus. Sie transpirierte. »Ich habe nur Vorbehalte. Du weißt, dass ich Polizistin bin.«

»Genau deshalb solltest du doch verstehen können, was ich damals getan habe.«

»Thomas hat mir von euren Eltern berichtet. Ich kann diese Menschen nur verachten. Solche Verbrechen gehören bestraft, ohne Frage. Aber es geht zu weit, sie mit einem Baseballschläger zu erschlagen.«

»Was haben denn Menschen wie meine Eltern deiner Meinung nach verdient?«

Wiebke schnappte nach Luft. Daniel hatte sie an einem wunden Punkt erwischt. Sie zögerte.

»Siehst du«, sagte er triumphierend. »Du weißt es nicht. Was passiert denn mit Eltern, die ihre Kinder missbrauchen, sie schlagen oder quälen? Drei, vier, vielleicht fünf Jahre kriegen sie. Dann laufen sie wieder frei rum. Die Kinder aber haben einen Schaden fürs Leben. Das habe ich verhindert. Meine Erzeuger laufen jedenfalls nicht mehr frei rum.«

Du hast jedoch einen unübersehbaren Dachschaden, dachte sie bissig. »Ein Unrecht wird nicht dadurch beseitigt, dass man ein anderes begeht.« Sie kam sich unendlich altklug vor, als sie das sagte.

Daniel überging diese Bemerkung und sagte völlig überraschend: »Aber ich bin dir nicht böse, dass du mich nicht magst. Ich mag dich nämlich auch nicht.«

»Warum? Du kennst mich doch gar nicht«, entgegnete Wiebke.

»Dir hat gereicht, was du von mir gehört hast. Mir reicht, was ich von dir gehört habe«, sagte er.

»Und was hat Thomas so Schlimmes über mich erzählt?«, fragte sie unsicher.

»Er ist völlig begeistert von dir. Aber ich lese zwischen den Zeilen. Du bist schlampig und ein Flittchen. So etwas passt nicht zu meinem Bruder. Er wird unglücklich werden, und das macht mich traurig. Ich kann es nicht verhindern, dass ihr heiratet. Aber ich will dir sagen: Du bist schuld daran, dass mein Bruder unglücklich wird, du Schlampe.«

Wiebke sprang auf. »Raus hier«, brüllte sie. »Raus hier! Ich liebe Thomas, und er liebt mich. Ich lasse mich doch nicht von einem dahergelaufenen Doppelmörder beleidigen. Ich will dich nie wiedersehen. Solange ich hier bin – und ich verspreche dir, das wird sehr lange sein –, setzt du nie wieder einen Fuß in diese Wohnung. Raus!«

»Schlampe!«, skandierte er erneut.

Sie gab ihm eine schallende Ohrfeige. Er nahm sie stoisch hin, stand auf und verließ die Wohnung. Die Tür knallte ins Schloss.

Sie weinte hemmungslos. Sie musste mit jemandem reden. Bilder von Günter zogen durch ihre Gedanken. Doch sie widerstand. Wenn sie ihn jetzt anrufen und sich mit ihm treffen würde, würde es passieren. Sie würden sich lieben. Es wäre zwangsläufig. Das wollte sie aber vermeiden. Sie lebte doch mit Thomas zusammen. Bald würden sie heiraten. Sie würde sich nicht durch einen halb verrückten Bruder und dessen hirnverbrannte Meinung von ihrem Weg abbringen lassen. Außerdem: Würde sie jetzt zu Günter gehen, gäbe sie Daniel recht. Schlampe? Nein, diesen Sieg gönnte sie ihm nicht.

Sie war immer noch aufgewühlt, als Thomas zurückkam.

Er nahm sie in den Arm. »Ich weiß«, sagte er. »Daniel war hier. Er hat es mir erzählt. Es tut mir leid. Er ist manchmal unerträglich.«

Er streichelte sie.

Sie genoss die Nähe und seine Wärme.

»Ich liebe dich«, sagte er. »Und wir sollten jetzt wirklich bald heiraten.«

»Ja«, hauchte sie. »Das sollten wir.«

»Warte einen Moment«, flüsterte er und löste sich aus der Umarmung. Er ging in sein Schlafzimmer. Dann hörte sie ihn sagen: »Jetzt kannst du kommen.«

Sie öffnete die Tür und sah, dass Thomas ein großes weißes Badetuch in sein Bett gelegt hatte. Das untrügliche Zeichen, dass er zu Sex bereit war.

Wiebke zog sich aus und legte sich nackt hin. Thomas löschte das Licht. Die Rollläden sorgten für fast vollständige Finsternis. Erst jetzt begann Thomas, sich auszuziehen.

Wiebke lag still da und wartete auf das, was kommen würde. Sie sah nichts. Sie fühlte nur, wie er sich irgendwann auf sie schwang und sein Glied in sie steckte. Ungelenk und so offensichtlich unerfahren wie zu Beginn ihrer Beziehung, aber immerhin.

Sie traute sich nicht, ihn anzufassen. Das letzte Mal, als sie etwas probieren wollte, hatte sie sich anhören müssen, dass er kein Perverser sei. Dabei hatte sie ihm nur einen blasen wollen. Und das auch noch im Dunkeln. Gut, also dann nicht.

Sie lag da wie eine Schildkröte, die man auf den Rücken gedreht hatte, und fühlte, wie sich der Mann über ihr abmühte. Sie schämte sich, dass in ihrer Phantasie dieser Mann nicht Thomas war. War sie doch eine Schlampe?

Es ging wie immer viel zu schnell. Sein sich beschleunigender Atem kündigte das baldige Ende an. Sie war weit von dem entfernt, was man erregt nennen könnte. Noch weiter entfernt von dem Zustand, den man als geil bezeichnete. Und viele Kilometer weit weg von dem, was einen Orgasmus ausmachte.

Er spritzte ab.

Er drehte sich zur Seite.

»Gute Nacht«, murmelte Thomas. »Schlaf doch bitte in deinem Zimmer. Du weißt, dass du schnarchst, und ich muss morgen wieder fit sein.«

Natürlich, dachte sie. Wenigstens hat er nach der Nummer nicht gefragt, ob es auch schön für mich war. Wenigstens das nicht.

Sie stand auf, öffnete die Tür, damit das Licht aus dem Flur die pechschwarze Nacht zumindest ein wenig aus dem Schlafzimmer vertrieb, klaubte ihre Kleidung zusammen und ging in ihr Zimmer.

Sie hatten getrennte Schlafzimmer. Ja und? Sie waren eben ein modernes Paar.

In ihrem Zimmer warf sie sich auf ihr Bett und hörte durch die angelehnte Tür, wie Thomas aufstand, ins Badezimmer ging und sich duschte. Das machte er immer. Hinterher. Außerdem würde er das Badetuch in den Wäschesack für Kochwäsche stecken. Das machte er nämlich auch immer.

Sie hörte wieder seine Schritte. Dann das Geräusch, wie sich seine Tür schloss. Binnen Minuten würde er eingeschlafen sein. Er konnte sich abstellen wie eine Maschine.

Wiebke hingegen war aufgewühlt. Sie stand auf und holte eine Sporttasche hervor, in der sie ein paar kleine Geheimnisse aufbewahrte. Kurz darauf hielt sie ihn in der Hand. Künstlich fleischfarben, etwa fünfundzwanzig Zentimeter lang und die täuschend ähnliche Abbildung eines erigierten männlichen Gliedes. Es schmeckte nach Gummi. Aber die Illusion war da.

Langsam ließ sie den Dildo an sich herabgleiten und stellte sich vor, dass es Günter war. Er spielte mit ihren Brustwarzen. Er rieb ihn zwischen ihren Brüsten. Sie wurde wollüstig. Wie in Trance schaltete sie die Vibration ein.

Günter begann sie zu bumsen. Sie genoss jeden Stoß. Die Vibration in ihrem Unterleib breitete sich auf den ganzen Körper aus. Sie hob ihre Hüften an, um dem Mann, der sie wild nahm, mehr Widerstand zu bieten.

Seine Bewegungen wurden langsamer. Er provozierte sie.

»Gib's mir«, sagte sie leise. Sie wollte es herausbrüllen. Aber nebenan schlief ja Thomas. »Ja, gib es mir!«

Günter vögelte sie nun wie von Sinnen. Von ganz unten kündigte sich das erlösende Gefühl an. Wiebke warf sich wild von der einen auf die andere Seite. Mit geschlossenen Augen und offenem Mund erwartete sie, dass er es ihr besorgte. Er enttäuschte sie nicht.

Schließlich presste sie ihr Gesicht in das Kopfkissen, damit sie ihre Lust herausschreien konnte und Thomas sie nicht hörte.

Doch die Vorsicht war vergebens. Angewidert schlich sich Thomas von der angelehnten Tür wieder in sein Schlafzimmer.

Wenn wir verheiratet sind, muss ich mit ihr eine Therapie machen, dachte er. Das ist nicht normal. Nein, das ist nicht normal. Dann schlief er ein.

Ihr Atem beruhigte sich wieder.

Wiebke, muss das sein?

Das muss manchmal sein, Mama.

Du bist schon komisch.

Ich?, fragte Wiebke. Ich soll komisch sein?

***

»Was machst du denn hier?«, sagte Günter zu dem Besucher, der am Sonntag um halb neun Uhr abends unangemeldet bei ihm auf der Matte stand.

»Willst du mich nicht erst einmal reinlassen?«

»Natürlich, Entschuldigung.«

Günter ging voran in sein Wohnzimmer und schaltete den laufenden Fernseher aus.

»Nimm Platz! Willst du was trinken?«

»Du kennst mich doch. Wodka, wenn du welchen dahast.«

»Für gute Freunde immer.« Günter lächelte und stellte eine Flasche auf den Tisch.

Randolf nahm sie in die Hand und betrachtete das Etikett. »Gorbatschow«, las er laut. »Benannt nach dem Mann, der das Ende des großrussischen Reiches besiegelt hat. Wird seit dem Ende der Zarenzeit in Berlin gebrannt. Die alkoholische Abbildung der russischen Geschichte. Genau das Richtige, um zu vergessen.«

Sie gossen die Gläser voll und prosteten sich zu.

»Was gibt es denn so spät am Abend?«

»Wiebke und Thomas waren heute bei mir«, begann Randolf. »Wie du sicher weißt, ist Wiebkes Vater vor fast dreißig Jahren von einer Rangierlok überrollt worden. Seit der Zeit habe ich mich um Wiebke und ihre Mutter gekümmert. Meine Schwägerin ist nun auch schon fast zehn Jahre tot. Also bin ich Wiebkes einziger verbliebener Verwandter.«

»Das ist mir bekannt. Wo ist jetzt das Problem?«

»Thomas hat bei mir ganz offiziell um ihre Hand angehalten.«

Günters Blut rauschte in seinen Ohren, als er sein Glas vom Tisch nahm und den Rest kippte. »Sie waren doch schon verlobt, sie ist bei ihm eingezogen«, sagte er ruhig. »Damit war zu rechnen.« Er streichelte Minka, die sich erstaunlich schnell bei ihm eingelebt hatte. Irgendwie war sie ein lebendiger Teil von Wiebke.

»Mann, was bist du cool, wenn ich das als Ossi mal so formulieren darf. Der Typ ist doch eine Krankheit.«

»Was hast du gegen ihn?«

»Zyankali vielleicht?«

»Sei bitte ernst.«

»Hör mal. Ich kenne meine Wiebke. Sie ist eine lebenslustige Frau. Sie hat viele Vorzüge, nur Ordnung wird sie nie lernen. Und jetzt will sie den Rest ihres Lebens mit einem Korinthenkacker verbringen, der – das garantiere ich dir – seine Unterhosen bügelt und beim Sex das Licht ausmacht.«

»Und auf der Ostsee Quadrate segelt. Oder besser fährt, denn er segelt ja nicht, sondern fährt immer unter Motor.«

»Was segelt er? Quadrate?«

Günter nickte und erzählte Randolf die Geschichte von den perfekten Quadraten mit einer Kantenlänge von exakt drei Seemeilen. Sie bogen sich vor Lachen. Die Flasche Gorbatschow leerte sich bedenklich schnell.

»Das kann nicht gut gehen«, sagte Randolf, nun wieder ernst.

»Mag sein. Aber was habe ich damit zu tun?«

»Ihr liebt euch. Das sieht der berühmte Blinde mit Krückstock ohne Hund. Warum seid ihr nicht zusammen?«

»Ich bin ein Wessi, wie du weißt.«

»Leck mich. Warum?«

»Ich habe nie richtig gefragt. Sie sich wohl nie richtig getraut. Irgendwann haben wir den Punkt verpasst. Es hat halt nicht sollen sein. So was soll es ja geben. Berühmte Menschen haben über solche Geschichten Romane, Opern und Lieder geschrieben.«

»Warum?«, bohrte Randolf.

Günter schwieg.

»Wenn ich dir ein großes Geheimnis erzähle, das nicht einmal die Stasi herausbekommen hat, erzählst du mir dann deines?«, bot Randolf an.

»Geheimnis?«, sagte Günter. »Noch eins? Okay, einverstanden.«

So offenbarte Randolf seine Homosexualität außer Wiebke noch einer anderen Person. Günter berichtete im Gegenzug von seiner polygamen Veranlagung. Es fiel ihm erstaunlich leicht.

»Dann wärst du ja der Deckel, der zu Wiebke passen könnte.«

»Wieso?«, wandte Günter ein. »Als ich ihr davon erzählte, sagte sie, sie würde es verstehen, aber für sie wäre das nichts.«

»Da schätze ich sie anders ein.«

»Aber selbst wenn.« Günter lallte inzwischen. Sie kämpften gerade mit der zweiten Flasche. Der Russe war nach wie vor ein starker Gegner. »Sie wird Thomas heiraten. Ich weiß auch nicht genau, warum.«

»Aber ich. Meine doofe Schwägerin ist schuld. Sie hat immer davon geträumt, dass es ihrer einzigen Tochter einmal besser gehen sollte als ihr, der Witwe eines einfachen Arbeiters. Und wovon, glaubst du, träumen einfache Arbeiterwitwen?«

»Von einem Arzt als Schwiegersohn?«

Randolf rülpste herzhaft: »Genau.«

»Du hast den beiden deinen Segen gegeben, stimmt's?«

»Eigentlich wollte ich nicht«, sagte Randolf vieldeutig.

»Sie wird dich mit ihren ausdrucksvollen Augen angeschaut und ihre Lippen zu einem Kussmund geformt haben. Um dann zu sagen: Onkel, ich möchte es aber sooo gerne.«

»Woher weißt du das?«

»Ich könnte Wiebke auch nichts abschlagen. Nicht einmal, dass sie einen anderen heiraten will.«

»Das muss wahre Liebe sein.«

Günter zuckte mit den Schultern.

Sie betranken sich weiter. Er fragte sich, ob Randolf und er sich nun sinnlos betranken. Er kam zu dem Schluss, dass sie einen verdammt guten Grund hatten.

Gegen vier Uhr morgens wollte sich Randolf verabschieden, aber Günter hielt ihn zurück. »Nichts da, du schläfst hier. Autofahren in diesem Zustand ist verboten.«

»Verboten?« Randolf lächelte süffisant.

»Lass es mich anders ausdrücken: Ich will nicht, dass du dich im Suff um einen der vielen Alleebäume windest. Du schläfst hier. Aber mach dir keine Hoffnungen. Ich schlafe mit dem Hintern zur Wand.«

»Schade«, lallte Randolf.

***

»Du traust dich nicht«, sagte der dreizehnjährige Junge zu seinem gleichaltrigen Freund.

»Wetten, doch?«

»Dann lass uns reingehen.«

Sie standen vor dem Zaun, der rings um das weitläufige Areal verlief. Schilder des neuen Eigentümers warnten vor dem Betreten.

»Achtung! Einsturzgefahr! Betreten verboten!«

In der Ferne konnten sie die alten Hallen erkennen. Schaurig und hässlich standen die Betonbauten auf einem Hügel. Bis zur Wende waren hier Hunderte von Kühen Leib an Leib gemästet, gemolken und schließlich getötet worden.

»Mein Opa hat hier früher gearbeitet«, flüsterte der eine Junge. Er hätte nicht leise sprechen müssen. Die Gegend um den stillgelegten Mastbetrieb in der Nähe von Pampow war einsam. Außer dem Rauschen der Autos, die auf der B 321 fuhren, war weit und breit nichts zu hören.

Sie durchtrennten einige Drähte des Zauns mit einem Seitenschneider und zwängten sich durch das kleine Loch.

Sie schlichen sich durch das wuchernde Grün. Grau und bedrohlich erhob sich der Hallenkomplex vor ihnen. Ab und zu huschte ein Tier durch die sich langsam auf die unheimliche Umgebung wie ein schützender Mantel legende Dunkelheit. Die beiden Jungen schalteten ihre Taschenlampen an. Ihnen pochte das Herz bis zum Hals. Ihre Eltern hatten ihnen streng verboten, hierherzukommen. Genau das aber machte den Reiz aus.

Die Fenster waren nur noch bloße Löcher in den Wänden. Die Tore herausgerissen. Müll und Unrat lag überall herum. Es stank.

Der eine Junge stolperte und fiel der Länge nach hin. Er unterdrückte den Schmerz. Er wollte keinesfalls schreien. Eigentlich durfte niemand anders hier sein. Aber was wäre, wenn doch? Und was wäre, wenn derjenige sie hier erwischen würde?

Er rappelte sich wieder auf.

»Geht's?«, flüsterte sein Freund.

Er japste nach Luft, nickte aber. »Ja, ja! Alles cool.«

Sie betraten eine der Hallen. Die Deckenverkleidungen waren lose und sahen aus, als würden sie bei der leisesten Berührung krachend herabstürzen und die Jungen unter sich begraben.

Was nicht niet- und nagelfest gewesen war, war bereits aus der

Halle entfernt worden. Die Kegel ihrer Taschenlampen glitten über die gegossenen Tröge, aus denen die Tiere gefressen hatten. Die Exkremente waren einfach auf den Boden gefallen und einmal täglich weggespült worden. Es musste ein bestialischer Gestank geherrscht haben.

»Hier hat dein Opa gearbeitet?«, wunderte sich der eine Junge.

»Hat er mir erzählt«, bestätigte der andere.

»Was für ein Scheißjob.«

Sie gingen wieder nach draußen und entdeckten ein weiteres Gebäude. Von einem langen Gang zweigten rechts und links kleinere Räume ab.

»Was ist da gemacht worden?«, fragte der eine Junge.

»Keine Ahnung!«

»Ich denke, dein Opa hat hier gearbeitet.«

»Von diesen Räumen hat er aber nichts erzählt.«

»Komm, wir schauen nach!«

»Meinst du wirklich?« Seine Stimme zitterte.

»Sei kein Feigling.«

Vorsichtig gingen sie in den Gang und öffneten die erste Tür. Es war ein gekachelter Raum. Vermutlich hatte man hier die Tiere geschlachtet.

Sie gingen weiter. Auch die anderen Räume waren gekachelt. Aber außer Müll fanden sie nichts Aufregendes. Eine Ratte huschte vorbei.

»Komm, lass uns gehen«, meinte der eine. »Ist doch langweilig hier.«

»Schiss hast du!«

»Nein!«

»Doch!«

»Selber!«

»Los, die Tür noch«, schlug der Freund schließlich vor.

Gemeinsam öffneten sie die quietschende Eisentür.

Doch die Dunkelheit gab das Geheimnis des Raumes nicht frei. Nur ein Geruch wie von faulen Eiern oder vergammeltem Fisch schlug ihnen entgegen.

»Wahrscheinlich eine tote Ratte«, sagte einer der Jungen. Zitternd trat er ein. Seine Fußspitze berührte etwas Rundes. Es kullerte weg wie ein Ball.

Er leuchtete auf den Boden. Ein halb verwestes Gesicht starrte ihn an. Er schrie erbärmlich. Dann fiel er in Ohnmacht.

Sein Freund ließ hektisch den Leuchtkegel durch den Raum gleiten. Der Verwesungsgestank war kaum zu ertragen, und er übergab sich, blieb aber bei Bewusstsein. Er nahm sein Handy und rief die Polizei.

***

Wiebke hatte eigentlich schon Feierabend, als sie der Anruf ereilte. Es war ihr Chef.

»Wo soll ich hin?«, fragte sie erstaunt. »Nach Pampow bei Schwerin? Warum kümmern sich die Kollegen dort nicht um den Fall? Ich hab hier weiß Gott genug zu tun!«

»Ich weiß, Frau Kollegin«, antwortete Zielkow. »Aber bei den Opfern wurde ein Schild gefunden, und raten Sie mal, was darauf geschrieben steht!«

»Was denn?«, wollte sie leicht verärgert wissen.

»Bereue!«

Wiebke wurde es heiß und kalt zugleich. Sie musste sich setzen. Sollte alles umsonst gewesen sein? Sollte Hansens Tod doch kein Rachemord im Dealermilieu gewesen sein?

»Ich fahre sofort los«, sagte sie.

Sie brauchte für die Strecke nur gut fünfzig Minuten. Die Autobahn war inzwischen fertig, und sie kam gut voran.

»Mann, was für eine Sauerei«, entfuhr es ihr. Der Brechreiz quälte sie, als sie den von Beamten der Spurensicherung nur so wimmelnden Raum betrat.

»Ja«, sagte einer der Kollegen. »Da war jemand ziemlich wütend.«

»Was wissen Sie bis jetzt?«

»Zwei Opfer, ein Mann und eine Frau. Wie es aussieht, wurden sie mit Stromschlägen gequält.« Der Beamte deutete auf den linken von zwei nebeneinanderstehenden Kästen. »Hier drin befindet sich ein Relais, das an ein Notstromaggregat gekoppelt ist. Der Strom speiste einen Kondensator, der sich auflud und die Stromschläge abgab. Hier liegen überall Kabel rum mit Elektroden, die vermutlich auf die Haut der Opfer geklebt waren, als sie noch ganz waren. Also, die Opfer, meine ich.«

»Aber die Stromschläge waren vermutlich nicht tödlich«, stellte Wiebke sachlich fest.

»Das müssen Sie Dr. Streicher fragen. Aber wenn doch, dann wäre dieser zweite Apparat völlig überflüssig gewesen.«

Wiebke warf einen Blick in die graue Kiste. »Was sind das für Schaltungen?«

»Nach dem ersten Anschein – das muss im Labor natürlich noch genau analysiert werden – handelt es sich um Zeitschaltuhren, die mehrere Zündungen auslösten. Wegen der fünf Uhren gehe ich von fünf Explosionen aus. Die haben die Körper zerfetzt. Sehen Sie: Dort liegt eine Hand. Da ein Fuß. Die Köpfe sind abgerissen. Die Rippen liegen verstreut im Raum. Also wie gesagt: Da war jemand sehr, sehr böse auf die beiden hier.«

»Irgendein Hinweis auf die Identität der Opfer?«

»Nein. Keiner.«

Was sie nervös machte, waren das Schild mit dem Befehl »BEREUE«, die bestialische Art zu töten, die Abgeschiedenheit des Tatortes. Es gab eindeutige Parallelen zum Fall Hansen, obwohl dessen Mörder doch erwiesenermaßen der verschwundene Christoph Lüerßen war.

Doch was, wenn hier derselbe Täter seinen Rachefeldzug fortsetzte? Dann hätte sie nicht einen, sondern zwei ungelöste Mordfälle. Und Wolfgang würde nach nur wenigen Wochen der Ruhe wieder in den Kreis der Verdächtigen zurückkehren. Sie durfte gar nicht daran denken, welche Schlüsse auch die Presse ziehen würde, sobald sie Wind von diesem Doppelmord bekäme. Nein, das durfte nicht passieren. Die Journalisten durften kein einziges Foto machen. Sie musste Zielkow davon überzeugen, eine Nachrichtensperre zu verhängen. Um die Ermittlungen nicht zu gefährden, so könnten sie es begründen.

»Haltet bloß die Presse da raus«, rief sie den Kollegen zu und hörte im selben Moment eine Stimme in ihrem Rücken.

»Zu spät, Frau Sollich.« Schon klickten die Fotoapparate. Die Blitzlichter gingen wie ein Gewitter auf die Szene nieder. Wusste der Teufel, warum die Kollegen sie nicht am Betreten des Geländes gehindert hatten.

Während einige Einsatzkräfte die Reportermeute nur mit Mühe davon abhalten konnten, einfach den Raum zu stürmen und die letzten vielleicht noch vorhandenen Spuren zu zerstören, bahnte sich Herbert Streicher umständlich seinen Weg durch das Menschenknäuel.

»Ach du Scheiße«, sagte er, als er neben Wiebke stand und auf die im Raum verteilten Leichenteile starrte.

Wiebke nickte. »Guten oder besser schlechten Abend, Herbert«, sagte sie und gab ihm die Hand. Dann senkte sie die Stimme, sodass die Reporter, die sich in Verbalscharmützeln mit den Polizeibeamten aufrieben, nichts mitbekamen. »Weißt du, was auf dem Schild da steht?«

»Sicher«, sagte er achselzuckend. »Zielkow hat es mir gesagt. ›Bereue‹. Wo ist Wolfgang?«

»Dem ging es nicht gut.«

»Schwerer Fall von akutem Alkoholabusus, vermute ich.«

»Genau.«

»Hoffentlich kommt er bald wieder auf die Beine.«

»Thomas arbeitet daran. Aber er wird kaum Erfolg haben, wenn sie ihm diesen Fall auch noch anhängen.«

»Meinst du, das kann passieren?«

»Schau dir doch die hungrige Meute an«, raunte sie und deutete auf die Heerschar der sensationslüsternen Reporter. »Denen wäre doch nichts lieber als das!«

»Das werden sie nicht wagen«, sagte Streicher wenig überzeugend, zog sich seine Schutzkleidung an und begann mit der Arbeit.

Wiebke ging schweigend durch die Reportermassen. Jeder wollte ein Interview. Niemand bekam eines. Sie fuhr nach Hause. Sie war einfach fertig.

2

»Entschuldige, dass ich dich damit nerven muss«, sagte Wiebke und genoss ihren Cappuccino. »Aber Wolfgang ist noch immer hauptsächlich mit sich selbst beschäftigt. Außerdem versucht er gerade, dem Inhaber der Spedition den Tod der zwanzig Nigerianer am Brenner anzuhängen.«

»Die in dem Lkw erfroren sind?«, fragte Günter, der von dem Fall gehört hatte. »Was habt ihr denn damit zu tun? Soweit ich weiß, sind die doch am Brenner gefunden worden. Also eher was für die Italiener.«

»Österreich«, sagte Wiebke. »Es war schon auf der österreichischen Seite.«

»Von mir aus dann eben die Ösis. Aber sicher doch kein Fall für die überlasteten Beamten der Rostocker Kripo.«

»Die haben um Amtshilfe ersucht«, erläuterte Wiebke. »Und Wolfgang hat sich um den Job geradezu gerissen.«

»Ich denke, er arbeitet kaum noch.«

»Das stimmt leider. Aber wenn er was macht, dann als Rächer der Witwen, Waisen und Enterbten«, sagte sie sarkastisch. »Aber jetzt zu meinem Fall. Du weißt, dass wir letztes Jahr gegen ein Ehepaar ermittelt haben, das seine Tochter zu Tode gequält hatte.«

»Du weißt, wo ich arbeite?«, fragte er lächelnd.

»Entschuldigung. Du bist natürlich bestens informiert. Wir haben die beiden vor ein paar Tagen grausam zerstückelt in einer verlassenen LPG-Stallung in der Nähe von Schwerin gefunden.«

»Auch das wurde bereits als Gerücht in der Justizkantine kolportiert«, provozierte Günter sie weiter.

»Nerv jetzt nicht! Das war kein einfacher Mord, das war grausame Rache.«

»Von einem ziemlich Verrückten. Schon die Bilder in der Zeitung waren brutal, und die schrecklichsten werden sie wohl aussortiert haben.«

»Soll ich Ihnen die Bilder zeigen, die nicht gedruckt wurden, Herr Oberstaatsanwalt?«, fragte nunmehr Wiebke in einem Anflug von Ironie.

»Danke, verzichte.«

»Da war wieder dieses Schild: ›BEREUE‹. Die gleiche qualvolle Vorgehensweise. Alles wie bei Hansen. Meine schöne Theorie vom Mord in der Drogenszene mit dem verschwundenen Lüerßen als Täter ist damit beim Teufel.«

»Ein Trittbrettfahrer vielleicht?«, mutmaßte Günter und steckte sich eine Zigarette an.

»Unwahrscheinlich. Die Details kennt niemand.«

»Niemand außer euch.«

»Jetzt fang du nicht auch noch an«, rief sie auf einmal schrill.

Günter blickte sie erstaunt an. »Womit soll ich nicht auch noch anfangen?«

»Wolfgang zu verdächtigen«, sagte sie.

»Tue ich doch gar nicht. Aber wer verdächtigt ihn denn sonst noch?«

»Zielkow traut sich zwar nicht, Wolfgang schon wieder zu suspendieren. Aber er schaut ihn scheel von der Seite an.«

»Ich weiß gar nicht, was du willst«, meinte Günter. »Wolfgang kann nicht der Täter sein. Dazu sind selbst bei böswilliger Interpretation die Indizien zu dünn.«

»Ihr Juristen macht es euch einfach«, erwiderte Wiebke. »Wir ermitteln den Fall, und wenn irgendwelche Zweifel bleiben, dann eben *in dubio pro reo*.«

»Seit wann benutzt du denn Latein?«, fragte Günter.

»Seit ich einen schlechten Umgang mit Leuten wie dir pflege. Aber lass mich mal zu Ende reden. Bei uns ist es umgekehrt. Im Grunde ist jeder verdächtig, bis ich das Gegenteil bewiesen habe.«

»Also auch Wolfgang.«

»Ja, auch Wolfgang. Und dass er psychisch auf dem Rachetrip ist, macht ihn nicht weniger verdächtig. Ich weiß noch, wie er damals ausgerastet ist, als die beiden nur zwei Jahre auf Bewährung gekriegt haben.«

»Solange Wolfgang mit solchen Dingen in Zusammenhang gebracht wird, wird er nie zur Ruhe kommen«, sagte Günter und süßte seinen doppelten Espresso mit zwei Stück Süßstoff.

»Ich glaube jedenfalls nicht, dass Wolfgang zwei Höllenmaschinen baut, damit er irgendwelche in keiner persönlichen Beziehung zu ihm stehenden Menschen erst quälen und dann durch Explosionen langsam zerstückeln kann. Das traue ich ihm nicht zu. Aber fürs Glauben werde ich nun mal nicht bezahlt.«

»Was brauchst du nun von mir?«, fragte er.

»Mein Problem ist, dass ich keine Spur habe. Das Einzige, was wir am Tatort gefunden haben, was auf den Täter hinweisen könnte, war der Umstand, dass die elektronischen Bauteile und der Generator in Wismar gekauft wurden.«

Günter rührte noch immer in seiner Tasse. »In Wismar, sagst du.«

»Ja, hast du eine Idee?«

»Ich weiß nicht.« Seine Unsicherheit war mit Händen zu greifen.

»Los, spuck's aus. Ich bin für jeden Strohhalm dankbar.«

»Ich würde dir empfehlen, mal zu checken, welche Internetforen über deine toten Kinderquäler existieren oder existiert haben. Dann würde ich die am lautesten nach Vergeltung schreienden Teilnehmer überprüfen und denen, die in oder um Wismar leben, auf den Zahn fühlen. Wer so eine Tat begeht, hat ein Mitteilungsbedürfnis. Was liegt also näher, als dass er sich vorher im Netz anonym ausgelebt hat?«

»Günter, du bist genial«, sagte Wiebke mit einem unbeschreiblich herzerfrischenden Lachen.

»Gemach, gemach. Das ist nur eine Idee. Wahrscheinlich kommt dabei nichts heraus.«

»Wenigstens eine Idee. Die hatte ich nicht.«

***

»Ich wäre etwas vorsichtiger mit Ihren Anschuldigungen, Herr Franke«, sagte Dr. Laufmann, der die Verteidigung von Olaf Tormann übernommen hatte. »Das letzte Mal, als Sie einen Mandanten von mir verdächtigt haben, er sei kriminell, hat man Ihnen im Anschluss daran einen Mord unterstellt.«

»Hier ist die Sachlage eindeutig anders«, meinte Wolfgang. »Ihr Mandant ist wegen Menschenschmuggels vorbestraft.«

»Mein Gott«, sagte Tormann. »Das ist vierzehn Jahre her. Wollen Sie mir diese Jugendsünde denn ewig vorhalten? Ich bin heute ein ehrbarer Transportunternehmer. Ich schmuggele nicht, schon gar nicht Menschen.«

»Und was machten dann die zwanzig Nigerianer in Ihrem Kühllaster am Brenner?«

»Mein Fahrer hat wohl der Versuchung nicht widerstehen können und meine bis dahin etwas laxen Kontrollen missbraucht, um sich ein nettes Zubrot zu verdienen. Leider können wir ihn nicht mehr befragen.«

»Ich weiß«, erwiderte Wolfgang. »Und Sie sind sicher nicht allzu böse, dass Ihr Fahrer das Zeitliche gesegnet hat, oder?«

»Jetzt hören Sie mir mal zu.« Aggressiv lehnte sich Tormann vor. »Sie können mir gar nichts. Und das wissen Sie genau. Außerdem war das ein blöder Unfall. Wenn mein Fahrer nicht tot umgefallen wäre, hätte niemand die Kühlung so weit heruntergedreht. So oder so habe ich damit nichts zu tun. Nehmen Sie das zur Kenntnis.«

»Es fällt mir schwer, das zu glauben.«

»Das ist mir schnurz. Außerdem, was wollen Sie eigentlich? Waren doch bloß ein paar Neger.«

Dieser Satz war der entscheidende Satz zu viel. Sein Nervenkostüm war eben nicht mehr belastbar genug für den harten Polizeidienst. Er sah rot, sprang auf und verpasste Tormann zwei Ohrfeigen. Der wollte sich wehren, aber Dr. Laufmann hielt ihn davon ab.

»Herr Hauptkommissar«, sagte er und lächelte überlegen. »Sie sind so schön berechenbar. Ich habe meinem Mandanten gesagt, dass er nur einen kleinen rassistischen Spruch bringen müsste, und wir hätten wieder genug Stoff, um Sie lächerlich zu machen. Vielen Dank. Ich gehe davon aus, dass damit die Vernehmung beendet ist.«

Wolfgang nickte. In ihm kochte die Wut. Ein Mann schmuggelte Menschen unter Bedingungen, unter denen nicht einmal Tiere lebend transportiert werden durften. Er brachte sie sehenden Auges in eine tödliche Gefahr und entzog sich feige der Verantwortung, wenn sie sich realisierte. Es müsste jemanden geben, der solche Menschen zur Rechenschaft zöge. Ja, so jemanden müsste es geben.

»Feiger Dampfplauderer«, hörte er Caroline sagen. »Feiger Dampfplauderer.«

***

Günters Idee war ein Volltreffer. Es gab tatsächlich ein Internetforum, in dem ausführlich die grausame Tat der später nicht minder grausam gestorbenen Eltern diskutiert worden war.

Besonders hervorgetan hatte sich einer, der sich »Hunter_Vier« nannte. Mit Liebe zum Detail beschrieb dieser Mann, welche Höllenqualen solche Menschen verdient hätten. Mit Hilfe der Computerexperten des Landeskriminalamtes war es Wiebke gelungen, die Person hinter dem Pseudonym zu identifizieren. Es war Ottmar Kiesewetter. Das Beste an dieser Entdeckung war, dass Kiesewetter in Wismar lebte.

Günter, du bist ein Genie.

Er hatte bei seiner Verhaftung keinen Widerstand geleistet. Nun saß er Wiebke und Stefan Conrad gegenüber. Conrad war Staatsanwalt und leitete den Mordfall.

»Ich will gleich zur Sache kommen«, sagte Wiebke. »Wir verdächtigen Sie, am 24. Mai das Ehepaar Adamchewski gequält und dann getötet zu haben.«

Kiesewetter, der von Nachbarn als komischer Sonderling beschrieben worden war, dem man alles zutrauen könnte, saß teilnahmslos im Verhörraum. Er war gelernter Elektriker und bei der Bundeswehr bis zum Stabsunteroffizier aufgestiegen.

»Haben Sie für den 24. Mai ein Alibi?«, fragte sie.

»Sie wollen wissen, wo ich war? Keine Ahnung. Wahrscheinlich zu Hause.«

»Gibt es Zeugen?«

»Ich mag keine Menschen. Ich will auch keine um mich haben.«

»Herr Kiesewetter. Sie haben im Internet geschrieben, dass Menschen wie die Adamchewskis kein Recht hätten zu leben.«

Kiesewetter nickte heftig. Richtig aufgeregt war er auf einmal.

»Das stimmt ja auch.«

Wiebke und Conrad schauten sich bedeutungsschwer an.

»Ferner sind Sie Elektriker von Beruf und haben Kenntnis über die Anwendung von Sprengstoff?«, fragte sie.

»Ja. Das haben die mir beim Bund beigebracht.«

Nun versuchte sie, einen sanften Ton in ihre Stimme zu bringen. Sie probierte einen alten, aber immer wieder erfolgreichen Verhörtrick. Sie spielte die Verständnisvolle.

»Ich kann Sie ja verstehen. Ich habe in dem Fall zusammen mit meinem Kollegen selbst ermittelt. Da kann einem schon die Hutschnur hochgehen, wenn man sieht, was diese Menschen ihrem Kind angetan haben, und sie dann weiter frei herumlaufen dürfen.«

»Nicht wahr?« Kiesewetters Miene hellte sich wieder auf. »Die haben den Tod verdient. Ich freue mich, dass Sie das auch so sehen.«

»Und weil diese grausamen Menschen den Tod verdient haben, haben Sie es auf sich genommen, das Gerechte zu tun, hab ich recht?«

Zur Überraschung des Staatsanwaltes und vor allem auch Wiebkes nickte Kiesewetter.

»Ja, es stimmt. Ich war es. Ich habe es angekündigt und dann getan. Zwar hatte ich nicht gedacht, dass man mich kriegt. Aber ich bereue nichts. Das müssen die anderen tun.«

»Wie meinen Sie das?«, fragten Conrad und Wiebke fast gleichzeitig.

»Ich habe auch die Drogendealer umgebracht«, sagte er.

»Welche Dealer?«

»Na, diesen Hansen und den Lüerßen. Hansen habe ich vergraben. Er litt bestimmt Höllenqualen in seinem Sarg.«

»Erzählen Sie mal!«, forderte Wiebke ihn auf.

»Ich habe ihm aufgelauert, ihn überwältigt und dann am Brooksee lebendig eingegraben. Mit Licht und Gegensprechanlage.« Kiesewetter berichtete noch weitere Einzelheiten. Wiebke hörte interessiert zu. Es war ihr aber zu simpel. Die Informationen zum Tathergang waren zwar detailliert, aber auch nicht mehr, als in den Tageszeitungen stand.

»Und was ist mit dem anderen?«, fragte sie dann.

Kiesewetter zögerte kurz. Dann sagte er: »Den habe ich mit Benzin übergossen und verbrannt. Die Reste sind irgendwo in der Ostsee.«

»Wo haben Sie ihn verbrannt?«

Wieder zögerte Kiesewetter kurz. Dann erzählte er etwas von einem aufgelassenen Betriebsgelände. Das konnte stimmen, aber auch seiner Phantasie entsprungen sein.

Zufrieden stand Conrad auf und bedeutete Wiebke, ihn kurz nach draußen zu begleiten.

»Gratulation, Frau Sollich«, sagte er. »Keine zwei Wochen nach dem Fund haben Sie den Täter. Und die Lösung für zwei andere Morde als Zugabe.«

»Meinen Sie, das reicht?«, fragte Wiebke unsicher. »Unsere paar Indizien und dieses Geständnis?«

»Was wollen Sie denn noch?«

»Ich weiß auch nicht. So richtig überzeugt bin ich nicht.«

»Wollen Sie ihn etwa wieder laufen lassen? Dann können Sie sich ja gleich die Kugel geben. Nein, glauben Sie mir. Es passt alles. Ein Sonderling, der sich mit Elektrik und Sprengmitteln auskennt, öffentlich einen Racheakt ankündigt und in der Vernehmung ein Geständnis abliefert. Es stellt sich nur die Frage, ob wir ihn lebenslang ins Gefängnis stecken oder auf Dauer in die Psychiatrie einweisen müssen. Das wird die Hauptverhandlung ergeben. Hervorragende Arbeit. Machen Sie sich keinen Kopf.«

Wiebke sah es ein. Sie hatte in diesem Fall mehr zusammengetragen als in so manchem Indizienfall vorher. Und dennoch hatte sie ein ungutes Gefühl.

Kiesewetter unterschrieb ungerührt das Vernehmungsprotokoll. Dann winkte er Wiebke heran und flüsterte ihr ins Ohr: »Ich war es nicht. Aber ich nehme es auf mich. Damit der wirkliche Täter weiter Gutes tun kann.«

Ihr lief es heiß und kalt den Rücken runter. War Kiesewetter nur ein Spinner und diese Behauptung dummes Gerede? Hoffentlich.

Nachdenklich ging sie in ihr Büro und setzte sich an ihren Schreibtisch. Sie grübelte eine Zeit lang vor sich hin, als ein Anruf von Zielkows Vorzimmerdame sie aus ihren Gedanken riss. Der Chef wollte sie sehen.

»Ich komme sofort«, sagte sie.

»Meine liebe Frau Sollich«, sagte Zielkow zur Begrüßung. »Ihre Erfolge werden ja bald beängstigend.« Überschwänglich schüttelte er ihre Hand. »Conrad hat mich angerufen und mir von der Verhaftung und dem Geständnis dieses Kiesewetter erzählt. Meine Hochachtung.«

Wiebke vermied es, ihre Zweifel zu äußern. Sie würde sich lächerlich machen. Außerdem war es ja ihre Idee gewesen, nach dem

Typen im Internet zu fahnden. Sie hatten ihn. Er war geständig. Was wollte sie mehr?

»Sie sehen so geistesabwesend aus, Frau Kollegin«, bemerkte Zielkow. »Ist was?«

»Sie wissen, dass ich am Sonntag heiraten werde. Ich war mit den Gedanken ganz woanders.«

»Wie unsensibel von mir, Frau Kollegin. Wird es eine große Feier?«

»Nein, nur der engste Familien- und Freundeskreis. Wir sind ja keine zwanzig mehr.«

»Das ist sehr weise von Ihnen. Es gibt nichts Schrecklicheres als diese Mammuthochzeiten. Glauben Sie mir, als Vater von inzwischen drei erwachsenen und verheirateten Töchtern kann ich ein Lied davon singen. Aber trotzdem: Sie gehen jetzt nach Hause. Morgen möchte ich Sie hier nicht sehen. Alles Gute für die Hochzeit.«

»Danke, Chef.«

»Nein, meine Liebe. Ich danke *Ihnen*.«

Wiebke verließ das Büro.

Zielkow zündete sich einen Zigarillo an und dachte, dass Wiebke die Nachfolge von Wolfgang Franke antreten könnte, wenn dieser seinen Dienst quittieren würde. Bald, wenn seine gesundheitlichen Probleme sich nicht mehr kaschieren ließen. Also sehr bald.

***

Der Ort war wie geschaffen für sein Vorhaben. Eine alte, vergessene Scheune. Einsam gelegen. Weit und breit kein anderes Haus. Weit und breit kein Mensch.

Dachte er.

Ein anderer, Friedrich Münzer, suchte ebenfalls die Abgeschiedenheit dieser Gegend. Seit dem Tod seiner Frau vor zwei Jahren fand er Ablenkung und gelegentlich gütiges Vergessen, indem er mit seinem Dackel Archibald über die unendlichen Felder Mecklenburgs spazierte. Stundenlang. Bis sie irgendwann zu seinem Lada zurückkehrten und wieder in die Plattenbauwohnung fuhren. Das Leben hatte nicht mehr viel zu bieten für Friedrich Münzer. Hier in der Abgeschiedenheit konnte er nachdenken. So lange, bis es nicht mehr wehtat.

»Was wollen Sie von mir?«, fragte Olaf Tormann. »Ich habe Geld. Ich kann es herbringen lassen.«

»Geld?«, lachte der Mann in der Scheune höhnisch, während er Eisquader aus seinem in der Halle geparkten Wagen auslud. »Ich brauche kein Geld. Ich will auch kein Geld.«

»Was erwarten Sie von mir?« Tormann versuchte sinnloserweise, die Kabelbinder, die seine Hände und Füße zusammenhielten und sich tief in das Fleisch bohrten, zu lockern. Außer dass die Wunden an den Gelenken tiefer wurden, passierte nichts.

»Ich erwarte von Ihnen, dass Sie bereuen. Und dann erwarte ich von Ihnen, dass Sie sterben. Qualvoll sterben.«

»Sie sind ja verrückt«, brüllte Tormann. »Völlig übergeschnappt. Sie Wahnsinniger!«

»Ich mag wahnsinnig sein, vielleicht. Aber sie werden tot sein. Das ist der entscheidende Unterschied.«

»Was ist, Archibald?«, fragte Friedrich Münzer seinen Hund. Der sechsjährige Kurzhaardackel hatte offensichtlich Witterung aufgenommen und zerrte an der Leine. »Hast du was entdeckt?«

Nur mit Mühe konnte Friedrich Münzer seinem hechelnd in Richtung Scheune ziehenden Hund folgen.

Er begann, die aus den Styroporverpackungen ausgeladenen Eisquader aufzuschichten.

»Was haben Sie vor?«, fragte Tormann. Er bekam Angst. Noch vor drei Stunden hatte er gedacht, der Mann, der ihn mit vorgehaltener Pistole zwang, in das Auto zu steigen, wolle ihn nur ausrauben. Dann war er chloroformiert worden und hier wieder aufgewacht. Gefesselt und als untätiger Beobachter einer bizarren Szene, deren Sinn er nicht begriff. Er ahnte nur, dass es gefährlich für ihn werden könnte. Sehr gefährlich. Tödlich.

Zufrieden betrachtete der Mann sein Werk. Aus den fünfundsiebzig Zentimeter hohen Eisquadern hatte er ein Rechteck gebaut. Es war groß genug, dass ein Mann darauf stehen konnte. »Wie groß sind Sie?«, wollte er von Tormann wissen.

»Lecken Sie mich am Arsch.«

»Ich will wissen, wie groß Sie sind«, befahl er, und Tormann blickte in die Mündung der Pistole.

»Einen Meter sechsundachtzig«, sagte er zitternd.

»Danke.«

Archibald schnüffelte wie wild am Tor der Scheune.

»Was hast du?«, fragte Friedhelm Münzer. »Ist da was?«

Der Hund bellte. Laut.

Gott sei Dank, dachte Olaf Tormann. Rettung ist da.

»Hilfe! Hilfe!«, brüllte er. »Der will mich umbringen! So helfen Sie mir doch.«

Sein Peiniger hechtete neben das Tor, auf dessen anderer Seite er das Bellen des Hundes gehört hatte. Er beobachtete, wie die Klinke der in das Scheunentor eingebauten Tür heruntergedrückt wurde. Die Tür öffnete sich und ein angeleinter Dackel hüpfte in die Halle.

Friedhelm Münzer trat ein und spürte eine Sekunde später den kalten Lauf einer Waffe an der Schläfe.

»Schön langsam«, befahl der Mann in seinem Rücken. »Schritt für Schritt.«

Friedhelm Münzer ging schrittweise vorwärts. Er sah den gefesselten Tormann, einen Wagen mit offenem Kofferraum und eine große Fläche aus Eisquadern.

»Setzen sie sich dahin!« Der Mann mit der Waffe deutete auf einen achtlos liegen gelassenen Strohballen. »Und sorgen Sie dafür, dass Ihr Köter endlich das Maul hält.«

Münzer setzte sich. »Ruhig, Archibald. Platz. Ganz ruhig!«

Der Hund setzte sich. Er knurrte. Er fixierte den Mann mit der Waffe. Seine Lefzen bleckten gefährlich seine Zähne. Er spürte die Gefahr, in der sie waren. Er war bereit zur Verteidigung.

»Sie haben das Pech«, sagte der Mann, ohne die entsicherte Waffe auch nur einen Moment abzusetzen, »dass Sie sich zur falschen Zeit am falschen Ort aufgehalten haben. Ich bin gerade dabei, diesem Abschaum hier einen möglichst langen und grausamen Tod zu bereiten. Er ist nämlich verantwortlich für den Tod von zwanzig Menschen und versucht, sich durch Tricks und die Mithilfe irgendwelcher Winkeladvokaten herauszustehlen. Und können Sie sich vorstellen, was er mir angeboten hat?«, fragte der Mann hysterisch lachend. »Können Sie sich das vorstellen?«

»Nein«, sagte Friedhelm Münzer.

»Geld. Als ob man sich mit Geld von Schuld freikaufen könnte.« Der Mann schüttelte sich förmlich. Dann wurde er von einer Sekunde auf die andere ruhig. Gespenstisch ruhig und kalt. »Sie werden verstehen, dass ich keine Zeugen gebrauchen kann«, sagte er. »Es tut mir leid.«

Er richtete die Waffe auf Münzers Stirn und drückte ab.

Der Rentner fiel, von der Wucht des Schusses getroffen, nach hinten. Mitten auf seiner Stirn war das Einschussloch zu erkennen. Das Projektil hatte den Hinterkopf durchschlagen. Blut und Hirnmasse klebten an der Scheunenwand hinter ihm.

Der Dackel, immer noch angeleint, rastete aus. Wild kläffend und zähnefletschend versuchte er, sein Herrchen zu verteidigen. Der Mann blickte auf den auf und nieder springenden Hund, richtete die Waffe auf ihn und drückte erneut ab. Jaulend fiel auch der Hund zu Boden. Die Kugel hatte seinen Hals zerfetzt. Es dauerte drei Minuten, bis der kleine Körper aufhörte zu zucken.

Olaf Tormann war vor Schrecken wie gelähmt. Der Mann drehte sich ungerührt zu ihm um.

»Das war nicht geplant, aber unvermeidbar. Aber jetzt zu Ihnen. Deswegen sind wir ja schließlich hier.«

Tormann war in diesem Moment sonnenklar, dass er sterben würde. Er wusste nur nicht, wie.

Der Mann holte schließlich einen Strick aus dem Wagen. Die Schlinge für Tormanns Kopf war bereits vorbereitet.

»Eins sechsundachtzig, richtig?«, fragte er. Laut lachend bestieg er eine Leiter und befestigte das Seil an dem Stahlträger der Halle in der richtigen Höhe. Bedrohlich hing die Schlinge über der Eisfläche, auf der sich bereits eine kleine Tauwasserschicht gebildet hatte. »Aufstehen«, befahl der Mann und richtete die Waffe auf sein Opfer.

Tormann gehorchte.

»Herkommen.«

Mit kleinen Tippelschritten bewegte sich Tormann auf seinen Peiniger zu. Als er am Rande der Eisfläche angekommen war, hörte er seine Stimme direkt an seinem Ohr.

»Jetzt kletterst du auf das Eis. Pass auf, es ist glatt.«

»Nein«, flehte Olaf. »Bitte nicht.«

Er sah in die Mündung und roch das Pulver der beiden Schüsse, die Friedhelm Münzer und seinen Hund getötet hatten. Er quälte sich auf die Eisblöcke.

»Alle sind gleich«, sagte der Mann. »Alle hoffen auf Rettung. Du hast jetzt die Wahl. Soll ich dich erschießen? Oder willst du hoffen, dass dich einer rettet?«

Olaf sagte gar nichts. Er stand auf dem Eis, zitterte vor Angst und sah die Schlinge des Stricks neben sich baumeln.

»War auch nur ein Scherz«, sagte der Mann. »Du hast keinen schnellen Tod verdient.«

Er bestieg die Leiter und legte die Schlinge um Tormanns Hals. Er zog sie fest zu, aber nicht zu fest. Er wollte, dass sein Opfer noch atmen konnte.

Tormann liefen die Tränen aus den Augen.

»Gnade«, winselte er. »Gnade.«

»Gnade hat nur verdient, wer auch gnädig war.«

Er stellte einen Wecker und ein Schild auf.

»Hier siehst du eine Uhr. Nach meinen Berechnungen stehst du in etwa zwei Stunden auf Zehenspitzen, damit dich der Strick nicht erwürgt. Noch eine Stunde später ist das Eis so geschmolzen, dass du dich selbst strangulierst. Es wird richtig lange dauern, bist du keine Luft mehr kriegst. So wie es Abschaum wie du verdient hat. Und während der ganzen Zeit siehst du dieses Schild hier. Was liest du da?«

Tormann schwieg.

»Ich will wissen, was du da liest!«, herrschte ihn der Mann an.

»Bereue«, sagte Tormann.

»Genau das wirst du jetzt tun. Bereuen.«

Der Mann öffnete das Scheunentor, fuhr seinen Wagen heraus und schloss das Tor wieder. Er hörte Tormann verzweifelt rufen. Um Hilfe schreien. Um Gnade winseln. Er lachte. Noch ein Rentner würde in diese Einöde nicht kommen. Jedenfalls nicht die nächsten zwei Stunden.

Olaf Tormann hatte Glück.

Es sollte sogar drei Stunden dauern, bis er tot war. Es war eine Erlösung.

3

Die Sonne strahlte vom wolkenlosen Himmel. So wie es sich für den schönsten Tag des Lebens gehört. Schönes Wetter ist ein Vorbote einer langen, glücklichen Ehe, sagt der Volksmund.

So eine Scheiße, dachte Wiebke. Warum passt dieses verdammte Ding nicht? Sie mühte sich, in das weiße Seidenkleid zu kommen. Es hatte bei der Probe gepasst, aber da waren auch drei Verkäuferinnen dabei gewesen, um ihr hineinzuhelfen. Heute war sie allein.

Sonst half ja die Mutter der Tochter beim Anlegen des Brautkleides. Aber Mama war tot. Brautjungfern waren auch keine zugegen. Erstens deswegen nicht, weil in Wiebkes Bekanntschaft keine Jungfrauen mehr verfügbar waren, und zweitens, weil sie es albern gefunden hätte, wenn in ihrem Alter Frauen hinter ihr Blumen streuen würden.

Endlich gab der Reißverschluss ihren Bemühungen nach, und sie betrachtete sich vor dem Spiegel in ihrem Zimmer. Im Wohnzimmer wartete Thomas auf seine Braut. Onkel Randolf hatte sich, wenn auch mürrisch, bereit erklärt, die Rolle des Brautvaters zu übernehmen.

Die einzigen weiteren Gäste, Günter und Wolfgang, waren schon zum Standesamt vorgefahren und warteten auf das glückliche Paar.

»Wie weit bist du?«, hörte sie Randolf durch die geschlossene Tür fragen.

»Bin gleich fertig«, rief sie, während sie sich im Stillen verfluchte, diese Schuhe gekauft zu haben. Sie waren ohne Frage schön. Sie passten perfekt zu dem Kleid. Es hatten unbedingt diese sein müssen, wenn auch eine Nummer zu klein, weil ihre Größe nicht mehr auf Lager war.

Es ist der wichtigste Tag deines Lebens.

Ich weiß, Mama.

Sie trat schließlich ins Wohnzimmer. Thomas sah sie lächelnd und offensichtlich auch stolz an. Randolf staunte. Sie war schön. Das strahlende Weiß des Kleides bildete einen perfekten Kontrast zu ihrem brünetten Haar. Das die Figur betonende Kleid unterstrich Wiebkes weibliche Rundungen, ohne aufreizend zu wirken. Das hätte Thomas auf keinen Fall gefallen.

»Na, wie sehe ich aus?«, fragte sie. Ihren Augen konnte man die jungmädchenhafte Unsicherheit ansehen, die Frauen in bestimmten Situationen nie verlieren, ganz gleich, wie alt und erfahren sie auch sein mögen.

»Wie ich es von Anfang an gesagt habe«, erwiderte Thomas. »Eine bemerkenswert schöne Frau.«

Er trug einen schwarzen Smoking. Das und seine perfekte männliche Figur, sein akkurater Haarschnitt sowie die Kette der goldenen Repetieruhr gaben ihm ein aristokratisches, aber auch konservatives Aussehen.

Es ist eine Hochzeit, kein Schönheitswettbewerb.

Natürlich, Mutter.

»Darf ich bitten?«, sagte Thomas und bot ihr seinen Arm an.

Randolf folgte den beiden und prüfte, ob er alles dabeihatte. Der Fotoapparat war da. Und das Wichtigste für ihn und vor allem für Günter fühlte er in beiden Innentaschen seines Jacketts.

Draußen auf der Straße stand eine blumengeschmückte Victoriakutsche mit zwei wunderschönen Schimmeln. Thomas bat Wiebke, zu warten. Er ging auf die weiße Equipage zu. Der Kutscher im schwarzen Anzug und Zylinder öffnete die Tür. Thomas nahm einen größeren Beutel aus dem Innenraum.

Er bestreute den Weg bis zur Haustür mit Rosenblättern, nahm ihre Hand und führte sie zum Wagen.

Mein Gott, wie romantisch, dachte sie.

Was für ein Kitsch, dachte Randolf.

Er sagte aber nichts, bestieg als Letzter die Kutsche und hörte den Kutscher, wie er mit einem Zungenschnalzer den beiden Schimmeln den Befehl gab, loszutraben.

Die Hufe der Pferde hallten fast schon melodisch auf dem Asphalt der Rostocker Straßen. Die Menschen drehten sich um. Nicht wenige klatschten.

Wiebke winkte freundlich und lächelte. Sie lächelte zwei Stunden lang. Sie winkte liebenswürdig. Auch zwei Stunden. So lange dauerte es, bis die Schimmel sie von ihrer Wohnung am Wilhelm-Külz-Platz nach Warnemünde gezogen hatten.

Glück. Glück, warum überkommst du mich nicht?

Wiebke, lächle!

Ja, Mama.

Wolfgang und Günter erwarteten sie vor der Vogtei. Dieses Gebäude, dessen Geschichte bis ins 14. Jahrhundert zurückging, gehörte zu den beliebtesten Orten, an denen sich Rostocker Paare das Versprechen für den Bund des Lebens gaben. Seit Jahrzehnten.

Schon von ferne hörten sie das Getrappel der Pferde.

Günters Herz schlug bis zum Hals. Er machte sich nichts vor. Wiebke wollte Thomas, da konnte Randolf noch so sehr der Meinung sein, dieser Mann würde nicht zu ihr passen. Und was Wiebke wollte, bekam sie auch.

Aber doch tat die Gewissheit weh, dass der kleine Funke Hoffnung, es könnte mit ihnen beiden doch noch einmal etwas werden, heute erlöschen würde. Die Worte »Und hiermit erkläre ich euch zu Mann und Frau« würden gleich wie ein Eimer Wasser auf die glühenden Kohlen der Leidenschaft niedergehen, und das Feuer würde zischend erlöschen. Zurück bliebe der Ruß der Erinnerung.

Warum tat er sich das an? Wohl um genau dieses Zischen zu spüren. Um das Erlöschen der Leidenschaft zu erleben. Damit dieses ziehende Gefühl im Bauch endlich aufhören würde. Ja, genau deshalb.

»Hallo, Wiebke«, sagte Günter mit staubtrockenem Mund, als sie aus der Kutsche stieg. Mein Gott, was sieht sie gut aus, dachte er, und das Ziehen im Magenbereich wurde noch heftiger.

Thomas folgte ihr mit einem Lächeln. Günter begann, das Lächeln dieses Mannes zu hassen. Doch dann dachte er: Halt, der Mann kann nichts dafür. Sie beide wollen heiraten. Es ist ihrer beider Entscheidung.

Wolfgang hatte sich für diesen Anlass in seinen besten Janker geworfen. Das ziemlich bajuwarische Outfit stand zwar in einem gewissen Widerspruch zu der maritimen Atmosphäre, die Warnemünde ausstrahlte. Aber er war gepflegt, fein gekleidet und vor allem nüchtern. Das war schon etwas.

»Danke, dass ich die Ehre habe, dein Trauzeuge zu sein«, sagte Wolfgang zu Wiebke.

»Wir kennen uns seit Ewigkeiten, und ich glaube, dass du genau der Richtige bist«, erwiderte sie lächelnd. Sie hatte Wolfgang nicht gesagt, dass er zweite Wahl war. Eigentlich sollte Günter der Trauzeuge sein, aber da hatte sie einen Korb bekommen.

»Ich kann das nicht, Wiebke. Ich bitte dich, das zu verstehen«, hatte er gesagt, war im Café einfach aufgestanden und gegangen. Sie hatten nie wieder darüber gesprochen.

»Darf ich das Brautpaar und den Trauzeugen für ein paar Formalitäten hereinbitten?«, fragte auf einmal der Standesbeamte, der irgendwann dazugekommen sein musste. »Die Gäste können schon im Trausaal Platz nehmen.«

Plötzlich spürte Günter eine Hand auf seiner Schulter. Er drehte sich um und sah in Randolfs schelmisch grinsendes Gesicht. »Für medizinische Zwecke«, sagte er und gab ihm einen Flachmann.

»Was ist da drin?«, fragte Günter.

»Russischer Landwein.«

Günter schraubte den Verschluss ab und setzte an. Der scharfe Wodka brannte in seinem Hals, aber er konnte nicht verhehlen, dass der Schnaps ihm guttat. Er hielt Randolf den Flachmann hin. Doch der schüttelte den Kopf, griff in seine zweite Jacketttasche und holte einen weiteren hervor.

»Ich habe meine eigene Dosis dabei«, sagte er, nahm einen Schluck und deutete dann auf die Tür. »Begleiten wir Wiebke. Sie will es so.«

Günter seufzte. Er wusste, dass Randolf recht hatte.

Leider.

Standesamtliche Trauungen haben immer den Charakter eines künstlich aufgepeppten behördlichen Verwaltungsaktes. Auch wenn man sich noch so viel Mühe mit dem Ambiente, dem Blumenschmuck und der musikalischen Unterhaltung gibt. Das Gefühl der transzendentalen Ergriffenheit, die selbst grob geschnitzte Charaktere bei einer kirchlichen Hochzeit ergreift, erreicht eine standesamtliche Zeremonie niemals.

Wiebkes und Thomas' Feier für den Bund ihres Lebens machte da keine Ausnahme. Natürlich waren alle Extras wie Arrangements, Musikbegleitung und die ausführliche Rede des Standesbeamten, der auf die Vita des Paares einging, gebucht worden. Und doch saßen sie nur vor einer Art Notar, der einen Vertrag zwischen zwei Menschen, in Zukunft gemeinsam leben zu wollen, beurkundete. Nicht mehr und nicht weniger.

Beim Satz »Und hiermit erkläre ich euch zu Mann und Frau« schossen Wiebke die Tränen in die Augen. Sie wollte ihn. Sie hatte ihn. Sie hatte es geschafft.

Aber wo war, verdammt noch mal, das Glück?

Die Glücksgefühle kommen, Wiebke. Hab Geduld.

Hoffentlich, Mama.

Für Günter war der Satz ein Stich in sein Herz. Er spürte körperlichen Schmerz. Doch er hörte nicht das sehnlich erwartete Zischen der schnell erkaltenden Leidenschaft. Im Gegenteil. Der Spruch wirkte wie ein Luftzug, der die Glut erst richtig zum Lodern brachte.

Randolf sah ihm tief in die Augen und deutete mit einem vielsagenden Gesichtsausdruck auf seine Brusttasche, während Thomas und Wiebke den Vertrag unterzeichneten.

Die Katastrophe begann um sechzehn Uhr dreizehn. Die Ober in dem internationalen Restaurant »Brasserie« in der Jachthafenresidenz »Hohe Düne« trugen gerade die Dessertteller ab. Die Erdbeer-Rhabarber-Grütze mit halb geschlagener Sahne hatte das Hochzeitsmenü abgerundet. Die Köche des Nobelhotels am Jachthafen in Warnemünde wurden ihrem Ruf gerecht. Als Vorspeise hatte die kleine Hochzeitsgesellschaft eine warme geräucherte Lachspraline auf Safran-Joghurtsauce mit wildem Thai-Spargel und Friséespitzen, gefolgt von einer leichten Hummersuppe, genießen dürfen. Der Hauptgang, bestehend aus einem gebratenen Zanderfilet an Orangensauce mit Marktgemüse und neuen Kartoffeln, war eine Offenbarung deutscher Küchenleistung.

Dass Randolf und Günter nur mit viel kalifornischem Chardonnay die Feier überstanden, besonders Randolf, dem es als Quasi-Brautvater nicht erspart blieb, eine Rede auf das glückliche Paar zu halten, war nicht die Katastrophe.

Auch Wolfgang ersparte allen den befürchteten alkoholischen Absturz. Er hielt sich im Wesentlichen an Wasser. Als Freund der eher deftigen Küche wäre ihm ein anständiger Schweinebraten lieber gewesen. Aber er hatte nichts gesagt.

Nein, die Katastrophe wurde von außen an die kleine Gesellschaft herangetragen und kündigte sich durch ein leises Klingeln in der Brusttasche des Bräutigams an. Er hatte tatsächlich sein Handy dabei. Am wichtigsten Tag seines Lebens.

Doch damit nicht genug. Er nahm das Gespräch entgegen, statt den Anrufer einfach wegzudrücken.

Wiebke hatte einen Gesichtsausdruck, der ungläubiges Staunen, Fassungslosigkeit und Wut in einem zeigte. Sollte er doch tatsächlich am Tag ihrer Hochzeit mit einem Patienten telefonieren?

Vielleicht ist es ja Daniel, dachte sie dann. Das würde sie vielleicht noch verstehen. Immerhin hatte sie zur Bedingung gemacht, dass dieser Typ nicht eingeladen würde. Möglicherweise wollte er sich erkundigen, wie es seinem Bruder ergangen war, und ihm viel Glück wünschen.

Aber es war viel schlimmer. Thomas entschuldigte sich kurz, ging in die Hotellobby und kam mit nachdenklichem Gesicht zurück.

Vier Augenpaare fixierten ihn. Er räusperte sich.

»Es tut mir leid«, sagte er. »Und es ist sicher etwas unpassend, das muss ich zugeben. Aber es war die Klinik. Ein Notfall. Ich muss dahin.«

»Du bleibst hier«, schrie Wiebke in einer Lautstärke, dass sich die übrigen Gäste in dem um diese Nachmittagszeit überraschend gut besuchten Restaurant zu ihnen umdrehten. Eine Braut, die während des Menüs ihren Bräutigam anbrüllte. Was für eine Show!

»Nein, Wiebke«, sagte Thomas mit einem ernsten und an seinem Entschluss keinen Zweifel lassenden Gesicht. »Ich trage die Verantwortung für meine Patienten. Wenn es ein echter Notfall ist – und darum handelt es sich hier, das müsst ihr mir glauben –, muss ich dahin. Vielleicht bin ich ja schon in wenigen Stunden zurück«, sagte er noch.

»Wenn du jetzt gehst, brauchst du gar nicht mehr wiederzukommen«, tobte Wiebke mit Tränen in den Augen.

»Sei nicht albern«, sagte Thomas, drehte sich um und ging. Er ging wirklich. Mit festem Schritt verließ er das Restaurant so schnell, dass er nicht einmal bemerkte, dass ihm Wiebke ihr Weinglas hinterherwarf. Die Ober beseitigten die Scherben so diskret, wie es nach diesem Auftritt nur irgendwie ging. Aber die übrigen Gäste hatten längst genug Stoff für eine phänomenale Story bei ihrer nächsten Party oder dem Kaffeekränzchen zusammen.

Und jetzt, Mama?

Mama sagte nichts. Ein schlechtes Zeichen.

»So ein Wichser«, raunte Randolf Günter zu.

Der zuckte die Schultern. »Sie wollte ihn«, sagte er.

Sollte so langsam die Glut doch erlöschen?

Es war inzwischen fast Viertel vor fünf. Von den vier Bars der Nobelherberge hatte jetzt nur die Kaminbar geöffnet. Die befand sich in der großen Lobby des Hotels. Der Blickfang war der namensgebende Kamin in der Mitte des Raumes. Man saß auf oder besser versank in schweren Ledermöbeln. Es gab hauptsächlich Bier. Doch dem Barkeeper war die außergewöhnliche Situation der Braut nicht entgangen. Er wäre bereit gewesen, auch die edelsten Cocktails zu mixen.

Doch Wiebke wollte nur Bier. Viel Bier.

Der Alkohol löste die Zungen kaum. Was sollten sie auch sagen? Randolf hütete sich vor der Aussage: »Ich habe es ja gleich gesagt.« Er fürchtete wohl nicht zu Unrecht, dass sie dies mindestens mit einer Ohrfeige quittieren würde und anschließend einen hysterischen Anfall bekäme.

Günter wusste, dass er allenfalls sagen könnte, dass ihr so etwas mit ihm nicht passiert wäre. Aber das würde ihr kaum helfen. Sie wollte ihn nicht. Sie wollte so jemanden wie Thomas. Also musste sie damit klarkommen, dass dieser Mann eben die Klinik über seine Ehe stellte.

Aber da war noch etwas anderes, was ihn zum Schweigen zwang. Er war auch zu stolz, das Substitut zu sein. Der Ersatz, weil der andere, der ihm vorgezogen wurde, sich als schlechter Ehemann herausstellte. Und das schon am Tage der Hochzeit. Nein, für diese Rolle war er sich zu schade.

Wolfgang war immer noch viel zu sehr mit sich und seinem Schicksal beschäftigt, als dass er in der Lage gewesen wäre, als Seelentröster zu fungieren.

Sie tranken also, bis gegen neunzehn Uhr ein sichtlich peinlich berührter, unsicherer Page der Jachtresidenz »Hohe Düne« erschien.

»Frau Schulte?«, fragte er unsicher.

Niemand antwortete.

»Ist hier eine Frau Schulte?«, fragte er lauter und eindringlicher.

Dann fiel es Wiebke siedend heiß ein. Das war ja sie. Erst seit ein paar Stunden. Aber dennoch.

»Ja?«

»Äh, ich habe eine Nachricht von Ihrem Mann. Herr Dr. Schulte lässt ausrichten, er müsse in der Klinik bleiben. Der Fall sei schwerer, als er befürchtet hatte. Er habe versucht, Sie alle hier auf dem Handy zu erreichen, aber Sie hätten wohl Ihre Mobiltelefone ausgeschaltet.«

Wiebke schossen die Tränen aus den Augen. Tränen der Enttäuschung. Tränen der Wut.

»Kann ich etwas für Sie tun?«, fragte der Page noch. Wiebke schüttelte den Kopf.

»Doch«, sagte Randolf. »Bringen Sie uns eine Flasche Wodka. Vom besten. Und setzen Sie sie Herrn Dr. Schulte auf die Rechnung.« Der Page nickte.

Sie hielt es noch bis kurz vor zehn aus. Dann lallte Wiebke: »Günter, bitte bring mich ins Bett.«

Günter schaute Randolf fragend an. Der bedeutete ihm, zur Vermeidung eines weiteren Skandals besser zu tun, was Wiebke wollte.

Also nahm er die schwankende Braut, ging mit ihr zur Rezeption und ließ sich den Schlüssel zur »Owner's Suite«, die für sie und Thomas gebucht war, und den Schlüssel für sein eigenes Zimmer geben.

Er öffnete die Tür zur Suite und begleitete Wiebke zum Bett.

»Bitte«, lallte sie. »Lass uns noch etwas trinken.«

»Ich glaube, du hast genug«, sagte Günter, dem der Alkohol heute irgendwie gar nichts auszumachen schien. Seine Gedanken waren klar. Sein Gang geradeaus. Seine Stimme fest.

»Bitte, es ist«, sagte sie undamenhaft rülpsend, »es ist mein Tag. Der schönste Tag meines Lebens.«

Günter konnte ihr immer noch nicht widerstehen. Diese Augen. Dieser Aufschlag der Wimpern. Diese Stupsnase.

»Was willst du denn?«, ergab er sich.

»Sekt«, rief sie lachend. »Ich will feiern. Mit Sekt. Oder nein, besser mit Champagner. Ich bin ja jetzt schließlich Frau Doktor. Ich will Champagner! *Frau Dr. Schulte* will jetzt Champagner.«

Günter inspizierte die Bar in der Suite und fand tatsächlich eine Flasche Taittinger. Er suchte die Gläser, während er Wiebke sagen hörte: »Ich bin gleich wieder da.«

Vorsichtig drehte Günter am Drahtverschluss der Flasche, beseitigte die Bügel und zog langsam am Korken. Mit einem leisen »Plopp« war die Flasche offen. Er füllte die zwei Gläser, nahm sie in die Hände und wartete.

Er hätte sie fast fallen gelassen. Wiebke kam aus dem Bad zurück, nackt bis auf die Schuhe. Er konnte seinen Blick nicht abwenden. Sie drehte sich wie eine Striptänzerin auf der Bühne.

»Gefalle ich dir?«, fragte sie.

Günter sagte nichts.

Sie tippelte zur Musikanlage und stellte das Radio an. Sie zeigte sich ihm. Günter wurde es heiß und kalt. Sein Traum. Er konnte sie jetzt haben. Sie war bereit und willig. Er musste nur zugreifen.

»Es ist deine Hochzeitsnacht«, sagte er. »Da kannst du doch nicht –«

»Und wie ich kann«, widersprach sie trotzig und bewegte sich für ihren Alkoholisierungsgrad erstaunlich grazil auf ihn zu. Dann küsste sie ihn. Er hatte keine Chance. Sie presste ihre Lippen auf seine. Aber er wollte sie doch vergessen. Er wollte ihr widerstehen. Er wollte nicht der Ersatz sein. Es war ihm unmöglich, standhaft zu bleiben. Er öffnete leicht seinen Mund, und ihre Zungen spielten wie wild miteinander.

Sie flüsterte ihm ins Ohr: »Mir hat mal einer gesagt, ich hätte den Arsch einer Stute. Nimm mich jetzt! Ich will deine Stute sein. Sei du mein Hengst.«

Sie zog ihn auf das Bett, und Günter ließ es geschehen.

Günter war erfahren. Günter war gut. Sie genoss jeden seiner Stöße. Sie genoss das Kribbeln, das seine zartfühlenden Hände auf ihrer Haut erzeugten. Sie erlebte die Wollust, wenn er sie im genau richtigen Augenblick packte und zugriff. Er konnte es. Sie wollte es. Ihre vor Lust, Wärme und Gier glänzenden Körper verschmolzen zu einem nicht mehr entwirrbaren Ganzen.

Angewidert wandte sich Daniel ab, als Wiebke mit einem lauten, immer heftiger werdenden Keuchen, das sich zu einem ordinären, durchdringenden Stöhnen steigerte, ihren Orgasmus ankündigte. Die ebenerdige Suite war zum Park ausgerichtet. Weder Wiebke noch Günter hatten daran gedacht, die Vorhänge zuzuziehen. Zwar milderten die Gardinen den Blick. Doch die Dunkelheit draußen und die zwar nur indirekte, aber doch ausreichende Beleuchtung des Hotelapartments war genug, damit Daniel detailliert miterleben konnte, wie seine Schwägerin seinen Bruder ausgerechnet schon in der Hochzeitsnacht betrog.

Er hatte es nicht verwinden können, dass sie ihn nicht bei der Hochzeit dabeihaben wollte. Thomas hatte gesagt, dass er selbst schuld sei. Er könne kaum erwarten, sie so ohne Anlass beleidigen zu dürfen und dann noch zur Hochzeit eingeladen zu werden.

Den ganzen Tag war er um die Gruppe herumgeschlichen. Jetzt hatte er den Beweis. Sie war eine Schlampe. Eine ganz miese, kleine Schlampe. Eine Nutte, die gerade jetzt ein lautes »Jaaaaa!« brüllte. In den Armen irgendeines anderen. In der Nacht der Nächte. Sein Bruder hatte eine Bessere verdient.

Daniel wusste nur noch nicht, ob, wann und, wenn ja, wie er das seinem Bruder erzählen sollte.

***

Als sie erwachte, war sie allein.

Ein höllischer Kater malträtierte ihre Gehirnwindungen. Wie durch einen Nebel zogen die Bilder des gestrigen Tages an ihr vorbei. Hatte sie geträumt? Nein, es war die Realität. Sie hatte es getan. Sie hatte tatsächlich …

Selbst in Gedanken traute sie sich nicht, es auszusprechen.

Das hättest du nicht tun dürfen.

Ich weiß, Mama.

Fahrig fuhr sie mit den Händen durch ihr Gesicht. Sie wankte ins Bad. Ihr Make-up war verschmiert, die Wimperntusche verlaufen, und ihre Augen sahen noch müder aus, als sie sich ohnehin schon fühlte. Das Spiegelbild war gnadenlos.

Selbst ausgiebige Wechselduschen brachten nur wenig Erfrischung.

Als sie aus dem Bad zurückkam, entdeckte sie einen Zettel auf dem Nachttisch.

Er war von Günter.

Zitternd nahm sie das mit dem Hotellogo versehene Briefpapier in die Hand. Sie las.

Guten Morgen, Wiebke,
du hast gestern ein bisschen zu viel getrunken. Ich habe dich ins Bett gebracht. Du bist sofort eingeschlafen. Kein Wunder bei der Menge, die du getankt hattest. Wir sehen uns beim Frühstück.
Günter

Sie dankte Gott für so einen Menschen. Er gab ihr den Freibrief. Niemand hatte etwas von ihrem unverzeihlichen Fehltritt bemerkt. Günter würde schweigen. Ein echter Freund.

***

Günter ging am Jachthafen spazieren. Er brauchte frische Luft. Er wollte allein sein, traf jedoch unerwartet auf Randolf. Es war natürlich kein Zufall. Er war ihm gefolgt.

»So hatte sie wenigstens eine Hochzeitsnacht, die den Namen verdient«, kam er unvermittelt zur Sache.

»Du weißt es?«, fragte Günter.

»Ich hatte die Suite neben euch. Die Geräusche, die ihr gemacht habt, ließen wenig Raum für eine Interpretation.«

»Bitte, das muss unter uns bleiben.«

»Natürlich. Aber die Ehe wird nicht lange halten.«

»Unsinn. Das war eine einmalige Sache.«

»Warum?«

»Weil ich es nicht will. Ich liebe sie, ja. Ich konnte ihr nicht widerstehen. Aber ich spiele nicht den Liebhaber, der mit ihr alle paar Wochen bumsen darf, wenn der Herr Gemahl auf einer Fortbildung ist. Nein, auf keinen Fall. Sie wollte ihn. Also muss sie ihn auch ertragen.«

Nachdenklich zündete sich Randolf eine Zigarette an.

»Kann ich auch eine haben?«

Randolf hielt ihm die Schachtel hin. Günter zündete die f6 an und inhalierte tiefe Züge. Ihm wurde schwindelig. Aber er brauchte das Nikotin.

»Und eure Freundschaft?«

»Ich muss darüber nachdenken. Ich kann das, was geschehen ist, nicht ungeschehen machen. Ich kann nicht einfach vergessen, dass ich mit ihr geschlafen habe. Ich kann nicht verdrängen, dass ich es genossen habe. Ich kann es nicht einfach aus meinem Gedächtnis ausradieren. Ob ich ihr nur noch als Freund gegenübertreten kann? Ich weiß nicht, ob ich dazu die Kraft habe.«

»Ich hoffe es. Für euch beide«, sagte Randolf. Er fürchtete aber zugleich, dass es ein frommer Wunsch ohne große Aussicht auf Erfolg war.

Schweigend gingen die beiden Männer zurück ins Hotel und nahmen das Frühstück ein. Es schmeckte ihnen nicht.

Günter ließ sich ein Taxi rufen und verließ die Jachtresidenz »Hohe Düne«, ohne Wiebke noch einmal zu sehen.

***

Sie trafen sich in der gemeinsamen Wohnung wieder. Beide hatten sie ein schlechtes Gewissen.

»Den Start in unser gemeinsames Leben«, sagte Thomas, »den habe ich ja wohl gründlich versaut.«

Wiebkes Herz schlug bis zum Hals. Sie war bereit, ihm alles zu verzeihen, wenn er nur nichts gemerkt hatte.

»Ach«, sagte sie mit trockenem Mund. »Ich habe ja gewusst, dass ich einen Arzt heirate. Einen Arzt, der seinen Beruf ernst nimmt. Ich entschuldige mich bei dir.«

»Wofür willst du dich entschuldigen?«, fragte er, während er an seinem Kaffee nippte.

Wiebke brach der Schweiß aus. Ahnte er etwas? Hatte er einen siebten Sinn?

»Na, für die Szene, die ich dir im Restaurant gemacht habe«, sagte sie schnell.

»Ist schon in Ordnung.« Er lächelte. »Ich weiß ja, dass du eine heißblütige Frau bist, mit der schon mal die Pferde durchgehen.«

Wieder durchlitt sie die Hitzeschübe des schlechten Gewissens und die Schweißausbrüche der Angst. Aber wenn er etwas wüsste, würde er doch nicht so cool reagieren. Nein, er würde sie rauswerfen, verprügeln oder wer weiß was sonst mit ihr anstellen.

»Wir können es ja als misslungene Generalprobe werten«, sagte sie. »Dann werden die richtigen Aufführungen umso besser.«

»Das sehe ich auch so«, sagte er, stand auf und holte einen großen Umschlag. »Mein Geschenk an dich.«

Es handelte sich um einen gewöhnlichen weißen Umschlag, mit dem normalerweise Urkunden oder Dokumente verschickt werden. Er war aber mit einer großen roten Schleife verziert.

»Was ist das?«, fragte sie, als sie das Kuvert in ihre kaum merklich zitternden Hände nahm.

»Schau rein.«

Sie nestelte an der Schleife, öffnete dann die Verklebung des Umschlages und hielt zwei Gutscheine und Tickets für eine Reise in der Hand.

»Seychellen?«, stammelte sie. »Wir fahren dahin?«

»Ja«, sagte er. »Unsere Hochzeitsreise. Weg von der Klinik. Weg von deinen Verbrechern. Nur wir. Und weißer Strand.«

Sie sprang auf und umarmte ihn. »Danke. Ich liebe dich. So etwas wie gestern passiert mir nie wieder.« Sie hatte Tränen in den Augen.

»Schon gut.« Thomas klopfte ihr auf die Schultern wie einem nach Trost suchenden Kind. »Am Samstag fliegen wir ab.«

»Aber ich habe doch keinen Urlaub.«

»Darum habe ich mich gekümmert. Der Polizeirat war sehr kooperativ.«

»Du bist ein Schatz.«

»Ich bin dein Mann.«

»Ja, und das wirst du immer bleiben.«

***

»Zieh dich aus!«, hörte er eine männliche Stimme sagen und fuhr herum.

Er war nicht allein in seiner luxuriösen Wohnung, sondern blickte auf einen Mann, der hier offensichtlich auf ihn gewartet hatte. Er starrte wie gebannt auf die beiden Waffen, die der Mann auf ihn richtete. In jeder Hand hatte er eine.

»Wie sind Sie hier hereingekommen? Was wollen Sie von mir?«, fragte Egon. Russen-Egon, wie man ihn im Kiez nannte.

»Du hältst die Schnauze und ziehst dich aus!«

Egon, der Mann fürs Grobe, wollte die Sache auf seine Art regeln. Er ging auf den Mann zu, der daraufhin die in seiner rechten Hand befindliche Waffe abdrückte. Das Projektil traf Egon in den Oberschenkel. Die Betäubung wirkte schnell. Er brach zusammen.

Als er wieder aufwachte, saß er in seiner eigenen Sauna. Kabelbinder bohrten sich in das Fleisch seiner Hand- und Fußgelenke. Das Ausziehen hatte der geheimnisvolle Mann für ihn übernommen. Egon war inzwischen nackt und wurde jetzt von nur noch einer Waffe bedroht.

»Ich will dich töten«, sagte der Mann, der ihm auf der unteren Stufe der Sauna gegenübersaß.

Egon sprang auf. Doch damit schien der Mann gerechnet zu haben. Seine Füße waren nicht nur aneinander-, sondern auch an das Holz der Saunabänke gebunden. Wie ein gefällter Baum fiel er vornüber. Weil seine Hände auf dem Rücken gefesselt waren, konnte er den Sturz nicht abfangen und prallte ungebremst mit dem Gesicht auf. Er spürte einen heftigen Schmerz. Er hatte alle Schneidezähne verloren, seine Wangenknochen waren wohl gebrochen, und sein Mund füllte sich mit Blut.

Es dauerte fast eine Viertelstunde, bis Egon sich wieder berappelt hatte und seinen Peiniger feixend vor sich sitzen sah.

»Hat's wehgetan?«, fragte er.

»Arschloch«, zischte Egon. Das Sprechen ohne Zähne mit gebrochenen Gesichtsknochen war gar nicht so einfach.

»Ich werde dich töten«, sagte der Mann.

»Warum willst du das?«, fragte er kleinlaut, fast winselnd.

»Lies das«, sagte der Mann und deutete auf die Buchstaben hinter sich, die er offenbar in die Holzvertäfelung eingebrannt hatte.

»Bereue«, flüsterte Egon.

»Eben. Deshalb habe ich dich auch nicht einfach abgeknallt. Das wäre für so jemanden wie dich ein viel zu schneller Tod. Du sollst bereuen und qualvoll sterben. Du wirst zwar nicht alle, aber viele Qualen erleben, die du anderen zugefügt hast.«

»Was haben Sie vor?«

»Konkret habe ich vor, jetzt diesen Raum zu verlassen, das Thermostat auf hundertzwanzig Grad zu stellen, die Tür zu verschrauben und dich kochen zu lassen.«

»Sie spinnen ja, Sie sind verrückt«, brüllte Egon in Todesangst.

Der Mann lächelte süffisant, stand auf und schloss die Tür von außen. Dann hörte Egon das Quietschen der Spax-Schrauben, mit denen der Mann die Holztür der Sauna fest mit der übrigen Konstruktion verband. Das Geräusch war schrecklich. Das hochfrequente Singen des Schraubers tat in den Ohren weh.

Mit einem fiesen Lachen winkte der Mann durch das Fenster in der Tür, während er den Regler auf volle Leistung drehte.

»Sieh auf den Wecker«, rief er Egon zu. »Eine Stunde, vielleicht zwei. Dann versagt dein Kreislauf. Vorher aber wirst du wissen, wie es ist, gequält zu werden. Bereue, du Verbrecher. Bereue, bereue, bereue!«

Wie gebannt fixierte Egon das Thermometer. Es kletterte Grad für Grad. Er brüllte. Er schrie. Doch niemand hörte ihn.

Er schwitzte. Er hatte Angst. Er bekam Durst. Schrecklichen, quälenden Durst. Ein unbezwingbares Verlangen nach kalter Flüssigkeit.

Nach gut einer Stunde wurde er ohnmächtig. Doch der Überlebenswille seines Organismus war stärker. Er wachte wieder auf.

»BEREUE«, las er noch einmal. Dann wurde ihm wieder schwarz vor Augen. Sein Kreislauf versagte endgültig. Das Herz blieb stehen.

Die Hitze in der Sauna kochte ihn durch. Schön langsam.

4

»Um Gottes willen, was ist denn hier passiert?«, fragte Wiebke. Wolfgang schüttelte nur den Kopf.

»Wir haben einen anonymen Anruf erhalten, in dieser verlassenen Scheune würden Leichen liegen«, informierte ein uniformierter Beamter die beiden.

»Konnten Sie sie schon identifizieren?«

»Nicht nötig, jedenfalls was den Erhängten angeht«, sagte Wolfgang.

Wiebke war baff. »Du kennst ihn?«

»Das ist Olaf Tormann, der Inhaber der Spedition Tormann.«

»Wegen dem du schon wieder eine Dienstaufsichtsbeschwerde wegen Körperverletzung im Amte hast«, murmelte Wiebke. »Und der andere?«, fragte sie dann laut.

»Der Mann da ist nach den ersten Ermittlungen ein Rentner mit seinem kleinen Hund«, sagte der uniformierte Kollege. »Vermutlich wurde der Täter von den beiden überrascht, und sie mussten dafür mit ihrem Leben bezahlen.«

»Selbstmord ausgeschlossen?«, fragte Wiebke und ärgerte sich im selben Moment über diese dumme Bemerkung.

»Na ja. Dann hätten wir den ersten Selbstmörder, der, bevor er sich erhängt, seine Hände und Füße mit Kabelbinder fesselt und sich dann noch selbst – wie das auch immer gehen soll – den Strick um den Hals legt.«

»Sehr witzig, Herr Kollege, sehr witzig«, bemerkte Wiebke scharf. »Was meinst du, Wolfgang?«

Wolfgang stand geistesabwesend am Ort des Geschehens.

»Äh«, stammelte er. »Ich weiß nicht. Ich dachte, wir hätten den ›Bereue‹-Mörder gefasst? Schon wieder einer?«

Auch Wiebke war ratlos. Kiesewetter saß. Er konnte es nicht gewesen sein. »Vielleicht einer, der die Masche kopiert hat«, sagte sie.

Sie wusste, dass sie wieder ganz am Anfang beginnen musste. Aber erst in über vier Wochen. Denn am Samstag ging es ja mit Thomas auf die Seychellen. Dann musste eben Wolfgang der Sache nachgehen. Sie hatte weiß Gott genug für ihn getan. Und selbst wenn er nicht viel zustande brächte. Dann eben nicht. Jetzt war sie mal dran.

Ihr Handy klingelte.

»Das gibt es nicht«, sagte sie in die Muschel, nachdem sie eine Weile zugehört hatte. »Ganz sicher?«, hakte sie noch einmal nach.

»Was ist los?«, fragte Wolfgang, nachdem Wiebke das Gespräch beendet hatte.

»Ein weiterer ›Bereue‹-Mord. Entweder wird es Mode, oder unser Täter hat einen Gang höher geschaltet.«

Wiebke gab den Beamten der Spurensicherung noch Anweisungen, bevor sie zum nächsten Tatort aufbrachen. Sie ging zum Auto. Wolfgang folgte ihr gleichmütig. Wie ein Hund, dachte sie.

***

Das ganze Treppenhaus stank bereits. Eine unglaublich widerliche Mischung aus Aas, gekochtem Fleisch und Fäkalien schlug ihnen entgegen, als sie den Aufzug betraten, um in das Penthouse zu fahren. Man hatte ihr telefonisch den Namen des Opfers durchgegeben. Egon Schleicher war ein alter Bekannter. Sein Vorstrafenregister reichte für drei. Er trieb für die Schutzgeldmafia das Geld ein. Wer nicht zahlte, wurde, wenn er Glück hatte, von Egon Schleicher nur verprügelt. Schleicher schreckte aber auch vor der Entführung von Kindern der Erpressungsopfer nicht zurück. Auch Brandstiftung gehörte zu seinem Repertoire. Aber man konnte ihm nur selten etwas nachweisen. Die Opfer hatten Angst vor noch mehr Gewalt, schwiegen und zahlten. Es war ein Teufelskreis.

In der Wohnung war der Geruch endgültig unerträglich. Ein Beamter reichte Wiebke und Wolfgang eine Atemschutzmaske. Sie war notwendig. Selbst der an die Gerüche toter Menschen gewöhnte Dr. Herbert Streicher trug eine solche Maske.

Die Schrauben, mit denen der Täter die Saunatür fixiert hatte, hatten die Beamten der Streife, die von den Nachbarn wegen des höllischen Gestanks gerufen worden war, bereits entfernt.

Wiebke warf einen Blick auf den Tatort. Wieder ein Wecker. Wieder dieses Wort »BEREUE«. Sie begann, die Presse zu hassen.

Detailliert hatten sie über jedes der Verbrechen berichtet. Hochgejubelt wurden die Täter. Als Racheengel wurden sie gefeiert. Halleluja: Kreuzigt ihn. Es hatte sich seit Jahrtausenden nichts geändert.

Niemand hatte auch nur eine Spur von Mitleid. Denn die, die es traf, hatten es ja schließlich nicht anders verdient. Auch bei Egon dürfte wieder einmal das publizistische »Sein Wille geschehe« durch den Blätterwald rauschen.

Dann sah sie die Leiche. Sie rannte auf die Dachterrasse, riss sich die Atemschutzmaske vom Gesicht und erbrach sich in einen der Blumenkübel.

Wolfgang war ihr gefolgt und wollte sie stützen.

»Lass mich«, fuhr sie ihn an.

Streicher trat ebenfalls auf die Terrasse.

»Was ist mit ihm passiert, Herbert?«, fragte sie ihn.

»Er ist gar, würde ich sagen.«

»Lass deine Witze.«

»Eigentlich ist es keiner. Er wurde gefesselt – du ahnst es schon, mit Kabelbindern – und dann in seine eigene Sauna gesteckt. Er musste auf das Wort ›BEREUE‹ und auf einen Wecker starren. Ich gehe davon aus, dass er vor circa fünfzehn bis achtzehn Stunden eingesperrt wurde. Damit er auch ja keine Chance zur Flucht hatte, hat der Täter die Tür mit Holzschrauben fixiert. Außerdem habe ich erhebliche Gesichtsverletzungen festgestellt. Vielleicht hat es einen Kampf gegeben. Genaueres ...«

»Nach der Obduktion, ich weiß«, sagte Wiebke. »Du, Herbert: Warum sieht das da so schrecklich aus?«

»Nun. Normalerweise erkaltet der Mensch, wenn er gestorben ist. Hier aber war der Tote in einer über hundert Grad heißen Umgebung. Die Fäulnisprozesse wurden beschleunigt. Deshalb ist er schlicht geplatzt, und seine Gedärme haben sich verteilt. Das Muskelgewebe wurde gekocht. Wie ein Hühnchen im Ofen. Seine Hoden erweitern sich auf Fußballgröße ...«

»Ich glaube, ich werde Vegetarierin«, unterbrach sie ihn und kämpfte wieder mit dem Brechreiz. Samstag liege ich, Gott sei Dank, mit Thomas am weißen Strand. Ich werde Cocktails schlürfen, und Wolfgang kann allein anfangen zu suchen. Den oder die Täter.

Das Handy riss sie aus ihren Gedanken.

»Ja, Herr Zielkow«, hörte man sie nur sagen.

Sie legte auf. »Der Chef«, sagte sie zu Streicher und Wolfgang. »Er will mich sehen. Sofort. Machst du hier weiter, Wolfgang?«

»Natürlich«, sagte er.

Wiebke wusste, dass er eigentlich nur dumm dabeistehen würde. Aber Zielkow hatte gesagt, dass er sie allein sprechen wollte. Sofort. Seine Stimme duldete keinen Widerspruch und keinen Aufschub.

***

»Meine liebe Frau Schulte«, sagte Zielkow mit der für ihn typischen aufgesetzten Freundlichkeit, die bei Vorgesetzten im Allgemeinen selten etwas Gutes zu bedeuten hat. »Nehmen Sie doch Platz. Wie geht es Ihnen als frischgebackene Ehefrau?«

»Danke der Nachfrage«, sagte sie, nachdem sie sich ihm gegenübergesetzt hatte. »Aber vermutlich bin ich nicht hier, weil Sie mich nach meinem Befinden fragen wollen.«

»Das stimmt leider«, sagte er. »Kaffee?«

»Danke, nein. Was gibt es?«, fragte sie bohrend.

»Sie glauben ja gar nicht, wie schnell sich die beiden Morde diesmal wieder herumgesprochen haben. Die Presse hat bereits Blut geleckt. Ich brauche schnelle Ergebnisse.«

»Der Kollege Franke ...«, setzte Wiebke an, doch Zielkows Blick ließ sie verstummen.

»Ich finde es ja sehr kollegial von Ihnen, dass Sie seit über einem Jahr den faktischen Totalausfall von Herrn Franke auffangen und nichts dazu sagen. Aber mir machen Sie nichts vor. Sie sind die Ermittlerin. Herr Franke *war* dagegen einmal ein hervorragender Beamter. Und ich bin sicher, dass er, wenn er seine Therapie bei Ihrem Mann abgeschlossen hat, wieder zu alter Stärke zurückfinden wird.«

»Sie wissen davon?«

»Herr Franke hat mir selbst davon erzählt. Aber bis dahin ist ... wie soll ich es sagen? Ja, bis dahin ist Herr Franke sicher kein Garant für den Erfolg in einer sensiblen und zeitkritischen Ermittlung von zwei Morden im Brennpunkt der Öffentlichkeit. Ich verlasse mich auf Sie. Ich brauche jetzt Sie persönlich und keinen Vertreter, der von den Fällen keine Ahnung hat.«

Wiebke schwieg. Sie war wütend. Ihr Temperament würde sie nur dazu bringen, sich zu einer unbedachten Äußerung hinreißen zu lassen.

»Außerdem«, sagte Zielkow und machte eine Kunstpause.

»Was, außerdem?«, fragte Wiebke.

»Sie haben auch noch was gutzumachen.«

Erst wollte sie protestieren, doch in ihrem Inneren wusste sie, dass er recht hatte. Was hatte sie denn schon erreicht? Erst hatte sie einen Falschen verdächtigt, dann Lüerßen nicht gefunden und schließlich einen vielleicht Unschuldigen eingesperrt. Ein Superbulle war sie nicht gerade. Sie schluckte und fragte: »Was heißt das nun für mich?«

»Das heißt leider, dass Sie erst dann Urlaub machen können, wenn Sie den oder die Täter gefunden haben.«

»Das können Sie nicht machen, Chef. Ich fliege mit meinem Mann am Samstag auf die Seychellen. Es ist unsere Hochzeitsreise.«

»Frau Kollegin. Der Dienst geht vor.«

»Und wie soll ich das meinem Mann erklären?«

»Das habe bereits ich getan. Er hatte Verständnis. Er sagte, dass er das kennen würde. Er hätte eine Reiserücktrittversicherung abgeschlossen. Die Bestätigung, dass wir Sie aus zwingenden dienstlichen Gründen hierbehalten müssen, hat er bereits.«

Wiebke schaute erst baff. Dann kroch Wut in ihr hoch. Ihr Chef kungelte hinter ihrem Rücken mit ihrem Mann. Sie fühlte sich ausgenutzt. Sie fühlte sich benutzt. Sie war nur ein Objekt ohne eigenen Willen.

»Dann kann man wohl nichts machen«, sagte sie mit letzter Kraft und stand auf.

»Halten Sie mich auf dem Laufenden«, hörte sie Zielkow sagen, als sie bereits in der Tür stand.

Sie drehte sich um und bellte fast militärisch: »Jawohl, Chef.«

Zufrieden blickte Zielkow aus seinem Fenster. Er war froh, dass Wiebke einen Mann gefunden hatte, der so viel Verständnis für die Belange des Dienstes aufbrachte. Menschen mit einem solchen Verantwortungsbewusstsein und einer solchen Bereitschaft, eigene Bedürfnisse hinter die Erfordernisse des Berufes zu stellen, gab es wenige. Viel zu wenige.

***

Am selben Abend stand Wiebke in der Küche und schälte Kartoffeln. Sie wollte Thomas überraschen. Immerhin war sie ja schuld daran, dass ihr Urlaub ins Wasser fiel. Als die letzte Kartoffel im Topf lag, rief sie Thomas auf dem Handy an. Er war bereits unterwegs. Er würde in einer halben Stunde da sein.

»Du hast gekocht?«, fragte er, als er ins Esszimmer trat. »Das finde ich ja lieb von dir.« Er sah den mit einer weißen Tischdecke bedeckten Tisch. Liebevoll hatte Wiebke ein paar Blumenblüten verteilt. Der Weißwein war bereits eingeschenkt. Sie hatte Cordon bleu gebraten, was ihr wider Erwarten ganz gut gelungen war. Dazu gab es Erbsen und Möhren aus der Dose. Nichts wirklich Aufregendes also, aber kochen hatte sie weder gelernt, noch besaß sie ein Talent dafür.

»Ich muss mich noch mal bei dir entschuldigen«, begann sie ohne Umschweife. »Nun bin ich es, die wegen ihres Scheiß-Jobs unser Leben durcheinanderbringt. Ich hoffe, du reagierst gelassener als ich.«

Thomas lächelte. »Mein Schatz«, sagte er. »Dein Chef hat mich angerufen und die Sachlage geschildert. Wenn einer Verständnis dafür hat, dass es berufliche Zwänge gibt, dann doch wohl ich.«

»Ich danke dir.«

Sie nahm ihr Glas. Sie stießen an. Er probierte das Fleisch.

»Es schmeckt ganz ausgezeichnet. Ich wusste nicht, dass an dir eine Köchin verloren gegangen ist«, sagte er charmant.

»Ich kann auch nicht kochen. Aber das hier kriege ich mit viel Mühe hin.« Sie kaute nachdenklich. Dann platzte es aus ihr heraus: »Eigentlich ist ja Wolfgang schuld, dass wir nicht in die Flitterwochen können.«

Thomas schaute überrascht. »Warum?«

»Du weißt so gut wie ich, dass er seit einem Jahr arbeitsunfähig ist. Ich mache seinen Job mit. Wenn er normal arbeiten würde, wäre mein Urlaub gar kein Thema. Wie kommst du mit der Therapie denn voran?«

»Wiebke!« Thomas hatte seinen strengen, sachlichen Gesichtsausdruck. »Das gehört zur ärztlichen Schweigepflicht. Ich darf dir nichts dazu sagen.«

»Thomas«, flehte sie ihn an. »Bitte!«

»Also gut, so viel: Ich bin noch nicht zum Kern vorgedrungen. Mehr kann ich dir wirklich nicht sagen.«

Wiebke gab auf. Es war zwecklos, mit Thomas über seine Patienten zu sprechen. Seine Schweigepflicht nahm er ernst. So ernst, dass sie nicht einmal seinen Computer, an dem er zu Hause auch Patientenakten bearbeitete und Berichte tippte, benutzen durfte. Als ihr eigener Laptop einmal seinen Geist aufgegeben hatte, Thomas mal wieder mit Daniel auf der Ostsee herumschipperte und sie dringend einen Bericht schreiben wollte, hatte sie den Rechner hochgefahren. Doch er war durch ein Passwort geschützt. Keine Chance.

Wiebkes Bitte hatte aber doch etwas bewirkt. Thomas ging nachdenklich ins Bett. Daniel hatte ihm schon vor Wochen gesagt, er solle die Wahrheit aus Wolfgang herauslocken. Erst dann hätte sein Patient eine Chance, das Erlebte zu verarbeiten und wieder zu einem normalen Menschen zu werden. Erst dann wäre er wieder ein Polizist, der diese Bezeichnung auch verdienen würde. Also würde er es tun. Morgen, bei ihrer nächsten Sitzung.

Es war nicht legal. Aber er war es beiden schuldig. Wiebke, weil sie seine Frau war, und auch Wolfgang, weil er ein Freund war.

Das Telefon läutete, und Thomas unterhielt sich lange mit seinem Bruder. Am Ende dieses Gespräches war er mehr denn je davon überzeugt, das Richtige zu tun.

***

»Wolfgang«, sagte Thomas. »Wir sind jetzt seit vielen Monaten dabei, dich wiederherzustellen. Als Arzt, aber auch als Freund sage ich dir, dass ich nicht zufrieden bin.«

»Meinst du ich?«, sagte Wolfgang. »Ich saufe. Ich weiß. Ich kann kaum noch arbeiten und bin für Wiebke eine Belastung. Das weiß ich auch. Aber ich kann nicht anders.«

»Ich denke, dass du mal alles loswerden solltest.«

Wolfgang setzte sich mit einem Ruck auf. Er saß auf der Behandlungsliege des ambulanten Teils der psychiatrischen Klinik.

»Was meinst du damit?«

»Ich denke, dass tief in dir Belastungen stecken, die du nicht verarbeitest. Solange du das unterdrückst, kommen wir keinen Schritt weiter.«

»Ich habe nichts zu sagen!«

»Natürlich nicht.« Thomas gab sich verständnisvoll. »Ein Wasser?«

»Gerne.«

Thomas ging in den Nebenraum und schenkte ein Glas Mineralwasser ein, das er mit K.-o.-Tropfen vermengte. Wolfgang sackte augenblicklich in sich zusammen. Dann injizierte Thomas ihm ein Serum. Es war die letzte Chance.

Als die Wirkung der K.-o.-Tropfen nachließ, hatte das Serum bereits zu wirken begonnen.

Es kam Thomas fast schon unwirklich vor. Es war schrecklich. Detailliert schrieb er Wolfgangs Geständnis nieder. Wie eine Stenotypistin aus längst vergangenen Tagen notierte er die ganze, bittere Geschichte.

Dann brachte er den verwirrten Wolfgang persönlich nach Hause. Er legte ihn ins Bett. Wolfgang würde sich nicht erinnern können. Wiebke musste erfahren, was er herausgefunden hatte. Nur wie?

Zurück in seinem Arztzimmer, tippte er den Bericht und heftete den Ausdruck in die Patientenakte. »Freitag, 27. Mai. Bericht über die Behandlung des Patienten Wolfgang Franke«, begann er, und erst vierzehn Seiten später war er fertig.

Nach langem Nachdenken hatte er endlich den ersehnten rettenden Einfall. So würde Wiebke das erfahren, was sie wissen musste, ohne dass er seine Schweigepflicht verletzte. Ja, so würde es gehen.

***

Seufzend blätterte Wiebke am Samstag durch die vorläufigen Berichte der Spurensicherung. Sie saß allein zu Hause, denn Thomas war wieder einmal mit seinem Bruder segeln. Aber sie hatte zwei neue Morde aufzuklären, und deshalb hielt sich ihre übliche Wut darüber in Grenzen.

Kurz versetzte sie sich an die Strände der Seychellen. Sie waren ganz allein an einem schneeweißen Sandstrand. Das glasklare Wasser umspülte ihre Beine. Der Himmel erstrahlte im schönsten Blau. Heute Abend gäbe es Hummer. Dazu würde sie einen leichten Weißwein wählen. Es war so schön und unbeschwert ... Hör auf, Wiebke!, befahl sie sich.

Das Tatmuster war immer das gleiche. Wie schon bei der Leiche in dem Sarg. Mit Kabelbindern gefesselte Opfer, deren Tod niemand wirklich bedauerte. Menschen, die nach dem, was man so leichtfertig »das gesunde Volksempfinden« nannte, den Tod verdient hatten. Die bestraft gehörten, damit sie ihre Taten bereuten.

Beim ersten Mord der Serie hatte sie, mit Belinda Rietschotens Unterstützung, die Theorie vom Rachemord unter Drogenhändlern entwickelt. Doch Zweifel waren geblieben. Sie hatten Lüerßen nicht gefunden, und ihre Theorie basierte auf Indizien. Immerhin war Lüerßen zweifelsfrei einer der letzten Menschen gewesen, die Hansen lebend gesehen hatten. Selbst das war, wenn auch ein starkes, so doch nur ein Indiz und kein Beweis.

Die beiden Eltern, die ihr Kind gequält hatten und es verhungern ließen, waren von Kiesewetter umgebracht worden. Er hatte die Tat im Internet angekündigt und ein Geständnis abgelegt. Quasi nebenbei hatte er auch noch gestanden, Hansen und Lüerßen umgebracht zu haben. Sie war davon nie völlig überzeugt gewesen, das Landgericht jedoch schon, das ihn nach im wahrsten Sinne des Wortes kurzem Prozess lebenslang hinter Gitter verbannt hatte. Er konnte also diesen Tormann nebst Rentner und Dackel sowie Russen-Egon nicht umgebracht haben. Das wiederum führte sie erneut zu der Frage, ob Kiesewetter nicht ein falsches Geständnis abgelegt hatte, um, wie er ihr ins Ohr geflüstert hatte, den wahren Täter noch viel Gutes tun lassen zu können. Verrückt genug für so einen Wahnsinn war Kiesewetter jedenfalls.

Vielleicht suchte sie aber nicht einen, sondern mehrere Täter. Nicht wenige fanden heutzutage die Idee der Lynchjustiz so überzeugend, dass sie das Tatmuster kopiert haben könnten. *Ein* Trittbrettfahrer? Es könnten Tausende sein.

Sollte sie mit denjenigen anfangen, die begeisterte Hymnen in

Leserbriefen und Internetforen verfassten, um diejenigen zu rechtfertigen, die Menschen töteten, die ihrer Meinung nach den Tod verdient hatten? Immerhin hatte sie ja so Kiesewetter gekriegt. Das aber setzte logisch voraus, dass er es wirklich war. Und selbst wenn dem so war: Kiesewetter war ein Sonderling und nicht besonders schlau. Was wäre, wenn der Trittbrettfahrer intelligent genug war, keine Spuren im Netz zu hinterlassen? Dann wäre die sprichwörtliche Stecknadel im Heuhaufen leichter zu finden.

Nachdenklich stand sie auf, um sich einen Kaffee aufzubrühen. Weiter weg von der Lösung der Fälle hatte sie sich noch nie gefühlt.

Dann sah sie sie. Die Akte. Wolfgang Frankes Patientenakte. Thomas musste sie vergessen haben. Sie kämpfte mit ihrem Gewissen. Doch weibliche Neugier und professioneller Ermittlerehrgeiz siegten schließlich.

Als sie den Bericht über die Sitzung des gestrigen Tages las, feuchteten dicke Tränen das Papier durch. Wolfgang hatte sie alle gelinkt.

***

Sie hatte aus der Bereitschaft eine Eingreiftruppe organisiert. Nach nicht einmal einer halben Stunde hörte man ihre Stimme leise, aber eindringlich befehlen: »Zugriff!«

Die Männer des Sondereinsatzkommandos brachen die Haustür auf. Ein Polizist warf eine Nebelbombe. Es wäre nicht nötig gewesen. Wolfgang lag im Bett und konnte problemlos festgenommen werden.

»Was soll das, Wiebke?«, fragte er.

»Das musst ausgerechnet du fragen«, brüllte sie ihn an. »Du hast mich verarscht. Du hast zugesehen, wie ich im Nebel gestochert und sogar einen Unschuldigen ins Gefängnis gebracht habe.«

»Ich habe was?«

»Du hast sowohl den Hansen als auch den Lüerßen auf dem Gewissen, weil sie deine Tochter ins Verderben geführt haben. Dann hast du die Adamchewskis getötet. Und jetzt den Tormann und Russen-Egon. Von dem armen Rentner und seinem Hund ganz zu schweigen.«

»Wiebke«, sagte Wolfgang schwerfällig. Er nahm alles wie durch Watte wahr. »Warum soll ich das getan haben?«

Er reagierte ruhig, fast schon apathisch. Wiebke war kurzzeitig irritiert. Sie hätte erwartet, dass er sich verteidigte, rechtfertigte, irgendwie wehrte. Aber vielleicht war er nur froh, dass sie ihn endlich überführt hatte. Er war schließlich krank, wie sie jetzt wusste.

»Pathologischer Rachewahn«, wiederholte sie die Diagnose, die sie vorhin gelesen hatte.

Wolfgang schüttelte den Kopf. Wie von Sinnen begann Wiebke, die Wohnung zu durchsuchen. Sie wurde fündig.

»Siehst du das hier?«

Wolfgang riss die Augen auf. »Das ist doch«, stammelte er. »Das kann doch gar nicht …«

»Ja, mein Lieber, das ist – da gehe ich jede Wette ein – deine angeblich verloren gegangene Dienstwaffe.« Sie roch daran. »Aus ihr ist kürzlich geschossen worden. Ich garantiere dir, dass unsere Ballistiker feststellen werden, dass die Kugeln, die den Rentner und seinen Dackel töteten, aus genau dieser Waffe stammen.«

Wolfgang holte Luft und wollte etwas sagen. Doch Wiebke herrschte ihn an: »Du hältst jetzt einfach die Schnauze. Du bist eine solche Enttäuschung. Du killst Menschen und betrügst deine Freunde. Du bist ein Nichts. Ein widerlicher, kleiner Racheengel.«

Wolfgang schwieg. Wiebke instruierte die inzwischen eingetroffenen Kollegen der Spurensicherung, weiteres Beweismaterial zu sichern.

»Führt ihn ab«, sagte sie dann zu den uniformierten Kollegen.

Ein Hauptwachtmeister zückte die Handschellen.

»Wiebke«, sagte Wolfgang. »Muss das sein?«

»In Ordnung«, sagte sie nach kurzer Überlegung. »Ohne Handschellen. Flüchtest du, schieße ich.«

Sie führten Wolfgang die Treppe hinunter auf die Straße und brachten ihn zu einem Einsatzwagen. Der Beamte drückte ihn auf den Sitz im Fond. Der Polizeibeamte setzte sich neben ihn. Mit einem geübten Griff löste Wolfgang die Dienstwaffe seines Kollegen, entsicherte sie, steckte sie in seinen Mund und drückte ab. Es dauerte nur Sekunden. Das Letzte, was Wiebke sah, war die von

Wolfgangs Blut rot verschmierte Heckscheibe des Autos. Dann brach sie zusammen.

***

Randolf Sollich schnitt seine Rosen. Er hörte das Fahrgeräusch eines Autos und sah einen Ford Mondeo vor seinem Grundstück parken.

»Was machst du denn hier?«, fragte er Günter freudig überrascht.

»Ich muss mit dir reden.« Günters Stimme war unheilschwanger.

»Komm rein«, sagte Randolf und legte die Schere beiseite. Sein Freund machte keinen guten Eindruck.

Sie setzten sich.

»Hast du was zu trinken?«, fragte Günter. »Ich brauche jetzt einen kräftigen Schluck.

Randolf holte eine Flasche und Gläser. Er schenkte ein, und sie prosteten sich zu. Günter machte auf ihn nicht den Eindruck, als sei er aus Langeweile vorbeigekommen.

»Was ist passiert?«, fragte er. »Du siehst schlecht aus.«

»Wiebke liegt mit einem Nervenzusammenbruch im Krankenhaus. Es ist einfach unglaublich.« Günter leerte mit einem tiefen Zug das nächste Glas.

»Was? Was ist passiert? Wie geht es ihr?« Stakkatomäßig prasselten die Fragen auf Günter nieder.

»Wiebke hat herausgefunden, dass Wolfgang Franke, ihr Chef und Trauzeuge, die ›Bereue‹-Morde begangen hat. Vor einigen Stunden hat sie ihn festgenommen. Kaum saß er im Auto, hat er einem Polizisten die Waffe entrissen und sich erschossen. Daraufhin ist Wiebke zusammengebrochen.«

Randolf atmete tief ein und aus. »Welch Wunder«, sagte er. »Und? Warst du schon bei ihr?«

»Natürlich«, sagte Günter. »Ich liebe sie ja schließlich.«

»Gut, dass du es wenigstens zugibst. Was sagt sie?«

»Sie ist völlig fertig. Sie kann es im Grunde immer noch nicht glauben. Leider sind die Beweise aber eindeutig. Es ist zwar noch nicht alles ausgewertet. Aber die Schrauben, die die Spurensicherung in seiner Werkzeugkiste gefunden hat, waren die gleichen, mit denen Hansens Sarg verschlossen und mit denen Russen-Egons Saunatür fixiert wurde. Außerdem lag die Waffe, die Wolfgang als verloren gemeldet hatte, in seiner Wohnung. Das Kaliber entspricht dem, mit dem der Rentner umgebracht wurde. Wolfgang hatte, auch wenn das nur das kleinste Indiz ist, auch Kabelbinder zu Hause, mit denen ja alle Opfer gefesselt wurden. In seinem CD-Regal standen Aufnahmen aus Hansens und Lüerßens Wohnung. Er muss sie abgehört und ihre Gespräche aufgezeichnet haben.«

»Und die Eltern, die ihr Kind verhungern ließen?«

»Ach ja, richtig. Hätte ich fast vergessen. Auf seinem Rechner waren Downloads für die Herstellung von Zeitzündern. Genau die, die der Täter verwendet hat.«

Randolf dachte nach. Dann sagte er: »Du weißt, dass ich Agent war.«

»Es war meine Rettung, dass du das warst«, bemerkte Günter.

»Eben. Für mich sind das zu viele Indizien.«

»Wie meinst du das?«

»Ich nenne es das Gesetz der obskuren Perfektion.«

»Obskure Perfektion?«

»Wenn etwas so gut passt, ist es wahrscheinlich, dass etwas ganz anderes dahintersteckt.«

»Aber Wolfgang hat sich angesichts seiner Verhaftung umgebracht. Wie passt der Selbstmord in dein Gesetz der obskuren Perfektion?«

»Zugegeben. Vielleicht war er es doch.« Nachdenklich trank Randolf sein Glas leer. »Doch jetzt zu Wiebke. Wie geht es ihr?«

»Wir haben ausführlich gesprochen. Körperlich ist alles in Ordnung. Sie wird schon heute Abend wieder entlassen. Hat ja beste Pflege zu Hause.«

Randolf verzog die Miene.

»Sie überlegt, den Job hinzuwerfen«, ergänzte Günter.

»Was? Was will sie denn tun?«

»Sie ist frustriert. Hält sich für eine schlechte Polizistin. Ist menschlich enttäuscht. Auf gut Deutsch: Sie hat die Schnauze gestrichen voll.«

»Das gibt sich wieder«, machte Randolf Günter und vor allem sich selbst Mut. »Wie willst du ihr helfen?«

»Ich?« Günter schüttelte den Kopf. »Nein, mich, lieber Randolf, geht das alles leider gar nichts an.«

Sie tranken. Sie tranken viel.

»Was willst du jetzt tun?«, fragte Randolf schließlich.

»Ich studiere die ausgeschriebenen Positionen für leitende Staatsanwälte. In Karlsruhe suchen sie jemanden. Ich habe da ganz gute Chancen.«

»Du willst weg hier? Warum?«

»Ich bin ein Wessi, hast du das vergessen? Sei doch froh, dass ich überlege, wieder wegzuziehen.«

»Arschloch. Zum Wohl!«

»Zum Wohl!«

***

»Ich liebe dich«, sagte Wiebke. »Danke, dass du die Akte ›vergessen‹ hast.«

»Das hast du gemerkt?«, erwiderte Thomas lächelnd.

»Du bist ein exakter Mensch. Du hast die Akte nicht aus Zufall liegen lassen. Du vergisst schon mal hin und wieder etwas. Aber nichts, was deine Patienten oder deine Arbeit betrifft.«

Sie tranken Wasser. Thomas war der Meinung, dass aus ärztlicher Sicht nach dieser nervlichen Anspannung Alkohol grundfalsch wäre. Wiebke hätte zwar viel für einen ordentlichen Schluck gegeben. Aber sie fügte sich.

»Thomas«, fragte sie schließlich. »Was hältst du davon, wenn wir von hier weggehen?«

»Du willst Rostock verlassen?«

»Was hält mich denn hier?«

»Und was wollen wir machen?«

»Du könntest dir eine Stelle in einer Klinik ganz weit weg suchen.«

»Ich habe eigentlich immer davon geträumt, mal eine eigene Praxis zu haben«, sinnierte er.

»Dann machen wir das«, sagte Wiebke. »Du machst die Praxis auf, und ich kümmere mich um die Verwaltung.«

»Das würdest du tun? Deinen Job aufgeben, damit wir zusammen eine Praxis betreiben?«

Wiebke nickte heftig. Dann ergänzte sie: »Und mit ein bisschen Glück kriegen wir vielleicht auch noch einen kleinen Thomas Schulte hin.«

Sie erschrak über sich selbst. Warum sagte sie das? Kinder zu haben war für sie immer eine bizarre Vorstellung gewesen. Sie mochte ja ihre Qualitäten haben, aber als Muttertier hatte sie sich noch nie gesehen. Und jetzt bot sie Thomas genau das an.

Wiebke, das hast du schön gesagt.

Denkst du, Mama?

»Oder eine kleine Wiebke!«, sagte Thomas. Er wirkte glücklich. Er küsste sie. »Ich suche ab morgen Praxen, die zum Verkauf stehen. Hast du eine bestimmte Vorliebe, was die Region betrifft?«

»Nein, nur möglichst weit weg von hier.«

Wiebke, ich bin *so* stolz auf dich.

Danke, Mama. Ich auf mich auch.

5

»Freust du dich darüber?«, fragte er und begann, sich anzuziehen. »Sei aber ehrlich!«

»Thomas«, sagte Wiebke und zog hörbar die Luft ein. »Man sollte als Paar immer ehrlich zueinander sein. Und deshalb sage ich dir, dass ich nicht wirklich böse bin, dass dein Bruder endgültig auswandern will. Wo wird er jetzt leben?«

»Neuseeland. Er hat dort ein Arbeitsvisum bekommen.«

»Ich hoffe nur, dass du ihn nicht allzu sehr vermisst. Das hoffe ich wirklich.«

»Wenn ich ein- oder zweimal im Jahr zu ihm fliegen darf?«

»Natürlich darfst du das«, sagte sie lächelnd. »Und jetzt ab mit dir, damit ihr die Ostsee unsicher machen könnt.«

»Was machst du in der Zwischenzeit?«

»Ich werde die diversen Angebote der Arztpraxen prüfen. Manche haben ja utopische Preisvorstellungen, andere sind völlig runtergewirtschaftet. Ich muss erst einmal grob sondieren.«

»Viel Spaß dabei und bis heute Abend.«

Die Tür flog zu, und sie hörte seine Schritte im Treppenhaus. Ihr Blick fiel auf seine Brieftasche. Er hatte sie vergessen. Sie öffnete die Tür und rief laut: »Thomas!« Doch er war schon verschwunden.

Sie wollte die Brieftasche einfach auf die Anrichte in der Diele legen, konnte sich jedoch nicht beherrschen. Aber sie fand nichts Aufregendes. Kreditkarten, die Zulassung des Autos, den Führerschein. Die Codekarte für das Krankenhaus. Eben das, was in eine Brieftasche eines Arztes gehörte.

Doch dann fiel ihr ein Zettel in die Hand. Ein unscheinbarer, kleiner Notizzettel mit dem Werbeaufdruck einer Pharma-Firma. Darauf fand sie einen Code: »24wmy25lav«.

Was bedeutete diese Buchstaben-Zahlen-Folge? Sie überlegte. Dann hatte sie eine Idee. Das könnte der Schlüssel zum Allerheiligsten sein. Der Code, mit dem sie in seinen PC käme. Ein Versuch wäre es doch wert.

Wiebke, der Mann vertraut dir. Tu das nicht!

Doch Mama, das tue ich jetzt.

Quälend langsam bootete der Rechner. Endlich verlangte der Bildschirm die Eingabe. Sie zitterte beim Tippen. Nervös drückte sie die Enter-Taste. Tatsächlich. Blau erschien die Oberfläche. Sie war drin.

***

Wer um alles in der Welt will denn schon so früh am Morgen was von mir?, dachte Günter, als er sich aus dem Bett quälte. Er war gestern im »Ceasar's Palace« gewesen und erst um vier Uhr morgens nach Hause gekommen. Todmüde blickte er durch den Türspion. Er öffnete sofort.

»Randolf«, sagte er. »Hast du senile Bettflucht? Aber komm rein. Kaffee?«

»Gerne.«

Günter schaltete seinen Kaffeevollautomaten ein. Lautstark mahlte kurz darauf die Maschine Bohnen zu Mehl und produzierte Espresso mit einer feinen Crema.

»Du weißt, dass ich diesen Bier-nur-ausnahmsweise-Trinker nicht leiden kann«, begann Randolf.

»Du meinst Thomas, Wiebkes Mann.«

»Genau. Dieser Turnbeutel-Vergesser ist mir bekanntlich von Anfang an auf den Sack gegangen. Mit der Zeit fielen mir in seinen Erzählungen ein paar Ungereimtheiten auf. Und deshalb habe ich ihn schließlich gecheckt.«

»Du hast was?«

»Ich habe einen alten Kumpel aktiviert. Wir haben ihn nach guter alter Manier durchleuchtet.«

»Das macht man aber nicht.«

»Wenn es sich lohnt, schon. Lies das.«

Randolf übergab Günter ein mehrseitiges Fax. »Die Tinte ist noch feucht. Ich bin so schnell wie möglich zu dir.«

Günter las mit bleichem Gesicht, was Randolfs Agentenkollege im Ruhestand herausgefunden hatte. Mit todernster Miene legte er die fünf Seiten auf den Tisch.

»Dein Kumpel ist zuverlässig?«

»Ein Supermann. War unser Spezialist für Lebenslaufanalysen.

Wenn einer Dreck am Stecken hatte, er hat ihn gefunden. Garantiert.«

»Wenn es also stimmt, was dort über Thomas und seinen Bruder Daniel steht, dann …«

»Dann müssen wir Wiebke informieren. Ich dachte, es ist besser, wenn wir beide ihr das beibringen.«

»Ich ziehe mir nur rasch was über«, sagte Günter, nahm die Sachen von gestern und steuerte auf die Wohnungstür zu. Er zog sich im Gehen an.

»Warum hast du ihn nicht schon früher überprüft? Ich meine, vor der Hochzeit«, fragte Günter auf dem Weg nach unten.

»Weil ich vor meiner Nichte nicht als schwarzsehender, unter senilem Verfolgungswahn leidender Ex-Agent dastehen wollte. Deshalb.«

***

Er hatte sie angelogen. Wiebke saß mit hochrotem Kopf am Rechner und las in Thomas' Patientenakten in einem Unterverzeichnis, das mit »Daniel« bezeichnet war. Er hatte sie ins offene Messer rennen lassen. Er hatte es zugelassen, vielleicht sogar initiiert, dass sie Wolfgang verdächtigte. Dass sie ihren Chef, Mentor, Freund und Trauzeugen in den Tod geschickt hatte. Alles nur, um seinen Bruder zu schützen. Thomas hatte eine Art elektronisches Tagebuch geführt. Über jedes Treffen mit Daniel hatte er eine Art Protokoll verfasst. Als wäre sein Bruder sein Patient.

Es war Daniel, der alle diese Morde begangen hatte. So clever, so geschickt, dass sie immer auf der falschen Spur gewesen war. Und Thomas hatte ihr nichts gesagt.

Wiebke war so vertieft in ihre Lektüre, dass sie die Haustür nicht hörte. Vor Schreck wäre sie fast tot umgefallen, als sie eine Hand auf ihrer Schulter spürte. Sie fuhr herum.

»Daniel!«, rief sie erschrocken. »Was willst du denn hier?«

»Thomas musste noch mal kurz in die Klinik. Er meinte, ich solle mich von dir verabschieden und mit dir Frieden schließen. Aber ich sehe, dass du schon wieder das Vertrauen meines Bruders missbrauchst. Er hasst es, wenn jemand in seinen Sachen stöbert. Er kann das auf den Tod nicht ausstehen.«

»Aber –« Weiter kam sie nicht. Ein gezielter Schlag mit der Handkante setzte sie außer Gefecht.

Niemand sah, wie Daniel Wiebke aus dem Haus schleppte, sie in das Auto zerrte und mit hoher Geschwindigkeit Richtung Hafen fuhr.

***

Sie kamen nicht weit. Kaum losgefahren, zwang sie eine Kelle der Polizei, wieder zu bremsen.

»Sie wissen, warum ich Sie anhalte?«, fragte der Verkehrspolizist.

»Vermutlich, weil ich zu schnell gefahren bin«, sagte Randolf genervt.

»Ihren Führerschein und Ihre Fahrzeugpapiere bitte.«

Randolf kramte im Handschuhfach. Er bemerkte, dass Günter in seinen Jackentaschen nach etwas suchte. Mit einem erleichterten Gesichtsausdruck zog er seine Brieftasche heraus.

Günter stieg aus, ging um den Wagen und hielt dem verdutzten Polizisten seinen Ausweis unter die Nase. Dann sagte er etwas, was Randolf nicht verstand. Doch kurze Zeit später saß Günter wieder im Auto und sagte nur: »Gib Gas!«

Der Polizist salutierte.

»Was hast du ihm denn gesagt?«

»Dass ich Staatsanwalt bin, wir in einer Undercover-Aktion unterwegs sind und er sich seine Pension in den Arsch schieben kann, wenn er uns nicht sofort weiterfahren lässt.«

»Das hast du ihm gesagt?«

»Wörtlich.«

»Du hättest einen prima Agenten abgegeben.«

»Fahr lieber!«

***

Trotz stürmischen Klingelns öffnete niemand die Tür.

»Und jetzt?«, fragte Günter.

»Vielleicht hört sie ja Musik mit einem Kopfhörer. Oder ist kurz einkaufen. Wir gehen jedenfalls rein und warten auf sie.«

»Wie, wenn ich fragen darf?«

Mit einem Dietrich öffnete Randolf anscheinend mühelos die Tür. »Ich war nämlich –«

»Ich weiß.«

Sie betraten die Wohnung. Sie riefen laut ihren Namen. Doch Wiebke war nicht da. Dann hörte Günter, der gerade in der Küche nachsah, wie Randolf laut seinen Namen brüllte. Er ging in Thomas' Schlafzimmer. Dort sah er den umgeworfenen Stuhl und den laufenden Rechner.

»Sie weiß Bescheid«, sagte Randolf.

»Und ist offensichtlich überrascht worden, wenn ich das Chaos hier richtig interpretiere.«

»Aber wo ist sie hin?«

Günter dachte angestrengt nach. Dann lief er in den Flur und betrachtete das Schlüsselbrett.

»Ich habe es«, rief er. »Sie ist auf der Jacht. Der Schlüssel fehlt. Los. Wir haben nicht viel Zeit.«

***

Er hatte den Hafen bereits verlassen, als er sie aus dem großen Seesack holte. Sie war immer noch bewusstlos. Er band ihr die Arme und Beine mit Kabelbindern zusammen. Dann stopfte er ihr ein zusammengeknülltes Tuch als Knebel in den Mund. Der Autopilot steuerte die Jacht stur dreihundertsechzig Grad Richtung Norden.

Daniel tauchte einen Eimer in die Ostsee. Mit Schwung schleuderte er ihr das Wasser ins Gesicht. Sie erwachte.

»Ich wusste, dass du eine Schlampe bist«, sagte er. »Ich habe es dir von Anfang an gesagt. Ich habe gesehen, wie du meinen Bruder bereits in der Hochzeitsnacht betrogen hast. Und heute hast du ihn wieder betrogen. Du wirst bezahlen. Du wirst sterben. Ich bin dann weit weg, und mein Bruder ist wieder frei.«

Wiebke versuchte, sich zu befreien. Doch die Kabelbinder bohrten sich in das Fleisch ihrer Hand- und Fußgelenke. Der Knebel ließ nur Presslaute zu.

»Ich werde dich ersäufen wie eine räudige Katze«, sagte Daniel. »Du hast nichts Besseres verdient.«

Dann schleppte er die sich zwar verzweifelt, aber doch zwecklos wehrende Wiebke zum Bug des Schiffes. Er ging unter Deck und kehrte mit zwei offensichtlich mit Sand gefüllten alten Säcken zurück. Mit geübter Hand schlang er ein Schiffstau um ihren Bauch, machte einen seemännischen Knoten und befestigte die Säcke an dem Tau.

»Dieser Ballast wird dich in die Tiefe ziehen.«

Als Nächstes holte er die Ankerkette und nahm ihre gefesselten Hände. Er band sie an der Ankerkette fest.

»Es soll ja ein bisschen qualvoll sein. Und es soll dauern. Damit du Zeit hast zu bereuen. Wie all die anderen«, sagte er und lachte laut und fies.

***

Mit quietschenden Reifen hielt Randolf am Rostocker Hafen. Sie liefen zur Anlegestelle, mussten aber feststellen, dass die Jacht weg war. Zwei Anlegeplätze weiter inspizierte gerade ein Bootsbesitzer seine Motorjacht. Randolf und Günter schauten sich an. Sie verstanden einander ohne Worte.

»Entschuldigen Sie«, sagte Günter. »Wir müssten uns mal Ihre Jacht ausleihen.«

Günter zeigte ihm seinen Dienstausweis. Der Mann war völlig unbeeindruckt. »Sie haben wohl nicht alle Tassen im Schrank«, sagte er. »Verlassen Sie sofort mein Schiff.«

»Hören Sie, ich bin Staatsanwalt und es geht um Leben und Tod.«

»Ja, ja.« Der Mann grinste abfällig. »Und ich bin Donald Duck.«

Randolf nickte Günter zu. Die beiden sprangen mit einem Satz auf den Mann zu und warfen ihn ins Wasser.

»Enten können schwimmen, Donald«, bemerkte Randolf noch hämisch, während Günter bereits den Motor startete. Mit hoher Geschwindigkeit verließen sie das Hafenbecken.

»Wohin willst du? Die Ostsee ist eine verdammt große Pfütze«, bemerkte Randolf.

»Richtung Norden. Ich weiß, dass die beiden immer Quadrate fahren. Immer drei Meilen Nord, dann drei Meilen Ost, drei Süd und drei West. Hatte ich dir doch erzählt. Das Ding hier macht gute fünfundzwanzig Knoten. Drei Meilen dauern dann circa fünf Minuten. Also müssten wir sie in spätestens zwanzig Minuten gefunden haben.«

»*Wenn* er denn Quadrate fährt. Aber was ist, wenn er das nicht tut?«

»Auf wessen Seite stehst du eigentlich?«, fragte Günter, während er die Motorjacht über die Wellen peitschte.

***

Daniel warf die an der Ankerkette gefesselte Wiebke mitsamt der Kette ins Wasser. Wiebke ging sofort unter. Kurz darauf spürte sie, wie die Kette nach oben gezogen wurde. Sobald sie den Kopf wieder an der Luft hatte, atmete sie heftig durch die Nase. Der Knebel saß immer noch fest.

»Na?«, fragte Daniel grinsend. »Gefällt dir das, was ich mit dir mache? Du sollst bereuen, du Schlampe. Bereue.«

Die Ankerkette sank wieder abwärts. Wiebke mit ihr.

***

Während Günter stur Kurs dreihundertsechzig Grad hielt, suchte Randolf den Horizont mit dem Fernglas ab, das sie in der gut ausgestatteten Jacht gefunden hatten.

»Siehst du was?«, brüllte Günter gegen den Lärm des Motors und die aufpeitschende Gischt an.

»Nein«, sagte Randolf und konzentrierte sich darauf, weiter den Horizont zu scannen.

***

Sie war gute zwei Minuten unter Wasser. Dann spürte sie wieder den Ruck, der durch die Kette ging. Endlich Luft. Endlich atmen.

»Jetzt ist die Gelegenheit gekommen, der Welt auf Wiedersehen zu sagen. Jetzt hast du letztmals Gelegenheit zu bereuen.«

Er lehnte sich über die Reling und durchschnitt das Seil, mit dem er sie an die Kette gebunden hatte. Sie klammerte sich mit den Fingern an die Eisenglieder. Die Sandsäcke zerrten an ihrem Körper.

Daniel lachte fies. »Das hältst du zwei, drei Minuten durch. Dann rutschst du ab und sinkst in die Tiefe der kalten Fluten.«

***

»Ich hab's«, brüllte Randolf. »Dort! In Ein-Uhr-Position.«

Er reichte Günter das Fernglas. Der sah, wie ein verwahrlost wirkender Mann mit der Ankerkette hantierte. Jemand hielt sich krampfhaft daran fest, in dem Bemühen, nicht unterzugehen. Die Person am anderen Ende der Kette war Wiebke. Kein Zweifel. Er steuerte mit Vollgas auf die Jacht zu.

***

Wiebke sah ein, dass sie keine Chance hatte. Also ergab sie sich ihrem Schicksal und rutschte ab. Langsam wurde der Sauerstoff knapp. Sie war jetzt vielleicht zwei Meter unter der Wasseroberfläche. Sie sah den Rumpf der Jacht, von der Daniel sie ins Wasser gestoßen hatte. Wäre das Letzte, was sie sehen würde, wirklich der Rumpf einer Jacht? Ihre letzte Erinnerung das geisteskranke Geschwafel von Daniel?

***

»Was hast du vor?«, fragte Randolf.

»Ich ramme die Jacht. Du springst auf das Schiff und schnappst ihn dir, ich hole Wiebke.«

»Ist ein Scheiß-Plan, aber ich habe keinen besseren«, sagte Randolf lakonisch.

Sekunden später bohrte Günter die Spitze der Motorjacht in das Segelschiff. Sie blieb förmlich in der Konstruktion der Bavaria stecken. Er griff sich ein Messer, nahm es zwischen die Zähne, sprang ins Wasser und tauchte unter. Da sah er sie, etwa drei Meter unter ihm sank sie langsam, aber beständig nach unten. Es strengte ihn unglaublich an, noch tiefer zu tauchen. Er hatte Angst, es nicht zu schaffen. Er musste sich übermenschlich anstrengen. Doch er wollte sie. Er wollte sie retten. Er wollte sie haben.

Schließlich schaffte er es, den schon leblosen Körper zu fassen zu kriegen. Er nahm das Messer und durchtrennte die Seile der Ballastsäcke und die Kabelbinder. Dann stieg er mit ihr auf.

Prustend erreichte er die Wasseroberfläche, wo er sich hektisch umschaute. Ein Boot der Wasserschutzpolizei hatte sich genähert. Der Bootsführer entdeckte sie und nahm sie auf. Günter begann sofort mit Wiederbelebungsmaßnahmen.

»Komm schon, Wiebke, du darfst jetzt nicht aufgeben!« Wieder und wieder massierte er ihr Herz und pumpte Luft in ihre Lungen. Immer wieder.

Plötzlich hustete sie, spuckte Wasser und würgte. Dann blickte sie sich um. Es dauerte etwas, bis sie die Situation begriffen hatte. Erleichtert stellte sie fest, dass sie noch lebte.

Sie sank erschöpft zurück, schloss die Augen und flüsterte heiser: »Günter. Ich liebe dich.«

»Ich dich auch, Wiebke.« Er hatte Tränen in den Augen. »Ich hatte dir versprochen, dir einmal das Leben zu retten. Ich halte meine Versprechen!«

»Daniel hat alle umgebracht. Er war es«, sagte sie unter Weinkrämpfen. »Und Thomas hat alles gewusst.«

»Ist ja gut«, sagte Günter. »Es wird alles gut.«

Epilog

»Ich freue mich, Herr Kollege, dass es Ihnen wieder besser geht.« Chefarzt Prof. Dr. Kurt Schwindhelm schüttelte seinem Kollegen, Oberarzt Dr. Thomas Schulte, herzlich die Hand.

»Danke, Chef«, sagte Thomas. »Was war denn los?«

»Sie hatten einen Nervenzusammenbruch. Kein Wunder, nach dem, was passiert war.«

»Ja, das kann man wohl sagen. Der eigene Bruder ist ein Serienmörder. Ich habe es gewusst, habe es aber nicht geschafft, ihn zu verraten. Das hat mich meine Ehe gekostet. War wohl alles etwas zu viel für mich.«

»Es wäre für jeden zu viel. Allerdings – wenn Sie gestatten: Dass Ihre Frau Sie verlassen hat, kann ich nachvollziehen. Warum haben Sie ihr nichts gesagt, sondern sie im Gegenteil in die falsche Richtung ermitteln lassen?«

»Haben Sie Geschwister, Herr Kollege?«

»Ja, einen Bruder und zwei Schwestern. Warum?«

»Dann wissen Sie es doch.«

»Was weiß ich?«

»Blut ist dicker als Wasser.«

Schwindhelm putzte nachdenklich und umständlich seine Brille. Er setzte sie wieder auf sein fein geschnittenes, aber durch viele tiefe Sorgenfalten gezeichnetes Gesicht. Er konnte seine dreiundsechzig Jahre nicht verleugnen. In seiner Physiognomie hatten sich die Spuren der täglichen Beschäftigung mit der Abnormalität tief eingegraben.

»Wir schätzen Ihre Arbeit hier außerordentlich, Herr Schulte«, sagte er nach einer längeren Pause. »Und wir würden sie gern fortsetzen. Das setzt aber voraus, dass Sie mir die Wahrheit über Ihren Bruder, soweit Sie sie kennen natürlich, erzählen. Sie müssen verstehen, dass ich wissen muss, ob –«

»Sie brauchen gar nicht weiter um den heißen Brei herumzureden, Herr Professor. Ich werde Ihnen die Wahrheit erzählen. Ich bin sicher, dass Sie danach sagen werden, dass Sie an meiner Stelle genauso gehandelt hätten.«

Schwindhelm lehnte sich entspannt zurück. »Dann schießen Sie mal los. Kaffee und Wasser stehen vor Ihnen. Sie bedienen sich bitte.«

»Es war um die Zeit, als ich gerade Wiebke kennengelernt hatte. Sie war die Frau, die ich haben wollte. Die Frau, bei der ich meinte, glücklich werden zu können. Ich war sicher, wir würden ein perfektes Paar abgeben. Aber da waren zwei Dinge, die irgendwie unausräumbar zwischen uns standen.«

»Was waren das für Dinge?«

»Zum einen waren da unsere jeweiligen Berufe. Sie litt sehr darunter, dass ich – Sie, Professor, wissen, wovon ich rede – sehr oft lange, sehr oft auch in der Nacht, an Wochenenden oder Feiertagen Dienst hatte. Weil ich die Belastungen kannte, hatte ich mein Leben seit ewigen Zeiten diszipliniert organisiert. Früh aufstehen, früh ins Bett gehen, wenig feiern, keine Alkohol- und schon gar keine Drogenexzesse. Mal ehrlich, Herr Kollege: In unserem Alter muss man sich doch nicht mehr die Nächte um die Ohren schlagen, oder?«

»Auf meine Meinung kommt es hier weniger an. Aber ich beginne, Sie zu verstehen. Erzählen Sie weiter.«

»Ich wiederum hatte Probleme mit der Tätigkeit, die Wiebke ausführte. Die ganze Gewalt, die ich verabscheue, diese gewissenlosen Täter, die hilflosen Opfer. Natürlich hat Wiebke mir alles erzählt. Ich war ja schließlich ihr Partner, später sogar ihr Mann. Ich habe es sie nie spüren lassen, aber allein die Erzählungen haben mich sehr belastet. Zunächst hatte ich niemanden, dem ich mich anvertrauen konnte.«

»Ich denke, Ihr Bruder war für Sie da?«

»Daniel lebte lange Jahre nicht in Deutschland. Erst einige Wochen nachdem Wiebke und ich ein Paar geworden waren, rief er mich an. Er hatte bei einer Reederei in Hamburg angeheuert und war deshalb alle paar Wochen in Deutschland. Daniel habe ich alles erzählt. Er verstand mich, er war meine Stütze. Sicher habe ich ihn auch als seelische Deponie missbraucht. Das muss ich leider sagen.«

»Hatten Sie nicht befürchtet, dass Daniel zu Gewaltexzessen neigen könnte?«

»Wir hatten eine schwere Kindheit, Daniel und ich. Unsere Eltern Rabeneltern zu nennen wäre eine Beleidigung für alle Raben. Mein Vater war ein Säufer und Schläger. Damit meine ich nicht eine Ohrfeige ab und zu. Regelrechte Prügelorgien hat er veranstaltet. Ich hatte Glück. Mich mochte er wohl ein bisschen. Daniel hingegen hat er grün und blau geschlagen. Auch meine Mutter war sein Opfer. Aber sie hielt immer zu ihm.«

»Verstehen Sie Ihre Mutter?«

»Nein. Wir waren doch ihre Kinder, die sie zu beschützen hatte. Sie schützte nicht ihr eigen Fleisch und Blut, sondern hielt zu dem Schläger. Daniel und ich haben das nie verstanden.«

»Deshalb auch Ihre Haltung ›Blut ist dicker als Wasser‹?«

»Möglich. Da waren aber nicht nur die Schläge. Daniel musste zuschauen, wie unsere Eltern es trieben. Unser Erzeuger wollte das. Manchmal holte er sich Daniel noch dazu. Mein Bruder musste widerliche Sachen machen. So lecken, und dann musste er sich hinknien und –«

»Ist gut, Herr Kollege, ich kann es mir vorstellen. Haben Sie das alles gesehen?«

»Die Schläge ja, manchmal. Die Szenen im Schlafzimmer hat Daniel mir erzählt, wenn wir allein waren. Eines Tages ist er ausgerastet. Daniel war immer kräftig. Und so hat er dann eben seine eigene Rache ausgelebt.«

»Können Sie ihn verstehen?«

»Das ist eine schwere Frage, Herr Kollege. Einerseits ist es unverzeihlich, was Daniel damals – und jetzt leider wieder – getan hat. Kein Unrecht auf der Welt kann durch ein anderes Unrecht beseitigt werden. Aber wenn man sieht, mit welchen Glacéhandschuhen so manche Verbrecher angefasst werden, ist eine gewisse Wut nachvollziehbar. Damit wir uns richtig verstehen: Ich will Daniels Taten nicht entschuldigen. Aber das Motiv ist sicher nachvollziehbarer als bei einem, der seine Großmutter wegen ihrer Ersparnisse umbringt.«

»Das stimmt wohl. Aber bevor wir mit Daniel weitermachen, würde mich noch eines interessieren. Sie sagten eingangs, dass zwischen Ihnen und Wiebke zwei Dinge stünden. Das eine waren Ihre Berufe. Und das andere?«

»Das ist sehr persönlich, Herr Professor.«

»Ich weiß. Sie müssen nichts sagen. Aber ich muss mir, um eine weitere Zusammenarbeit befürworten zu können, ein umfassendes Bild machen.«

Thomas nickte. »Also gut. Es war das Körperliche. Bei mir spielt das, was man insgesamt wohl unter ›Sex‹ versteht, nicht die entscheidende Rolle in einer Partnerschaft. Sicher will ich auch mal mit einer Frau schlafen. Aber dieses Rumgetue, dieses widerliche Spielen an den Geschlechtsteilen, diese übel riechenden Körperflüssigkeiten, das Stöhnen, die völlige Selbstaufgabe. Nein, das kann ich nicht. Das will ich auch nicht.«

»Und Ihre Frau wollte das?«

»Sie hat sich dazu nie geäußert. Aber ich habe sie mal beobachtet, wie sie in ihr Zimmer ging, nachdem wir miteinander geschlafen haben. Wissen Sie, was sie da getan hat?«

»Woher soll ich das wissen?«

»Sie hat einen Plastikpenis in sich reingeschoben und sich dann benommen, als ob sie unter Drogen stehen würde. Sie musste sogar ihr Gesicht in das Kissen pressen, damit sie nicht laut aufstöhnte. Das ist doch pervers, das ist doch nicht normal.«

»Ich bin nicht hier, um das zu beurteilen, Herr Kollege. Fahren Sie mit Daniel fort.«

»Es war um die Zeit, als Wolfgang Frankes Tochter ums Leben kam. Sie war das Opfer von gewissenlosen Drogendealern, die sie und ihre Sucht missbrauchten. Sie zwangen sie dazu, als Bodypackerin zu arbeiten. Sie kam deshalb ums Leben.«

»Ich habe von dem Fall gelesen.«

»Damals rief Daniel erstmals wieder an.«

»Und ihm haben Sie von diesem und allen weiteren Fällen, von denen Ihnen Ihre Frau berichtete, erzählt?«

»Genau. Es hat mir gutgetan. Dass er die Informationen dazu nutzt, diese Täter dann grausam umzubringen, konnte ich doch nicht ahnen.«

»Na ja. Nach der Vorgeschichte mit Ihren Eltern … Wäre da nicht etwas mehr Vorsicht angebracht gewesen?«

»Vielleicht, Herr Professor. Aber hinterher ist man immer schlauer. Am Anfang wusste ich ja auch nicht, dass Daniel die Menschen umgebracht hat.«

»Ach so. Das heißt, Sie haben ihm die Geschichten erzählt, und er hat insgeheim seine Schlüsse daraus gezogen?«

»So war das. Meine Frau hat in diesen Fällen ermittelt und auch jedes Mal einen Täter gefunden. Die Welt war für alle wieder in Ordnung.«

»Und wann hat Daniel sich Ihnen offenbart?«

»Das war, nachdem er diesen Fuhrunternehmer umgebracht und dabei den Rentner erschossen hatte. Damit ist er nicht mehr zurechtgekommen.«

»Was haben Sie beide dann geplant?«

Thomas schwieg.

»Bitte, Herr Kollege. Nur die Wahrheit hilft uns weiter.«

»Also gut. Ich habe ihm gesagt, dass ich ihm helfen würde. Es sei das Beste für ihn und für alle, wenn er endgültig aus Deutschland, ja, aus Europa verschwinden würde. Dann kam die Idee auf, für die Zeit der Flucht einen Täter zu präsentieren. So kam Wolfgang Franke ins Spiel.«

»Sie drücken das sehr schwammig aus. Was heißt das genau, ›Wolfgang Franke kam ins Spiel‹?«

Thomas wurde unsicher. Nervös spielte er mit seinen Fingern. Dann gab er sich einen Ruck und sagte: »Einverstanden. Hier habe ich meine ärztlichen Pflichten und meine Machtstellung missbraucht. Das erste und einzige Mal und bei allem, was mir heilig ist, auch das letzte Mal in meinem Leben, das möchte ich betonen. Ich bin ein guter Arzt.«

»Das bestreitet niemand, Herr Kollege. Also was ist Ihnen eingefallen?«

»Ich habe Wolfgang Franke ja wegen seiner Depressionen und seiner Alkoholsucht behandelt, die beide durch den Tod seiner Tochter ausgelöst wurden. Während einer unserer Sitzungen verabreichte ich ihm ein starkes Sedativum. Ich schrieb ein Behandlungsprotokoll, in dem ich ein Geständnis fingierte. In der Zwischenzeit verteilte Daniel die Indizien, die auf Frankes Täterschaft in allen Fällen hindeuteten, in dessen Wohnung. Danach brachte ich den Patienten nach Hause.«

»Sie wollten, dass Wolfgang Franke für die Taten Ihres Bruders büßt? Sie hatten tatsächlich geplant, einen Unschuldigen lebenslang hinter Gitter zu bringen?«

»Keinesfalls. Ich wollte Daniel nur die Zeit geben, zu verschwinden. Danach hätte ich alles aufgeklärt.«

»Warum das? Er stand doch überhaupt nicht im Fokus der Ermittlungen. Niemand hatte ihn verdächtigt.«

»Ich wäre es aber meinen Freunden, allen voran Wolfgang, und nicht zuletzt meiner Frau schuldig gewesen, Licht in die Dunkelheit zu bringen. Ich konnte Daniels Geheimnis doch nicht ewig bewahren.«

»Sie wollten es also in Kauf nehmen, sich dadurch selbst in Schwierigkeiten zu bringen?«

»Ich hätte mich nur wegen Freiheitsberaubung strafbar gemacht.«

»Und wegen Beihilfe zur Flucht.«

»Nein. Fluchthilfe zugunsten von Angehörigen ist nicht strafbar.«

»Mag sein. Da kenne ich mich nicht so aus. Wie ging es weiter?«

»Die Krankenakte habe ich mit nach Hause genommen und dort für Wiebke platziert. Ich war sicher, dass meine Frau als Polizeibeamtin diesen Köder schnappen würde. Sie nahm Wolfgang auch tatsächlich fest. Dass dieser dann Selbstmord beging, ist nicht mein Fehler.«

»Nicht? Warum nicht?«

»Weil der Beamte, dessen Waffe er sich geschnappt hat, nicht aufgepasst hat. Wenn dieser Mensch auf seine Pistole besser achtgegeben hätte, wäre das alles nicht passiert.«

»Das mit Wolfgang Franke vielleicht nicht. Aber Ihr Bruder hat danach immerhin versucht, seine Schwägerin, Ihre Frau, zu ertränken.«

»Davon weiß ich nichts von ihm persönlich. Ich hörte nur, dass man Daniel verhaftet hat. Und dass er versucht haben soll, Wiebke zu töten.«

»Können Sie sich denn vorstellen, warum er das getan hat?«

»Weil er sie nicht mochte.«

»Herr Kollege! Wenn wir jeden Menschen umbringen würden, den wir nicht mögen, wo kämen wir denn da hin? Für alle Morde hatte Ihr Bruder ein nachvollziehbares Motiv. Sogar der Mord an dem Rentner ist zwar nicht entschuldbar, aber nachvollziehbar. Er wollte einen Zeugen beseitigen. Warum aber seine Schwägerin?«

»Er wollte mich schützen.«

»Wovor?«

»Vor ihr. Er war der Meinung, sie sei nicht gut für mich. Sie sei, wie er es ausdrückte, eine Schlampe, die mich in den Abgrund ziehen würde. Und in gewisser Weise stimmte das ja auch, selbst wenn ich das nie wirklich wahrhaben wollte.«

»Wie meinen Sie das? Sie meinen doch wohl nicht die von Ihnen beobachtete Selbstbefriedigung, von der Sie gerade erzählt haben?«

»Natürlich nicht. Aber es geht in die Richtung. Am Tag meiner Hochzeit erhielt ich einen Anruf aus der Klinik. Ein Notfall, der meine sofortige Präsenz erforderte. Ich bin natürlich schnellstens los. Daniel hatte sich mit Wiebke so gründlich zerstritten, dass er nicht zur Hochzeit eingeladen war. Ich bin also zur Klinik, und unsere Hochzeitsgäste begannen, sich – auf meine Kosten übrigens – hemmungslos zu betrinken. Dann schlief meine Frau mit Günter Menn, dem Oberstaatsanwalt. Daniel, der es nicht verwinden konnte, nicht eingeladen worden zu sein, schlich die ganze Zeit um das Hotel und hat es beobachtet.«

»Das hat er Ihnen dann erzählt?«

»Ja, im Zusammenhang mit seiner Generalbeichte.«

»Sind Sie denn froh, dass Ihre Frau gerettet werden konnte?«

»Selbstverständlich bin ich das. Ich bin sogar ein wenig traurig, dass sie sich weigert, mich zu sehen. Ich würde ihr gerne ein paar Dinge erklären. Sie würde es verstehen, da bin ich sicher.«

»Natürlich.«

»Herr Professor, ich bin noch ein wenig geschwächt und würde mich jetzt gern auf mein Zimmer zurückziehen. Spricht etwas dagegen?«

»Keinesfalls, Herr Kollege. Gute Besserung.«

»Noch eins, Herr Professor«, sagte Thomas im Gehen.

»Ja?«

»Lassen Sie mich wieder in Ihrer Klinik arbeiten?«

»Das entscheide ich nicht allein. Wir müssen Geduld haben.«

Fassungslosigkeit hatte sich in dem Raum hinter dem venezianischen Spiegel breitgemacht.

Wiebke, Randolf und Günter blickten einander gleichzeitig

sprachlos, entgeistert und entsetzt an. Die Tür öffnete sich und Professor Schwindhelm erschien.

»Ich bin ja nur froh, dass Sie ihn nicht noch zu einem Absacker in der Klinik-Bar eingeladen haben«, ätzte Randolf. Günter legte ihm beruhigend seine Hand auf die Schulter.

Wiebke trocknete ihre Tränen.

»Danke, Herr Professor, dass Sie uns die Gelegenheit gegeben haben, hier zuzusehen. Ich weiß, dass Sie dazu nicht verpflichtet sind«, sagte Günter.

»Ich hatte das Gefühl, dass die Klinik Ihnen das schuldig ist, nach allem, was passiert ist.« Nervös putzte Professor Schwindhelm seine Brille. »Bitte nehmen Sie Platz.«

»Ich will Ihnen mal was sagen«, regte sich Randolf auf. »Ich habe gerade der Schwafelei dieses Mannes zuhören müssen, der nachweislich sechs Menschen bestialisch umgebracht hat, seine eigene Frau in der Ostsee ersäufen wollte und jetzt von Ihnen höflich als ›Herr Kollege‹ angesprochen wurde. Ich kann nicht glauben, dass der sich seit Wochen in Ihrer Klinik ein schönes Leben macht. Der gehört in den Knast! Und Sie sind auch noch nett und freundlich zu so jemandem.« Wütend schlug er mit der Faust auf den Tisch. Das Rondell mit den Gläsern und der Mineralwasserflasche wackelte bedenklich.

»Das sehen Sie falsch«, erwiderte der Professor unglücklich.

»Was sehe ich falsch?«, fragte Randolf drohend.

»Sie haben nicht den Mann gesehen, der ein Mörder war. Der Mörder war Daniel, nicht Thomas.«

»Es gibt keinen verdammten Daniel«, brüllte Randolf. »Ich habe den Lebenslauf von Thomas Schulte geprüft. Glauben Sie mir, dass ich davon was verstehe. Jetzt mal zum Mitschreiben: Thomas Schulte wurde am 7. Dezember 1959 als Thomas Rückert in Winsen an der Luhe als einziges, ich betone, als *einziges* Kind der Eheleute Konrad und Felicitas Rückert, geborene Claussen, geboren. Sein Vater war Bauhilfsarbeiter, meist arbeitslos, weil arbeitsscheu und Säufer. Er war als gewalttätig bekannt, die Mutter als schwache Persönlichkeit. Mehrere Verdachtsanzeigen lagen gegen Vater und Mutter wegen Missbrauchs ihres Kindes vor, verliefen aber im Sande. Im zarten Alter von nicht einmal dreizehn Jahren besorgte sich Thomas Rückert einen Baseballschläger und erschlug in der Nacht vom 8. auf den 9. Juli 1972 seine Eltern im Schlaf.«

Professor Schwindhelm wollte etwas sagen, doch Randolf ließ ihn nicht zu Wort kommen.

»Er war strafunmündig und wurde deshalb in ein Heim gesteckt. Pflegeeltern hat es nie gegeben. Wie wir herausgefunden haben, war die alte Dame, von der er behauptete, sie sei seine Pflegemutter, eine Alzheimer-Patientin, die er früher einmal behandelt hatte und von der er Wiebke als Untermauerung seiner rührseligen Geschichte erzählt hatte. Wegen seiner Tat genehmigte das Standesamt 1979 die Namensänderung von ›Rückert‹ auf ›Schulte‹. Der nunmehrige Thomas Schulte arbeitete in Hamburg als Hilfsarbeiter im Hafen, machte aber auf dem zweiten Bildungsweg Abitur, studierte schließlich Medizin. Später wurde er Facharzt für Neurologie und Psychiatrie und kam 1997 als Oberarzt an Ihre Klinik, werter Professor. Den Rest der Geschichte kennen Sie ja.«

»Das stimmt alles. Und doch ist Thomas Schulte nicht der Täter.«

Randolf war kurz davor, aufzuspringen und dem aus seiner Sicht bornierten Arzt an die Gurgel zu gehen. Günter hielt ihn zurück. Auch Wiebke machte eine beruhigende Handbewegung.

»Erklären Sie sich mal näher«, meinte Günter.

»Die Krankheit, unter der Thomas Schulte leidet, nennen wir dissoziative Identitätsstörung. Vereinfacht gesagt, stecken in einem Körper mehrere Persönlichkeiten. Deshalb sprechen wir auch von einer multiplen Persönlichkeit. Grundlegend bei diesem Krankheitsbild ist, dass der Patient in der Lage ist, mehrere für sich selbstständige Persönlichkeiten auszubilden, die ein völliges Eigenleben führen. Es gibt Fälle, in denen die eine Persönlichkeit von der anderen nichts weiß. In anderen, wie dem vorliegenden, treten die verschiedenen Alter Egos, wie wir das nennen, sogar miteinander in Kontakt und kommunizieren.«

»Also ist er schizophren?«, fragte Wiebke.

»Nein. Die Schizophrenie ist ein völlig anderes Krankheitsbild. Aber ich gebe Ihnen insofern recht, Frau Menn, dass dieses Phänomen in der Bevölkerung oft mit dem Begriff Schizophrenie belegt wird.«

Wiebke lächelte auf einmal. Es tat ihr gut, mit ihrem neuen Namen angesprochen zu werden. Die Ehe mit Thomas war in einem überraschend schnellen Verfahren für nichtig erklärt worden. Genau an dem Tag, an dem die Nichtigkeit rechtskräftig geworden war, hatte sie Günter, dessen Hand sie gerade zärtlich hielt, geheiratet.

»Der Schulte hat also, auf Deutsch gesagt, einen an der Waffel und hat deshalb Menschen gekillt? Sie erwarten doch nicht, dass ich Ihnen das abkaufe«, sagte Randolf, inzwischen äußerlich ruhig.

»Ich verstehe, dass Sie alle drei mit dem vorliegenden Fall extreme Probleme haben. Ich erwarte auch kein Verständnis. Ich möchte Ihnen nur die Ergebnisse meiner Untersuchung und meine vorläufige Diagnose mitteilen. Natürlich nur, wenn Sie das wollen.«

»Machen Sie bitte weiter, Herr Professor«, sagte Wiebke und drückte ihre Hand fester in Günters.

»Die Fähigkeit, eine zweite oder manchmal sogar dritte Persönlichkeit auszuleben, steckt in jedem von uns. Jedes Kind hat Phasen, in denen es eine andere Persönlichkeit ausprobiert, dann aber die Elemente dieser anderen Persönlichkeit in das eigene Ich integriert. Wenn dieser normale Prozess durch schwere traumatische Erfahrungen massiv gestört wird, können diese Kinder oft nur überleben, indem sie die für sie unverständlichen, bedrohlichen und widersprüchlichen Umweltanforderungen auf eine andere Person transferieren. Deshalb ist bei gut neunzig Prozent aller Patienten mit diesem Krankheitsbild ein Missbrauch körperlicher und/oder sexueller Art festzustellen.«

»Wie bei Thomas?«

»Es ist ein Lehrbuchbeispiel. Das Kind Thomas konnte sich nicht mehr helfen. Es wollte seinerseits die Misshandlungen nicht mehr erleben. Also schuf Thomas seinen Bruder Daniel, der die Schläge einstecken musste, der sexuell missbraucht wurde. Und dieser Daniel konnte dann auch die Eltern töten. Thomas blieb das brave, gewaltverachtende Kind.«

»Wenn ich Sie richtig verstehe, können die verschiedenen Menschen in einem Körper also völlig unterschiedlich sein.«

»Vollkommen unterschiedlich. Bis hin zu ihrer sexuellen Orientierung. Es ist ein wenig so, als würden diese Menschen ihre dunkle Seite einfach auslagern.«

»Dunkle Seite?«, fragte Günter. »Bagatellisieren Sie das nicht ein bisschen? Immerhin geht es um die Fähigkeit, Morde zu begehen.«

Professor Schwindhelm putzte wieder seine Brille. Dann schaute er Günter tief in die Augen und fragte mit eindringlicher Stimme: »Haben Sie sich noch niemals gewünscht, einen Menschen umzubringen?«

Günter schwieg.

Er dachte an Johannes Kleinert und an seine Gedanken in den schweren Nächten, als er mit diesem Problem noch allein gewesen war. Er wusste nicht, ob er es, wenn es hart auf hart gekommen wäre, wirklich getan hätte. Er erinnerte sich aber daran, dass er darüber nachgedacht hatte.

»Gut, lassen wir das«, sagte Randolf, um das betretene Schweigen zu beenden. »Aber warum ist dieser Typ dann jahrelang völlig normal geblieben und hat erst mit Anfang fünfzig angefangen, als Daniel reihenweise Menschen umzubringen? Das verstehe ich nicht.«

»Wie ich erwähnt habe, liegt die Ursache der dissoziativen Identitätsstörung im Kindesalter. Im Erwachsenenalter ändern sich die Anforderungen. Das Alter Ego wird nicht mehr gebraucht, es tritt in den Hintergrund. Bei Thomas Schulte war der Bruder einfach ausgewandert, jedenfalls nicht mehr da. Aber die einmal angelegte Persönlichkeit bleibt erhalten. Wenn Sie mir das Bild gestatten, ist ein Mensch mit einer solchen Persönlichkeitsstörung, wenn die andere Persönlichkeit derart aggressiv ist wie Daniel, ein Pulverfass.«

»Und wann explodiert eine solche Bombe?«

»Wenn ein auslösendes Moment, wir nennen das ›Trigger‹, in das Leben des Patienten tritt. Wenn dieses auslösende Moment das Leben des Patienten in starker und schädigender Weise beeinträchtigt, wird die zweite Persönlichkeit wieder aktiv. Die Daniels kehren sozusagen zurück.«

»Wer hat bei Thomas die Lunte gezündet?«, fragte Wiebke.

»Sie«, sagte Professor Schwindhelm trocken.

»Ich?« Wiebke schaute fassungslos. »Ich soll daran schuld sein, dass dieser Mann sich heimlich eine Wohnung nimmt, in der er sich mit Theaterschminke, künstlichen Narben und Zahnkronen in eine andere Persönlichkeit verwandelt? Ich bin verantwortlich, dass er mich und alle anderen mit gekauften Anrufen verarscht? Ich soll daran schuld sein, dass er wie ein Irrer Menschen killt? Ich bin wohl auch noch selbst daran schuld, dass er mich fast umgebracht hat? Herr Professor, ich bin bald nicht mehr sicher, ob nicht Sie derjenige sind, der hier spinnt.«

»Verzeihen Sie, Frau Menn, wenn ich Ihnen zu nahe getreten bin. Ich meinte nicht Sie als Person, sondern Sie als Polizistin. Sie haben, ohne das natürlich wissen oder auch nur ahnen zu können, die Gefährlichkeit des Lebens, die Kaltblütigkeit der Täter und die manchmal vorhandene Ohnmacht des Staates, dagegen etwas zu tun, wieder in sein Bewusstsein geholt. Thomas war einer Situation ausgesetzt, mit der er nicht fertig wurde. Also holte er sich gewissermaßen Daniel zurück. Schuld, wenn ich auch diesen Begriff nicht besonders mag, schuld sind allenfalls seine Eltern.«

»Herr Professor«, warf Günter ein. »Das hört sich verdammt nach der Geschichte an, die die Verteidiger uns Staatsanwälten immer verkaufen wollen. ›Hören Sie, der Täter hatte eine schlimme Kindheit. Er selbst kann gar nichts dafür.‹ Wir kennen das zur Genüge. Was ist, wenn Thomas Schulte ganz genau weiß, was er getan hat, und sich diese Geschichte mit Daniel nur ausgedacht hat, um sich auf Paragraf 20 Strafgesetzbuch zu berufen?«

»Paragraf 20?«, fragte Randolf.

»Eine Vorschrift, die kurz gesagt beinhaltet, dass der, der für die Tat nichts kann, weil er zum Beispiel krank ist, auch nicht bestraft werden kann. Ohne Schuld keine Strafe«, erläuterte Günter.

»Das ist nicht vollkommen ausgeschlossen«, räumte Professor Schwindhelm ein. »Es ist meine Aufgabe, das herauszubekommen. Ich stehe noch am Anfang. In den ersten Wochen habe ich nur mit Daniel reden können. Erst seit vorgestern gibt es Thomas wieder. Es spricht im Moment viel dafür, dass das von mir geschilderte Krankheitsbild vorliegt. Es könnte aber auch sein, dass er sich wegen seiner Ausbildung diese Geschichte ausgedacht hat. Es ist nicht völlig ausgeschlossen, aber unwahrscheinlich.«

»Das heißt, Sie lassen den Typen da unter Umständen wieder laufen?« Randolf wurde schon wieder etwas lauter.

»Nein«, sagte Schwindhelm. »Entweder bestätigt sich meine Diagnose, dann muss er hier in der Psychiatrie bleiben, weil Daniel als latente Gefahr in ihm steckt. Oder er ist ein begnadeter Schauspieler, ich bekomme das raus und erkläre es dem Gericht. Dann erhält er lebenslänglich mit anschließender Sicherungsverwahrung. So oder so. Der Mann ist gemeingefährlich.«

»Wenigstens da sind wir einer Meinung«, sagte Randolf erleichtert.

Professor Schwindhelm wandte sich noch einmal Wiebke zu. »Frau Menn«, sagte er. »Wie sind Sie eigentlich mit der Sache umgegangen?«

»Ich?« Wiebkes Augen waren klar. Sie schaute den Arzt eindringlich an. »Ich war völlig fertig. Das können Sie sich lebhaft vorstellen. Aber ich hatte einen Menschen an der Seite, der zu mir stand.« Sie drückte wieder zärtlich Günters Hand, küsste ihn auf die Wange und fuhr dann fort: »Mein Chef empfahl mir, den psychologischen Dienst der Polizei in Anspruch zu nehmen. Aber ganz ehrlich, Herr Professor, mein Vertrauen in Psychologen und Psychiater ist im Moment etwas gestört.«

»Was haben Sie stattdessen getan?«

»Ich habe Frieden mit mir und meinen Wünschen, meinem Körper und meinen Lebensvorstellungen geschlossen. Mir geht es gut, glauben Sie mir.«

Professor Schwindhelm brachte die drei noch bis zum Besucherparkplatz der Klinik. Er gab Randolf die Hand. Dieser nahm das Friedensangebot an und ergriff sie. Dann verabschiedete er sich von Wiebke.

»Lassen Sie sich vielleicht doch noch professionell helfen. Derartige traumatische Erfahrungen stellen eine nicht zu unterschätzende Gefahr dar«, sagte er.

»Ich habe Hilfe genug«, antwortete sie.

»Nochmals vielen Dank, Herr Professor, dass Sie uns heute die Gelegenheit gegeben haben, Ihrem Gespräch mit Thomas Schulte zu folgen«, sagte Günter zum Abschied. »Das hilft ungeheuer.«

»Das war das Mindeste, was ich tun konnte. Leben Sie wohl!«

Die beiden wandten sich um und folgten dem schon zum Auto vorgegangenen Randolf, der ihnen die Tür aufhielt. Professor

Schwindhelm sah ihnen versonnen hinterher, wie sie händchenhaltend den kurzen Weg gingen. Die Türen des Autos schlugen zu, und der Wagen setzte sich in Bewegung. Nachdenklich schritt er zurück zum Klinikgebäude. Ob sie dieses Trauma wirklich so gut verarbeitet hatte, wie sie vorgab, fragte er sich. Konnte man so eine Erfahrung ohne ernsthafte Schäden verkraften? Blieb nicht irgendetwas doch zurück? Aber sie machte den Eindruck, glücklich zu sein, auch wenn ihr Exmann ein Psychopath war, der ihr nach dem Leben getrachtet hatte. War Wiebke wirklich so stark? Dann lächelte er, weil ihm der Grund klar wurde. Nicht ohne einen gewissen Neid hatte er gerade das gesehen, was alle suchen und nur wenige finden. Wahre Liebe.

ENDE

Danksagung

Es ist geschafft. Mein erster Roman ist erschienen. Hinter mir liegt ein langer Weg, den ich nicht hätte gehen können, wenn ich nicht die Unterstützung vieler Menschen gehabt hätte. Es sind zu viele, um sie hier alle zu nennen. Einige aber haben es mehr als verdient, ausdrücklich erwähnt zu werden:

Meiner Agentin Anna Mechler, Inhaberin der Agentur »Lesen & Hören«, danke ich dafür, dass sie es in unermüdlichem Einsatz erreicht hat, dass dieses Buch im Emons Verlag erscheint. Für die beeindruckende Unterstützung dort danke ich dem gesamten Team des Verlages, insbesondere Dr. Christel Steinmetz, Antoinette von Schwarzkopf, Franziska Emons, Dr. Britta Schmitz und nicht zuletzt dem Chef, Hejo Emons.

Ein Buch zu schreiben ist das eine, es druckreif zu machen das andere. Meine Lektorin Marit Obsen hat hierfür eine imponierende Leistung vollbracht. Das möchte ich an dieser Stelle ausdrücklich betonen.

Schließlich gebührt meiner Familie großer Dank. Meine Kinder Famara und Maximilian sowie natürlich meine Frau Susanne mussten und müssen es schließlich ertragen, wenn ich tagelang nicht verfügbar bin, weil mich das Schreibfieber gepackt hat. Susanne habe ich das Buch auch gewidmet. Vor allem deswegen, weil sie immer daran geglaubt hat.

Ralph Westerhoff
Raue See
Broschur, 240 Seiten
ISBN 978-3-95451-126-6

»Westerhoff ist ein Meister der Spannung.«
NDR-1 Radio MV

www.emons-verlag.de